365天用的日語會話10,000句辭典

開車聽・走路聽・洗澡聽・睡前聽

DVD版

中日朗讀版

吉松由美／田中陽子
西村惠子 ◎合著

talk

前言

365天都用得到的19大領域，128主題，10,000句會話，

想怎麼說，隨手一查，這裡通通有！

內容輕鬆、句子簡短，好學好記！

從貼近日本生活的實用句，

字典查不到的那句日語怎麼說的

到看大河劇，跟篤姬、龍馬學日語！　一本搞定！

★ 365天都用得到會話，想怎麼說，隨手一查，這裡通通有！

從日語初學者到日語高手，讓您輕鬆搞定生活、旅遊、職場、追劇、交友聊天各種場合！抛開繁複的文法說明，只給你最好學、最實用的會話！而且同一個場景，想怎麼說，一本搞定！例如：

◎ 感動：【真是太好了】

〔太棒了！〕sa.i.ko.u.de.shi.ta.

〔真是精彩！〕na.ka.na.ka.yo.ka.tta.de.su.

★ 場景豐富、內容輕鬆、簡短好學！

從下課下班後的休閒娛樂到租車訂報、聊天聊地的招呼用語、購物旅遊會話、打好社交會話到進階的武士日語全都錄，句子簡短，好學好記！

★ 解決您字典查不到的那句日語怎麼說的困擾！

學習日語時，您一定總想知道：「這時候，那句日語怎麼說？」沒問題，本書幫您一一解決這樣的困擾！例如：

〔我『雀躍不已』。〕『u.ki.u.ki』shi.te.i.ma.su.

〔真是一對『郎才女貌』的璧人呀！〕『o.ni.a.i』no.ka.ppu.ru.de.su.

★ 看大河劇，跟篤姬、龍馬學日語！

篤姬和龍馬生長的江戶時代正是日本邁向現代化的關鍵時代，想抓住日本文化的精髓，就不可不學江戶時代的日語！在那個時代，文武雙全的人才夠格被稱作日本武士，而武士們使用的日語，高雅的格調中又帶點粗獷樸實，白話裡夾雜優美的文言，並且許多句型都是一級日語哦！快跟著篤姬和龍馬學公主與武士的語言，以後看大河劇，也就更能體會戲中的奧妙啦！

★ 專業錄製MP3，聽說能力一併提升！《365天用的日語會話10000句辭典 中日朗讀版》所有例句跟中文翻譯，都有日籍老師跟專業中文老師配音，透過優美的好聲音，引導您讓記憶更穩固。讓您開車聽、洗澡聽、走路聽、睡覺也可以聽！

馬上用
日本語會話
壹萬句

CONTENTS

Chapter 1 你好嗎

Chapter 2 奇妙大自然

Chapter 3 一天24小時

Chapter 4 親愛的家人

Chapter 5 我的外表

Chapter 6 人格大揭密

Chapter 7 悠閒嗜好

Chapter 8 假日出遊

Chapter 9 日本人都這樣說

Chapter 19 武士日語

Chapter 1

你好嗎？

1 打招呼

1 早晚的寒暄

CD1-01

◆早安。　おはようございます。

◆早啊！　オハヨーッス！

＊「す」是「ます」口語形。越簡單就是口語的特色，省略字是很常見的用法。

◆你好。(白天)　こんにちは。

◆你好。(晚上)　こんばんは。

◆晚安。(睡前)　おやすみなさい。

◆有人嗎？　ごめんください。

◆啊，春子，歡迎歡迎。請進。　あ、春子（はるこ）さん。いらっしゃい。どうぞおあがりください。

◆打擾了。　お邪魔（じゃま）します。

◆我回來了。　ただいま。

◆回來啦。　おかえりなさい。

2 初次見面的問候

◆幸會。　はじめまして。

◆初次見面，我是鈴木，請多關照。	はじめまして、鈴木(すずき)です。どうぞよろしくお願(ねが)いします。
◆彼此彼此，也請多關照。	こちらこそ、どうぞよろしくお願(ねが)いします。
◆非常高興能與您見面。	お会(あ)いできて嬉(うれ)しいです。
◆能夠見到面，真是太好了。	会(あ)えて嬉(うれ)しいです。
◆終於得以與您會面，實在太令人高興了。	ようやくお会(あ)いできて、嬉(うれ)しく思(おも)っています。
◆能夠見到您，真是無上的光榮。	お会(あ)いできて光栄(こうえい)です。
◆我一直都在期待著能夠與您見面。	会(あ)えるのを楽(たの)しみにしていました。
◆您好，您是裕子小姐吧？	こんにちは。裕子(ゆうこ)さんですね。
◆久仰大名。	お噂(うわさ)は、かねがねうかがっていました。
◆我和您真是一見如故。	初(はじ)めて会(あ)った気(き)がしません。
◆一直滿心企盼著能夠與您相見呀！	会(あ)いたくてうずうずしていました！
◆快別這麼說！能夠與您見面，我也非常高興。	私(わたし)のほうこそお会(あ)いできて嬉(うれ)しいです。
◆能夠與您見面，應該是我的光榮才對。	私(わたし)のほうこそ。

◆彼此彼此。　私(わたし)もです。

3 與初次見面的人告別的時候

◆能夠與您見到面，真是太好了。　お会(あ)いできてよかったです。

◆非常高興能夠與您聊談。　お話(はなし)ができて楽(たの)しかったです。

◆和您聊得非常投機。　とても楽(たの)しくお話(はなし)ができました。

◆真希望下次還有機會能與您見面呀。　また会(あ)えるといいですね。

◆我們再找個機會碰面吧。　また会(あ)いましょう。

◆我們往後也要保持聯絡喔。　これからも連絡(れんらく)を取(と)り合(あ)いましょう。

◆請您一定要寫電子郵件／發簡訊給我喔。　メールしてくださいね。

4 與熟人碰面時的招呼

◆你好！　こんにちは。

◆嗨！　どうも！

◆唉呀！你好！　あら、こんにちは。

◆嗨！好久不見了。　やあ！お久(ひさ)しぶりです。

◆好久不見（一段時間未見面）。　久(ひさ)しぶり。

◆有一陣子沒見了。　しばらくでした。

◆好久不見了。(鄭重)　ごぶさたしています。

◆好久不見了。(更鄭重)　ごぶさたしております。

◆真湊巧啊！在這裡遇到你。　こんなところで会うなんて奇遇ですね！

◆我們還真常碰面啊！　よく会いますね！

◆精神挺好的嘛！　元気そうですね。

◆很高興跟你碰面。　会えて嬉しいです。

2 再見

1 好用的說法

CD1-02

◆再見！　さようなら

◆Bye-Bye.　バイバイ。

◆再會。　あばよ。

◆那麼（再見）。　それでは。

＊「それでは」後面省略了「失礼します」。是固定的表現，用的是省略後面的說法。

◆掰啦。　じゃあねえ。

◆告辭了。　ではまた。

◆回頭見。

じゃ、これで。

＊「これで」後面省略了「失礼します」。是固定的表現，用的是省略後面的說法。

◆下回再見囉。

またそのうちに。

◆那麼，再見了。

それじゃ、ここで。

◆請保重。

お元気で。

◆如果最近能夠再約個時間見面，那就太好了。

近いうちにまた会えるといいですね。

◆我們下回再見吧。

また会いましょう。

◆那麼，回頭見。

じゃ、また会おう。

◆加油喔。

がんばってね。

◆請在工作上加油。

お仕事がんばってください。

◆加油用功喔。

勉強がんばってね。

◆路上請當心，慢走。

お気をつけて。

＊這裡的「て」是省略後面的「ください」的口語表現。表示請求或讓對方做什麼事。

◆再見了，我還要打工。

じゃあ、あたしバイトあるから。

◆請珍重。

どうぞお大事に。

＊「どうぞお大事に」後面省略了「してください」。

◆祝您有美好的一天。　よい一日（いちにち）を。

◆預祝您有個美好的週末。　よい週末（しゅうまつ）を。

2 決定下次見面的時候

◆明天見囉。　また、明日（あした）。

◆等會兒見了。　また、あとでね。

◆下星期見囉。　また、来週（らいしゅう）。

◆那麼，我們在星期六見面。　それでは土曜日（どようび）に。

◆那麼，我們７點半再見面。　それでは７時半（じはん）に。

◆就到這裡了，我往那邊走。　あたし向（む）こうだからここで。

＊「あたし」是「わたし」的口語形。口語為求方便，常把音吃掉變簡短，或改用較好發音的方法。

◆那麼，我們到那邊再碰面吧。　それでは向（む）こうで会（あ）いましょう。

◆那麼，容我稍後再與您聯繫。　それではまた後（のち）ほど。

＊在通電話時使用。

◆我們下次一起工作時再會吧。　仕事（しごと）で会（あ）いましょう。

◆我們到學校再碰面吧。　学校（がっこう）で会（あ）いましょう。

3 在工作上

◆先走一步了。　　失礼(しつれい)します。

◆辛苦您了。　　お疲(つか)れさまでした。

◆辛苦您了。　　ご苦労(くろう)さまでした。

◆萬事拜託您了。　　よろしくお願(ねが)いいたします。

＊使用於商業書信等場合。

4 這樣回答

◆是。　　はい。

◆對，沒錯。　　はい、そうです。

◆知道了。（一般）　　わかりました。

◆知道了。（較鄭重）　　かしこまりました。

◆知道了。（鄭重）　　承知(しょうち)しました。

3 最近好嗎？

1 順利

CD1-03

◆非常順利　　好調(こうちょう)です。

◆託您的福，我很好。　おかげさまで元気(げんき)です。

◆我很好。　元気(げんき)です。

◆我很順利。　調子(ちょうし)はいいです。

◆我都很順利呀。　調子(ちょうし)はいいよ。

◆很順利。　好調(こうちょう)です。

◆我過得挺順利的。　なかなか順調(じゅんちょう)です。

◆一切都太順利了。　絶好調(ぜっこうちょう)です。

◆我過得一帆風順。　順風満帆(じゅんぷうまんぱん)です。

◆事情都很順利。　物事(ものごと)は順調(じゅんちょう)です。

◆一切都順利。　すべて順調(じゅんちょう)です。

◆工作順利。　仕事(しごと)は順調(じゅんちょう)です。

◆上學很開心。　学校(がっこう)は楽(たの)しいです。

2 忙碌

◆很忙碌　忙(いそが)しいです。

◆我很忙碌。　忙(いそが)しいよ。

◆每天都很慌張忙亂。	毎日(まいにち)あわただしいです。
◆工作很忙。	仕事(しごと)が忙(いそが)しいです。
◆我雖然很忙，但是活力充沛。	忙(いそが)しいけれど元気(げんき)です。
◆學校很忙。	学校(がっこう)が忙(いそが)しいです。
◆我忙著用功。	勉強(べんきょう)が忙(いそが)しいです。
◆我忙著準備學校的功課。	学校(がっこう)の勉強(べんきょう)が忙(いそが)しいです。
◆我忙著社團的練習。	部活(ぶかつ)の練習(れんしゅう)が忙(いそが)しいです。
◆我忙著上補習班。	塾(じゅく)が忙(いそが)しいです。

3 普通

◆普通	普通(ふつう)です。
◆我過得普普通通。	まあまあです。
◆我過得尚可。	まずまずです。
◆還不錯。	悪(わる)くないです。
◆我很空閒。	暇(ひま)です。
◆我還是老樣子。	あいかわらずです。
◆我沒有什麼特別的改變。	特(とく)に変(か)わりはありません。

◆我仍然在努力，還算差強人意吧。　なんとかがんばっています。

◆我沒有特別感到不滿意之處。　特(とく)に不満(ふまん)はないです。

4 不順

◆不順遂。　不調(ふちょう)です。

◆我過得不好。　悪(わる)いです。

◆我過得不大好。　あまりよくありません。

◆沒什麼值得一提的表現。　パッとしません。

◆我過得並不好。　よくはないです。

◆我快要完蛋了。　どん底(ぞこ)の一歩(いっぽ)手前(てまえ)です。

◆日子過得很不好。　けっこう厳(きび)しいです。

◆糟透了。　最悪(さいあく)です。

◆我已經身心俱疲了。　ぼろぼろです。

5 家人的狀況

◆家父母都很好。　両親(りょうしん)は元気(げんき)です。

◆我的奶奶健康如昔。　父(ちち)の母(はは)は元気(げんき)です。

◆我內人平安如常。　私(わたし)の妻(つま)は元気(げんき)でやっています。

◆小犬很好。　息子(むすこ)は元気(げんき)です。

◆孩子們都很好。　子供(こども)たちは元気(げんき)です。

◆我的家人全都很好。　家族(かぞく)はみんな元気(げんき)です。

◆大家都很好。　みんな元気(げんき)です。

◆媽媽的狀況不好。　母(はは)の具合(ぐあい)が悪(わる)いです。

◆家父正在住院。　父(ちち)が入院(にゅういん)しています。

6 對方說「過得很好」時的回應

CD1-04

◆那真是太好了。　それはなによりです。

◆看您精神奕奕，真是太好了。　お元気(げんき)そうでよかったです。

◆大家都過得很好，真是太棒了。　みなさんお元気(げんき)でよかったです。

◆那真是太好了呀。　よかったですね。

◆太好了。　よかった。

7 詢問「過得不順利」的原因

◆為什麼呢？　どうして？

◆您怎麼了嗎？　どうかしたの？

◆發生了什麼事嗎？ 何(なに)があったの？

◆是不是發生了什麼事呢？ 何(なに)かありましたか。

◆您發生什麼事了嗎？ どうしましたか。

◆您在煩惱什麼呢？ 何(なに)を悩(なや)んでいるのですか。

◆如果您不嫌棄的話，要不要告訴我呢？ よかったら私(わたし)に話(はな)してみませんか。

◆如果您想找人吐吐苦水，我很樂意當聽衆喔。 話(はな)したかったら聞(き)きますよ。

8 說明「不順利」的原因

◆工作非常繁重。 仕事(しごと)がたいへんです。

◆最近覺得身體很疲憊。 最近(さいきん)、疲(つか)れ気味(ぎみ)です。

◆我的壓力很大。 ストレスがたまっています。

◆工作上發生很多狀況。 仕事(しごと)でいろいろあって。

◆我沒辦法休假…。 休(やす)みが取(と)れなくて…。

◆有太多讓我操心的事。 心配(しんぱい)ごとが多(おお)くて。

◆最近身體狀況不大好。 最近体調(さいきんたいちょう)がすぐれなくて。

◆最近發生了不少事情。	最近（さいきん）いろいろあって。
◆我正在煩惱學校的課業。	学校（がっこう）の勉強（べんきょう）のことで悩（なや）んでいます。
◆我正在煩惱未來的出路。	進路（しんろ）のことで悩（なや）んでいます。
◆我和男朋友／女朋友相處得不大好。	恋人（こいびと）とうまくいってないです。
◆我和家人目前爭執不斷。	家族（かぞく）ともめています。

9 一般性的鼓勵

◆真是辛苦您了呀。	たいへんですね。
◆您真可憐。	お気（き）の毒（どく）に。
◆請別過於操心。	心配（しんぱい）しないで。
◆請打起精神。	元気（げんき）を出（だ）してください。
◆請您不要沮喪。	落（お）ち込（こ）まないで。
◆請您抱持樂觀的態度。	前向（まえむ）きに考（かんが）えて。
◆真希望能夠順利解決呀。	解決（かいけつ）するといいですね。
◆真希望能夠打起精神呀。	元気（げんき）になるといいですね。
◆真希望能夠早日康復呀。	早（はや）く治（なお）るといいですね。

◆如果有任何狀況，請儘管隨時打電話給我。
何かあったらいつでも電話してください。

10 請對方再說一次

◆什麼？
はい？
＊請對方再說一次。

◆嗄？
えっ？

◆不好意思…
失礼ですが…。

◆麻煩您再講一次。
もう一度お願いします。

◆你剛剛說了什麼？
今何といいましたか。

◆對不起，我剛剛沒有聽清楚。
ごめんなさい。今、聞き取れませんでした。

◆可以請你再講一次嗎？
もう一度言ってください。

◆可以麻煩您再講一次嗎？
もう一度言ってくれませんか。

◆對不起，可以麻煩您再說一次大名嗎？
すみません。もう一度名前を言ってくれませんか。

◆可以請你重新講一次名字嗎？
もう一度名前を言ってくれませんか。

◆可以請您再稍微講慢一點嗎？
もう少しゆっくり話してくれませんか。

◆可以請您稍微提高一點聲量嗎？
もう少し大きな声で話してくれませんか。

4 謝謝

1 常用的說法

CD1-05

◆謝謝。　ありがとう。

◆謝謝。　どうも。

◆非常謝謝。　どうもありがとう。

◆謝謝您了。　ありがとうございました。

◆非常感謝。　どうもありがとうございます。

◆真的非常感謝。　本当(ほんとう)にありがとうございます。

◆Thank you.　サンキュー。

◆不好意思。　すみません。

◆由衷感謝。　心(こころ)より感謝(かんしゃ)します。

◆真的很感謝。　本当(ほんとう)にありがとう。

◆萬分感激。　重(かさ)ね重(がさ)ねありがとう。

◆多謝您。　お礼(れい)を申(もう)し上(あ)げます。

◆謝謝。　感謝(かんしゃ)いたします。

◆很感謝您。　感謝（かんしゃ）しています。

◆真不好意思。　恐（おそ）れ入（い）ります。

◆非常感謝您。　たいへん感謝（かんしゃ）しています。

◆這下子，我可欠了您一個人情。　これで借（か）りができました。

◆哎呀，您真是太貼心了。　まあ、やさしい！

◆感謝您的關懷。　お気遣（きづか）いありがとう。

◆感謝您的細心。　お心遣（こころづか）いありがとう。

2 全體性的謝謝

◆感謝您的諸多幫忙。　いろいろとありがとう。

◆非常感謝您在諸多層面上的幫忙。　何（なに）から何（なに）までやっていただいてありがとう。

◆萬分感謝您的照顧。　お世話（せわ）になり、たいへん感謝（かんしゃ）しています。

◆日前承蒙您費心關照了…。　こないだはどうもお世話（せわ）になって…。

＊「こないだ」是「このあいだ」的口語形。口語為求方便，常把音吃掉變簡短。

◆您真親切，謝謝。　ご親切（しんせつ）にどうもありがとう。

◆感謝您親切的照顧。　親切（しんせつ）にしていただいて感謝（かんしゃ）します。

◆非常感謝您的協助。　ご協力（きょうりょく）に感謝（かんしゃ）します。

◆給您添麻煩了。

お手数(てすう)をおかけ致(いた)しました。

◆謝謝你的幫忙。

手伝(てつだ)ってくれてありがとう。

◆謝謝你的救援。

助(たす)けてくれてありがとう。

◆謝謝您給我這個機會。

機会(きかい)を与(あた)えてくれてありがとう。

◆由衷萬分感謝您的好意。

あなたのご好意(こうい)に厚(あつ)くお礼申(れいもう)し上(あ)げます。

◆不知該說什麼來表達謝意好。

何(なん)とお礼(れい)を言(い)っていいかわかりません。

◆謝謝照顧。

お世話(せわ)になりました。

◆實在由衷滿懷感激。

有難(ありがた)いって思(おも)っています。

＊這裡的「って」是「と」的口語形。表示告訴對方自己的想法。

◆對您的諸多照顧，我實在無以為報。

たいへんお世話(せわ)になりまして頭(あたま)があがりません。

◆我絕對不會忘記您的體貼關懷。

あなたの優(やさ)しさは忘(わす)れません。

3 邀約的致謝

◆今天真的謝謝您了。

今日(きょう)は本当(ほんとう)にありがとう。

◆今天晚上謝謝您了。

今夜(こんや)はありがとう。

◆謝謝您上回的邀請。

先日(せんじつ)はどうも。

◆前些日子，真是謝謝您了。

先日(せんじつ)はありがとう。

◆謝謝您的聯絡。　連絡(れんらく)をどうもありがとう。

◆謝謝您邀請我。　誘(さそ)ってくれてありがとう。

◆謝謝您今天願意撥冗見我一面。　今日(きょう)は会(あ)ってくれてありがとう。

◆謝謝您今天撥冗前來。　今日(きょう)は来(き)てくれてありがとう。

◆謝謝您特地遠道而來。　遠(とお)いところをわざわざ来(き)てくれてありがとう。

◆謝謝您的請客。　おごってくれてありがとう。

◆謝謝您帶我來享用晚餐。　夕食(ゆうしょく)に連(つ)れて行(い)ってくれてありがとう。

◆謝謝您的招待。　招待(しょうたい)してくれてありがとう。

◆謝謝您豐盛的佳餚。　すばらしいおもてなしをありがとう。

◆謝謝您的美味佳餚／晚餐。　すばらしい料理(りょうり)／夕食(ゆうしょく)をありがとう。

◆我今天過得很開心。　今日(きょう)は楽(たの)しかったです。

◆我真的過得很開心。　とっても楽(たの)しかったです！

◆謝謝您讓我度過了最開心的時光。　最高(さいこう)に楽(たの)しい時間(じかん)を過(す)ごせました。

◆真慶幸我前來赴約。　来(き)てよかったです。

4 工作相關的致謝

CD1-06

◆謝謝您幫忙完成後續工作。
仕事を片付けてくれてありがとう。

◆謝謝您幫忙聯絡。
連絡をしておいてくれてありがとう。

◆謝謝您幫我留言。
伝言を聞いておいてくれてありがとう。

◆謝謝您幫我影印。
コピーをしてくれてありがとう。

◆謝謝您教我做法。
やり方を教えてくれてありがとう。

◆這樣喔，那麼就恭敬不容從命，不好意思了 。
そうか、では、お言葉に甘えて、すまんが…。

＊「すまん」的「ん」就是「ない」的口語形。從「ない」的文言「ぬ」(nu) 脫落母音的「u」，變成「ん」(n)，一般是中年以上的男性使用。

5 友誼上的致謝

◆謝謝你的建議。
アドバイスをありがとう。

◆謝謝你寶貴的建議。
ためになるアドバイスをありがとう。

◆謝謝你的支持。
支えてくれてありがとう。

◆謝謝你介紹那麼棒的餐廳給我。
いいレストランを教えてくれてありがとう。

◆這樣我會不好意思耶。
それじゃ悪いわよ。

◆謝謝你聽我說話。
話を聞いてくれてありがとう。

◆謝謝你聽我傾訴煩惱。
悩みを聞いてくれてありがとう。

◆謝謝你的親切照顧。　親切(しんせつ)にしてくれてありがとう。

◆謝謝你特地撥出時間陪我。　時間(じかん)をつくってくれてありがとう。

◆謝謝你當我的好朋友。　いい友達(ともだち)でいてくれてありがとう。

◆謝謝你當我的最要好的朋友。　親友(しんゆう)でいてくれてありがとう。

◆很感激你的友誼。　友情(ゆうじょう)に感謝(かんしゃ)します。

◆很感激你的愛情。　愛情(あいじょう)に感謝(かんしゃ)します。

◆百感交集。　胸(むね)がいっぱいになった。

6 電話及書信上的致謝

◆謝謝您打電話給我。　電話(でんわ)をありがとう。

◆非常感謝您日前打電話給我。　先日(せんじつ)はお電話(でんわ)をいただきましてありがとうございます。

◆非常感激您傳來的傳真。　ファックスをどうもありがとうございました。

◆謝謝您寄來的電子郵件。　E メールをありがとう。

◆謝謝您的來信。　お手紙(てがみ)をありがとう。

◆謝謝您寄來美麗的風景明信片。　きれいな絵葉書(えはがき)をありがとう。

◆謝謝您寄來漂亮的卡片。　すてきなカードをありがとう。

◆謝謝您的回信。	お返事（へんじ）をありがとう。
◆謝謝您立刻回信。	すぐに手紙（てがみ）の返事（へんじ）をくれてありがとう。
◆謝謝您給予迅速的答覆。	さっそくのご返答（へんとう）をありがとうございます。

7 接受禮物後的致謝

◆謝謝您送的生日禮物。	誕生日（たんじょうび）プレゼントをありがとう。
◆謝謝您送我很棒的聖誕禮物。	すてきなクリスマスプレゼントをありがとう。
◆謝謝您送我這麼棒的禮物。	すてきな贈（おく）り物（もの）をありがとう。
◆非常感激地接受您的厚意。	ありがたく頂戴（ちょうだい）いたします。
◆謝謝您送我昂貴的禮物。	高価（こうか）な贈（おく）り物（もの）をありがとう。
◆承蒙您惠贈如此極品。	結構（けっこう）なものをいただきまして。
◆謝謝您送我可愛的小東西。	かわいい小物（こもの）をありがとう。
◆謝謝您花心思致贈的禮物。	心（こころ）のこもった贈（おく）り物（もの）をありがとう。
◆非常感謝您送我中元節的禮品。	お中元（ちゅうげん）をありがとうございます。
◆謝謝您送我這麼棒的伴手禮。	すてきなお土産（みやげ）をありがとう。
◆非常感謝您送我年終的禮品。	お歳暮（せいぼ）をありがとうございます。

◆非常感謝您送我的畢業禮物。	卒業祝(そつぎょういわ)いをどうもありがとう。
◆非常感謝您送我的結婚禮物。	結婚祝(けっこんいわ)いをありがとうございます。
◆非常感謝您送給我慶賀弄璋／弄瓦的禮物。	出産祝(しゅっさんいわ)いをありがとうございます。

8 收到禮物的時候

CD1-07

◆我非常喜歡。	とても気(き)に入(い)りました。
◆我非常喜歡您送的禮物。	プレゼント、たいへん気(き)に入(い)りました。
◆非常高興收到您送給我的禮物。	贈(おく)り物(もの)をいただけてとても嬉(うれ)しかったです。
◆很感激您送我這份驚喜的禮物。	思(おも)いがけないプレゼントに感激(かんげき)しました。
◆我們全家人也都非常高興。	家族(かぞく)みんなも喜(よろこ)んでいます。
◆小孩子也非常開心。	子供(こども)も大喜(おおよろこ)びです。
◆非常滿意。	とても満足(まんぞく)です。
◆我一定會很愛惜地使用它。	大切(たいせつ)に使(つか)います。
◆我一定會好好珍惜的。	大事(だいじ)にします。
◆我一定會善加利用的。	最大限(さいだいげん)に活用(かつよう)します。
◆我一收到就立刻開封使用。	さっそく使(つか)わせていただきます。

◆我一收到就拿來用了。	もうさっそく使(つか)っています。
◆我一收到就立刻擺飾在房間裡了。	さっそく部屋(へや)に飾(かざ)りました。
◆這是我從以前就一直想要的東西。	前(まえ)から欲(ほ)しいものでした。
◆這是我一直很想要的東西。	ずっと欲(ほ)しかったです。
◆這是個很好的紀念品。	いい記念(きねん)になります。
◆您贈予的禮金我會存起來，以備日後之用。	いただいたお金(かね)は将来(しょうらい)のために貯金(ちょきん)します。
◆我會善加利用您致贈的禮金的。	いただいたお金(かね)は有効(ゆうこう)に使(つか)います。

9 不客氣啦

◆不會。	いいえ。
◆不客氣。	どういたしまして。
◆別這麼說，不客氣。	いいえ、どういたしまして。
◆不，這只是點小意思而已。	いや、ほんの気持(きも)ちだけです。
◆哪裡的話。	とんでもない。
◆哪裡，別放在心上。	いいえ、かまいません。
◆不要緊。	大丈夫(だいじょうぶ)ですよ。

◆真是太客氣了。　それはそれは。

◆我才該向您道謝。　こちらこそ。

◆請別這麼說，我才該向您道謝。　いいえ、こちらこそ。

◆別這麼說，我平日才淨是給您添麻煩了。　いいえ、こっちこそいつもご迷惑(めいわく)ばっかり掛(か)けて…。

＊「ばっかり」是「ばかり」的口語形。為了表現豐富，或用副詞強調，有促音化「っ」的傾向。

◆請不要在意。　気(き)にしないで。

＊這裡的「ないで」是「ないでください」的口語表現。表示對方不要做什麼事。

◆請您不要客氣。　ご遠慮(えんりょ)なさらないでください。

◆請您不必客氣。　どうぞご遠慮(えんりょ)なさらないで。

◆您向我道什麼謝嘛！　お礼(れい)なんていいですよ。

◆那裡，不客氣，不足掛齒。　お礼(れい)を言(い)われるほどのことではないですよ。

◆我也學到了很多東西。　私(わたし)もいろいろ勉強(べんきょう)させてもらいました。

◆畢竟我根本沒有費什麼工夫，就輕鬆完成了。　全然(ぜんぜん)、手間(てま)ではなかったから。

◆輕鬆簡單地就完成了，所以您不必道謝。　簡単(かんたん)に済(す)みましたから。

◆應該是我謝謝你。　こちらがお礼(れい)を言(い)わなくては。

＊「なくては」是「なくてはいけない」的口語表現。表示「不得不，應該要」。

◆有任何事請隨時吩咐一聲。　いつでもどうぞ。

◆往後如果還有用得上我的地方，請隨時吩咐。　またいつでも言(い)ってください。

◆那只是我自己喜歡所以擅自做的事罷了。　好(す)きでやっているんですから。

◆我做得很開心，請不必在意。　楽(たの)しんでやっているんですから。

◆能夠博得您的喜愛，真是太棒了。　楽(たの)しんでいただけて、なによりです。

◆能夠讓您滿意，那真是太好了。　気(き)に入(い)っていただけて、なによりです。

5 真對不起

1 實用的說法

CD1-08

◆對不起。　ごめんなさい。

◆不好意思。　悪(わる)いですね。

◆是我不對（較正式）。　私(わたし)が悪(わる)かったです。

◆真的非常對不起。　本当(ほんとう)にごめんなさい。

◆對不起。　すみません。

◆不好意思，謝謝。　すいません。

＊「すいません」是「すみません」的口語形。口語為求方便，常改用較好發音的方法。

◆非常對不起。　どうもすみませんでした。

◆真對不起。　大変失礼(たいへんしつれい)しました。

◆由衷向您致歉。　誠(まこと)にすみません。

◆由衷向您表達歉意。　心(こころ)から謝(あやま)ります。

◆非常對不起。　申(もう)し訳(わけ)ありません。

◆請您接受我的歉意。　謝(あやま)らせてください。

◆請您原諒我。　許(ゆる)してください。

◆我原本並沒有那樣的用意。　そんなつもりではなかったんです。

◆我錯了。　私(わたし)が間違(まちが)っていました。

◆是我不好。　私(わたし)がいけなかったです。

◆請您原諒。　お詫(わ)びします。

◆請您讓我向您道歉。　お詫(わ)びさせてください。

◆我向您致歉。　お詫(わ)び申(もう)し上(あ)げます。

◆給您添麻煩了。　ご迷惑(めいわく)をおかけしました。

◆失禮了。　失礼(しつれい)しました。

◆非常失禮。　どうも失礼(しつれい)いたしました。

◆抱歉（較鄭重）。　謝(あやま)ります。

◆我由衷向您道歉。　心(こころ)から謝(あやま)ります。

◆我由衷向您致上歉意。　心(こころ)からお詫(わ)び申(もう)し上(あ)げます。

◆萬分抱歉。　どうも申(もう)し訳(わけ)ございません。

◆真的感到萬分抱歉。　本当(ほんとう)に申(もう)し訳(わけ)ないって思(おも)っています。

◆增添了您的困擾，不好意思。　ご面倒(めんどう)をおかけしました。

2 與人有約卻遲到了

◆我遲到了，對不起。　遅(おく)れてごめんなさい。

◆讓您久等了，對不起。　待(ま)たせてごめんなさい。

◆跟您約好了，我卻不能去，真的非常對不起。　待(ま)ち合(あ)わせに行(い)けなくて本当(ほんとう)にごめんなさい。

◆我還有工作。　仕事(しごと)があって。

◆我的工作比原本預計的時間還要久。　仕事(しごと)が長引(ながび)いてしまって。

◆我沒有辦法從會議裡溜出來。　会議(かいぎ)を抜(ぬ)け出(だ)せなくて。

◆我臨時需要加班。
残業(ざんぎょう)になってしまって。

◆我沒能趕上電車。
電車(でんしゃ)に乗(の)り遅(おく)れちゃって。

◆我迷路了。
道(みち)に迷(まよ)っちゃって。

◆我找不道路。
道(みち)がわからなくて。

◆路上大塞車。
道(みち)が混(こ)んでいて。

◆對不起，我遲到了，因為路上塞車。
遅(おく)れて、すみません。道(みち)が込(こ)んでたんです。
＊「んです」是「のです」的口語形。在這是表示說明情況。

◆我找不到約定的地點。
場所(ばしょ)がわからなくて。

◆我跑錯約定的地點了。
違(ちが)う場所(ばしょ)に行(い)ってしまいました。

◆我正要出門時，卻因為臨時接了通電話而耽擱了時間。
出(で)がけに電話(でんわ)が入(はい)っちゃって。

◆我雖然打電話和您聯絡了，可是您似乎已經出門了。
連絡(れんらく)しましたが、もう出(で)たあとだったみたいで。

◆我打不通你的行動電話。
携帯(けいたい)がつながらなくて。

◆我已經在你的電話裡留言了，你沒有聽到嗎？
留守電(るすでん)にメッセージを入(い)れましたが、聞(き)きましたか。

3 沒有聯絡的理由

CD1-09

◆對不起，我沒有打電話給你。	電話(でんわ)をしないでごめんなさい。
◆對不起，我沒有辦法和你聯絡。	連絡(れんらく)できなくてごめんなさい。
◆不好意思，這麼晚才和您聯絡。	ご連絡(れんらく)が遅(おく)れてすみません。
◆不好意思，這麼遲才回覆您。	返事(へんじ)が遅(おく)れてすみません。
◆對不起，好一陣子沒有辦法和您聯繫。	しばらく連絡(れんらく)しないでごめんなさい。
◆因為我每天都非常忙碌。	毎日(まいにち)忙(いそが)しかったので。
◆因為我的工作非常忙碌。	仕事(しごと)がとても忙(いそが)しくて。
◆因為學校非常忙碌。	学校(がっこう)が忙(いそが)しくて。
◆對不起，我最近實在很忙。	すいません。ここんとこ、忙(いそが)しくて。 ＊「とこ」是「ところ」的口語形。口語為求方便，常把音吃掉變簡短。
◆因為我經常出差。	出張(しゅっちょう)が多(おお)くて。
◆因為我最近身體不好。	最近(さいきん)、体調(たいちょう)が悪(わる)くて。
◆因為我覺得深夜打電話給您不太禮貌。	夜(よる)、遅(おそ)くに電話(でんわ)をしたら悪(わる)いと思(おも)って。
◆因為我覺得在您正忙的時候打擾您會造成困擾。	忙(いそが)しいところをじゃましては迷惑(めいわく)だと思(おも)って。

◆雖然我打過好幾次電話給您，但是都沒有人接聽。
何度か電話したのですが、留守だったので。

◆因為我弄丟了電話本。
アドレス帳をなくしてしまって。

◆對不起，那天我姪子要結婚。
ごめん、その日、おいの結婚式なんだ。

4 造成對方困擾時的道歉

◆打擾您，真對不起。
じゃましてごめんなさい。

◆（打斷對方的工作等）打斷您手邊的工作，非常對不起。
（仕事などを）中断させてしまってごめんなさい。

◆對不起，我忘了和您的約定。
約束を忘れてごめんなさい。

◆對不起，我犯了錯。
ミスしてしまってごめんなさい。

◆對不起，我不小心把這件事給忘了。
うっかり忘れてしまってごめんなさい。

◆造成您的麻煩，對不起。
ご面倒をかけてすみません。

◆增添您的麻煩，非常抱歉。
お手数をおかけして申し訳ありません。

◆不好意思，勞駕您在百忙中撥冗。
忙しいのに時間を取らせてすみません。

◆對不起，在這麼晚的時間打擾。
こんな時間にすまん。

◆時間已經差不多了，容我先告辭。

もう時間なんで、失礼するわ。

◆對不起，我已經預約，後來卻忘記了。

予約を忘れてごめんなさい。

◆不好意思，我把文件弄丟了。

書類をなくしてしまってごめんなさい。

◆不好意思，從下個月的二十一日起要去旅行，因此小店有三天無法營業。

悪いんだけど、来月は 21 日から旅行に行くんで、3 日間店を閉めるんだよ。

◆啊，不好意思，我現在正要出門。

あ、悪いけど、今から出かけるんだ。

◆這幾天時間上不大方便…，後天之後的時段我比較方便。

それは、ちょっとね…あさって以降の方がいいんだけど。

◆非常不好意思，假如你願意的話，可否請你星期六也來幫忙呢？

申し訳ないんだけど、もし君さえ良ければ土曜日にも出てきてもらえないかと思って。

◆看來不向大家道歉恐怕不行吧。

皆に謝らなきゃいけないしなあ。

＊「なきゃいけない」是「なければいけない」的口語形。表示必須、有義務要那樣做。

5 傷了對方的心

CD1-10

◆我傷了你的心，對不起。

傷つけてごめんなさい。

◆真的非常對不起，我讓您難過了。

あなたの気持ちを害してしまって本当にごめんなさい。

◆我之前的話說得太重了。

言い過ぎました。

◆對不起，我說得太過火了。	言(い)いすぎてしまってごめんなさい。
◆對不起，我對您說了重話。	きついことを言(い)ってごめんなさい。
◆對不起，我瞞了您。	黙(だま)っていてごめんなさい。
◆對不起，我沒有讓您知道。	隠(かく)しごとをしてごめんなさい。
◆對不起，我說謊了。	嘘(うそ)をついてごめんなさい。
◆上回的事情，真的很抱歉。	この間(あいだ)はすみませんでした。
◆之前沒有察覺到這一點。	気(き)がつきませんでした。
◆我為上回說過的話鄭重向您道歉。	この前(まえ)言(い)ったことをお詫(わ)びします。
◆我並不想害您傷心。	傷(きず)つけるつもりはなかったんです。
◆一時沒有辦法克制而怒火中燒。	ついカッとなってしまって。
◆我也沒有想到自己竟然會說出那種話。	あんなこと言(い)うつもりはなかったんです。
◆因為我不想讓您擔心，所以一直瞞著沒說。	心配(しんぱい)をかけたくなかったので黙(だま)っていました。
◆我原本打算找到適當的時機再告訴您。	頃合(ころあ)いを見計(みはか)らって言(い)うつもりでした。
◆請你原諒。	許(ゆる)してください。
◆請您原諒我這次。	今回(こんかい)は勘弁(かんべん)してください。

◆是我不好，是我做了蠢事。　私(わたし)がばかでした。

6 當別人向您道歉時

◆沒關係啦。　別(べつ)にいいですよ。

◆不要在意。　気(き)にしないで。

◆我知道了。　わかりました。

◆我知道你的心意了。　気持(きも)ちはわかりました。

◆不用向我道歉，不要緊的啦。　謝(あやま)らなくてもいいですよ。

◆沒什麼關係。　別(べつ)にいいです。

◆我已經知道你的心意了。　気持(きも)ちはわかりますから。

◆我已經原諒你了，不要擔心。　許(ゆる)しますから、心配(しんぱい)しないで。

◆我已經不在意了。　もう気(き)にしていません。

◆我已經忘記那件事了。　そのことはもう忘(わす)れました。

◆我本身也有錯。　私(わたし)も間違(まちが)っていました。

◆哪裡哪裡，您太客氣了（男性用語）。　いや、いや、どうもご丁寧(ていねい)に。

◆哪裡的話，沒事的（男性用語）。　いや、なんでもありません。

◆別那麼客氣，招待不周，實在很不好意思。　いいえ、私(わたし)の方(ほう)こそ失礼(しつれい)いたしました。

◆沒事的。　とんでもありません。

◆沒關係，不要緊。　いや、大丈夫(だいじょうぶ)ですよ。

◆用不著道歉。　お詫(わ)びには及(およ)びません。

◆哪裡哪裡，我也不對。　いいえ、こちらこそ。

6 請問一下

1 請問他人

CD1-11

◆不好意思。　すみません。

◆可以耽誤一下嗎？　ちょっといいですか。

◆打擾一下…。　ちょっとすみません。

◆請問一下…。　ちょっとうかがいますが。

◆想問一下有關旅行的事…。　旅行(りょこう)のことですが…。

◆請問…。　あのう…。

◆現在幾點？　今何時(いまなんじ)ですか。

◆這是什麼？　これは何(なん)ですか。

◆這裡是哪裡？　　ここはどこですか。

◆那是怎麼樣的書？　　それはどんな本（ほん）ですか。

◆河川名叫什麼？　　なんていう川（かわ）ですか。

＊這裡的「て」是「という」的口語形，表示人或事物的稱謂，表示「叫…名稱」。

Chapter 2

奇妙大自然

1 天氣

1 今天的天氣

CD1-12

◆天氣如何？	天気はどうですか。
◆今天天氣晴朗。	天気はいいです。
◆早上是晴天。	朝は晴れていました。
◆今天是好天氣。	今日はいい天気ですね。
◆今天真是個大晴天呀。	今日はよく晴れていますね。
◆天氣真熱呀。	暑いですね。
◆就是說呀。	そうですね。
◆是個風日清和的好日子。	天気のいい日だった。
◆今天從一大早開始，就是個好天氣。	今日は朝からいい天気です。

2 晴天

◆天氣很好，感覺很舒暢哪。	天気が良くて気持ちいいですね。
◆風日晴和，感覺通體舒暢。	晴れた空が気持ちいい。

◆下午天氣很好，感覺很舒服耶。	午後は天気が良くて、気持ちいいですね。 ＊「気持ち」後省略了「が」。如前後文脈意思夠清楚，常有省略「が」的傾向，其他情況就不可以任意省略。
◆今天的天氣真是涼爽。	さわやかな天気です。
◆今天真是風和日麗呀。	おだやかな天気です。
◆感覺十分舒服宜人。	過ごしやすいです。
◆天空澄朗無雲。	空が澄んでいた。
◆天上一片晴朗。	晴れ渡っています。
◆天空中萬里無雲。	空に雲一つありません。
◆太陽散發著金燦的光芒。	太陽が輝いています。
◆天空一片清朗。	からっとしています。

3 雨後天晴

◆雨停了以後，天空放晴了。	雨がやんで空が晴れた。
◆雨停後天氣放晴了。	雨が上がった後はいい天気になった。
◆昨天雖然下雨，但今天已經完全放晴了。	昨日は雨だったが、今日はきれいに晴れました。
◆雖然從早上開始一直下著雨，不過午後就漸漸放晴了。	朝はずっと雨が降っていたが、午後から晴れてきた。

◆天氣完全放晴了耶。	すっかりいい天気になりましたね。
◆好久沒像現在這樣出大太陽囉。	久しぶりに晴れましたね。
◆連日來，雪一直下個不停，到現在總算放晴了。	ずっと雪が降っていましたがやっと晴れましたね。
◆我等著放晴時才會去釣魚。	釣りに行くのは晴れの日まで待ちます。
◆今天的天氣真是好極了呀！	なんていい天気なんでしょう！
◆今天的氣溫既不過熱也不太冷，正是舒爽的好天氣。	暑くもなく寒くもなく、ちょうどいい天気です。
◆今天是最適合外出的好天氣。	外出するのにうってつけの天気です。
◆假如天氣好的時候，甚至可以眺見遠方的山峰。	晴れれば遠くの山まで見えます。
◆等天氣放晴後，我們去賞花吧。	晴れたら花見に行きましょう。
◆今晚天空無雲，星光格外閃耀。	今夜はよく晴れて星がきれいに見えます。
◆月兒從雲縫中探出頭來。	雲の間から月が見える。
◆原本籠著月兒的雲朵散去了。	月にかかっていた雲が晴れた。
◆在東京的冬季，經常都是晴朗的天氣。	冬の東京は晴れの日が多い。

4 下雨

CD1-13

◆明天大概會下雨吧。	あしたは雨(あめ)でしょう。
◆好像快要下雨了耶。	雨(あめ)が降(お)りそうですね。
◆已經在下雨了。	雨(あめ)が降(ふ)っています。
◆現在正在下著小雨。	小雨(こさめ)が降(ふ)っています。
◆下雨後，氣溫變得涼爽些了。	雨(あめ)が降(ふ)って少(すこ)し涼(すず)しくなった。
◆我被雨水打溼了。	雨(あめ)に濡(ぬ)れた。
◆我的鞋子全都濕透了。	靴(くつ)がずぶ濡(ぬ)れになった。
◆我身上的衣服都被淋濕了。	洋服(ようふく)が湿(しめ)ってしまった。
◆恐怕會感冒。	風邪(かぜ)を引(ひ)きそうだ。
◆我躲在屋簷下等待著雨停。	軒下(のきした)で雨(あめ)がやむのを待(ま)っていた。
◆每逢下雨天，心情就會陷入憂鬱。	雨(あめ)が降(ふ)ると、憂鬱(ゆううつ)になる。
◆我喜歡倚在窗畔賞覽雨景。	窓辺(まどべ)で雨(あめ)を眺(なが)めるのが好(す)きです。

5 大雨跟雷

◆藍天突然烏雲密佈，開始下起雨了。	青(あお)い空(そら)が急(きゅう)に曇(くも)って雨(あめ)が降(ふ)り出(だ)した。

◆從陰天變成了雨天。
曇(くも)りから雨(あめ)に変(か)わった。

◆突然下起了一陣驟雨。
急(きゅう)ににわか雨(あめ)が降(ふ)ってきた。

◆午後下起了滂沱大雨。
昼過(ひるす)ぎに雨(あめ)がひどく降(ふ)っていた。

◆到了傍晚，天氣遽轉成為猛烈的雷雨交加。
夕方(ゆうがた)、激(はげ)しい雷雨(らいう)になった。

◆暴雨大作。
どしゃぶりです。

◆這場雨下得真大呀。
すごい雨(あめ)です。

◆雷聲轟隆隆地響著。
雷(かみなり)が鳴(な)っています。

◆昨晚下過了傾盆大雨。
昨晩(さくばん)はどしゃぶりでした。

◆嘩嘩雨幕如瀑布般傾洩而下。
滝(たき)のように雨(あめ)が降(ふ)ってきました。

◆幸好我隨身帶著傘。
傘(かさ)を持(も)っていてよかった。

◆恐怕快要下雨了，最好帶把雨傘出門，比較保險。
雨(あめ)が降(ふ)りそうなので傘(かさ)を持(も)っていった方(ほう)がいい。

◆有些人會在雨中漫步，連把傘都不撐。
雨(あめ)の中(なか)を傘(かさ)もささないで歩(ある)いている人(ひと)がいる。

◆當時下起了驟雨，我身上卻沒有帶傘，實在不知道該怎麼辦才好。
突然(とつぜん)の雨(あめ)で傘(かさ)がなくて困(こま)りました。

6 梅雨

◆即將跨入梅雨季節了。	もうすぐ梅雨に入ります。
◆這是令人憂鬱煩悶的梅雨季節。	うっとうしい梅雨の季節です。
◆今天一整天都在下雨耶。	今日は一日雨ですね。
◆已經連續下了七天的雨。	七日もずっと雨が降っています。
◆從前天開始，雨就一直下個不停。	おとといからずっと雨が降っている。
◆霪雨霏霏連綿不絕。	じめじめした雨が続いていた。
◆梅雨季節時濕氣很重，好討厭喔。	梅雨は、ジメジメしていやですね。
◆樣樣東西都是濕濡潮黏的，真是討厭死了啦。	いろんなものが湿っちゃって嫌ですね。
◆已經下了這麼多天雨了，怎麼還下個不停呢？	いつまでも雨の日が続きますね。
◆濕濕黏黏的。	べたべたしています。
◆濕度很高。	湿度が高いです。
◆好想念金燦燦的大太陽喔。	輝く太陽が恋しいです。
◆我打算明天如果是晴天的話，會騎腳踏車去運動；假如下雨的話，那就在圖書館裡看看書。	あした晴れならサイクリングに行きますが、雨なら図書館で本を読もうと思います。

◆下雨天就算開門營業，也不會有客人上門。　雨の日は、店を開けても客が来ない。

◆啊！停了耶。　あっ、雨が止みましたね。

◆梅雨季節總算結束了。　梅雨がようやく明けました。

◆霧氣逐漸籠罩。　霧がでています。

7 風

CD1-14

◆風很涼快。　風が涼しい。

◆風兒十分舒爽。　風がさわやかです。

◆南風拂來暖意。　南の風が暖かい。

◆風兒掀起了窗簾。　風でカーテンがあいた。

◆起風了。　風が吹いてきた。

◆風越變越變大了。　風がますます強くなってきた。

◆開始吹起風囉。　風が出てきましたね。

◆風止了。　風がやんだ。

8 颱風

◆颱風好像會登陸。　台風が来るようです。

◆颱風即將登陸。
台風(たいふう)が来(き)ています。

◆明天有颱風。
明日(あした)は台風(たいふう)が来(き)ます。

◆昨天，颱風已經登陸了。
昨日(きのう)、台風(たいふう)が上陸(じょうりく)しました。

◆昨天晚上狂風暴雨大作。
昨晩(さくばん)はすごい嵐(あらし)でした。

◆八號颱風襲捲了日本的南部。
台風(たいふう)8号(ごう)は日本南部(にほんなんぶ)を襲(おそ)った。

◆風很大。
風(かぜ)が強(つよ)いです。

◆風勢變大了。
風(かぜ)が強(つよ)くなった。

◆狂風大作。
強(つよ)い風(かぜ)が吹(ふ)きます。

◆強風把雨傘吹翻了。
強風(きょうふう)で傘(かさ)が裏返(うらがえ)ってしまった。

◆強風吹破了玻璃窗。
強風(きょうふう)で窓(まど)ガラスが割(わ)れてしまいました。

◆裙擺被風吹掀了。
スカートが風(かぜ)でめくれた。

◆風勢太大，幾乎寸步難行。
風(かぜ)が強(つよ)くて、歩(ある)くのが大変(たいへん)だった。

◆船隻遇上了颱風，所以遲了一週才抵達。
船(ふね)は台風(たいふう)にあって1週間遅(しゅうかんおく)れた。

◆颱風將船舶沖上了海岸。
台風(たいふう)で船(ふね)が海岸(かいがん)に押(お)し上(あ)げられた。

◆昨天夜裡發生了一場大地震。
昨日(きのう)の夜(よる)、大(おお)きな地震(じしん)がありました。

◆在6點左右，發生了一場小地震。	6時(じ)ごろ、弱(よわ)い地震(じしん)がありました。

9 陰天

◆天色變得灰濛。	空(そら)が曇(くも)っています。
◆雲層很厚。	雲(くも)が多(おお)いです。
◆翳日不展，令人沉鬱。	うっとうしい天気(てんき)だった。
◆今天的天氣真讓人不舒服呀。	いやな天気(てんき)ですね。
◆天空從早晨就一直陰霾籠罩。	朝(あさ)からずっと曇(くも)っていた。
◆每當天氣不好時，情緒也跟著低落窒悶。	天気(てんき)が悪(わる)くて気持(きも)ちが落(お)ち込(こ)んじゃいます。
◆厚厚的雲層遮住了月亮。	厚(あつ)い雲(くも)で月(つき)が見(み)えない。
◆今年夏天，有很多日子都是陰陰的。	今年(ことし)の夏(なつ)は曇(くも)りの日(ひ)が多(おお)かった。
◆已經連續一週都是陰天了。	もう1週間(しゅうかん)も曇(くも)りだ。
◆在倫敦和巴黎的冬季，總是連日陰天。	ロンドンやパリの冬(ふゆ)は曇(くも)りの日(ひ)が多(おお)い。
◆如果下雨的話就暫停，假如陰天的話就照常舉行。	雨(あめ)ならやめますが曇(くも)りならやります。
◆陰天時晾的衣服，總是遲遲乾不了。	曇(くも)りの日(ひ)は洗濯物(せんたくもの)がなかなか乾(かわ)かない。

◆我們快趁著還沒轉陰之前曬棉被吧。
曇らないうちに布団を干しましょう。

◆趁著天色還亮，我們快點回去吧。
明るいうちに帰りましょう。

10 多變的天氣

CD1-15

◆天氣不好。
天気が悪いです。

◆天候真是惡劣呀。
ひどい天気ですね。

◆真是討厭的天氣。
いやな天気です。

◆天候很不穩定。
不安定な天気です。

◆天氣瞬息萬變。
変わりやすい天気です。

◆方才分明還風日晴和，乍然灰厚雲翳罩頂。
晴れたのに急に曇ってきた。

◆天象果真瞬息萬變。
天気が変わりやすかった。

◆太陽還高掛天際，卻下起雨來了。
日が差しているのに雨が降っていた。

◆早上起床時還是晴天，到了十點左右就開始轉陰了。
朝、起きたときは晴れだったが 10 時ごろから曇ってきた。

◆雖然現在還是陰天，但是立刻就會放晴的唷。
まだ曇っているけれど、すぐに晴れるよ。

◆突然飄來了雲層，把月亮遮住了。
急に曇って月が見えなくなった。

◆如果西方的天空雲層很厚，下雨的機率就很大。　西の空が曇ると雨が降りやすい。

◆天氣不好的時候，就哪兒也不想去。　天気が悪いのでどこへも行く気になれません。

◆既悶熱又下雨，真是討厭的天氣耶。　暑いし雨は降るし、いやな天気ですね。

＊「し」表示構成後面理由的幾個例子，或陳述幾種相同性質的事物。「因為…；既…又…」。

◆如果天候不好，那就取消旅遊行程。　天気が悪ければ旅行はやめます。

11 未來的天氣

◆明天會晴天吧！　明日は晴れでしょう。

◆明天會下雨吧！　明日は雨でしょう。

◆明天一整天都很溫暖吧！　明日は一日中暖かいでしょう。

◆今晚天氣不知道如何？　今晩の天気はどうでしょう。

◆今晚天氣不錯吧！　今晩は、いい天気でしょう。

◆明天也是晴天嗎？　明日も晴れですか。

◆下星期都會是好天氣吧！　来週はいい天気が続くでしょう。

◆週末天氣會變熱吧！　週末は暑くなるでしょう。

◆東京的８月如何？　東京の８月はどうですか。

◆香港如何？　香港はどうですか。

◆明天的天氣應該是早上陰天，但是午後就會放晴吧。
明日の天気は午前中は曇りですが昼から晴れるでしょう。

◆我猜天氣會由雨轉晴吧。
天気は雨から晴れに変わるでしょう。

◆後天或許會下雨。
あさっては雨になるかもしれない。

◆不曉得明天會不會放晴呢？
明日晴れないかなあ。

◆真希望星期天是個大晴天呀。
日曜日、晴れるといいですね。

◆真希望能夠早點放晴呀。
早くいい天気になって欲しいです。

◆據說下午好像會下雨。
午後は雨が降るそうです。

12 氣象報告

◆每天早晨都會收聽氣象預報。
毎朝天気予報を聞きます。

◆氣象預報說，天氣從下午開始應該會轉陰。
天気予報では、午後から曇るそうだ。

◆氣象預報說，今天從早上開始會下雨喔。
今日は朝から雨が降るって天気予報で言ってましたよ。

＊ 這裡的「って」是「と」的口語形。表示傳聞，引用傳達別人的話。

◆明天雖然是晴天，但是後天應該會下雨吧。
あしたは晴れますが、あさっては雨が降るでしょう。

◆明天是晴時多雲。
あしたは晴れのち曇りです。

◆今天的天氣預報是陰天。
今日の天気予報は曇りだった。

◆根據氣象報告，將會下起大雪。
天気予報によると大雪になるらしい。

◆先聽取氣象報告，再決定今天的行程。
天気予報を聞いて、今日の予定を立てる。

◆今天的天氣預報十分準確。
今日の天気予報は当たった。

◆氣象預報又不準了。
天気予報がまた外れた。

13 氣溫

CD1-16

◆雖然早上很涼爽，但是從中午開始就變熱了。
朝は涼しかったが昼から暑くなった。

◆太熱了，根本不想煮飯。
暑いから食事の用意をしたくない。

◆一打開窗戶就會感到冷意。
窓を開けると寒い。

◆由於太冷了，所以調高了房間空調的溫度。
寒かったので部屋の温度を上げた。

◆北海道是全日本最冷的地方。
北海道は日本で一番寒いところです。

◆由於教室裡非常寒冷，因此點起了火爐。
教室が寒かったのでストーブをつけました。

◆外頭很冷，記得穿了外套再出門。
外は寒いからコートを着ていきなさい。

◆在寒冷的日子裡，特別想吃熱騰騰的食物。
寒い日は暖かい料理が食べたいです。

◆由於天冷而感冒了。 寒くて風邪を引きました。

◆今年冬天比去年要來得冷多了。 今年の冬は去年より寒かったです。

◆萬一會冷的話，請將窗戶關上。 もし寒ければ窓を閉めてください。

◆到了十月，天氣才總算轉涼了。 10月になってやっと涼しくなった。

◆今天還真是熱呀。 今日はずいぶん暑いですね。

◆咱們找間有冷氣的咖啡廳進去休息吧。 ▲ 涼しい喫茶店に入って休みましょう。

A：「来週の天気はどうでしょうか。」

（下週的天氣如何？）

B：「きっと暑い日がつづきますよ。」

（想必是連日大熱天吧。）

◆天氣多變，請小心別感冒了。 天気が変わりやすいから風邪を引かないように気をつけてください。

14 溫度

◆今天的天氣是攝氏二十五度。 今日の気温は摂氏25度でした。

◆溫度計顯示是零下五度。 温度計は零下5度を示していた。

◆氣溫陡然驟升了。 気温が急に上がった。

◆今天的最高溫是三十五度。 今日の最高気温は35度だった。

◆酷熱難擋，已經衝破了八月份的均溫。 8月の平均気温を越えて暑かった。

15 國外的天氣

◆東京的春天如何？	東京の春はどうですか。
◆東京夏天很熱。	東京の夏は暑いです。
◆但是冬天很冷。	でも、冬は寒いです。
◆你的國家怎麼樣？	あなたの国はどうですか。
◆我的國家一直都很熱。	私の国は、いつも暑いです。
◆下很多雨。	雨がたくさん降ります。
◆北海道的夏天呢？	北海道の夏はどうですか。
◆很涼快。	涼しいです。
◆長野比東京稍微涼爽一點。	長野は東京よりちょっと涼しいですね。
◆加拿大的冬天比日本還要冷。	カナダは日本より寒い。
◆日本的夏天和菲律賓以及泰國差不多熱。	日本の夏はフィリピンやタイと同じぐらい暑い。
◆胡志明市、雅加達、或是曼谷都沒有冬天。	ホーチミンやジャカルタやバンコクには冬がない。
◆一九九八年，在長野縣舉辦了冬季奧林匹克運動會。	1998年、冬のオリンピックが長野で開かれた。

2 春天

1 春天來了

CD1-17

◆我很喜歡春天。	私は春が好きです。
◆春天即將造訪。	もうすぐ春です。
◆溫暖的春天即將到臨。	暖かい春はもうすぐです。
◆適逢暖春造訪。	暖かい春が訪れようとしています。
◆我們正期待著春天的腳步怎麼不快點接近呢？	早く春が来ないかと待っています。
◆我真希望暖和的春天能夠快點來到。	早く暖かい春になればいいと思います。
◆現在是春天	春です。
◆現在已經是春天了。	もう春です。
◆在不知不覺間，春天的腳步接近了。	知らないうちに、春が来た。
◆天氣漸漸暖和起來囉。	だんだん暖かくなってきましたね。
◆漫長的冬天結束後，春天終於來臨了。	長い冬が終わってやっと春が来た。
◆都已經是四月了，天氣卻一點也不暖和。	4月なのにまだ暖かくなりません。

◆今年的春天較往年來得晚。	今年(ことし)の春(はる)はいつもより遅(おそ)い。
◆今天比昨天稍稍暖和一些。	今日(きょう)は昨日(きのう)よりいくらか暖(あたた)かい。
◆今天還真是暖和呀。	今日(きょう)は暖(あたた)かかったですね。
◆是呀，您說得一點也沒錯。聽說高達二十三度呢。	ええ、そうですね。23度(ど)もあったそうですよ。
◆日子一天天地暖和起來。	日一日(ひいちにち)と暖(あたた)かくなってきます。
◆現在真的是春天哪。不只白晝變長，而且氣溫也溫暖多了。	春(はる)ですねえ。日(ひ)も長(なが)くなって、だいぶ暖(あたた)かくなりました。
◆只要看到山上的積雪一點一滴地融化，我就覺得春天已經到了呀。	山(やま)の雪(ゆき)が少(すこ)しずつ消(き)えていくのを見(み)ると春(はる)が来(き)たなと思(おも)います。

2 春天真舒服

◆春天是個美好的季節。	春(はる)はいい季節(きせつ)です。
◆春天的氣溫暖呼呼的，感覺非常宜人。	春(はる)は暖(あたた)かくて過(す)ごしやすいです。
◆春天是個舒爽的季節。	春(はる)はさわやかな季節(きせつ)です。
◆和煦的春風感覺真舒服。	春(はる)のそよ風(かぜ)は気持(きも)ちいいです。
◆春暖時節，樹木都紛紛冒出新芽。	春(はる)になると、木々(きぎ)の新芽(しんめ)が出(で)てきます。

◆春天來了，變得暖和多了。　春が来て暖かくなった。

◆暖洋洋的真是令人舒心愜意。　ぽかぽかと気持ちがいい。

◆是個閒適悠散的春日。　のどかな春の日でした。

◆再適合散步也不過了。　散策にはぴったりだった。

3 春天的花兒

◆處處綻放著連翹花。　レンギョウがあちこちで咲いた。

◆摘下杜鵑花插在玄關的花瓶裡。　ツツジを摘んで玄関の花瓶に生けた。

◆由於我罹患花粉症，所以每逢春天便痛苦難當。　花粉症なので春はつらいです。

◆櫻花開始綻放了。　桜が咲き始めます。

◆很快地，又將進入黃金假期了。　もうすぐゴールデンウィークです。

◆在春天，櫻花盛開十分美麗。　春は桜がきれいです。

◆現在，公園裡的櫻花正值盛開。　今公園で桜が満開だ。

◆我在春天去賞花。　春は花見に行きます。

◆百花盛放真是美極了。　花がぱっと咲いて美しかった。

◆櫻花全都凋謝了。　桜もみんな散ってしまった。

◆春天已經遠離了。　もう春が終わった。

◆北海道的櫻花好不容易才剛綻放，告知春天到臨的消息；但聽說沖繩卻已經進入梅雨季節了。　北海道ではやっと桜が咲いて春が来たというのに、沖縄ではもう梅雨だそうです。

◆當庭院裡的樹葉盡情地舒展開來時，表示春天已經接近尾聲了。　庭の木が葉を大きく広げるようになると春もそろそろ終わりだ。

3 夏天

1 夏天來了

CD1-18

◆當梅雨季節結束後，就是夏天到了。　梅雨が明けると夏だ。

◆夏天早上的四點左右，東方的天空就會開始泛白。　夏は４時には東の空が明るくなる。

◆春天離去，夏天到訪了。　春が過ぎて夏になりました。

◆已經是初夏時節了。　夏が始まった。

◆我立志在今年夏天努力減重。　この夏ダイエットに頑張ろうと思ってる。

◆氣溫逐漸變得炎熱了。　だんだん暑くなってきた。

◆現在已經是夏天了哩。　もう夏ですね。

◆我喜歡夏天。	私(わたし)は夏(なつ)が好(す)きです。
◆今年夏天不會太熱天。	今年(ことし)の夏(なつ)はあまり暑(あつ)くありません。
◆在北海道，即使是夏天，有時也需要開暖爐禦寒。	北海道(ほっかいどう)では夏(なつ)でもストーブが要(い)るときがあります。

2 夏天真熱

◆今天真熱。	今日(きょう)は暑(あつ)いですね。
◆每天都快熱死人了。	毎日(まいにち)暑(あつ)いですね。
◆夏天的暑氣酷熱無比。	夏(なつ)の暑(あつ)さは強烈(きょうれつ)です。
◆實在悶熱得要命。	蒸(む)し暑(あつ)かった。
◆陽光十分火辣。	日差(ひざ)しが強(つよ)いです。
◆每一天都是熱氣逼人的夜晚。	熱帯夜(ねったいや)が続(つづ)きます。
◆已經連續好幾天都是大熱天了。	毎日(まいにち)暑(あつ)い日(ひ)がつづきます。
◆每天都超過了 30 度。	連日(れんじつ) 30 度(ど)を越(こ)しています。
◆聽說高溫會持續到十月份。	暑(あつ)さは 10 月(がつ)まで続(つづ)くそうだ。
◆尤其在夏天，紫外線特別強烈。	夏(なつ)は特(とく)に紫外線(しがいせん)が強(つよ)いです。
◆今天晚上好像也一樣挺熱的耶。	今夜(こんや)も暑(あつ)くなりそうですね。

◆七月份幾乎都沒有下雨。
七月は雨がほとんど降らなかった。

◆平常在家裡都會節約用水。
家では水道の水を節約している。

3 沒食慾又睡不著

◆我最沒有辦法抵禦酷熱了。
暑いのは苦手です。

◆潑辣的酷熱搞得人們心浮氣躁。
ひどい暑さでイライラした。

◆因為酷暑慵懶昏鈍而沒有食慾。
夏ばてのため食欲がない。

◆實在是太熱了，使我提不起勁做任何事。
暑くて何もする気が起きません。

◆快要熱死人了啦。
暑くて死にそうです。

◆天氣太熱了，沒有什麼食慾。
暑くてあまり食べられません。

◆昨天晚上真是熱死人了，我根本不太睡得著。
夕べは暑かったですねえ。よく眠れませんでしたよ。

◆夏天的晚上通常熱得睡不著。
夏の夜は暑くて眠れない。

◆天氣燠熱，熱得我每晚都無法好好睡上一覺。
暑くて寝苦しい夜が続きます。

◆天氣實在是太熱了，我整晚都沒有辦法闔眼。
暑すぎて一晩中眠れなかった。

◆冒出了渾身大汗。
汗をかきました。

◆拿毛巾抹了汗。　タオルで汗（あせ）を拭（ふ）いた。

◆如果會熱的話，請脫掉毛衣。　暑（あつ）ければセーターを脱（ぬ）ぎなさい。

4 討厭的蚊子

CD1-19

◆蚊子擾得我整夜無法有個好眠。　蚊（か）のせいでよく眠（ねむ）れなかった。

◆開燈找蚊子的蹤影，然後啪的一聲打死。　電気（でんき）をつけて蚊（か）を探（さが）してバチンします。

◆我最痛恨蚊子了啦。　蚊（か）は大嫌（だいきら）いなのよ。

◆被蚊子叮了。　蚊（か）に食（く）われちゃった。

◆掛上蚊帳就寢。　蚊帳（かや）を吊（つ）って寝（ね）る。

◆點燃了蚊香。　蚊取（かと）り線香（せんこう）をたいた。

5 消暑

◆拿團扇搧著風。　うちわで扇（あお）いだ。

◆開了冷氣。　エアコンをつけた。

◆真想來一碗紅豆刨冰。　氷（こおり）あずきが食（た）べたかった。

◆在大熱天裡的啤酒滋味格外美妙。　暑（あつ）い日（ひ）はビールがおいしい。

◆吃了西瓜。	スイカを食(た)べた。
◆一身清涼的打扮。	涼(すず)しい格好(かっこう)をした。
◆涼風從庭院送進房間裡。	庭(にわ)から部屋(へや)の中(なか)に涼(すず)しい風(かぜ)が入(はい)ってきます。
◆我去游泳了。	泳(およ)ぎに行(い)った。

6 度假

◆從後天開始放暑假。	あさってから夏休(なつやす)みです。
◆暑假即將到臨了。	夏休(なつやす)みも間近(まぢか)ですね。
◆你在這個夏天過得開心嗎？	夏(なつ)を楽(たの)しんでいますか。
◆我最喜歡夏天。因為熾烈的陽光和偌大的雲朵，讓我感受到宛如年輕人的活力。	夏(なつ)が一番(いちばん)好(す)きです。強(つよ)い太陽(たいよう)や大(おお)きな雲(くも)に若(わか)い人(ひと)の力(ちから)のようなものを感(かん)じるからです。
◆我們全家人每年都會去避暑。	▲ 毎年(まいねん)家族(かぞく)で避暑地(ひしょち)に行(い)く。 A：「涼(すず)しい北海道(ほっかいどう)で夏(なつ)を過(す)ごしました。」 （我在涼爽的北海道度過了夏天。） B：「それはよかったですねえ。」 （真是令人羨慕呀。）
◆我們一家人去了山間溪谷遊玩。	私(わたし)の家族(かぞく)は山(やま)の渓谷(けいこく)へ行(い)った。
◆我想在今年夏天爬上標高三千公尺左右的高山。	今年(ことし)の夏(なつ)は 3000 メートルくらいの山(やま)に登(のぼ)りたい。

◆晚上看到了螢火蟲。　夜は蛍を見ることができた。

◆穿上夏季和服，出門參加祭祀慶典了。　浴衣を着てお祭りに出かけた。

◆在屋頂上邊吃晚餐邊欣賞了煙火。　屋上で晩ご飯を食べながら花火を見ました。

◆我在今年夏天非得要談一場像樣的戀愛不可。　今年の夏こそ本当の恋がしたい。

◆夏天最開心的事情就是去玩海水浴了。　夏は海水浴を楽しみます。

◆在海邊享受日光浴真是人生一大樂事。　浜辺で日光浴を楽しんだ。

◆我抹了防晒油。　日焼け止めを塗った。

◆我被驕陽晒成像黑炭一樣。　日に焼けて真っ黒になりました。

◆敬祝暑安。　暑中お見舞い申し上げます。

4 秋天

1 秋天來了

CD1-20

◆秋天已經來了呀。　もう秋ですね。

◆夏季已經結束，到了秋天囉。　もう夏が終わって秋だよ。

◆到了九月，太陽就提早下山，完全呈現出秋天的景致。　9月になると日が短くなって、すっかり秋です。

◆陽光也變得沒有那麼潑辣了。
日差(ひざ)しも弱(よわ)まってきました。

◆白晝日漸縮短。
だんだん日(ひ)が短(みじか)くなってきた。

◆儘管在東京還是連日超過三十度高溫的炎熱天氣，但在北海道已經進入秋天了。
東京(とうきょう)では毎日(まいにち)30度(ど)を超(こ)える日(ひ)が続(つづ)いていますが、北海道(ほっかいどう)ではもう秋(あき)です。

◆時序已經入秋，庭院裡的蟲兒開始鳴叫了。
もう秋(あき)だなあ、庭(にわ)で虫(むし)が鳴(な)き始(はじ)めた。

◆入夜後已經完全是秋天的氣息囉，你聽蟋蟀正在叫著呢。
夜(よる)はもう秋(あき)みたいだな。鈴虫(すずむし)が鳴(な)いてるよ。

＊「てる」是「ている」的口語形。表示動作、作用進行中；反覆進行的行為；變化後結果所處的樣態。

◆過了酷熱的夏天，就到了涼爽的秋天。
暑(あつ)い夏(なつ)が過(す)ぎて涼(すず)しい秋(あき)になりました。

◆等到秋蟲開始鳴叫時，代表夏日已經結束囉。
秋(あき)の虫(むし)が鳴(な)き出(だ)したら、夏(なつ)も終(お)わりだなあ。

◆夜裡有點涼意哪。
夜(よる)は少(すこ)し冷(ひ)えますね。

◆天氣變得比較涼爽了。
涼(すず)しくなりました。

◆時序已經進入吹起涼風的季節了。
涼(すず)しい風(かぜ)が吹(ふ)く季節(きせつ)となりました。

◆涼爽的秋風正在吹拂著。
涼(すず)しい秋風(あきかぜ)が吹(ふ)いていた。

◆已經是秋天了哪。吹來的風愈來愈冷。
もう秋(あき)だな。風(かぜ)がだんだん冷(つめ)たくなった。

2 我最愛的秋天

◆秋天是我喜愛的季節。
秋は私の好きな季節です。

◆我最喜愛秋日的清朗天空。
秋の澄んだ空が大好きです。

◆微風拂來，樹葉片片飄落。
風が吹いて木の葉がひらひら舞っています。

◆鮮紅欲滴的蘋果會在秋天結成果實。
秋には真っ赤なリンゴが実る。

◆務農人家將要開始收割稻穀。
農家の皆さんが稲刈りを始めます。

◆運動會在秋高氣爽的晴日下展開了。
素晴らしい秋晴れの下、運動会が行われました。

◆涼風習習吹拂。
爽やかな風が吹いた。

◆入秋以後，樹葉就變成黃色的。
秋になると木の葉が黄色くなる。

◆秋天不僅天氣涼爽，而且食物又很美味，是我最喜歡的季節。
秋は涼しくて食べ物もおいしく、私の一番好きな季節です。

◆到了秋天就會掉葉子的樹木，稱為落葉樹。
秋に葉が落ちる木を落葉樹といいます。

◆樹葉在秋天裡轉為紅色，真是美不勝收。
秋に葉が赤くなり大変美しい。

◆葉子在秋天會變色。
秋に葉の色が変わる。

◆秋天的紅葉美景非常漂亮。
秋は紅葉がきれいです。

◆樹葉在秋天會飄落。
秋(あき)に葉(は)を落(お)とします。

◆我去賞楓，還拍了照片。
紅葉狩(もみじが)りに行(い)って、写真(しゃしん)を撮(と)ってきました。

◆一面散步，一面賞覽如畫卷般的美景，實在太享受了。
絵(え)のような景色(けしき)を見(み)て歩(ある)くのは楽(たの)しかった。

◆請問您今年秋天想去哪裡旅行呢？
この秋(あき)、旅行(りょこう)したい所(ところ)はどこですか。

◆每到秋天，就會食欲大增。
食欲(しょくよく)の秋(あき)です。

◆秋天是一整年裡最適合讀書的季節。
読書(どくしょ)の秋(あき)です。

◆秋天是最適合運動的季節。
スポーツの秋(あき)です。

◆到了秋天，就會有許多當季的肥美食物上市。
秋(あき)になると、おいしい食(た)べ物(もの)がたくさん出(で)てきます。

3 秋天的尾聲

◆天氣十分涼爽。
天気(てんき)が涼(すず)しかった。

◆風勢頗強，感到格外寒冷。
風(かぜ)が強(つよ)くて肌寒(はださむ)かったです。

◆風變得比較冷了。
風(かぜ)が冷(つめ)たくなりました。

◆從涼秋進入了寒冬。
秋(あき)から冬(ふゆ)に変(か)わった。

◆冬意似乎早已造訪了山林。
山(やま)は早(はや)くも冬(ふゆ)が来(き)たようだった。

5 冬天

1 冬天來了

CD1-21

◆時序已經入冬了哪。	もう冬(ふゆ)ですね。
◆寒冷的冬天已經來了。	寒(さむ)い冬(ふゆ)が来(き)た。
◆明天好像會比今天更冷喔。	明日(あした)は今日(きょう)より寒(さむ)くなるそうですよ。
◆早晚的氣溫都變得十分寒冷了。	朝晩(あさばん)冷(ひ)え込(こ)むようになりました。
◆晚上有點涼意喔。	夜(よる)はちょっと　いですね。
◆白晝變短。	日(ひ)が短(みじか)くなります。
◆冬天的空氣很乾燥。	冬(ふゆ)は空気(くうき)が乾燥(かんそう)します。
◆今天空氣很乾燥吧。	今日(きょう)は空気(くうき)が乾燥(かんそう)していますね。

2 冬天真冷

◆我最怕寒冷。	寒(さむ)いのは苦手(にがて)です。
◆氣溫實在太冷了，早上要離開被窩是件很痛苦的事。	寒(さむ)くて朝起(あさお)きるのがつらいです。
◆雖然我很討厭寒冷，但在酷熱時不管有多熱都無所謂。	寒(さむ)いのは嫌(いや)だけど、暑(あつ)いのはいくら暑(あつ)くてもかまわない。 ＊「けど」是「けれども」的口語形。口語為求方便，常有省略的形式。

◆手腳都是冰冷的。	手足(てあし)が冷(ひ)えます。
◆感覺非常寒冷。	冷(ひ)え込(こ)みます。
◆每天都好冷喔。	毎日(まいにち)寒(さむ)いですね。
◆快要凍僵了。	凍(こご)えます。
◆風好冷。	風(かぜ)が冷(つめ)たいです。
◆夜晚的低溫顯得更為冷冽。	夜(よる)は一段(いちだん)と冷(ひ)え込(こ)みます。
◆半夜實在冷極了。	夜中(よなか)ものすごく寒(さむ)かった。
◆今天早上氣溫下降了。	今朝(けさ)は気温(きおん)が下(さ)がった。
◆本月初曾降了霜。	今月初(こんげつはじ)めごろ霜(しも)が降(お)りた。
◆降霜使得地面分外凍冷。	霜(しも)で地面(じめん)が凍(こお)りついている。
◆日落西山後，氣溫驟然變得凍寒。	日(ひ)が沈(しず)むと急(きゅう)に冷(ひ)え込(こ)んできた。
◆嚴寒沁骨。	寒(さむ)さが骨(ほね)までしみてきます。
◆那寒風如針一般扎刺身軀。	身(み)を刺(さ)すような冷(つめ)たい風(かぜ)だった。
◆因為一直在酷寒的戶外工作，所以鼻頭都被凍紅了。	寒(さむ)い外(そと)で働(はたら)いていたので鼻(はな)の頭(あたま)が赤(あか)い。
◆嚴寒刺骨，身體不住地打著冷顫。	すごく寒(さむ)くてぶるぶる震(ふる)えた。

◆全身起了雞皮疙瘩。	体中に鳥肌が立った。
◆呵著白煙好為掌心取暖。	白い息を吐きながら手を暖めている。

3 冬天的保暖

◆已經穿著冬季的內衣。	もう冬用の下着を着ています。
◆在冬天時，希望有厚重的外套可穿。	冬は厚いコートがほしい。
◆裹上了一層又一層的保暖衣物。	何枚も重ね着をした。
◆身著厚重的衣服。	厚い服を着込んでいた。
◆以圍巾一圈圈地裹住了整個頭臉。	マフラーで顔と首をグルグル巻いた。
◆套上了手套，也戴上了耳罩。	手袋をはめて耳掛けもしていた。
◆穿上了冬天的暖和的靴子。	冬用の暖かいブーツを履いた。
◆到了十一月，差不多開始需要開暖爐了。	11月に入って、そろそろストーブが欲しくなりました。
◆天氣很冷，麻煩開啓暖爐。	寒いからストーブをつけてください。
◆外頭很冷吧。請快點進來，到這間有暖爐的房間裡取取暖。	外は寒かったでしょう。さあ、早く、こっちのストーブのある部屋にいらっしゃい。 ＊「こっち」是「こちら」的口語形。為了表現豐富，或用副詞強調，有促音化「っ」的傾向。

◆湊近暖爐焐暖身子。	ヒーターで暖めています。
◆身體已經變得暖和了。	もう体が暖まった。
◆在出門前，一定要確實熄滅火爐。	出かけるときはストーブを必ず消します。
◆火爐裡的火苗熄滅了。	ストーブの火が消えた。
◆火爐很燙，請務必留意。	ストーブが熱いから気をつけなさい。
◆在寒冬中，清酒喝起來格外順口。	冬は日本酒がおいしい。
◆在寒冷的日子裡，就會想喝熱咖啡。	寒い日は温かいコーヒーが飲みたい。
◆在家裡和戶外的溫差相當大。	家の中と外では暖かさがずいぶん違う。
◆日本的冬天非常寒冷，請記得穿上毛衣，小心千萬別感冒了。	日本の冬は寒いですから、セーターを着るなどして、風邪を引かないように気をつけてください。
◆如果會冷，我們把窗戶關上吧。	寒いなら窓を閉めましょう。
◆聖誕節很快就要到了。	もうすぐクリスマスです。

4 冬天的尾聲及暖冬

CD1-22

◆轉眼間，今年已接近尾聲了哪。	あっという間に今年も終わりですね。
◆新年即將到臨。	もうすぐお正月です。

◆寒假快要到了。　もうすぐ冬休み（ふゆやすみ）です。

◆到了年底，大家總是十分忙亂。　年末（ねんまつ）はあわただしいです。

◆以冬天而言，氣溫顯得格外暖和。　冬（ふゆ）にしては暖（あたた）かかった。

◆今年冬天一點也不冷。　今年（ことし）の冬（ふゆ）は寒（さむ）くなかった。

◆今年是個暖冬。　今年（ことし）は暖冬（だんとう）だった。

5 下雪了

◆今天好冷喔，在下雪了喔。　今日（きょう）は寒（さむ）いですねえ。雪（ゆき）が降（ふ）っていますよ。

◆今天降下了入冬以來的第一場雪。　今日（きょう）、初雪（はつゆき）が降（ふ）った。

◆正在下冰雹。　ひょうが降（ふ）っています。

◆現在的雪勢頗大。　雪（ゆき）がかなり降（ふ）っています。

◆降下了深達三公尺的大雪。　3メートルの雪（ゆき）が降（ふ）った。

◆我的頭頂和肩上都積著一層薄薄的白雪。　私（わたし）の頭（あたま）や肩（かた）に少（すこ）し雪（ゆき）が積（つ）もっていた。

◆昨天的那場雪使得周遭全部幻化成了銀白的世界。　雪（ゆき）で一面（いちめん）の銀世界（ぎんせかい）になった。

◆靜岡的平地雖是晴天，但是山上卻下著雪。　静岡（しずおか）は晴（は）れですが、山（やま）は雪（ゆき）です。

◆北海道的冬天較其他地方早，從十一月就已經開始下雪了。
北海道の冬は早く、11 月には雪が降り始める。

◆我收到了朋友寄來的初雪已降的簡訊。
友達から初雪を知らせるメールが届いた。

◆首爾的冬天比東京還要冷。
ソウルの冬は東京より寒い。

◆據說在韓國，會在當年第一次下雪時打電話給喜歡的對象。
韓国では、初雪が降ったら、好きな人に電話すると言われている。

◆由於大雪而造成交通全面癱瘓。
雪に閉じ込められた。

◆聽說，已有十年不見像今年這樣的大雪了。
今年は 10 年ぶりの大雪だったそうだ。

◆驚人的雪量導致交通癱瘓。
大雪のために交通が麻痺していた。

◆隔壁的年輕太太正在以鏟子鏟雪。
隣の若奥さんがシャベルで雪をかいていた。

◆積雪融化了。
雪が溶けた。

6 打雪仗

◆在公園裡打了雪仗。
公園で雪合戦をした。

◆捏了碩大的雪球。
大きな雪玉を作った。

◆我和朋友剛才互擲雪球嬉戲。
友達と雪玉の投げ合いごっこをしていました。

◆我朝朋友擲了顆雪球。
雪玉を友達に投げた。

◆「啪」的一聲，雪球不偏不倚地砸中了臉。
「バシッ」と雪玉が顔に当たった。

◆我把雪球從朋友頸後的衣領塞了進去。
友達の背中に雪玉を入れた。

◆我在雪堆裡摔了一跤。
雪の中で転んだ。

◆我堆出了一尊可愛的雪人。
かわいらしい雪だるまを作った。

◆我幫它捏了好笑的眼睛、鼻子、還有嘴巴。
変な目と鼻と口を作った。

◆我和雪人一起拍了照片。
雪だるまと写真を撮った。

7 滑雪

◆到了冬天就可以滑雪或溜冰。
冬になるとスキーやスケートができる。

◆下雪時就會想去滑雪。
雪が降るとスキーに行きたくなる。

◆我的滑雪技巧很精湛。
私はスキーが得意だ。

◆我是對滑雪一竅不通的初學者。
私はスキーの超初心者です。

◆從初級課程開始學習了。
初級コースから始めた。

◆在速度控制上感覺有點難度。
スピード調節が少し難しかった。

◆我摔了一跤，朋友過來把我扶了起來。	私(わたし)が転(ころ)ぶと、友達(ともだち)が起(お)こしてくれた。
◆把滑雪板内轉成八字型煞車停住。	スキーを八(はち)の形(かたち)にして止(と)まる。
◆不要朝下看，要將視線保持在正前方。	視線(しせん)は下(した)ではなく前(まえ)を見(み)る。
◆技術越來越純熟了。	だんだん上手(じょうず)になってきた。
◆坐上了滑雪吊車前往更高的地方。	リフトに乗(の)ってもっと高(たか)いところまで行(い)った。
◆雖然起初有點害怕，但是真的玩得很開心。	最初(さいしょ)は少(すこ)し怖(こわ)かったけど、本当(ほんとう)に楽(たの)しい。

Chapter 3

一天24小時

1 上午

1 詢問對方一天的活動

CD1-23

◆你每天多半都做哪些事情呢？	毎日(まいにち)たいてい何(なに)をしますか。
◆你每天做些什麼工作呢？	毎日(まいにち)、どのような仕事(しごと)をしていますか。
◆你在上午要做什麼呢？	午前中(ごぜんちゅう)、何(なに)をして過(す)ごしますか。
◆你通常都在哪裡吃午餐呢？	昼(ひる)ごはんはだいたいどこで食(た)べますか。
◆你在下午做哪些事呢？	午後(ごご)、何(なに)をしますか。
◆你平常在晚上都做些什麼呢？	夜(よる)、たいてい何(なに)をしますか。
◆你通常在星期五的晚上都安排什麼活動呢？	金曜(きんよう)の夜(よる)はだいたい何(なに)をしますか。
◆你在下班後會做些什麼呢？	仕事(しごと)のあと何(なに)をしますか。
◆你在放學後從事什麼活動呢？	学校(がっこう)のあと何(なに)をしますか。
◆你在睡覺前會做什麼事情呢？	寝(ね)る前(まえ)、何(なに)をしますか。

2 清新的一天

◆已經天亮了。	もう夜(よる)が明(あ)けた。

◆到了早晨，星星一顆接著一顆消失了。　朝が来て星が一つずつ消えていく。

◆太陽從東方升起了。　東から日が昇った。

◆到了早晨，屋外呈現出一片光亮。　朝が来て外が明るくなった。

◆陽光灑入了房間裡。　お日様が部屋に差し込んできた。

◆又開始了嶄新的一天。　また新しい一日が始まった。

◆早晨的清新空氣讓人覺得神清氣爽。　朝の空気は気持ちがいい。

3 早上起床

◆睡醒後感覺神清氣爽。　目覚めはいいです。

◆真希望能再多睡一會兒。　もう少し寝ていたかった。

◆喝下咖啡後頓時變得清醒了。　コーヒーを飲むと目が覚めた。

◆外頭天色還是昏暗的。　まだ外は暗かったです。

◆你會在幾點起床呢？　何時に起きますか。

◆我每天早上七點起床。

▲私は毎朝7時に起きます。

A：「7時だよ。もう起きなさい。」

（已經七點囉，該起床了。）

B：「もっと寝ていたいなあ。」

（真想再多睡一點哪。）

◆我比平常還要早三十分鐘醒過來了。

いつもより30分早起きした。

◆今天要去九州旅行耶，快點起床嘛。

今日は九州まで旅行だ。早く起きよう。

◆現在比較習慣早起了。

早起きには少し慣れた。

◆我每天早上都會晨跑。

私は毎朝ジョギングをする。

◆我認為早睡早起是維持身體健康的第一步。

早寝早起きは健康の第一歩だと思う。

◆我總是在熬夜。

私はいつも夜更かしをしていました。

◆在鬧鐘響之前就先醒了。

目覚まし時計が鳴る前に、目が覚めました。

4 睡懶覺

CD1-24

◆鬧鐘沒有響。

目覚まし時計が鳴らなかった。

◆忘了設定鬧鐘的鈴響時間。

目覚まし時計をかけ忘れました。

◆又睡了回籠覺。	二度寝してしまった。
◆每天早上都會貪睡賴床。	毎朝寝坊をしていた。
◆今天早晨貪睡了三十分鐘。	今朝、30分寝坊した。
◆我每到早晨都很不想起床耶。	朝起きたくなかったよ。
◆一直睡到想起床為止。	起きたくなるまで寝ていた。
◆太陽已經高掛在天空上了。	太陽が高く昇っていた。
◆我被媽媽叫醒了。	母に起こされた。
◆請不要忘了要在六點把我叫醒喔。	6時に私を起こすのを忘れないでください。
◆媽媽每天都要花費好一番功夫才能把我叫醒。	母は私を起こすのに苦労していた。
◆星期天的早晨，只想要好好地睡個夠。	日曜日の朝はゆっくり寝ていたいです。
◆昨天晚上睡不著，整晚沒有闔過眼。	夕べは眠れなくて、一晩中起きていた。
◆再不起床，上學就要遲到囉。	そろそろ起きないと学校に遅れるよ。
◆假如不在五點半起床的話，上班就會遲到。	5時半に起きないと会社に間に合わない。
◆都已經到了共進早餐的時刻，爸爸卻還沒起床。	もうご飯なのにお父さんはまだ起きてこない。

◆今天到凌晨三點都還沒睡，所以頭有點疼。

今朝(けさ)３時(じ)まで起(お)きていたから、ちょっと頭(あたま)が痛(いた)い。

◆不知道為什麼，今天早上起床時覺得無精打采的。

▲なぜか今朝(けさ)は元気(げんき)に起(お)きられなかった。

A：「朝(あさ)、一人(ひとり)で起(お)きられる？起(お)こしてあげようか。」

（你早上有辦法自己醒過來嗎？要不要我叫你起床呢？）

B：「大丈夫(だいじょうぶ)、ちゃんと起(お)きるから。」

（沒問題，我可以自己起床啦。）

◆早上一起床，馬上感到胃不舒服作嘔。

朝起(あさお)きたらすぐ、胃(い)がムカムカします。

5 刷牙

◆起床後立刻去洗臉。

起(お)きたらすぐ顔(かお)を洗(あら)います。

◆早上一起床，馬上喝一杯水。

朝起(あさお)きたら、すぐに1杯(ぱい)の水(みず)を飲(の)みます。

◆起床後去洗臉。

起(お)きてから顔(かお)を洗(あら)います。

◆我去上了廁所。

トイレに行(い)った。

◆刷牙。

歯(は)を磨(みが)きます。

◆我一面聽音樂一面刷了牙。

音楽(おんがく)をかけながら歯(は)を磨(みが)いた。

◆在吃早餐之前先刷牙。

朝(あさ)ご飯(はん)を食(た)べる前(まえ)に、歯(は)を磨(みが)きます。

◆我在吃過早餐之後刷牙。
私(わたし)は朝食(ちょうしょく)の後(あと)に歯(は)を磨(みが)きます。

◆在吃過東西以後一定會刷牙。
食後(しょくご)は必(かなら)ず歯(は)を磨(みが)きます。

◆將牙刷前後移動把牙齒刷乾淨了。
歯(は)ブラシを前後(ぜんご)に動(うご)かして磨(みが)いた。

◆以上下移動的方式刷牙，就能很輕鬆地刷去牙垢。
上下(じょうげ)に動(うご)かすと汚(よご)れが落(お)ちやすい。

◆我目前使用電動牙刷。
電動(でんどう)歯(は)ブラシを使(つか)っています。

◆我把嘴裡的水吐進洗臉盆裡了。
洗面台(せんめんだい)に水(みず)を吐(は)き出(だ)した。

6 洗臉

CD1-25

◆在洗臉盆裡儲水。
洗面台(せんめんだい)に水(みず)を溜(た)めます。

◆洗臉。
顔(かお)を洗(あら)う。

◆早上，我只會洗臉而已。
朝(あさ)は顔(かお)だけ洗(あら)った。

◆我每天早上都會洗頭髮。
私(わたし)は毎朝(まいあさ)、髪(かみ)を洗(あら)う。

◆我在臉上抹了乳液。
顔(かお)にローションをつけた。

◆先洗臉後再換衣服。
顔(かお)を洗(あら)ってから着替(きが)えます。

◆在吃早餐前先沖澡。
朝食(ちょうしょく)の前(まえ)にシャワーを浴(あ)びます。

◆好像有人在浴室裡。

浴室に誰かがいた。

◆姊姊正在淋浴。

姉がシャワーを浴びている。

7 看新聞及報紙等

◆你聽到早上的那則新聞了嗎？

今朝のニュースを聞きましたか。

◆與其用讀的，還不如用聽的比較好。

読むより聞いた方が早い。

◆啊！已經八點了。我們來看晨間新聞吧！

あっ、8時だ。朝のニュースを見よう。

◆我每天早上都會看報紙。

毎朝新聞を読みます。

◆我會在早上大致瀏覽一下當天的報紙內容。

朝は新聞にざっと目を通す。

◆我總會閱讀報紙的社會版。

いつも新聞の社会面を読んでいる。

◆我只看體育版。

私はスポーツだけ読む。

◆家兄只看社會版、電視節目表、還有體育專欄。

兄は社会面とテレビ欄とスポーツ欄しか見てない。

◆若是看到精采的報導，我就會把它剪下來。

いい記事があったら、切り抜いちゃいます。

◆把報紙的報導貼在剪貼簿上。

記事をスクラップブックに貼っていく。

- 檢查郵件。 メールをチェックします。
- 一早起床後就做體操。 朝早く起きて体操をします。
- 每天清晨五點起床後去散步。 毎朝５時に起きて散歩をします。
- 要上學之前，先帶小狗去散步。 学校へ行く前に、犬の散歩に行きます。
- 爺爺每天都會隨著收音機裡的晨操廣播做體操。 おじいちゃんは毎日ラジオ体操をしています。

8 吃早餐

- 要準備早餐的種種配菜真是辛苦呀。 朝食のおかずは大変ですよね。
- 做小孩子的早餐。 子どもの朝ごはんをつくります。
- 我決定由我來做早餐給家人吃。 僕は家族に朝ごはんをつくることにしたよ。
- 早餐已經準備好囉。 朝ごはんができましたよ。
- 我喜歡做飯。 ごはんをつくることが好きです。
- 我父母不做早餐。 うちの親は朝ごはんをつくりません。
- 我每天早上都會吃早餐。 私は毎朝、朝食を取ります。
- 我的家人全都習慣吃早飯。 私のうちでは、みんな朝ご飯を食べています。

◆每天早上都一定會攝取營養均衡、份量適當的早餐。	毎日朝(まいにちあさ)ごはんをしっかり食(た)べます。
◆我吃了沙拉作為早餐。	サラダを朝食(ちょうしょく)としました。
◆我比較喜歡吃西式早餐。	朝(あさ)は洋 食(ようしょく)がいいです。
◆通常吃麵包當早餐。	朝食(ちょうしょく)はだいたいパンです。
◆今天早餐吃的是麵包和牛奶。	朝(あさ)はパンと牛 乳でした。
◆今天早餐吃的是麵包、日式煎蛋、還有蔬菜沙拉。	朝(あさ)ごはんはパンと玉子焼(たまごや)きと野菜(やさい)サラダでした。
◆由於昨晚一夜好眠，所以覺得今天早餐吃起來格外美味。	よく眠(ねむ)れたので朝(あさ)ごはんがおいしい。
◆我吃了很多美味的米飯。	おいしいご飯(はん)をたくさん食(た)べた。

9 簡單的早餐

CD1-26

◆早餐隨便吃吃打發。	朝(あさ)は簡単(かんたん)にすませます。
◆我吃的早餐很輕便簡單。	簡単(かんたん)な朝(あさ)ごはんを食(た)べます。
◆只吃了一點點東西作為早餐。	軽(かる)く朝食(ちょうしょく)を取(と)った。
◆只吃了一口。	一口(ひとくち)だけ食(た)べた。

◆用過早餐後急忙去上班。
朝食後(ちょうしょくご)、急(いそ)いで仕事(しごと)に行(い)きます。

◆請問您已經用過早餐了嗎？
朝(あさ)ごはんはもうすみましたか。

◆我早上只喝了咖啡充數。
朝(あさ)はコーヒーだけで済(す)ませます。

◆我今天早上沒有吃早餐。
今朝(けさ)は食(た)べなかった。

◆我正在減肥，沒吃早餐。
朝食(ちょうしょく)抜(ぬ)きダイエットをしている。

◆每天都一定要確實吃早餐才行喔！
朝(あさ)をちゃんと食(た)べなくてはだめですよ。

◆如果不好好吃早餐的話，將會有礙身體健康。
朝(あさ)、しっかりご飯(はん)を食(た)べないと体(からだ)に悪(わる)いよ。

10 化妝

◆我每天早上會在洗臉後化妝。
毎朝(まいあさ)、洗顔(せんがん)の後(あと)に化粧(けしょう)をする。

◆首先抹勻護膚乳液。
まずローションをつける。

◆拍上化妝水。
化粧水(けしょうすい)をつけます。

◆我試著塗了一下試用品。
サンプル品(ひん)を塗(ぬ)ってみた。

◆修梳眉型。
眉(まゆ)を整(ととの)える。

◆描眉。
眉毛(まゆげ)を描(か)きます。

◆塗抹粉底。　ファンデーションを塗(ぬ)ります。

◆撲上蜜粉後就大功告成。　フェイスパウダーで仕(し)上(あ)げます。

◆以唇筆施上口紅。　口紅(くちべに)をリップブラシでつけます。

◆畫上亮色系的眼影。　明(あか)るいアイシャドーをいれます。

◆畫深色的眼線。　濃(こ)いアイラインを入(い)れます。

◆我不用眼線筆。　アイライナーを使(つか)わない。

◆以睫毛夾將睫毛夾翹。　ビューラーでまつげをアップします。

◆刷上睫毛膏。　マスカラをつけます。

◆以畫圓的刷法刷上腮紅。　円(えん)を描(えが)きながらチークを入(い)れます。

◆我今天有噴香水。　今日(きょう)は香水(こうすい)をつけてます。

◆只要身上噴了香水，就覺得充滿著幸福的氛圍。　香水(こうすい)をつけるだけで幸(しあわ)せな気(き)持(も)ちになれます。

◆腳上有刺青。　足(あし)に入(い)れ墨(ずみ)がある。

◆每天都一定會化妝。　毎日(まいにち)必(かなら)ずお化粧(けしょう)をする。

◆楊小姐即使不上妝也非常美麗。　楊(よう)さんはスッピンでも綺麗(きれい)だ。

◆我只上淡妝。　私(わたし)は薄(うす)化(げ)粧(しょう)しかしない。

◆她的妝很濃。	彼女は化粧が濃い。
◆我畫了比平常還要濃的妝。	普段より濃い化粧をした。

11 換衣服

◆我脫掉睡衣。	パジャマを脱いだ。
◆換了內衣。	下着を着替えた。
◆我沒有辦法打定主意該穿哪件衣服才好。	どの服を着るか決められなくて。
◆我從衣櫥裡拿出了衣服。	タンスから服を取り出した。
◆今天早上急急忙忙地熨了衣服。	今朝急いでアイロンをかけた。
◆我穿了裙子和襪子。	スカートと靴下を穿いた。
◆我穿了雙白色的高跟鞋。	白いハイヒールを履いた。
◆脫下來的衣服隨手扔在床上沒有收拾。	ベッドに服を脱ぎっぱなし。
◆髮型一直都搞不定。	髪型が決まらないです。
◆梳了一頭可愛的髮型。	髪も可愛く決めました。
◆她把頭髮編盤整齊了。	髪型は編み込みにしてまとめた。

12 出門前

CD1-27

◆你每天早上都幾點出門呢？	毎朝何時に家を出ますか。
◆每天早晨總是慌張忙亂的。	毎朝はいつも慌しかった。
◆我帶了必備的物品。	必要なものを持った。
◆我檢查了放在包包裡面的物品。	かばんの中身をチェックした。
◆今天很冷，要穿暖和一點喔！	今日は寒いから、暖かい服を着なさいね。
◆他急忙趕路以免遲到。	学校に遅刻しないように急いだ。
◆我要出門囉。	行ってきます。
◆路上慢走。	いってらっしゃい。
◆今天大概幾點回來呢？	今日は何時ごろ帰るの? ＊句尾的「の」表示疑問時語調要上揚，大多為女性、小孩或年長者對小孩講話時使用。表示「嗎」。
◆我不知道啦，可能是六點或七點吧　。	わかんないよ。6時か7時。 ＊口語中常把「ら行：ら、り、る、れ、ろ」變成「ん」。對日本人而言，「ん」要比「ら行」的發音容易喔。
◆路上小心喔。	気をつけてね。
◆注意不要遲到喔。	遅刻しないように。

13 出門了

◆他出門了。

家(いえ)を出(で)た。

◆早上七點要去上班。

朝(あさ)7時(じ)に会社(かいしゃ)へ行(い)きます。

◆我起床的時候，姊姊已經出門了。

私(わたし)が起(お)きたときは、姉(あね)はもう出(で)かけていた。

◆還不快點出門的話，會遲到的唷！

▲遅(おく)れるよ。早(はや)く出(で)かけないか。

A：「急(いそ)ぐから先(さき)に行(い)くよ。」

（我快來不及了，要先出門囉！）

B：「行(い)ってらっしゃい。」

（小心慢走喔。）

◆快一點，要不然會遲到的！快快快！

▲遅(おく)れるから急(いそ)いで！早(はや)く！

A：「気(き)をつけてね。」

（路上小心哪。）

B：「いってきます。」

（我出門了。）

◆差一點就遲到了。

もう少(すこ)しで遅刻(ちこく)するところでした。

◆由於太晚起床而遲到了十分鐘才到學校。

寝坊(ねぼう)して学校(がっこう)に10分(ぷん)遅刻(ちこく)した。

◆急忙跳上了計程車，趕去公司。

急(いそ)いでタクシーに乗(の)って会社(かいしゃ)へ向(む)かった。

◆衝出家門一路狂奔到公車站牌。

家(いえ)を飛(と)び出(だ)してバス停(てい)まで走(はし)っていった。

◆公車正好來了。

ちょうどバスが来(き)た。

◆公車就在眼前開走了。　バスが目の前で行ってしまった。

◆趕上了公車。　バスに間に合った。

◆我會在八點時抵達學校。　学校には8時に着きます。

◆公司在九點開始上班。　仕事は9時に始まります。

◆爸爸從早到晚都在辛苦工作。　父は朝から晩まで仕事をしていました。

◆星期一的整個早上都要開會。　月曜日の朝はずっと会議があります。

◆每週一、三、五的七點開始社團的晨間練習。　月水金はクラブの朝練が7時からあります。

2 中午

1 吃午餐

CD1-28

◆我會在十二點十五分左右吃午餐。　昼ご飯は12時15分ごろ食べます。

◆肚子餓了。　おなかがすいた。

◆差不多該是吃中飯的時候囉。　そろそろ昼ごはんの時間だ。

◆距離午餐時刻還有一個鐘頭，但是實在等不下去了。

▲昼ごはんまでまだ1時間もあるが待てない。

A：「昼ごはんは何にしましょうか。」

（午餐要吃什麼呢？）

B：「たまに寿司でも食べましょう。」

（偶爾來吃個壽司吧。）

◆午餐打算要吃什麼呢？

お昼ご飯、どうしよう？

◆午餐多半都吃便當。

▲お昼はいつもお弁当です。

A：「今朝から何も食べてません。」

（我從一大早到現在都還沒吃東西。）

B：「それじゃおなかがすいたでしょう。」

（那麼想必肚子已經餓扁了吧？）

◆我帶便當作為午餐。

昼ご飯にはお弁当を持っていきます。

◆在米飯上裝飾了心型圖案。

ご飯の上にハート模様を作った。

◆學校供應營養午餐。

学校は昼に給食が出る。

◆我在公司的員工餐廳吃午飯。

会社の食堂で昼ご飯を食べる。

◆我在便利商店買午餐。

昼ご飯はコンビニで買います。

◆我和同事一起吃午餐。

昼ご飯は同僚と食べます。

◆我在戶外的長椅上吃午餐。

外のベンチで昼ご飯を食べます。

◆我獨自一人吃午餐。　　昼食は一人で取ります。

◆今天的菜餚真是太好吃了。　　今日のおかずがおいしかった。

◆尤其是炸豬排，實在美味極了。　　特にトンカツがうまかった。

◆午餐吃太多了。　　昼を食べ過ぎた。

◆我只吃了一點點東西作為午餐。　　昼ご飯は少しだけ食べた。

◆我打算不吃午餐。　　昼ご飯を抜いちゃいます。

◆今天很晚才吃早餐，所以吃不下午餐。　　▲朝、食べるのが遅かったので、昼ごはんはいらない。

A：「彼ったら休みの日は昼からお酒を飲んでいるのよ。」

（他真是的，只要遇上假日，也不管還是大白天的，就會開始喝起酒來。）

B：「まあ、ひどい。」

（哎呀，真過分耶。）

◆在吃午餐前，一定要回來。　　昼ごはんまでに帰ってきなさい。

2 午休時間

◆午休時間有一個小時。　　昼休みが一時間あります。

◆中午休息時間只有一個小時而已。　　昼休みは1時間しかありません。

- 我閉目養神。
  目(め)を閉(と)じて頭(あたま)を休(やす)めます。
- 我想要睡一會兒午覺。
  ちょっと昼寝(ひるね)をします。
- 午間新聞要開始播報了。
  昼(ひる)のニュースが始(はじ)まります。
- 一面聽音樂，一面和同事聊天。
  同僚(どうりょう)とおしゃべりをしながら音楽(おんがく)を聴(き)いた。
- 我到附近散步。
  近(ちか)くを散歩(さんぽ)します。
- 我去公園稍微舒展了筋骨。
  公園(こうえん)で軽(かる)い運動(うんどう)をした。
- 努力啃書以應付下午的考試。
  午後(ごご)の試験(しけん)のため、勉強(べんきょう)していた。
- 我想去打十五分鐘左右的籃球。
  15分(ふん)くらいバスケをします。
- 中午休息時間會在操場踢足球玩耍。
  昼休(ひるやす)みはグランドでサッカーをして遊(あそ)びます。

3 外出辦事

CD1-29

- 如果是中午休息時間，就能離開公司一下。
  昼休(ひるやす)みなら、会社(かいしゃ)を抜(ぬ)け出(だ)すことができます。
- 我去郵局。
  郵便局(ゆうびんきょく)に行(い)きます。
- 我去看看有沒有郵件。
  郵便(ゆうびん)をチェックします。
- 我去銀行。
  銀行(ぎんこう)に行(い)きます。

◆我去銀行存錢／匯款。　銀行で振り込みをします。

◆我去確認帳戶裡的餘額。　銀行で口座の残高を確認します。

◆我把錢存進自己的帳戶裡。　自分の口座に入金します。

◆我從自己的帳戶裡提款。　自分の口座からお金を引き出します。

◆我去醫院。　病院に行きます。

◆我去做定期檢查。　定期検診に行きます。

◆我去看牙醫。　歯医者に行きます。

◆每個月會舉行一次午餐會議。　月に一度はランチミーティングがあります。

4 下午的活動

◆我在午茶時間休息。　コーヒーブレイクを取ります。

◆我在休息時間吃點心。　休憩中、おやつを食べます。

◆下午三點左右肚子餓了。　午後３時ごろお腹がすいてきた。

◆現在到了「下午三點的點心時間」囉！　「３時のおやつ」だ。

◆我喝了三碗年糕紅豆湯。　おしるこを３杯も食べた。

- ◆我吃了麵包作為點心。 おやつにパンを食(た)べた。
- ◆我喜歡吃甜食。 私(わたし)は甘(あま)いものが好(す)きです。
- ◆我只吃水果作為零食。 おやつに果物(くだもの)しか食(た)べない。
- ◆今天的課程從中午開始上課。 今日(きょう)の講義(こうぎ)は昼(ひる)からです。
- ◆下午上課時有睏意。 午後(ごご)の授業(じゅぎょう)は眠(ねむ)いです。
- ◆放學後去參加足球社的活動。 放課後(ほうかご)はサッカークラブに行(い)きます。
- ◆今天恐怕得留下來加班。 今日(きょう)は残業(ざんぎょう)することになりそうです。
- ◆在下班前必須先回公司一趟才行。 退勤前(たいきんまえ)に、一度(いちど)会社(かいしゃ)に戻(もど)らなければなりません。
- ◆中午之前會回來。 昼(ひる)までに帰(かえ)ります。
- ◆我白天不在家，但是到晚上就會回來。 昼(ひる)は家(いえ)にいませんが、夜(よる)はいます。
- ◆現在都是白天睡覺，晚上工作。 昼(ひる)は寝(ね)て、夜(よる)は仕事(しごと)をしている。

3 晚上

1 做晚餐

CD1-30

◆差不多該準備做晚飯了吧。

そろそろ夕食の準備でもしよっかな。

◆已經六點囉，得開始準備晚餐才行。

▲もう6時だわ。晩の支度をしなくちゃ。

A：「晩ご飯は何にしようか。」

（晚餐想吃什麼呢？）

B：「そうだね。魚が食べたいな。」

（讓我想想…，我想吃魚耶。）

◆晚飯還沒好嗎？肚子已經餓扁了耶！

▲晩ご飯はまだなんですか。おなかがペコペコですよ。

A：「今日の晩ご飯は何にしましょう。」

（今天晚餐要吃些什麼？）

B：「あまりおなかがすいてないから、軽いものがいいな。」

（肚子不大餓，吃點輕食就好了。）

◆該煮什麼作為晚餐的菜餚呢？

夕食のおかずは何がいいかな。

◆我決定了今天的主菜是蛋包飯。

今日のおかずはオムライスにした。

◆晚飯已經準備好囉。

晩ご飯ができましたよ。

◆七點左右要吃晚餐。

7時ごろ晩ご飯を食べます。

◆要準時回來吃晚飯喔！
晩(ばん)ご飯(はん)に間(ま)に合(あ)うように帰(かえ)ってきてね。

2 吃晚飯

◆洗澡以後才吃晚餐。
お風呂(ふろ)に入(はい)ってから、夕飯(ゆうはん)を食(た)べます。

◆我和家人一起吃晚飯。
夕(ゆう)ごはんは家族(かぞく)と食(た)べます。

◆邊看電視邊吃晚餐。
テレビを見(み)ながら、晩(ばん)ご飯(はん)を食(た)べます。

◆全家和樂融融一起共進晚餐。
夕食(ゆうしょく)を一家団欒(いっかだんらん)で食(た)べます。

◆我和父親一起吃了晚餐。
父(ちち)といっしょに夕食(ゆうしょく)を食(た)べた。

◆全家人一起吃的晚餐，感覺特別美味。
家族(かぞく)みんなで食(た)べる晩(ばん)ご飯(はん)はおいしい。

◆女兒和兒子都會說很多在學校裡發生的事。
娘(むすめ)も息子(むすこ)も学校(がっこう)の出来事(できごと)をいっぱい話(はな)してくれます。

◆我會一面吃晚餐，一面告訴家人當天的見聞。
晩(ばん)ご飯(はん)を食(た)べながら家族(かぞく)とその日(ひ)の話(はなし)をします。

◆晚餐吃了牛排。
夕食(ゆうしょく)にステーキを食(た)べた。

◆偶爾會一個人在家小酌一番。
たまに家(いえ)で一人酒(ひとりざけ)することがあります。

3 外食及其他

◆我們今天晚上去外面吃晚餐嘛。	今晚は外で食べようよ。
◆晚餐會在外面吃，不回來吃飯了。	外で食べるから、晩ご飯はいりません。
◆我在外面吃晚餐。	夕食は外で済ませます。
◆我和同事在外面吃晚飯。	同僚と外で夕飯を取ります。
◆喂，我今天要留下來社團練習，會晚點回去喔。	もしもし、今日、クラブの練習で遅くなるよ。
◆知道了。那麼，我先去吃晚餐囉。	分かった。じゃ、先に晩ご飯食べとくわよ。 ＊「とく」是「ておく」的口語形，表示為了目的而事先做準備；做完某動作後，留下該動作的狀態。
◆好啊，不過還是要幫我留一份飯菜喔。	いいよ、でも、僕のご飯も残しといてね。
◆由於晚上還要用功讀書到很晚，除了晚飯以外，還希望能幫忙準備三明治。	夜遅くまで勉強するので晩ご飯のほかにサンドイッチがほしい。
◆晚餐不要吃太多，對身體比較好。	夜はたくさん食べないほうが体にいい。
◆沒有吃消夜的習慣。	夜食を食べる習慣はありません。

4 晚上的活動

CD1-31

◆下班以後立刻趕回家。	仕事が終わったらまっすぐ家へ帰ります。

◆一回到家以後，首先寫功課。	家(いえ)に帰(かえ)るとまず宿題(しゅくだい)をします。
◆即使再晚也會在九點回到家。	遅(おそ)くても9時(じ)には帰宅(きたく)していた。
◆在晚上八點以後我總是會待在家裡。	いつも夜(よる)8時(じ)以後(いご)に家(いえ)にいます。
◆多半都會加班。	たいてい残業(ざんぎょう)します。
◆有時會去找朋友。	時々(ときどき)、友達(ともだち)に会(あ)いに行(い)きます。
◆在下班後會去喝兩杯。	仕事(しごと)のあと、飲(の)みに行(い)きます。
◆在居酒屋喝了兩杯。	居酒屋(いざかや)さんで一杯(いっぱい)飲(の)んできた。
◆昨天晚上和男朋友去約會了。	昨夜(さくや)は彼氏(かれし)とデートした。
◆下班後已有約會。	アフター５にはデートの約束(やくそく)があります。
◆今天會在朋友的家裡過夜。	今日(きょう)は友達(ともだち)の家(いえ)に泊(と)まることになった。
◆妹妹正在幫奶奶按摩肩膀。	妹(いもうと)が祖母(そぼ)の肩(かた)もみをしている。
◆聆聽了音樂，以消除整天的疲憊。	音楽(おんがく)を聴(き)いて一日(いちにち)の疲(つか)れを和(やわ)らげた。
◆以洗澡來消除了一整天的疲勞。	お風呂(ふろ)で一日(いちにち)の疲(つか)れを落(お)とした。
◆會和朋友講電話講很久。	友達(ともだち)と長電話(ながでんわ)します。

◆喝著啤酒放鬆心情。 ビールを飲みながらのんびりします。

5 看電視

◆你在吃過晚餐以後，通常都是怎麼打發時間的呢？ 夕食の後どう過ごされていますか。

◆我會看電視。 テレビを見ます。

◆多半都是在看電視。 大体テレビを見ています。

◆我小時候是個電視兒童。 子供の頃はテレビっ子だった。

◆我每天八點開始看連續劇。 私は毎日8時からドラマを見ます。

◆每天大約會看三個小時電視。 一日3時間ぐらいテレビを見ている。

◆我以前總是和妹妹互搶電視遙控器。 いつも妹とリモコンの奪い合いをした。

◆從九點開始收看ＣＮＮ新聞報導。 9時からCNNニュースを見る。

◆我看了七十六頻道的影集。 76チャンネルのドラマを見た。

◆第七頻道的搞笑節目，實在太有趣了。 7チャンのお笑い番組、超おもしろい。

◆那個節目真是乏味透頂。 その番組はつまらなかった。

◆轉到了其他的頻道。　ほかのチャンネルに変(か)えた。

◆降低了電視的音量。　テレビの音量(おんりょう)を下(さ)げた。

◆非得減少看電視的時間不可。　テレビを見(み)る時間(じかん)を減(へ)らさなきゃ。

◆邊聽收音機邊研習功課。　ラジオを聴(き)きながら勉強(べんきょう)していた。

◆我租了一片ＤＶＤ。　レンタルでDVDを一本(いっぽん)借(か)りた。

◆看了一整天的ＤＶＤ。　一日中(いちにちじゅう)、DVDを見(み)て過(す)ごした。

◆我總是看電視直到深夜。　いつも夜遅(よるおそ)くまでテレビを見(み)ていた。

◆不要再看電視了，快去睡覺！　テレビなど見(み)てないで寝(ね)なさい。

◆從早到晚都在練習彈吉他。　朝(あさ)から晩(ばん)までギターの練習(れんしゅう)をした。

6 洗澡

CD1-32

◆一到家後就會立刻去洗澡。　▲家(いえ)に帰(かえ)ったらすぐ風呂(ふろ)に入(はい)ります。

A：「熱(あつ)すぎませんでしたか。」

（水溫會不會太燙呢？）

B：「いいえ、とてもいいお風呂(ふろ)でした。」

（不會，這熱水泡起來舒服極了。）

◆吃過晚餐以後去洗澡。　夕食後(ゆうしょくご)、お風呂(ふろ)に入(はい)ります。

◆悠閒地洗個長長的澡。	ゆっくりとお風呂に入ります。
◆泡個熱水澡，好好地舒展了筋骨。	暖かい風呂に入って手足を伸ばした。
◆如果水溫太燙的話，請加些冷水。	お風呂が熱ければ水をたしてください。
◆想必外頭很冷吧。請快點洗個熱水澡暖暖身子。	外は寒かったでしょう。早くお風呂に入って温まりなさい。
◆我們家的小孩很討厭泡澡，真是傷腦筋。	うちの子は風呂が嫌いで困ります。
◆我最喜歡在泡澡後喝冰啤酒。	風呂から上がって冷たいビールを飲むのが楽しみだ。
◆泡個澡，無論是身心都能變得煥然一新。	お風呂で身も心もリフレッシュ。

7 肌膚保養

◆卸了妝。	化粧を落とした。
◆在睡前塗抹乳霜。	寝る前にクリームを塗る。
◆敷了臉。	パックをした。
◆晚上的順序是先抹化妝水、精華液，然後乳霜。	夜は化粧水、美容液、クリームの順番でつけます。
◆用化妝水保養肌膚。	化粧水でお手入れしています。

◆每天不要忘了洗臉後擦化妝水跟乳液雙重保濕。	洗顔後は化粧水と乳液のW保湿を毎日忘れずに。
◆晚上偷工減料只擦化妝水跟乳霜。	夜は化粧水とクリームという手抜きケアだった。
◆晚上用乳霜修復肌膚。	夜はクリームで肌を整えている。
◆晚上用精華液保濕。	夜は美容液で肌の保湿をしている。
◆晚上只擦化妝水。	夜は化粧水しかつけていない。
◆晚上化妝水跟乳霜什麼都不擦。	夜化粧水もクリームもなんにもつけません。
◆睡前擦乳霜，第二天肌膚就會感到很濕潤。	寝る前にクリームをぬると翌朝しっとりします。
◆熬夜的話對皮膚不好。	夜更かしすると肌が荒れます。
◆磨掉腳跟的硬皮。	かかとのかさかさを削る。
◆也除去了多餘的體毛。	むだ毛も処理した。
◆確實攝取維他命C。	ビタミンCをしっかり取ります。
◆必定都會量體重。	必ず体重をチェックする。
◆為了提高胸線而持續做伏地挺身。	バストアップのため、腕立て伏せを続けてやっている。

◆做了體操運動。　エクササイズをした。

8 睡覺前

◆睡覺前會刷牙。　寝る前に歯を磨きます。

◆昨天晚上沒刷牙就睡著了。　夕べ歯を磨かないで寝てしまった。

◆打了呵欠。　あくびをした。

◆我的眼皮好重，睏極了。　まぶたが重たく、とても眠い。

◆已經十二點了，快點睡覺！　もう12時だ。早く寝な。

◆我們今晚早點睡吧。　今日早く寝よう。

◆換穿了睡衣。　パジャマに着替えた。

◆設定了鬧鈴時間。　目覚まし時計をセットした。

◆我在睡前聽音樂。　寝る前に音楽を聴きます。

◆我在入睡前看書。　寝る前に本を読みます。

◆我習慣在睡前寫日記。　寝る前に、いつも日記をつける。

◆我在睡覺前突然想要吃消夜。　寝る前に夜食を食べたくなった。

◆昨天書看到一半就睡著了。

昨日(きのう)は本(ほん)を読(よ)んでいて寝(ね)てしまいました。

◆正想睡的時候，朋友打電話來了。

寝(ね)ようとしたら友達(ともだち)から電話(でんわ)がかかってきた。

9 晚睡

CD1-33

◆老公，你還沒睡嗎？

ねえ、あなた、まだ寝(ね)ないの?

◆我得在明天之前讀完這份資料才行。妳先睡吧。

明日(あした)までにこの資料(しりょう)、読(よ)んどかなきゃいけないんだ。先(さき)に寝(ね)といて。

＊「なきゃいけない」是「なければいけない」的口語形。表示必須、有義務要那樣做。

◆前陣子那份報告，必須在後天之前提交才行。

先日(せんじつ)の報告書(ほうこくしょ)を、あさってまでに出(だ)さなきゃならない。

＊「なきゃならない」是「なければならない」的口語形。表示不那樣做不合理，有義務要那樣做。

◆我總是很晚睡。

私(わたし)はいつも遅(おそ)く寝(ね)るんです。

◆最近的小孩子都越來越晚睡了哪。

最近(さいきん)の子供(こども)は寝(ね)る時間(じかん)が遅(おそ)くなりましたね。

◆我是夜貓子。

私(わたし)は夜型人間(よるがたにんげん)だ。

◆真希望可以變成早起的鳥兒。

朝型人間(あさがたにんげん)になりたい。

◆熬夜有礙健康。

徹夜(てつや)は体(からだ)によくない。

10 睡覺了

◆今天晚上要不要跟媽媽一起睡呢？	今晩(こんばん)、お母(かあ)さんと一緒(いっしょ)に寝(ね)る？
◆晚安。	おやすみなさい。
◆十二點以前會上床睡覺。	12時(じ)までにはベッドに入(はい)ります。
◆我經常是側睡的。	横向(よこむ)きで寝(ね)ることが多(おお)い。
◆我只能以趴睡的姿勢才能睡得著。	うつぶせでしか眠(ねむ)れなかった。
◆我的先生經常會說夢話。	夫(おっと)はよく寝言(ねごと)を言(い)います。
◆他打鼾了。	いびきをかいた。
◆嘎吱作響地磨牙。	ギリギリと歯軋(はぎし)りをします。

11 作夢

◆希望今天晚上能有美夢伴我入眠。	今夜(こんや)はいい夢(ゆめ)を見(み)たい。
◆我經常做噩夢。	よく悪(わる)い夢(ゆめ)を見(み)ます。
◆每天都會夢到不同的夢境。	毎日(まいにち)違(ちが)う夢(ゆめ)を見(み)てる。
◆我時常會做同一個夢。	よく同(おな)じ夢(ゆめ)を見続(みつづ)けました。

◆男友昨晚入了我的夢。
昨夜(さくや)彼氏(かれし)の夢(ゆめ)を見(み)た。

◆我做了個被惡棍窮追猛趕的噩夢。
暴漢(ぼうかん)に追(お)いかけられる夢(ゆめ)を見(み)た。

12 好睡不好睡

◆我睡了個好覺。
よく寝(ね)た。

◆他睡得非常熟。
ぐっすり寝(ね)ました。

◆睡得很熟。
熟睡(じゅくすい)した。

◆昨晚很早就寢，早晨起床後感到通體舒暢。
昨夜(さくや)、早(はや)く寝(ね)たので朝(あさ)は気持(きも)ちがよかった。

◆睡得很飽，感覺好舒服。
よく寝(ね)たので気分(きぶん)がいい。

◆我很淺眠。
私(わたし)は眠(ねむ)りが浅(あさ)いんです。

◆我昨天晚上沒有辦法睡著。
昨日(きのう)は眠(ねむ)れなかった。

◆我昨晚一整夜都無法入睡。
眠(ねむ)れない夜(よる)を過(す)ごした。

◆深受失眠症的困擾。
不眠症(ふみんしょう)に悩(なや)んでいる。

◆我昨夜整晚都沒有闔眼。
夕(ゆう)べ一睡(いっすい)もできなかった。

◆假如周圍一片寧靜的話，原本可以好好睡一覺。
静(しず)かならゆっくり寝(ね)られるのに。

◆現在如果不吃安眠藥的話，就沒有辦法入睡。
今睡眠薬を飲まないと寝られません。

◆因為在榻榻米上睡著了，結果睡醒後腰酸背痛。
畳の上で寝てたから体が痛い。

◆晚上十點左右睡覺，早上五點起床。
夜10時ごろ寝て、朝５時に起きます。

◆假日會睡到十點左右。
休みの日は10時ごろまで寝ています。

13 門禁及晚歸

◆我家的門禁是六點半。
私の家の門限は６時半です。

◆家裡的門禁是晚上十點。
家の門限は夜10時です。

◆我在晚上十點之前一定要回到家裡才行。
夜10時までには家に帰らなければならない。

◆我很害怕一個人單獨走夜路。
夜、暗い道を一人で歩くのは怖い。

◆晚上會晚點回來。
帰りは遅いです。

◆我晚上太晚到家，遭到了父親的責罵。
夜遅く帰って、父にしかられました。

◆我的先生今天又是在凌晨時分才回到家。
夫は今日も午前様です。

◆我先生幾乎每天都是凌晨才回家。
主人はほぼ毎日午前様です。

Chapter 4

親愛的家人

1 家人

1 怎麼問對方

CD1-34

◆你叫做什麼名字呢？　お名前は何ですか。

◆請問您住在什麼地方呢？　どちらにお住まいですか。

◆電話號碼是幾號呢？　電話番号は何番ですか。

◆就讀哪一所學校呢？　学校はどちらですか。

◆請問您在哪裡高就呢？　どちらにお勤めですか。

◆你的生日是幾月幾號呢？　誕生日はいつですか。

◆請問貴庚呢？　おいくつですか。

◆請問您的嗜好是什麼呢？　ご趣味は何ですか。

◆請問您從事什麼工作呢？　お仕事は何をなさっているのですか。

◆你在是如何度過閒暇時間的呢？　余暇はどのように過ごしますか。

◆請問您結婚了嗎？　ご結婚はされていますか。

◆請問您的小孩幾歲了呢？　お子さんはおいくつですか。

◆請問您有兄弟姊妹嗎？　ご兄弟はいらっしゃいますか。

◆請問您有幾位兄弟姊妹呢？	何人兄弟（なんにんきょうだい）ですか。

2 介紹自己

◆我姓田中。	田中（たなか）です。
◆敝姓山田。	山田（やまだ）と申（もう）します。
◆你好，我姓楊。	はじめまして、楊（ヨウ）といいます。
◆我是木村，請多指教。	木村（きむら）です。よろしくお願（ねが）いします。
◆我才是，請多指教。	こちらこそ、よろしく。
◆我的名字是山田佳子。	私（わたし）の名前（なまえ）は山田（やまだ）よし子（こ）です。
◆敝姓山田，小名佳子。	姓（せい）が山田（やまだ）で、名（な）がよし子（こ）です。
◆請直接叫我佳子就行了。	よし子（こ）と呼（よ）んでください。
◆大家都叫我「阿佳」。	周（まわ）りからは「よし」と呼（よ）ばれています。

3 更詳細地介紹

◆我的生日是九月三十日。	誕生日（たんじょうび）は9月（がつ）30日（にち）です。
◆我現在二十歲。	私（わたし）は二十歳（はたち）です。

◆我是牡羊座。	おひつじ座です。
◆我住在東京。	私は東京に住んでいます。
◆住址是東京都世田谷區1－1－1。	住所は東京都世田谷区1-1-1です。
◆電話號碼是03-5555-6677。	電話番号は03-5555-6677です。
◆我來自東京。	東京出身です。
◆我畢業於日本大學。	私は日本大学出身です。
◆我就讀了當地的學校。	地元の学校に行きました。
◆我以前喜歡的科目是歷史和英文。	好きな教科は歴史と英語でした。
◆我和家人同住。	家族と住んでいます。
◆我自己一個人住。	一人で住んでいます。
◆我住在透天厝。	一戸建てに住んでいます。
◆我住在公寓。	アパートに住んでいます。
◆我住在大廈。	マンションに住んでいます。
◆我和父母／公婆一起住在與長輩同居的住宅。	両親／義理の両親と2世帯住宅に住んでいます。
◆我住在員工宿舍。	社員寮に住んでいます。

◆是的，我已經結婚了。　結婚（けっこん）しています。

◆還沒，我是單身。　独身（どくしん）です。

4 出生地

CD1-35

◆您從哪裡來？　どこからいらっしゃいましたか。

◆我從台灣來。　台湾（タイワン）から来（き）ました。

◆我來自臺灣。　出身（しゅっしん）は台湾（タイワン）です。

◆您是哪國人？　お国（くに）はどちらですか。

◆我是台灣人。　私（わたし）は台湾人（タイワンじん）です。

◆我是在美國出生的。　私（わたし）はアメリカで生（う）まれた。

◆我是在一九九二年，於東京出生的。　私（わたし）は1992年（ねん）、東京（とうきょう）で生（う）まれた。

◆我從台北來的。　私（わたし）は、台北（タイペイ）から来（き）ました。

◆我出生於台灣，但是國籍是日本。　私（わたし）は台湾（タイワン）生（う）まれ、日本籍（にほんせき）です。

◆雖然我在橫濱出生，但是在十歲的時候搬到了東京。　生（う）まれは横浜（よこはま）ですが、10歳（さい）のときに東京（とうきょう）に引（ひ）っ越（こ）しました。

◆在我小學時，全家為配合父親的工作需求而搬到了博多。

父親の仕事の都合で、小学生のときに博多に引っ越しました。

5 出生環境

◆我是個土生土長的江戶人。

私は江戸っ子なんです。

◆我出生在一個赤貧的家庭。

私はとても貧しい家に生まれた。

◆我小時候生長在富裕的家境裡。

幼い頃、恵まれた環境で育った。

◆我是生於京都、長於京都的。

私は京都で生まれ育った。

◆我雖在大阪出生，不過是在東京長大的。

大阪で生まれたが、東京で育った。

◆我排行老么，共有八個兄弟姊妹，是在大家庭裡長大的。

私は8人兄弟の末っ子で、大家族の中で育ちました。

◆我家雖不富裕，也不算貧窮。

僕の家は裕福ではなかったけど、貧乏でもなかった。

◆我家雖然不富有，但是生活過得很美滿。

家は裕福ではないが、幸せだ。

◆我們過著儘管簡樸卻很幸福的生活。

つつましくも幸せな暮らしをしていた。

◆我們是平凡而幸福的一家人。

平凡で幸せな家族だ。

- 我生在一個平凡的農家。
  平凡(へいぼん)な農家(のうか)に生(う)まれた。
- 他生於一個超級富豪之家。
  超(ちょう)お金持(かねもち)の家(いえ)に生(う)まれた。
- 雖然我家很有錢，但是父母都非常忙碌，鮮少待在家裡。
  家(いえ)はお金持(かねもち)ですが、両親(りょうしん)はとても忙(いそが)しく、全然(ぜんぜん)、家(いえ)にいません。
- 唉！要是我能生為富家千金，不知道該有多好呀。
  ああ、お金持(かねもち)の家(いえ)のお嬢様(じょうさま)に生(う)まれてたらなぁ。
- 我是個早產兒。
  私(わたし)は未熟児(みじゅくじ)で生(う)まれた。

6 介紹家鄉（一）

- 台北的地理位置比台中還要北邊。
  台北(タイペイ)は台中(タイチュウ)より北(きた)の方(ほう)にあります。
- 中國的首都是北京。
  中国(ちゅうごく)の首都(しゅと)は北京(ペキン)です。
- 人口較日本為少。
  日本(にほん)ほど人(ひと)は多(おお)くないです。
- 位於東京的南方。
  東京(とうきょう)より南(みなみ)にあります。
- 在我的國家也經常播映日本的卡通。
  私(わたし)の国(くに)でも日本(にほん)のアニメがよく放送(ほうそう)されています。
- 日本的動畫跟漫畫、電玩等都很酷。
  日本(にほん)のアニメやマンガ、ゲームなどがかっこいいですね。

◆日本的現代藝術很有趣。	日本(にほん)の現代(げんだい)アートがおもしろい。
◆日本的棒球很棒。	日本(にほん)の野球(やきゅう)はすばらしいです。
◆我小時候曾有一位日本朋友。	子供(こども)のころ、日本人(にほんじん)の友達(ともだち)がいました。
◆在我的國家也有很多家日本料理餐廳。	私(わたし)の国(くに)にも日本料理(にほんりょうり)のレストランがたくさんあります。
◆請問您有沒有去過上海呢？	上海(シャンハイ)にいらっしゃったことがありますか。
◆請問您知道忠犬八公嗎？	ハチ公(こう)はご存(ぞん)じですか。
◆我的家鄉以生產燒酒而聞名。	私(わたし)の地元(じもと)は、米焼酎(こめじょうちゅう)で有名(ゆうめい)なんです。 ＊「んです」是「のです」的口語形。表示說明情況；主張意見；前接疑問詞時，表示要對方做說明。

7 訪問對方的家鄉（二）

CD1-36

◆你呢？	あなたは？
◆我從美國來的。	私(わたし)はアメリカから来(き)ました。
◆請問您貴鄉是哪裡呢？	ご出身(しゅっしん)はどちらですか。
◆請問鹿兒島是在日本的什麼位置呢？	鹿児島(かごしま)って、日本(にほん)のどの辺(へん)ですか。 ＊這裡的「って」是「とは」的口語形。表示就提起的話題，為了更清楚而發問或加上解釋。「是…」。
◆請問是在廣島縣的哪裡呢？	広島県(ひろしまけん)のどこですか。

◆請問那裡比青森還冷嗎？　青森(あおもり)より寒(さむ)いですか。

◆請問那裡會時常下雪嗎？　雪(ゆき)はよく降(ふ)るんですか。

◆請問那裡有沒有什麼著名的東西呢？　何(なに)か有名(ゆうめい)なものはありますか。

◆請問您是否一直都住在橫濱呢？　ずっと横浜(よこはま)に住(す)んでるんですか。

◆請問從東京搭新幹線去那裡，大約需要多久時間呢？　東京(とうきょう)から新幹線(しんかんせん)でどのくらいかかりますか。

◆我曾經去過一次。　一度(いちど)行(い)ったことがあります。

◆那裡真是個好地方呀。　いいところですよね。

◆如果您有照片的話，可否借我瞧一瞧呢？　写真(しゃしん)があったら見(み)せてもらえませんか。

◆真希望有機會造訪那裡呀。　一度(いちど)行(い)ってみたいんですよね。

8　介紹家人

◆這個人是誰？　この人(ひと)は誰(だれ)ですか？

◆容我介紹家父。　私(わたし)の父(ちち)を紹介(しょうかい)させてください。

◆容我介紹我的家人：這是家父母以及家兄。　家族(かぞく)を紹介(しょうかい)します。両親(りょうしん)と兄(あに)です。

◆這是我哥哥。　これは兄(あに)です。

◆這是我哥哥和姊姊。	これは、兄（あに）と姉（あね）です。
◆這是我父母。	父（ちち）と母（はは）です。
◆這是我女兒。	これはうちの娘（むすめ）です。
◆請務必讓我拜見夫人。	奥（おく）さまにぜひ会（あ）わせてください。
◆山田小姐，您和佳子見過面了嗎？	山田（やまだ）さん、よし子（こ）にはお会（あ）いになりましたか。
◆請問二位已經互相介紹認識了嗎？	お二人（ふたり）とも、紹介（しょうかい）は済（す）んでいますか。

9 介紹朋友

◆這一位是我的朋友山田貴子小姐。	こちらは私（わたし）の友人（ゆうじん）、山田貴子（やまだたかこ）さんです。
◆我來為您介紹我的朋友楊志明先生。	友達（ともだち）の楊志明（ヨウシメイ）さんを紹介（しょうかい）します。
◆請您和我的手帕交貴子見個面。	私（わたし）の親友（しんゆう）、貴子（たかこ）に会（あ）ってください。
◆容我為您介紹和我非常要好的朋友美和子。	私（わたし）がとても仲良（なかよ）くしている美和子（みわこ）を紹介（しょうかい）します。
◆幫您介紹我的老朋友洋一。	昔（むかし）からの友達（ともだち）の洋一（よういち）を紹介（しょうかい）します。
◆這一位是我從高中時代結交至今的朋友櫻子。	こちらは高校時代（こうこうじだい）からの友達（ともだち）の桜子（さくらこ）です。

- 這一位是我大學時的學長阿博先生。　こちらは大学時代(だいがくじだい)の先輩(せんぱい)の博(ひろし)さんです。
- 這一位是和我一起工作的鈴木小姐。　こちらは一緒(いっしょ)に仕事(しごと)をしている鈴木(すずき)さんです。
- 這一位是對我關照有加的中村先生。　こちらはいつもお世話(せわ)になっている中村(なかむら)さんです。
- 幸會幸會！　お会(あ)いできてうれしいです。

10 詢問對方的家人

CD1-37

- 請問令尊與令堂安好嗎？　ご両親(りょうしん)はお元気(げんき)ですか。
- 請問您的家人現在住在哪裡呢？　ご家族(かぞく)は今(いま)どちらにいらっしゃるんですか。
- 請問您和家人住在一起嗎？　ご家族(かぞく)と一緒(いっしょ)に住(す)んでるんですか。
- 是呀，我和家父母住在一起。　ええ、両親(りょうしん)と一緒(いっしょ)に住(す)んでます。
- 沒有，我自己一個人住。　いえ、一人暮(ひとりぐ)らしです。
- 請問您的父母目前住在橫濱嗎？　ご両親(りょうしん)は横浜(よこはま)にお住(す)まいですか。
- 請問令尊是東京人嗎？　お父(とう)さんは東京出身(とうきょうしゅっしん)ですか。
- 請問令尊是在哪裡高就呢？　お父(とう)さまはどちらにお勤(つと)めですか。

◆請問令尊的興趣是什麼呢？　お父さまのご趣味は何ですか。

◆請問令堂是家庭主婦嗎？　お母さんは主婦ですか。

◆請問令堂有沒有在工作呢？　お母さんは働いていますか。

◆請問令堂有沒有在做兼職工作呢？　お母さんはパートで働いていますか。

◆請問令姊芳齡多少呢？　お姉さんはおいくつですか。

◆請問令兄已經結婚了嗎？　お兄さんは結婚されていますか。

◆請問令姊有沒有小孩呢？　お姉さんにお子さんはいらっしゃいますか。

◆請問您的先生從事什麼工作呢？　ご主人さまは何をなさっていますか。

◆請問令郎是大學生嗎？　息子さんは学生ですか。

11 家族成員

◆我家一共有四個人。　私の家は4人家族です。

◆我家有先生、孩子、還有我，一共三個人。　家族は夫と子供3人です。

◆我們一共有三姊妹。　三人兄弟の姉妹です。

◆我是長子。　長男です。

◆這是我的么女。／我是排行最小的女兒。
一番下(いちばんした)の娘(むすめ)です。

◆我在三個兄弟姊妹裡排行中間。
三人兄弟(さんにんきょうだい)の真(ま)ん中(なか)です。

◆家裡有父親、母親、還有兩個弟弟，加上我共五個人。
家族(かぞく)は父(ちち)、母(はは)、弟(おとうと)の5人家族(にんかぞく)です。

◆我們家有爸爸、媽媽、姊姊、還有我。
わたしの家族(かぞく)は父(ちち)、母(はは)、姉(あね)、そして僕(ぼく)です。

◆我們家是個大家庭。
我(わ)が家(や)は大家族(だいかぞく)です。

◆每天時而動怒時而歡笑的，真是熱鬧極了。
毎日怒(まいにちおこ)ったり笑(わら)ったりで忙(いそが)しいですよ。

◆當我前往日本的那段時間，我的家人一直留在台灣。
▲私(わたし)が日本(にほん)へ行(い)っている間(あいだ)、家族(かぞく)はずっと台湾(タイワン)にいた。

A：「奥(おく)さんによろしくお伝(つた)えください。」
（請代我向尊夫人問好。）

B：「はい、ありがとうございます。」
（謝謝您的關心。）

◆和妻子分離後，我只能獨自堅強地活下去。
妻(つま)と別(わか)れ、一人(ひとり)で生(い)きていかなくてはならない。

◆戰爭奪走了我的家人。
戦争(せんそう)で家族(かぞく)をなくした。

◆那個男人拋下了他的家人，離家出走了。
その男(おとこ)は家族(かぞく)を捨(す)てて家(いえ)を出(で)た。

◆別讓家人為你擔心吧。
家族(かぞく)を心配(しんぱい)させないようにしよう。

2 祖父母及父母

1 祖父

CD1-38

◆我和爺爺奶奶住在一起。	祖父母(そふぼ)といっしょに暮(く)らしている。
◆爺爺雖然已經高齡九十二了，但還是十分健壯。	おじいさんは92歳(さい)になりますが、とても元気(げんき)です。
◆爺爺和奶奶兩人一起生活。	祖父母(そふぼ)は二人暮(ふたりぐ)らしです。
◆爺爺跟奶奶兩人總是形影不離。	おじいさんとおばあさんはいつも一緒(いっしょ)だ。
◆我有位高齡八十一歲的爺爺。	私(わたし)には81歳(さい)のおじいちゃんがいます。
◆爺爺現在的功力還不輸年輕人喔。	おじいちゃんもまだまだ若者(わかもの)には負(ま)けないぞ。
◆雖然祖父已經七十歲了，身體依然十分硬朗。	祖父(そふ)は70歳(さい)だが、すごく元気(げんき)です。
◆我的爺爺住在鄉下。	おじいちゃんは田舎(いなか)で暮(く)らしている。
◆祖父的嗜好是園藝。	祖父(そふ)は庭(にわ)の手入(てい)れが趣味(しゅみ)です。
◆爺爺告訴了我一些往事。	おじいさんから昔(むかし)の話(はなし)を聞(き)いた。
◆只要和爺爺見面，他老人家必定會提起往昔的事情。	おじいさんに会(あ)うと必(かなら)ずむかしの話(はなし)が出(で)ます。

- ◆由於爺爺很想找人聊聊天，所以我去陪陪他，聽他說說話。
  おじいさんが話をしたがっていたので相手になってあげました。
- ◆爺爺，您實在太帥了！
  おじいちゃん。かっこいい！
- ◆我的爺爺比較喜歡住在鄉村而不是都市。
  祖父は都会より田舎のほうが好きだ。
- ◆我領到了爺爺給我的新年紅包。
  おじいさんからお年玉をいただいた。

2 祖母

- ◆我的妹妹們是由祖母帶大的。
  祖母が私の妹たちの世話をしてくれました。
- ◆我小時候是由奶奶撫養的。
  幼い頃祖母に育てられた。
- ◆奶奶總是對我非常溫柔。
  おばあちゃんはいつも私に優しかった。
- ◆我向奶奶學習了烹飪技巧。
  おばあさんから料理を習いました。
- ◆祖母的心胸十分寬大。
  祖母はとても心が広い。
- ◆聽說奶奶在少女時代是位絕世美女。
  娘時代の祖母は、とても美しい娘だったそうです。
- ◆我最喜歡和奶奶一起吃早餐了。
  祖母との朝食が好きだ。

◆奶奶身體非常健康，每天都去游泳。

おばあさんはとても元気で毎日プールへ通っています。

◆現在的年輕人都沒有煩惱啊！

今の若者は悩み一つもないねえ。

◆奶奶，可是我們也有我們現在的煩惱呀。

僕たちにも悩みはあるんだよ。おばあちゃん。

＊「んだ」是「のだ」的口語形。表示說明情況。

◆祖母的健康狀況不是很好。

祖母は体がよくなかった。

◆奶奶的肩膀似乎會痛。

▲ おばあさんは肩が痛いようだ。

A：「おばあさん、手を引いてあげましょう。」

（奶奶，我們手牽手一起走吧。）

B：「ありがとうございます。でも大丈夫ですよ。」

（謝謝你喔！不過我可以自己走，不會有事的。）

◆爸媽一直照顧著祖母。

両親は今まで祖母の面倒を見てきました。

◆看護照料祖父的只有高齡超過七十歲的祖母一個人。

祖父を介護していたのは70歳を超えた祖母一人だ。

◆我時常照顧奶奶。

時々祖母の世話をした。

◆奶奶，請您來吃飯囉！

おばあさん、ご飯の用意ができましたよ。

◆祖母於去年仙逝了。	祖母(そぼ)が去年(きょねん)亡(な)くなった。
◆祖母過世後，我覺得好寂寞。	おばあさんが亡(な)くなって寂(さび)しいです。
◆令我哀痛逾恆。	僕(ぼく)はすごく悲(かな)しかった。
◆我也終於當上奶奶了。	私(わたし)もとうとうおばあさんだわ。
◆您已經有三個孫子了呀？	お孫(まご)さんが3人(にん)もいるんですか？
◆真看不出來您已經當上祖母了耶。	とてもおばあさんには見(み)えませんね。
◆好一陣子沒見到她，沒想到她也頗具老態了哪。	しばらく会(あ)わないうちに彼女(かのじょ)もずいぶんおばあさんになったなあ。
◆我的孫子已經七歲了。	孫(まご)が七(なな)つになりました。
◆一整天陪孫子玩，真夠累人的。	一日中孫(いちにちじゅうまご)の相手(あいて)をするのも疲(つか)れる。

3 雙親

CD1-39

◆我的父母都有工作。	私(わたし)の両親(りょうしん)は共働(ともばたら)きだ。
◆爸爸和媽媽的感情很好。	父(ちち)と母(はは)は仲(なか)がいいです。
◆他們兩人經常一起去旅行。	二人(ふたり)でよく旅行(りょこう)をします。

◆總是像新婚夫妻那樣濃情蜜意的。
いつも新婚(しんこん)のようにラブラブだった。

◆他們明明才剛結婚，卻已經像是結婚多年的老夫老妻。
新婚(しんこん)なのに、熟年夫婦(じゅくねんふうふ)のようです。

◆我的爸媽已經結婚二十年了。
両親(りょうしん)は結婚(けっこん)してからもう20年(ねん)になった。

◆他們兩人各自擁有不同的興趣。
二人(ふたり)それぞれの趣味(しゅみ)を持(も)っています。

◆我的父母讓我十分引以為傲。
私(わたし)は両親(りょうしん)を誇(ほこ)りに思(おも)っています。

◆我努力當個好孩子。
よい子(こ)になろうと頑張(がんば)っている。

◆爸媽對我有太高的期待。
両親(りょうしん)は私(わたし)に過剰(かじょう)な期待(きたい)をしている。

◆我的女朋友對我的父母有所怨言。
彼女(かのじょ)は私(わたし)の両親(りょうしん)に不満(ふまん)がある。

◆不管我做任何事情，爸媽都會加以責罵。
両親(りょうしん)は私(わたし)がやることをいちいちしかる。

◆父母在我很小的時候就過世了。
私(わたし)は小(ちい)さい頃(ころ)に両親(りょうしん)を亡(な)くした。

◆我的爸媽現在正在分居。
私(わたし)の両親(りょうしん)は別居中(べっきょちゅう)だ。

◆我的爸媽已經離婚了。
両親(りょうしん)は離婚(りこん)した。

◆我的爸媽時常會吵架。
両親(りょうしん)は時々(ときどき)喧嘩(けんか)をすることがある。

◆甚至會在三更半夜大聲叫罵，還互相扔擲碗盤。	食器が飛び交い、夜中に大声が響き渡ることもある。
◆在吵完架以後，就立刻和好如初了。	喧嘩した後、すぐ仲直りした。
◆我自從結婚以後，就和父母住在一起。	結婚してから、両親と一緒に住んでいる。

4 父親（一）

◆家父是上班族。	父は会社員です。
◆我的爸爸是日本人、媽媽是韓國人。	父は日本人で、母は韓国人です。
◆我的父親非常頑固。	父はとても頑固です。
◆他對子女的管教很嚴格。	子供に厳しいです。
◆家父為人嚴謹。	父は厳しい人でした。
◆我的爸爸個性非常沉穩，對任何人都很溫文可親。	父はとても大人しく、誰にも優しいです。
◆我的父親明年65歲。	父は来年65になります。
◆家父依然精神奕奕地工作。	父は元気に働いています。
◆家父在旅行社工作。	父は旅行会社に勤めています。

◆家父年輕時因適逢戰爭而無法上大學。	父(ちち)は若(わか)い頃(ころ)、戦争(せんそう)で大学(だいがく)へいけなかった。
◆我的爸爸只知道埋首於工作之中。	父(ちち)は仕事(しごと)に一筋(ひとすじ)です。
◆我的父親是個非常勤勉的人。	僕(ぼく)の父(ちち)はすごく勤勉(きんべん)な男(おとこ)である。
◆爸爸總是十分忙碌。	父(ちち)はいつも忙(いそが)しい。
◆他忙得幾乎沒有時間待在家裡。	忙(いそが)しくてほとんど家(いえ)にいません。
◆爸爸，請您工作不忘保重身體！	お父(とう)さん、体(からだ)に気(き)をつけて仕事(しごと)をしてください。
◆爸爸，謝謝您送我的禮物。	お父(とう)さん、プレゼントありがとう。
◆我的爸爸已經退休了。	父(ちち)は引退(いんたい)しています。

5 父親（二）

CD1-40

◆我從來不曾和爸爸玩過投接球。	私(わたし)は父(ちち)とキャッチボールをしたことがない。
◆爸爸老是數落我。	父(ちち)は私(わたし)に文句(もんく)ばかり言(い)っています。
◆他不曾干涉過孩子。	子供(こども)に干渉(かんしょう)しません。

◆我的父親非常重視家人。

▲父(ちち)は家族(かぞく)をとても大切(たいせつ)にします。

A：「ご主人(しゅじん)はお元気(げんき)ですか。」

（請問您的先生別來無恙嗎？）

B：「はい、おかげさまで元気(げんき)です。」

（是的，託您的福，一切都好。）

◆他嚴格要求家人務必遵守門禁。

門限(もんげん)にうるさいです。

◆爸爸的嗜好是打高爾夫球。

パパの趣味(しゅみ)はゴルフです。

◆我和爸爸下了西洋棋。

父(ちち)を相手(あいて)にチェスをした。

◆我以前很喜歡騎在爸爸的肩膀上。

父(ちち)に肩車(かたぐるま)をしてもらうのが好(す)きでした。

◆這是爸爸給我的手錶。

これは父(ちち)からもらった時計(とけい)です。

◆這支鋼筆是父親送給我的生日禮物。

これは誕生日(たんじょうび)に父(ちち)からもらった万年筆(まんねんひつ)です。

◆他有時會幫忙做家事。

時々(ときどき)家事(かじ)の手伝(てつだ)いもします。

◆家父拚了命地工作，把我們這些孩子撫養長大。

父(ちち)が一生懸命(いっしょうけんめい)働(はたら)いて、私(わたし)たちを育(そだ)ててくれました。

◆爸爸總是很晚才回家。

父(ちち)は帰(かえ)りがいつも遅(おそ)い。

◆爸爸在媽媽面前抬不起頭。

母(はは)に頭(あたま)があがりません。

◆爸爸以往從不做任何家事。

パパは一切(いっさい)家事(かじ)をやりませんでした。

◆爸爸深深愛著媽媽。

父(ちち)はとても母(はは)を愛(あい)している。

◆我想，就算上了年紀，只要身體還健康就繼續工作。
年を取っても元気なら働こうと思う。

◆我以後要成為像爸爸那樣了不起的醫生喔。
将来は父のような立派な医者になろう。

◆爸爸教導了我種種事物。
父は私に色々なことを教えてくれた。

6 父親（三）

◆我的父親已經過世了。
父は亡くなりました。

◆家父於今年六月過世了。
今年の6月父を亡くしました。

◆聽說令尊已經離世了，真不知該如何表達我的慰問之意。
お父さんが亡くなったそうですね。なんと申し上げたらいいか言葉がありません。

◆令尊在世時，是位非常了不起的人。
あなたのお父さんはとても立派な人でした。

◆我過去曾受過令尊非常多照顧。
昔、あなたのお父さんには大変お世話になりました。

◆我們不能忘了爸爸說過的話喔。
父の言葉を忘れないでおこう。

◆自從家父離開人世後，我才開始體會到父親的想法。
父が死んで始めて父の考えが分かるようになりました。

◆真希望能夠再一次見到已經撒手人寰的父親。
死んだ父にもう一度会いたい。

7 母親（一）

CD1-41

◆家母今年五十八歲。
母は今年、58になります。

◆家母雖然已經高齡八十四了，卻依然非常健康。
母は84歳になりますが、とても元気です。

◆她二十歲時就生下了一個男孩。
彼女は20歳で男の子の母になった。

◆我的媽媽是個家庭主婦。
うちの母は専業主婦だ。

◆媽媽目前在超級市場裡兼差打工。
母はスーパーでバイトをしている。

◆媽媽是學校的老師。
母は学校の先生です。

◆我的媽媽是個漫畫家。
うちのママは漫画家です。

◆我的母親是個職業婦女。
母はキャリアウーマンです。

◆媽媽過去從早到晚都在工作。
母は朝から晩まで働いていました。

◆媽媽在幫忙爸爸的事業。
母は父の仕事を手伝っています。

◆母親總是對父親百依百順。
母は父の言うことに従います。

◆我的媽媽同時要兼顧家庭和工作。
母は仕事と家庭を両立させています。

8 母親（二）

◆家母的廚藝十分精湛。
母は料理が上手です。

◆家事全都由媽媽獨自一手包辦。
家事など全部母が一人でやっています。

◆我的母親獨自含辛茹苦地帶大了四個孩子。
母親一人で4人の子を育て上げた。

◆我在照顧公婆。
義理の両親の面倒をみています。

◆她是個居家型的女孩。
彼女は家庭的な人です。

◆假如是跟媽媽一起去倒還好，但是我可不想和爸爸出門。
母となら一緒に行ってもいいけど、父とはいやだ。

＊「けど」是「けれども」的口語形。口語為求方便，常把音吃掉變簡短。

◆家母特別疼愛我。
母は私をとてもかわいがってくれました。

◆家母是個對孩子們非常溫柔的媽媽。
子供たちにとても優しい母でした。

◆只要待在媽媽身邊，就會覺得很安心。
母といっしょにいると安心です。

◆我的媽媽在當義工。
私の母はボランティアをしています。

◆媽媽是我心中的完美女性。
ママは、理想の女性なのです。

9 母親（三）

◆我的媽媽不喜歡做家事。
母は家事が好きではありません。

◆她總是買便利商店的便當充當大家的晚餐。
いつもコンビニのお弁当で晩ご飯を済ませてしまった。

◆我對母親強烈的干涉感到非常痛苦。
母の激しい干渉に苦しんできました。

◆家母是個交際手腕十分高明的人。
母はものすごい社交的な人です。

◆我的媽媽對孩子的管教採取放任態度。
私の母は放任主義です。

◆媽媽很寵弟弟。
母は弟を甘やかします。

◆妹妹太倚賴媽媽了。
妹は母に甘えすぎだ。

◆住在鄉下的媽媽寫了信給我。
田舎の母から手紙が来た。

◆我每天會打一通電話給媽媽。
毎日1回母に電話します。

◆母親節時，送什麼禮物給媽媽好呢？
母の日に何をプレゼントしようか。

◆我想趁媽媽身體還很硬朗時，帶媽媽去東京一遊。
母が元気な間に東京へ連れて行ってあげたい。

10 我與父母

CD1-42

◆我老是和爸爸起爭執。

▲ 父とけんかばかりしていました。

A：「うちの子はなかなか親の言うことを聞かないんです。」

（我家的孩子老是不聽爸媽的話。）

B：「どこの子もみんな同じですよ。」

（每一家的孩子都是一樣的呀。）

◆爸爸沒收了我的摩托車。

父にオートバイを取り上げられた。

◆父親只要一不高興，就會對母親動粗。

父は気に入らないことがあるとすぐ母に手を上げた。

◆家父的觀念守舊，只要我超過晚上十點才回到家，就會惹得他勃然大怒。

父は頭が古くて、私が10時を過ぎて帰ると怒るんです。

◆我一點也不怕爸媽。

親など少しも怖くない。

◆早安！理香。

おはよ！理香。

◆禮拜天這麼早就起來啦！

日曜だってのに早おきねぇ。

＊這裡的「って」是「という」的口語形，表示「是…」事物的稱謂，或事物的性質。「叫…的…」。

◆媽也難得起這麼早啊！

ママこそ早いね。珍しい…。

◆媽媽肚子餓了，做點東西來吃吧！

ママお腹すいた、なんか作って。

◆你也偶爾自己做啊。人家很忙的。

たまには自分で作りなよ。あたしだって忙しいのよ。

＊「だって」就是「でも」的口語形，表示「就連…」。

◆他根本絲毫不打算幫忙父母。

彼には親を手伝う気持ちなどなかった。

◆爸爸雖然對你說了重話，其實他是非常擔心你的。

お父さんは君にああ言ったけど、ほんとうは心配しているんだよ。

＊「ているんだ」中的「ん」，原本是「の」但在口語上有發成「ん」的傾向。

◆由於父母在我八歲的時候過世，因此我是由伯伯撫養長大的。

8歳のときに親を亡くしたのでおじに育てられました。

◆好一陣子沒和父親見面，父親的頭髮全都變白了。

しばらく会わない間に父の髪の毛はすっかり白くなっていた。

◆我在被櫥的深處發現了父親的日記。

押入れの奥から父の日記が出てきた。

◆從我有了自己的孩子以後，才終於能夠體會到父母的心情。

子供を持ってはじめて親の気持ちが分かるようになった。

◆這間房子是父母給我的。

この家は親からもらったものです。

◆父親非常疼惜母親。

父は母をとても大事にしています。

3 兄弟姊妹

1 兄弟姊妹（一）

CD1-43

◆我有一個哥哥。　兄が一人います。

◆我有一個弟弟。　弟が一人います。

◆我是獨生女，沒有兄弟姊妹。　私は一人娘で兄弟がいない。

◆我是獨生子／獨生女。　私は一人っ子だ。

◆我是長女，下面各有一個弟弟和一個妹妹。　私は一男二女の長女だ。

◆我在兄弟之中排行第二。　私は次男だ。

◆我們是三兄弟。　私たちは三人兄弟だ。

◆弟弟比我小兩歲。　弟は私より二歳下です。

◆家姊比我大兩歲。　姉は私の二つ上です。

◆妹妹小我兩歲。　妹は二つ年下です。

◆舍妹比我小三歲。　妹は私の三つ下です。

◆哥哥大我三歲。　兄は三つ年上です。

- 我有個小我三歲的弟弟。 私は三つ下の弟が一人いる。

2 兄弟姊妹（二）

- 我是老么。 私は末っ子です。
- 妹妹和我是雙胞胎。 妹と私は双子だ。
- 我們雖然是雙胞胎，卻一點也不像。 私たちは双子だが、ぜんぜん似ていない。
- 我們是同卵雙胞胎姊妹。 私たちは一卵性双子の姉妹です。
- 比較小的那個孩子還在讀大學。 下の子はまだ学生です。
- 我們兄弟姊妹的感情很好。 兄弟仲はいいです
- 姊妹倆不大和得來。 姉妹はあまり性格が合いません。
- 時常在一起聊天。 よく話をします。
- 經常結伴出門。 よく一緒に出かけます。
- 我們分別住在不同的地方。 離れて住んでいます。
- 長相很相像。 外見は似ています。

3 哥哥（一）

- 家兄目前在貿易公司任職。 兄は貿易会社へ行っています。

◆哥哥以前在郵局上班。 兄(あに)は郵便局(ゆうびんきょく)に勤(つと)めていました。

◆哥哥很會打棒球。 兄(あに)は野球(やきゅう)が上手(じょうず)です。

◆哥哥是個充滿幽默感的人。 兄(あに)はとてもユーモアのある人(ひと)です。

◆哥哥有些與衆不同。 兄(あに)は少(すこ)し変(か)わっている。

◆我的哥哥很帥。 兄(あに)はかっこいいです。

◆哥哥以前很帥。 兄(あに)は格好(かっこう)がよかったです。

◆我的哥哥很受女生的歡迎。 兄(あに)は女性(じょせい)にもてもてです。

◆很溫柔的哥哥。 やさしいお兄(にい)ちゃんでした。

◆哥哥經常照顧我。 兄(あに)が私(わたし)のめんどうをいつも見(み)てくれました。

◆我也好想有這樣的哥哥。 あたしもこんなお兄(にい)さんほしいなぁ。

＊「あたし」是「わたし」的口語形。口語為求方便改用較好發音的方法。

＊在口語中不加頭銜、小姐、先生等，而直接叫名字，是口語的特色。如：「おいで、さゆり。」（過來小百合。）

◆我經常跟在哥哥的後面。 僕(ぼく)はいつも兄(あに)の後(あと)を追(お)いかけていた。

◆我最喜歡哥哥了。 お兄(にい)ちゃんのこと、大好(だいす)きです。

◆在所有的兄弟姊妹裡面，我最喜歡大哥。 兄弟(きょうだい)の中(なか)で、一番上(いちばんうえ)の兄(あに)が好(す)きだ。

◆我跟哥哥學開車。
兄(あに)から自動車(じどうしゃ)の運転(うんてん)を習(なら)っています。

◆哥哥教我很多事情。
お兄(にい)さんがいろんなことを教(おし)えてくれた。

◆哥哥，你回來了喔。
お兄(にい)ちゃん、お帰(かえ)んなさい。

◆你哥哥好棒喔！真羨慕。
お兄(にい)さん、ステキ。いいなぁ。

◆哥哥總是保護我。
▲兄(あに)はいつも僕(ぼく)のことを守(まも)ってくれた。

A：「お兄(にい)さん、僕(ぼく)も連(つ)れて行(い)ってよ。」
（哥哥，你帶我一起去嘛。）

B：「ああ、一緒(いっしょ)においで。」
（好啊，跟我一起走吧。）

◆我常跟哥哥手牽手。
いつも兄(あに)と手(て)をつないでいた。

◆我哥哥住在東京。
兄(あに)は東京(とうきょう)に住(す)んでいます。

4 哥哥（二）

CD1-44

◆媽媽比較寵哥哥，沒那麼疼我。
母(はは)は僕(ぼく)より兄(あに)のほうが大事(だいじ)なんだ。

◆我常跟哥哥吵得不可開交。
僕(ぼく)と兄(あに)はいつも激(はげ)しく喧嘩(けんか)をしていた。

◆我和哥哥發生爭執時，總是屈居下風。
喧嘩(けんか)ではいつも兄(あに)に負(ま)けている。

◆我對哥哥經常唯命是從。

僕はよく兄のいいなりになってしまった。

◆哥哥都把討厭的工作丟給我。

兄は嫌な仕事を僕にさせる。

◆有個不成材的哥哥，可辛苦啦！

できの悪い兄貴だと苦労するよ。

◆哥哥總是用功讀書到深夜。

兄はいつも夜遅くまで勉強している。

◆哥哥每天工作到很晚。

兄は毎日夜遅くまで仕事していた。

◆哥哥結婚了。

兄は結婚しました。

◆哥哥生了重病。

兄は重い病気にかかっています。

5 姊姊（一）

◆我和姊姊上同一所學校。

▲姉と学校が同じでした。

A：「お姉さんはあなたよりいくつ上ですか。」

（請問您的姊姊比您大幾歲呢？）

B：「三つ上です。」

（她大我三歲。）

◆姊姊經常幫助我。

姉はいつも私を助けてくれた。

◆姊姊超喜歡小妹的。

姉は妹のことが好きで好きで仕方ないです。

◆姊姊經常跟我在一起。

姉はいつも一緒にいてくれた。

◆姊姊幫忙媽媽做了事。
姉(あね)は母(はは)の手伝(てつだ)いをした。

◆姊姊人很開朗，很會照顧別人。
姉(あね)は明(あか)るく面倒見(めんどうみ)がいいです。

◆我姊姊的臉上總是掛著笑容。
姉(あね)はいつも笑顔(えがお)だ。

◆我姊姊很活潑。
姉(あね)は明(あか)るいです。

◆老姊真的是個很有趣的人。
お姉(ねえ)ちゃんって本当(ほんとう)に面白(おもしろ)いです。

◆姊姊朋友很多。
姉(あね)は友(とも)だちが多(おお)いです。

◆姊姊不小氣。
姉(あね)はけちではありません。

◆姊姊做的料理很好吃。
姉(あね)の料理(りょうり)がおいしいです。

◆姊姊喜歡看電影。
姉(あね)は映画(えいが)が好(す)きです。

◆我姊姊會喝酒。
姉(あね)はお酒(さけ)を飲(の)みます。

◆姊姊為我挑選了一件適合我穿的毛衣。
姉(あね)が私(わたし)に合(あ)うセーターを選(えら)んでくれました。

◆這條裙子是姊姊給我的。
このスカートは姉(あね)からもらったものです。

◆只要是姊姊擁有的東西，我什麼都好想要哦。
姉(あね)の持(も)ってるものがなんでもほしいんですね。

◆我經常模仿姊姊。
よく姉(あね)のまねをする。

◆姊姊，妳在做什麼呀？

お姉(ねえ)ちゃん、何(なに)してんの?

＊「何してんの」就是「何しているの」口語時，如果前接最後一個字是「る」的動詞，「る」常變成「ん」。

◆我正在打毛衣呀。是要送給男朋友的。

セーター、編(あ)んでいるのよ。彼(かれ)のためにね。

◆好好喔。我也好想要有人送我親手打的毛衣喔。

いいなあ、僕(ぼく)もこんなのほしいなあ。

◆那就快去交個女朋友，如何？

早(はや)くガールフレンド見(み)つけたら?

＊「たら」是「たらどうですか」是省略後半部的口語表現。表示建議、規勸對方的意思。

6 姊姊（二）

CD1-45

◆由於父母在我很小的時候就過世了，所以是由姊姊將我一手撫養成人的。

両親(りょうしん)が早(はや)く亡(な)くなったので、姉(あね)が私(わたし)を育(そだ)ててくれました。

◆姊姊很優秀。

姉(あね)は結構優秀(けっこうゆうしゅう)です。

◆姊姊開始一個人過生活。

お姉(ねえ)ちゃんは一人暮(ひとりぐ)らしを始(はじ)めた。

◆命運老愛捉弄姊姊。

運命(うんめい)はいつも姉(あね)にいたずらをしていた。

◆姊姊很少哭。

姉(あね)はめったに泣(な)かない。

◆姊姊老是在睡覺。

姉(あね)は、いつも寝(ね)てばっかりです。

＊「ばっかり」是（老是…）「ばかり」的促音化「っ」口語形。

◆姊姊經常晚歸。

姉(あね)は夜遅(よるおそ)く帰(かえ)ることが多(おお)い。

◆ 姊姊到了深夜還沒回到家。

姉は夜遅くまで帰ってきません。

◆ 姊姊老想著提高年收。

姉はいつも年収アップのことを考えていた。

◆ 我過去跟姊姊的感情很不好。

私と姉とは仲が悪かった。

◆ 姊姊像個惡魔。

姉は悪魔のようだ。

◆ 姊姊的存在對妹妹造成很大的困擾。

妹はいつも姉の存在に悩まされている。

◆ 姊姊跟媽媽把我當傭人一般使喚。

▲ 姉貴と母さんにこき使われていた。

A：「ほら、お湯が沸いたわよ。」

（你看，水燒開了唷。）

B：「は～い。」

（我來囉～。）

◆ 跟姊姊老是話不投機半句多。

姉との会話はいつも続かない。

◆ 姊姊跟媽媽常吵架。

姉と母はよく喧嘩していた。

◆ 姊姊的男朋友是個很不錯的人。

姉の彼氏はいい人だ。

◆ 姊姊挑男朋友的眼光極差。

姉は男を見る目がない。

◆ 姊姊沒有男朋友。

姉は彼氏がいません。

◆ 我的姊姊在二十三歲那一年結婚了。

姉は23歳のとき結婚しました。

＊「23歳のとき」後省略了「に」。如文脈夠清楚，常有省略「に（へ）」的傾向，其他情況就不可以任意省略。

◆因為姊姊有三個年紀尚幼的小孩，所以非常忙碌。
姉は小さい子が3人いるのでとても忙しいです。

7 弟弟（一）

◆我有一個弟弟。
弟が一人います。

◆弟弟比我小三歲。
弟は三つ下です。

◆我的弟弟還在上學。
弟はまだ学生です。

◆我的身高比弟弟矮。
私は弟より背が低い。

◆弟弟最近長高了。
弟は最近背が伸びてきました。

◆弟弟比我小三歲。
弟は私より3歳年下です。

◆弟弟總是跟狗玩在一起。
弟はいつも犬といっしょに遊んでいる。

◆經常跟弟弟一起玩耍。
いつも弟と遊んでいるのです。

◆弟弟經常笑得很開朗。
弟はいつも明るい声で笑っています。

◆我以前和弟弟住在同一棟公寓裡。
弟と同じアパートに住んでいました。

◆我弟弟一個人住。
弟は一人暮らしです。

◆弟弟的腦筋比我聰明。
私より弟のほうが頭がいい。

8 弟弟（二）

CD1-46

◆弟弟老跟大家添麻煩。	弟はいつもみんなに迷惑をかけていた。
◆弟弟是令全家人頭痛的人物。	弟は一家の厄介者です。
◆我時常和弟弟一起惡作劇。	弟とはよく悪戯をしている。
◆小時候，我常和弟弟吵架。	小さいころ弟とよくけんかした。
◆我和弟弟每回碰面總會吵架。	私は弟と会うたびに喧嘩した。
◆我和弟弟長得很像。	私は弟とよく似ている。
◆我也時常會被人誤認成我弟弟。	私もよく弟と間違えられた。
◆由於我和弟弟的聲音很像，所以打電話來的人常分不清楚是誰。	声が似ているので電話で弟と間違えられます。
◆媽媽經常拿弟弟和我比較。	母は私と弟をよく比べていました。

9 妹妹（一）

◆我有小我三歲的妹妹。	僕には、三つ下の妹がいます。
◆妹妹很會耍性子。	妹はわがままです。
◆妹妹是個愛哭鬼。	妹は泣き虫だ。

◆妹妹很活潑。　妹(いもうと)は明(あか)るいです。

◆妹妹經常笑嘻嘻的。　妹(いもうと)はいつもニコニコ笑(わら)っている。

◆你妹妹真是可愛。　とてもかわいい妹(いもうと)さんですね。

◆小時候，妹妹長得比我可愛多了。　妹(いもうと)の方(ほう)がかわいかった。

◆有個活潑的妹妹，我真感到高興。　元気(げんき)な妹(いもうと)ができて嬉(うれ)しいです。

◆我的妹妹非常怕生。　妹(いもうと)はとても恥(は)ずかしがり屋(や)です。

◆我和妹妹的個性正好完全相反。　私(わたし)と妹(いもうと)は性格(せいかく)が全(まった)く正反対(せいはんたい)でした。

◆我很討厭讀書，可是妹妹卻很喜歡。　私(わたし)は勉強(べんきょう)が嫌(きら)いですが、妹(いもうと)は好(す)きです。

10 妹妹（二）

◆妹妹總是跟我在一起。　妹(いもうと)はいつも私(わたし)といっしょでした。

◆妹妹想要模仿我的動作。　妹(いもうと)が私(わたし)の仕草(しぐさ)を真似(まね)ようとした。

◆妹妹最喜歡哥哥，總是跟在他後面。　妹(いもうと)はいつもお兄(にい)ちゃんが大好(だいす)きであとを追(お)う。

◆您的妹妹已經長這麼大了呀。　妹(いもうと)さんもずいぶん大(おお)きくなりましたね。

◆如果您身上帶著令妹的照片，請借我看一看。　妹(いもうと)さんの写真(しゃしん)を持(も)っていたら見(み)せてください。

- 我的妹妹已經成為高中生了。　妹が高校生になった。
- 妹妹已經進入青春期了。　妹は思春期に入った。
- 最小的妹妹，嫁出去了。　末の妹は、嫁に行ってしまった。
- 煩請您幫忙轉告令妹一聲：我明天無法和她見面。　明日はお会いできないと妹さんに伝えてください。
- 在兄弟姊妹之中，只有妹妹上了大學。　兄弟の中で妹だけが大学へ行きました。

11 丈夫及妻子

CD1-47

- 我的先生是豐田電器公司的職員。　私の夫はトヨタ電気の社員です。
- 我們經常陪孩子玩耍。　子供とよく遊びます。
- 我的丈夫十分溺愛孩子。　夫は子煩悩です。
- 我的丈夫非常重視家人。　夫は家庭を大切にします。
- 我的先生把家裡的事全交給我處理。　夫は家のことは私まかせです。
- 我的先生總是很晚回來。　夫は帰りがいつも遅い。
- 我的太太有工作。　妻は働いています。

◆我的太太待在家裡帶小孩。
私(わたし)の妻(つま)は家(いえ)にいて、子供(こども)の面倒(めんどう)をみています。

◆我們輪流做家事。
家事(かじ)は交代(こうたい)してやります。

◆結婚七年以後，才終於有了小寶寶。
結婚(けっこん)してから7年(ねん)たって、やっと子供(こども)ができた。

12 兒女（一）

◆我有一個兒子和一個女兒。
息子(むすこ)が一人(ひとり)と娘(むすめ)が一人(ひとり)います。

◆我的女兒還在讀小學。
娘(むすめ)は小学生(しょうがくせい)です。

◆我有三個孩子，已經全都是大學生了。
子供(こども)が3人(にん)いますが、みんなもう大学生(だいがくせい)です。

◆我家有一個男孩、兩個女孩。
うちには男(おとこ)の子(こ)が一人(ひとり)、女(おんな)の子(こ)が二人(ふたり)います。

◆我家有我們夫妻倆、兩個孩子、還有岳父母，一共六個人。
うちは私(わたし)たち夫婦(ふうふ)と子供二人(こどもふたり)と妻(つま)の両親(りょうしん)の6人家族(にんかぞく)です。

◆我的女兒生了女娃兒囉！
娘(むすめ)に女(おんな)の子(こ)が生(う)まれたんですよ。

◆生下了一個男孩。
男(おとこ)の子(こ)が生(う)まれました。

◆無論是男孩或女孩都一樣好。
男(おとこ)の子(こ)でも女(おんな)の子(こ)でもどっちでもいいです。

＊「でも」表示舉個例子來提示，暗示還有其他可以選擇。「…之類」。

◆頭一胎希望生個女的。
最初(さいしょ)は女(おんな)の子(こ)がいい。

◆接下來希望生個男孩。

▲ 次は男の子がほしい。

A：「お子さんはいくつになりましたか。」

（請問您的孩子幾歲了呢？）

B：「10歳になりました。」

（已經十歲了。）

13 兒女（二）

◆我的女兒在四月以後，就上小學一年級了。

娘は4月から小学校1年生になります。

◆希望能夠養育出活潑開朗的孩子。

明るい子供に育って欲しい。

◆母親正牽著男孩的手。

母親が男の子の手を引いています。

◆陪小孩玩了一整天。

一日中子供と遊んだ。

◆只可以待在安全的地方玩耍喔。

危なくないところで遊びなさい。

◆別那麼嚴厲地斥責小孩！

そんなに子供をしかるな。

◆才只有七歲而已，已經會一個人搭電車。

七つなのに一人で電車に乗れる。

◆請問哪裡有賣小男孩的鞋子呢？

男の子の靴はどこで売っていますか。

◆我想讓兒子去學柔道。

息子に柔道を習わせたいと思っています。

14 兒女（三）

◆不曉得兒子願不願意去工作呢？
息子が働いてくれないかなあ。

◆女兒每天都很晚才回到家，真令我頭痛萬分。
毎日帰りが遅い娘には頭が痛い。

◆只要一想到女兒已經過了三十歲卻還沒結婚，就讓我就睡不著覺。
30歳を過ぎても結婚しない娘のことを考えると頭が痛い。

◆只要一想到不去上大學的兒子，我就睡不著覺。
大学に行かない息子のことを考えると夜も眠れない。

◆只要一想到孩子們的學費，我就忐忑不安。
子供たちの学費を考えると不安でしょうがない。

◆一定要以長遠的眼光為孩子的成長過程做打算。
子供の成長は長い目で見なくてはなりません。

◆無論孩子長到幾歲，父母永遠都會擔心。
親は子供がいくつになっても心配する。

◆為了供三個孩子上大學，妻子也在工作。
3人の子供たちを大学に上げるために妻も働いています。

◆我的長子正在美國留學。
長男はアメリカに留学しています。

◆我排行老三的兒子沒有結婚。
三男は独身です。

◆我的老大已經結婚了。
上の子は結婚しています。

◆我三個孩子裡的老二在上班了。
真(ま)ん中(なか)の子(こ)は働(はたら)いています。

◆等孩子長大後，希望夫妻倆單獨去國外旅遊。
子供(こども)が大(おお)きくなったら、夫婦二人(ふうふふたり)だけで外国(がいこく)旅行(りょこう)をしたい。

4 親戚

1 叔伯姑嬸們

CD1-48

◆叔叔和家父長得很像。
おじは父(ちち)によく似(に)ています。

◆舅舅比家母小三歲。
おじは母(はは)より三(みっ)つ下(した)です。

◆我的姑姑是護士。
おばは看護師(かんごし)です。

◆我在阿姨的店裡工作。
おばの店(みせ)で働(はたら)いています。

◆叔叔的酒量很好。
おじは酒(さけ)が強(つよ)い。

◆小時候，伯父非常疼我。
子供(こども)のころおじにかわいがってもらった。

◆住在奈良的叔叔來家裡玩。
奈良(なら)のおじが訪(たず)ねてきた。

◆舅舅寄了信來。
おじから手紙(てがみ)が来(き)た。

◆住在鄉下的表叔寄來了地方特產。
田舎(いなか)のおじさんからお土産(みやげ)が届(とど)きました。

◆堂叔和爸爸一起去釣魚了。

おじさんは父と一緒につりに行きました。

◆我去住在東京的伯父家。

東京のおじの家に泊めてもらいました。

◆請問叔叔在和我一樣大的時候，在做什麼呢？

おじさんが僕ぐらいの年のときは何をしていましたか。

◆伯父，非常感謝您幫我送書來。

おじさん、本を送ってくださってありがとうございました。

◆我當年上大學時，是住在山口的阿姨的家裡通學。

▲学生のときは山口のおばの家から大学に通っていました。

A：「おばさんはお元気？」

（您的姑姑最近好嗎？）

B：「ええ、おばは元気ですが、おじが少し弱くなりました。」

（嗯，我姑姑很好，不過姑丈的身體有點虛弱。）

◆舅舅，我下個月會去東京，想和您見面。

▲おじさん、来月東京に行くのでお会いしたいと思います。

A：「おじさんが入院したそうですねえ。」

（聽說您的舅舅住院了喔？）

B：「ええ、病気があそこまで悪いとは思いませんでした。」

（是啊，實在沒有想到病情這麼嚴重。）

◆伯父，祝您早日康復。

おじさん、早く元気になってください。

◆舅舅代替我過世的父母，將我撫養成人。　おじは死んだ親の代わりに育ててくれた。

5 未來的希望與夢想

1 想從事的工作

CD1-49

◆你以後想要從事什麼行業？　将来何になりたいですか。

◆你將來想要做什麼呢？　将来、何をしたいですか。

◆你想從事什麼工作？　どんな仕事をしたいですか。

◆我還不知道。　まだ分かりません。

◆以後想要在貿易公司工作。　将来は商社で働きたいです。

◆未來想要當新聞記者。　ジャーナリストになりたいです。

◆將來我想當歌手。　将来歌手になりたいです。

◆我想要當老師。　私は教師になりたいです。

◆媽媽希望我以後能夠成為老師。　母は私が将来先生になることを望んでいる。

◆等長大以後，我想要當律師。　大きくなったら、弁護士になりたい。

- ◆成為口譯家是我的夢想。
  通訳になるのが夢です。
- ◆我想要從事使用日語的工作。
  日本語を使う仕事がしたいです。

2 語學相關

- ◆我想要會說日語。
  日本語が話せるようになりたいです。
- ◆我的夢想是能夠說日語。
  私の夢は日本語を話せるようになることです。
- ◆我希望能夠說一口流利的日語。
  日本語を流暢に話せるようになりたいです。
- ◆我希望能夠以日語流暢地表達自己想要說的話。
  日本語で言いたいことを伝えられるようになりたいです。
- ◆我希望學習日語的基礎。
  日本語の基礎を学びたいです。
- ◆我希望能夠專精日語。
  日本語をマスターしたいです。
- ◆我希望能夠看懂沒有字幕的電影。
  字幕なしで映画がわかるようになりたいです。
- ◆我想要出國留學。
  私は留学したいです。
- ◆因為我想要投身於和語學有關的事業，最好能在國外工作。
  語学関連の仕事がしたいので海外で働きたいです。

◆期望能夠考上想要就讀的學校。	志望校に合格できますように。

3 工作相關

◆我的夢想是擁有一家屬於自己的店鋪。	自分の店を持つのが夢です。
◆我想要累積紮實的資歷。	しっかりとキャリアを積みたいです。
◆我想要在薪資豐厚的公司工作。	お給料のいい会社で働きたいです。
◆我想要從事具有創作性的工作。	クリエイティブなことがしたいです。
◆我想要找到適合自己的工作。	自分に合った仕事を見つけたいです。
◆我想要住在國外。	私は海外に住みたいです。
◆住在國外是我的夢想。	海外に住むのが夢です。
◆未來想到國外工作。	いつか海外で働きたいと思っています。

4 大大的夢想

◆我已經決定了要成為一個偉大的科學家。	立派な科学者になろうと決めました。
◆我想要成為富翁。	お金持ちになりたいです。

◆我想要賺很多錢，成為一個億萬富翁。
お金をたくさん稼いで、億万長者になりたい。

◆我的夢想是能榮獲諾貝爾和平獎。
私の夢はノーベル平和賞を取ることだ。

◆環遊世界是我的夢想。
世界一周旅行をすることは僕の夢だ。

5 結婚成家

CD1-50

◆如果能和他結婚就太好了。
彼と結婚できればいいなと思います。

◆我希望能夠遇到一位好男人，和他共築美滿的家庭。
素晴らしい男性に出会い、幸せな家庭を作りたい。

◆我的夢想是結婚並且擁有自己的家庭。
夢は結婚をして家庭を持つことです。

◆我想要擁有自己的家。
自分の家を持ちたいです。

◆我想要成為一個好太太。
いい奥さんになりたいです。

◆想要早點獨當一面，以便孝順父母。
早く自立して、親孝行したいです。

◆如果能夠的話，希望盡早蓋一棟屬於自己的房子。
できるだけ早く、マイホームを建てたいです。

◆只要家人們全都身體健康，就非常幸福了。
家族がみんな健康であれば、それで十分幸せです。

- ◆我希望結婚以後仍然持續工作。　結婚(けっこん)しても仕事(しごと)は続(つづ)けたいです。
- ◆我希望在結婚以後辭去工作。　結婚(けっこん)したら仕事(しごと)はやめたいです。
- ◆等我退休以後，想去南方的島嶼過著悠閒的生活。　退職(たいしょく)したら、南(みなみ)の島(しま)でのんびり過(す)ごしたいです。

6 為什麼有這樣的夢想

- ◆為什麼？　どうしてですか。
- ◆因為喜歡唱歌。　歌(うた)が好(す)きだからです。
- ◆我想從事貿易工作。　貿易(ぼうえき)の仕事(しごと)がやりたいです。
- ◆因為很有挑戰性。　やりがいがあるからです。
- ◆因為很有趣的樣子。　面白(おもしろ)そうだからです。
- ◆我想開公司。　自分(じぶん)の会社(かいしゃ)を持(も)ちたいからです。
- ◆因為想再多唸書。　もっと勉強(べんきょう)したいからです。
- ◆因為想旅行。　旅行(りょこう)したいからです。
- ◆因為我想留學。　留学(りゅうがく)したいからです。
- ◆我希望累積工作經驗。　仕事(しごと)の経験(けいけん)を積(つ)みたいからです。

◆我希望拓展自己的眼界。	自分の世界を広げたいからです。
◆我希望認識各式各樣的人們。	いろいろな人に会いたいからです。
◆我希望能培養出更多自信。	もっと自分に自信をつけたいからです。
◆我想要挑戰各式各樣的事物。	いろいろなことにチャレンジしたいからです。
◆我想要提昇自己的程度。	自分をレベルアップさせたいからです。
◆我希望能夠經濟獨立。	経済的に独立したいからです。
◆我想要開始嘗試某種嶄新的事物。	何か新しいことを始めたいからです。
◆我希望取得教師資格。	教師の資格を取りたいからです。
◆我想要擁有更充沛的體力。	もっと体力をつけたいからです。
◆我希望能瘦身。	やせたいからです。
◆我想要健康長壽。	健康で長生きしたいからです。

Chapter 5

我的外表

1 外貌

1 詢問對方外貌

CD1-51

◆你的外表看起來如何？	あなたの外見は？
◆你的爸爸外表看起來如何？	あなたのお父さんの外見は？
◆你的太太外表看起來如何？	あなたの奥さんの外見は？
◆請問她長得像誰呢？	彼女はだれに似ていますか。
◆你長得比較像爸爸還是媽媽呢？	あなたはご両親のうちどちらに似ていますか。
◆我長得像父親。	私は父に似ています。
◆我長得像母親。	私は母親似です。
◆他長得比較像爸爸還是媽媽呢？	彼はご両親のどちらに似ていますか。
◆他長得像母親。	彼は母親に似ています。
◆要比的話，我跟爸爸是比較像啦。	どっちかというと、父親似ですよね。僕は。 ＊「どっち」是「どちら」的口語形。疑問詞「どっち」接「かというと」表示「要問…」指示疑問詞的焦點。
◆她長得既不像爸爸也不像媽媽。	彼女は両親のどちらにも似ていません。
◆她和媽媽長得一模一樣。	彼女はお母さんと瓜二つです。

◆兄弟三人長得一模一樣。	兄弟(きょうだい)3人(にん)そっくりです。 ＊「兄弟」後省略了「は」。提示文中主題的助詞「は」在口語中，常有被省略的傾向。
◆哎呀，跟爸爸長得一模一樣哪。	まあ、お父(とお)さんによく似(に)てるわねえ。

2 整體的印象（一）

◆他長得很帥。	彼(かれ)はかっこいいです。
◆他越來越帥氣了。	彼(かれ)はだんだん格好(かっこう)よくなってきた。
◆他是個帥哥。	彼(かれ)はすてきです。
◆他長得很普通。	彼(かれ)の外見(がいけん)は普通(ふつう)です。
◆她長得很純樸。	彼女(かのじょ)は質素(しっそ)な格好(かっこう)をしています。
◆她的外表普普通通的。	彼女(かのじょ)の外見(がいけん)は平均的(へいきんてき)です。
◆他很英俊。	彼(かれ)はハンサムです。
◆他的長相雖然英俊瀟灑，卻不是我喜歡的類型。	ハンサムだけど、わたし好(ごの)みの顔(かお)じゃないです。 ＊「じゃ」是「では」的口語形，多用在跟比較親密的人，輕鬆交談時。
◆他長得非常帥。	彼(かれ)はとてもすてきです。
◆她長得很可愛。	彼女(かのじょ)はかわいいです。

◆所有的小寶寶都長得很可愛。	赤(あか)ちゃんはみんなかわいい。
◆小寶寶的手小小的，好可愛喔。	赤(あか)ちゃんの手(て)は小(ちい)さくてかわいい。
◆令千金變得越來越可愛囉。	お嬢(じょう)さん、かわいくなりましたねえ。
◆我那孫子真是可愛極了。	孫(まご)はかわいいですねえ。
◆她長得很美。	彼女(かのじょ)はきれいです。
◆請問有沒有人說過您長得和松嶋菜菜子很像呢？	松嶋菜々子(まつしまななこ)に似(に)ていると言(い)われたことがありませんか。

3 整體的印象（二）

CD1-52

◆她長得很有魅力。	彼女(かのじょ)は魅力的(みりょくてき)です。
◆她的氣質很高雅。	彼女(かのじょ)は洗練(せんれん)されています。
◆她非常具有吸引力。	彼女(かのじょ)はチャーミングです。
◆她長得既美麗又可愛。	彼女(かのじょ)はきれいでかわいいです。
◆那位太太多年來一直保持著美麗的容貌。	あの奥(おく)さんはいくつになってもきれいだ。
◆與其說是美女，不如說是可愛類型的。	美人(びじん)と言(い)うより、かわいい系(けい)です。
◆她的身材就像模特兒般曼妙。	彼女(かのじょ)はスタイルがよくて、モデルのようです。
◆她的妝化得很濃。	彼女(かのじょ)は化粧(けしょう)が濃(こ)いです。

◆她讓人感覺不出臉上有擦脂抹粉的模樣。
彼女は化粧っ気がありません。

◆他一點都不帥。
彼はかっこよくありません。

◆我長得很高。
私は背が高いです。

◆比實際年齡看起來年輕。
私は年より若く見えます。

◆外貌看來雖然年輕，其實已經四十歲了。
見た目は若いけど、実はもう４０歳です。
＊「けど」是「けれども」的口語形。

◆她總是充滿青春活力呀。
彼女はいつも若々しいですね。

◆可能是因為過去飽經風霜，看起來比實際年紀還要蒼老。
苦労してきたせいか、年の割に老けて見えます。

◆爸爸和媽媽都已經不再年輕了。
父も母も若くなくなりました。

◆爺爺雖然上了年紀，但是心態卻非常年輕。
おじいさんは年をとっていますが、気持ちはとても若い。

◆我和校長會面後，才知道他非常年輕，讓我吃了一驚。
校長先生に会ったらとても若いので驚きました。

◆和田先生的太太長得年輕貌美。
和田さんの奥さんは若くてきれいです。

4 高矮、胖瘦

◆請問您有多高呢？
背はいくらありますか。

◆一百七十公分。
170 センチです。

◆我長得很矮。
私は背が低いです。

◆我大約是中等身高。
私の背は中ぐらいです。

◆他長得很胖。
彼は太っています。

◆他太胖了。
彼は太りすぎです。

◆雖然瘦，卻有肌肉喔。
痩せていますが、筋肉はありますよ。

◆最近身材越來越像歐巴桑了。
最近、おばさん体形になってきた。

◆她有點胖。
彼女は少し太っています。

◆乍看之下雖然略胖，但是運動神經似乎高人一等。
一見、小太りですが、運動神経は抜群だそうです。

◆她長得圓嘟嘟的。
彼女はぽっちゃりしています。

◆因為變胖了，所以不得不在皮帶上額外打洞。
太ったのでベルトの穴を開けなくてはならない。

◆我喜歡身材較為豐滿的人。
ぽっちゃり気味の人の方が好きです。

◆他的身材纖瘦。
彼はスリムです。

◆我希望能變得和模特兒一樣纖瘦。
モデルのように細くなりたいです。

◆他長得很瘦。
彼はやせています。

◆這一位的身材纖瘦得幾乎會被風吹走。
飛ばされそうなぐらい華奢な方です。

◆他長得瘦骨嶙峋。　彼はがりがりです。

5 體型中等、壯碩等

◆他的身材與身高都屬於中等。　彼は中肉中背です。

◆大約是中等身材。　中肉中背といったところです。

◆真是肌肉結實的優良體格呀。　筋肉のしまった良い体をしていますね。

◆她的身材既苗條又高佻。　彼女はスリムで背が高いです

◆她的身材很高佻。　彼女はすらっとしています。

◆我的男友身材非常棒喔。　私の彼は体格がいいですよ。

◆他長得很壯碩。　彼はどっしりしています。

◆他的體格很棒。　彼は体格がいいです。

◆她的身材曲線真是棒極了。　彼女は体の線がすばらしい。

◆我看到自己映在鏡中的體型了。　鏡に映った自分の体を見た。

2 五官與身材

1 眼睛、眉毛

CD1-53

◆他有一雙大眼睛。	彼(かれ)は目(め)が大(おお)きいです。
◆她有一雙炯炯有神的眼睛。	彼女(かのじょ)は目(め)がぱっちりしています。
◆真希望有雙明亮有神的大眼睛。	パッチリした目(め)になりたいです。
◆瑪利亞小姐的眼睛是藍色的。	マリヤさんは青(あお)い目(め)をしている。
◆她的眼睛很細長。	彼女(かのじょ)は目(め)が細(ほそ)いです。
◆他的眼尾往上吊。	彼(かれ)の目(め)はつり上(あ)がっています。
◆他有一雙銳眼。	彼(かれ)は目(め)が鋭(するど)いです。
◆山田小姐的眼神很溫柔，是位美麗的女子。	山田(やまだ)さんは目(め)がやさしくてきれいな人(ひと)です。
◆他有雙深邃的眼眸。	彼(かれ)は奥目(おくめ)です。
◆她的眼睛是單眼皮。	彼女(かのじょ)は一重(ひとえ)です。
◆她的眼睛是雙眼皮。	彼女(かのじょ)は二重(ふたえ)です。
◆她的睫毛很短。	彼女(かのじょ)はまつ毛(げ)が短(みじか)いです。
◆她的睫毛很纖長。	彼女(かのじょ)はまつ毛(げ)が長(なが)いです。
◆她戴著假睫毛。	彼女(かのじょ)はつけまつ毛(げ)をしています。

◆他的眉毛很濃密。　彼(かれ)はまゆが濃(こ)いです。

◆他的眉毛很稀疏。　彼(かれ)はまゆが薄(うす)いです。

2 鼻子、嘴巴

◆他的鼻梁很長。　彼(かれ)は鼻(はな)が長(なが)いです。

◆他有顆蒜頭鼻。　彼(かれ)はだんご鼻(ばな)です。

◆他有個鷹勾鼻。　彼(かれ)はわし鼻(ばな)です。

◆他的鼻梁高挺。　彼(かれ)の鼻(はな)は高(たか)いです。

◆歐洲人的鼻子很高挺。　ヨーロッパ人(じん)は鼻(はな)が高(たか)い。

◆眼睛大、鼻梁挺。　目鼻立(めはなだ)ちがはっきりしている。

◆她有張櫻桃小嘴。　彼女(かのじょ)は口(くち)が小(ち い)さいです。

◆她的嘴唇很厚。　彼女(かのじょ)は唇(くちびる)が厚(あつ)いです。

◆她的嘴唇很薄。　彼女(かのじょ)は唇(くちびる)が薄(うす)いです。

◆自從過了三十歲以後，感覺黑斑和皺紋似乎越來越多了。　30歳(さい)を超(こ)えてから、シミやしわが増(ふ)えてきた気(き)がする。

3 臉部大小等

◆我有張圓臉。　私(わたし)は丸顔(まるがお)です。

◆我是方形臉。　私(わたし)の顔(かお)は四角(しかく)いです。

◆他的臉很小。　彼(かれ)の顔(かお)は小(ちい)さいです。

◆真希望能和安室奈美惠同樣有張小臉蛋。　安室奈美恵(あむろなみえ)のような小顔(こがお)になりたいです。

◆他有張有稜有角的方形臉。　彼(かれ)の顔(かお)は角張(かくば)っています。

◆他有張長臉。　彼(かれ)は面長(おもなが)です。

◆他有張大餅臉。　彼(かれ)の顔(かお)は大(おお)きいです。

◆他的臉型細長。　彼(かれ)の顔(かお)は細長(ほそなが)いです。

◆她的顴骨高突。　彼女(かのじょ)はほお骨(ぼね)が高(たか)いです。

◆他的腮幫子圓鼓鼓的。　彼(かれ)はえらが張(は)っています。

◆他有個戽斗下巴。　彼(かれ)はあごがとがっています。

4 臉部感覺

CD1-54

◆她的五官長得很成熟。　彼女(かのじょ)の顔(かお)つきは大人(おとな)っぽいです。

◆長相五官分明。　すっきりした顔立(かおだ)ちです。

◆臉蛋長得像混血兒。　ハーフのような顔(かお)つきです。

◆她有張娃娃臉。　彼女(かのじょ)はベビーフェイスです。

◆我常被人家說有張娃娃臉。
よく童顔(どうがん)だと言(い)われます。

◆您長得真像日本的古典美女呀。
純日本風(じゅんにほんふう)のお顔(かお)ですね。

◆我喜歡輪廓深邃的面孔。
彫(ほ)りが深(ふか)い顔(かお)が好(す)きです。

◆每個人的長相都不一樣。
顔(かお)は一人(ひとり)ずつみんな違(ちが)います。

◆摔傷了臉。
転(ころ)んで顔(かお)をけがした。

5 手腳、肩膀、腰部

◆我有雙大手。
私(わたし)は手(て)が大(おお)きいです。

◆你的手指纖長。
あなたの指(ゆび)は長(なが)いです。

◆他的手臂很短。
彼(かれ)は腕(うで)が短(みじか)いです。

◆由於腿短，所以不適合穿牛仔褲。
足(あし)が短(みじか)いので、ジーンズは似合(にあ)いません。

◆他的手腳都很長
彼(かれ)は手足(てあし)が長(なが)いです。

◆假如腿能再長一點，身材可算是很棒的。
足(あし)がもう少(すこ)し長(なが)かったら格好(かっこう)いいのに。

◆他的腳骨瘦如柴。
彼(かれ)は足(あし)ががりがりです。

◆他的腿很粗壯。
彼(かれ)は足(あし)が太(ふと)いです。

◆他有雙小腳。
彼(かれ)は足(あし)が小(ちい)さいです。

◆小寶寶的腳只有一丁點大，讓我感覺很驚訝。
赤ちゃんの足が小さいのに驚いた。

◆她的腿很纖細，非常漂亮。
彼女の足は細くてきれいだ

◆腳趾甲變長了。
足のつめが伸びた。

◆身材太高大了，結果棉被根本無法蓋住手和腳。
体が大きくて布団から手や足が出てしまいます。

◆他的肩膀寬闊。
彼は肩の幅が広いです。

◆他的肩膀窄小。
彼は肩の幅が狭いです。

◆他的肩膀垂斜。
彼はなで肩です。

◆她的腰圍粗胖。
彼女はウエストが太いです。

◆她的腰圍纖細。
彼女はウエストが細いです。

6 眼鏡與其他

◆他臉上戴著眼鏡。
彼はめがねをかけています。

◆她戴著隱形眼鏡。
彼女はコンタクトをしています。

◆在看書的時候會戴眼鏡。
本を読むときはメガネをかけます。

◆他沒有修剃鬍鬚。
彼はひげが伸びています。

◆他留著下巴的鬍鬚。
彼はあごひげを伸ばしています。

◆他蓄有口髭。
彼(かれ)は口(くち)ひげがあります。

◆他長著一臉落腮鬍。
彼(かれ)は頬(ほお)ひげがあります。

◆他沒有修剪鬢角。
彼(かれ)はもみあげを伸(の)ばしています。

◆我上次刮鬍子是兩年前的事了。
ひげを剃(そ)ったのは二年(にねん)ぶりなんだ。
＊「んだ」是「のだ」的口語形。表示說明情況。

◆妹妹耳朵戴著穿針式的耳環。
妹(いもうと)は耳(みみ)にピアスをしています。

7 曼妙的身材

CD1-55

◆請問是不是有在做什麼運動呢？
スポーツとかやっているの？

◆身材真是穠纖合度呀。
スタイルがいいね。

◆看起來很年輕呀。
若(わか)く見(み)えるね。

◆既年輕又貌美。
若(わか)くてきれい。

◆似乎稍微瘦了些吧。
少(すこ)しやせたよね。

◆真是高雅哪。
品(ひん)があるね。

◆真是艷麗呀。
華(はな)があるね。

◆十分具有成為明星的資質喔。
スターとしての資質(ししつ)があるね。

◆就像仙女一般。
天女(てんにょ)のような。

◆體態十分優美呀。	姿勢(しせい)がいいね。
◆真的是青春又俏麗呀。	本当(ほんとう)に若(わか)くてきれいですね。
◆簡直就和模特兒一樣漂亮嘛。	モデルさんみたいだね。

8 強健的體魄

◆真強壯豪邁呀。	たくましいね。
◆胸膛十分厚實呀。	胸板(むないた)が厚(あつ)いですね。
◆身材真健壯呀。	恰幅(かっぷく)がいいですね。
◆格外瀟灑喔。	颯爽(さっそう)としているね。
◆風采迷人喔。	押(お)し出(だ)しがいいね。
◆十分莊嚴磊落喔。	堂々(どうどう)としているね。
◆光彩奪人喔。	輝(かがや)いているね。
◆分外鶴立雞群喔。	ひときわ目立(めだ)っているね。
◆真有活力呀。	元気(げんき)だね。

9 化妝

◆她的臉上總是帶著妝。	彼女(かのじょ)はいつも化粧(けしょう)している。

◆請問您通常花幾分鐘化妝呢？
お化粧(けしょう)に何分(なんぷん)ぐらいかかりますか。

◆最好不要化太濃的妝喔。
あまり厚化粧(あつげしょう)しない方(ほう)がいいですよ。

◆臉頰的腮紅上得太重了，看起來有點奇怪。
チークの色(いろ)が濃(こ)すぎてなんか変(へん)です。

＊「なんか」「總覺得…」，表示不明確的感覺。

◆我認為化淡妝，給人清純的感覺比較好。
薄化粧(うすげしょう)のほうが、清楚(せいそ)な感(かん)じで印象(いんしょう)がいいと思(おも)います。

◆請人教我化正在流行的彩妝。
流行(はや)りのメイクを教(おし)えてもらいました。

◆即使沒化妝也很美麗喔。
ノーメイクでもきれいですね。

◆絕不給別人看到我沒化妝的臉孔。
スッピンは誰(だれ)にも見(み)せられない。

◆不同的臉妝會給人截然迥異的印象。
メイクによって印象(いんしょう)がずいぶん変(か)わります。

◆如果不化妝的話，簡直就像是另一個人似的。
化粧(けしょう)しないと別人(べつじん)ですね。

3 髮型

1 髮色

CD1-56

◆我的頭髮是黑色的。
私(わたし)の髪(かみ)は黒(くろ)いです。

◆長島小姐的秀髮既長又黑。	長島さんの髪の毛は長くて黒い。
◆我的頭髮是褐色的。	私の髪は茶色です。
◆她有一頭金髮。	彼女はブロンドです。
◆請問您有染髮嗎？	髪を染めていますか。
◆我的頭髮是染成褐色的。	私は髪を茶色に染めています。
◆我的頭髮是染成金色的。	私は髪を金髪に染めています。
◆我媽媽的頭髮裡摻有白髮。	私の母は白髪混じりです。
◆她的髮色灰白夾雜。	彼女はごま塩あたまです。
◆我父親的頭髮都發白了。	私の父は白髪です。
◆才不過四十歲而已，頭髮都已經白了。	まだ 40 歳なのに頭が白い。
◆日本人和中國人的頭髮是黑色的。	日本人や中国人の髪の毛は黒い。

2 自然捲等

◆我是自然捲。	私は天然パーマです。
◆我是自然的捲捲頭。	僕は天然のぐるぐるパーマです
◆我的頭髮原本就會有點亂翹。	もともとちょっと癖毛です。

◆梅雨季節時頭髮就會變得扁塌，真討厭。	梅雨時は髪が広がるので、嫌です。
◆空氣乾燥的話，頭髮就很容易有分岔。	乾燥すると、枝毛ができやすいです。
◆請問您是用什麼方式來保養這一頭柔順的秀髮呢？	髪がサラサラですが、どんなお手入れをしているのですか。
◆真是有光澤的美麗秀髮呀。	つやがあって、きれいな髪ですね。

3 髮型

◆我的頭髮很長。	私は髪が長いです。
◆我的頭髮很短。	私は髪が短いです。
◆她留著一頭俏麗短髮。	彼女はショートカットです。
◆她的髮長及肩。	彼女の髪は肩の長さです。
◆她留著一頭中長髮。	彼女の髪はセミロングです。
◆我有一頭捲髮。	私はカーリーヘアです。
◆我把頭髮燙成波浪捲。	私の髪はウェーブがかかっています。
◆最近流行捲髮。	最近、巻き髪が流行っています。
◆每天早上都自己捲燙頭髮。	毎朝、自分で髪を巻いています。

◆我留一頭直髮。	私はストレートヘアです。
◆我燙了頭髮。	私はパーマをかけています。
◆她把頭髮編成三股麻花辮。	彼女はみつあみをしています。
◆小學時代時常把頭髮中分，編成兩條麻花辮。	小学生のころは、よくおさげにしていました。
◆她把頭髮往後梳紮成髮髻。	彼女は髪をひっつめにしています。
◆她把頭髮盤高。	彼女は髪をアップにしています。
◆梳丸子頭是最近比較受歡迎的髮型喔。	お団子ヘアが最近のお気に入りです。
◆她綁著馬尾。	彼女はポニーテールをしています。
◆最近時常看到有人綁馬尾。	ポニーテールをしている人を、よく見かけるようになりました。
◆她把頭髮全部梳攏紮起。	彼女は髪を一つにまとめています。
◆髮絲都披到臉上了，令人心煩意亂。	顔に髪の毛がかかってうるさい。

4 光頭、禿頭等

CD1-57

◆他是個光頭佬。	彼はスキンヘッドです。
◆高中的棒球選手多半剃光頭喔。	高校の野球選手は坊主頭が多いですね。

◆他是禿頭。
彼(かれ)ははげています。

◆他的髮量稀疏。
彼(かれ)は髪(かみ)が薄(うす)いです。

◆我爸爸的頭髮已經變得稀疏了。
父(ちち)は頭(あたま)が薄(うす)くなった。

◆我從五十歲左右，頭髮就開始日漸稀疏了。
50歳(さい)の頃(ころ)から髪(かみ)の毛(け)がだんだん薄(うす)くなってきた。

◆請問這是您的真髮嗎？
これは地毛(じげ)ですか。

◆他戴著假髮。
彼(かれ)はかつらをかぶっています。

5 讚美漂亮的臉蛋

◆你的笑容好美喔。
あなたの笑顔(えがお)、すてきね。

◆無時無刻都這麼美麗呀。
いつもきれいだね。

◆出乎意外的還挺可愛的嘛。
意外(いがい)とかわいいね。

◆好可愛喔。
かわいいね。

◆今天也同樣很漂亮呀。
今日(きょう)もきれいだね。

◆真是張小巧瓜子臉哪。
小顔(こがお)だよね。

◆五官分明清秀呀。
人相(にんそう)いいですね。

◆長相挺有福氣的呀。
福相(ふくそう)ですね。

◆那雙大耳真有福氣呀。
福耳(ふくみみ)ですね。

◆跟倖田來未長得很像哪。
倖田來未(こうだくみ)に似(に)てるね。

◆笑容真是迷人呀。
笑顔(えがお)がいいね。

◆哎呀，現在這個笑容真是不錯呀！這樣就對了。下回客人上門的時候，也要麻煩你露出這樣燦爛的笑容喔。
あら、今(いま)の笑顔(えがお)いいじゃない！その調子(ちょうし)。今度(こんど)お客様(きゃくさま)が来(き)たらよろしくね。

◆皮膚真是晶瑩剔透呀。
肌(はだ)がきれいね。

◆肌膚的光澤實在與衆不同呀。
肌(はだ)のつやが違(ちが)うわね。

◆目光炯炯有神喔。
目(め)ヂカラがあるね。

4 身材胖瘦

1 肥胖

CD1-58

◆最近變胖了。
最近(さいきん)、太(ふと)り始(はじ)めました。

◆我有留神別在元月過年期間變胖。
正月太(しょうがつぶと)りしないように気(き)をつけています。

◆可能是上了年紀，肚子越來越凸了。
年(とし)のせいか、おなかが出(で)てきました。

◆最近長出了雙下巴。
この頃(ごろ)、二重(にじゅう)あごになってきました。

◆結婚以後，可能是日子過得太幸福，似乎變胖了。	結婚(けっこん)して、どうも幸(しあわ)せ太(ぶと)りしてしまったようです。
◆真希望能減掉這個啤酒肚呀。	このビール腹(ばら)をなんとかしたいです。
◆我覺得圓潤一點的人看起來比較可愛。	ちょっとぽっちゃりしている方(ほう)が可愛(かわい)いと思(おも)います。
◆我是個胃口超大的瘦子，不管吃了多少都不會長肉。	私(わたし)は痩(や)せの大食(おおぐ)いで、いくら食(た)べても全然(ぜんぜん)太(ふと)りません。
◆由於我的體質很容易水腫，所以在睡前會注意盡量不攝取水份。	浮腫(むく)みやすいので、寝(ね)る前(まえ)には水分(すいぶん)を摂(と)らないようにしています。
◆因為心情不好而狂吃發洩，結果胖了五公斤之多。	やけ食(ぐ)いして、5キロも太(ふと)ってしまいました。

2 瘦身

◆我正在減重。	ダイエットをしています。
◆希望在夏天來臨之前能再減掉三公斤。	夏(なつ)までにあと3キロ減(へ)らしたいです。
◆我打算等瘦下來以後，去買那件洋裝。	痩(や)せたら、あのワンピースを買(か)うつもりです。
◆明明沒吃什麼東西，卻怎麼也瘦不下來。	あまり食(た)べていないのに、一向(いっこう)に痩(や)せません。
◆請問是用什麼方法瘦下多達十公斤呢？	どんな方法(ほうほう)で10キロも痩(や)せたのですか。

◆太瘦的話對身體不好喔。　やせ過ぎは体に良くないですよ。

◆雖然嘗試了○○減重法，卻沒能成功變瘦。　○○ダイエットに挑戦したけど、失敗した。

◆現在不吃甜食和含油量高的食物。　甘いものと脂っこいものを摂らないようにしています。

◆如果可以的話，希望在八月前瘦到50公斤以下。　できれば8月までに50キロを切りたいですが。

◆花三個月就瘦回生產前的體重了。　3ヶ月で出産前の体重に戻りました。

Chapter 6

人格大揭密

1 個性

1 是個好人

CD1-59

◆您的個性如何呢？　あなたはどんな人(ひと)ですか。

◆令尊的個性如何呢？　あなたのお父(とう)さんはどんな人(ひと)ですか。

◆您的朋友的個性如何呢？　お友達(ともだち)はどんな人(ひと)ですか。

◆他是個好人。　彼(かれ)はいい人(ひと)です。

◆他很體貼溫文。　彼(かれ)はやさしいです。

◆日本女子很溫柔。　▲日本(にほん)の女性(じょせい)は優(やさ)しい。

A：「どんな人(ひと)が好(す)き？」

（你喜歡哪種個性的人呢？）

B：「やさしい人(ひと)がいいわね。」

（我覺得溫柔體貼的人蠻不錯的。）

◆住在鄉下的姑姑對我總是格外慈祥。　田舎(いなか)のおばは私(わたし)にいつも優(やさ)しかった。

◆丈夫對我還有我的家人都非常體貼。　夫(おっと)は私(わたし)にも、私(わたし)の家族(かぞく)にもとても優(やさ)しいです。

◆很高興能將他撫養成直率敦厚的好孩子。　素直(すなお)ないい子(こ)に育(そだ)ってくれて、嬉(うれ)しいです。

◆我希望能夠養育出懂得體貼的孩子。　思(おも)いやりのある子(こ)に育(そだ)ってほしいと思(おも)います。

2 親切、善解人意等

◆他待人十分親切。
彼は人当たりがいいです。

◆她很善體人意。
彼女は理解があります。

◆她待人熱情體貼。
彼女は温かいです。

◆她心胸真寬大呀。
彼女は本当に心が広いですね。

◆您父親真是個寬容為懷的人呀。
お父さんは寛容な方ですね。

◆他的心胸很寬大，只要真誠地向他道歉，一定會原諒你的。
彼は心が広いから、ちゃんと謝れば、きっと許してくれる。

◆她雖然長相並非特別美麗，卻是個體貼的人。
彼女はそれほど美人ではないけれど、心の温かい人です。

◆他雖然看起來很恐怖，其實很容易和人打成一片。
見た目は怖いですが、打ち溶けやすい人ですよ。

◆他雖然長相醜惡，但是心地善良。
彼は顔は怖いが気持ちは優しい。

3 開朗有活力

◆你的個性如何呢？
あなたはどんな人ですか。

◆他的個性如何呢？
彼はどんな人ですか。

◆她的個性如何呢？
彼女はどんな人ですか。

◆我的個性開朗。　私(わたし)は明(あか)るいです。

◆由於她個性開朗，大家都很喜歡她。　彼女(かのじょ)は明(あか)るい性格(せいかく)なので、みんなに好(す)かれています。

◆他充滿活力。　彼(かれ)は元気(げんき)いっぱいです。

◆只要和她在一起，就變得神采奕奕。　彼女(かのじょ)と一緒(いっしょ)にいるだけで、元気(げんき)になれます。

◆我們用開朗的聲音向大家打招呼吧。　明(あか)るい声(こえ)で挨拶(あいさつ)をしましょう。

4 有行動力、幽默等

CD1-60

◆我具有行動力。　私(わたし)は行動的(こうどうてき)です。

◆他很喜歡到戶外活動。　彼(かれ)は外(そと)に出(で)ることが好(す)きです。

◆他是個很幽默的人。　彼(かれ)はおもしろい人(ひと)です。

◆他經常說些好笑的話。　彼(かれ)はいつも面白(おもしろ)いことを言(い)う。

◆他喜歡充滿玩心的活動。　彼(かれ)は楽(たの)しいのが大好(だいす)きです。

◆他很友善開朗。　彼(かれ)は気(き)さくです。

◆她很積極。　彼女(かのじょ)は積極的(せっきょくてき)です。

◆她擅於與人交際。　彼女(かのじょ)は社交的(しゃこうてき)です。

◆她很外向。　彼女(かのじょ)は外向的(がいこうてき)です。

◆她很樂觀。
彼女は楽観的です。

◆哥哥喜歡引人注目。
兄は目立つのが好きです。

◆她的性格很大而化之，很容易在一起相處。
彼女はサバサバしていて、付き合いやすい性格です。

5 頭腦聰明

◆他的感覺很敏銳。
彼はするどいです。

◆他充滿知性。
彼は知的です。

◆他的頭腦很聰明。
彼は頭がいいです。

◆她很聰慧伶俐。
彼女は利口です。

◆她很精明。
彼女はかしこいです。

◆她處事總是條理井然。
彼女は理論的です。

6 認真與其他項目

◆他個性認真。
彼はまじめです。

◆他是個熱心的人。
彼は熱心な人です。

◆他值得信賴。
彼は信頼できます。

◆年紀雖輕，卻很穩重可靠哪。
年の割にしっかりしていますね。

◆他是個可靠的人。 彼(かれ)は頼(たよ)りになります。

◆他在任何時刻都抱持積極的態度。 彼(かれ)はどんな時(とき)も前向(まえむ)きです。

◆可以仰賴她。 彼女(かのじょ)はあてにできます。

◆她具有責任感。 彼女(かのじょ)は責任感(せきにんかん)があります。

◆自己的事要自己做。 自分(じぶん)のことは自分(じぶん)でします。

◆她做事一板一眼。 彼女(かのじょ)はきちんとしています。

◆她是個不會背叛別人的人。 彼女(かのじょ)は裏切(うらぎ)らない人(ひと)です。

◆她非常正直。 彼女(かのじょ)は正直(しょうじき)です。

◆小林先生真是個進退有禮的人。 小林(こばやし)さんは実(じつ)に礼儀正(れいぎただ)しい方(かた)です。

◆伊藤先生總是有話直說。 伊藤(いとう)さんはいつもはっきりものを言(い)います。

◆己所不欲，勿施於人。 自分(じぶん)がされたらいやなことは、人(ひと)にもしてはいけません。

7 壞心腸等

◆他的心腸不好。 彼(かれ)は意地悪(いじわる)です。

◆他很我行我素。 彼(かれ)は自分勝手(じぶんかって)です。

◆他很自私自利。 彼(かれ)は自己中心的(じこちゅうしんてき)です。

◆他很沉不住氣。 彼(かれ)は短気(たんき)です。

◆雖然很想改進急躁的個性，卻遲遲無法如願。 短気(たんき)な性格(せいかく)を直(なお)したいんですが、なかなかうまくいきません。

＊「んです」是「のです」的口語形。表示說明情況；主張意見；前接疑問詞時，表示要對方做說明。

◆他動不動就發火。 彼(かれ)は怒(おこ)りっぽいです。

◆他讓人感覺不好相處。 彼(かれ)はとっつきにくいです。

◆他很頑固。 彼(かれ)は頑固(がんこ)です。

◆他很神經質。 彼(かれ)は神経質(しんけいしつ)です。

◆他很小氣。 彼(かれ)はけちです。

◆她是個待人冷淡的人。 彼女(かのじょ)は冷(つめ)たい人(ひと)です。

8 文静

CD1-61

◆我的個性文靜。 私(わたし)は静(しず)かです。

◆他很內向。 彼(かれ)は内向的(ないこうてき)です。

◆由於他的個性穩重，還以為年紀比我大。 落(お)ち着(つ)いているので、年上(としうえ)かと思(おも)いました。

◆她很被動。 彼女(かのじょ)は受身(うけみ)です。

◆她不擅與人交際。 彼女(かのじょ)は社交的(しゃこうてき)ではありません。

◆她的個性悲觀。 彼女(かのじょ)は悲観的(ひかんてき)です。

◆她很害羞怕生。	彼女(かのじょ)は恥(は)ずかしがりやです。
◆我屬於怕生的類型。	私(わたし)は人見知(ひとみし)りするタイプです。
◆她十分感情用事。	彼女(かのじょ)は感情的(かんじょうてき)です。
◆他的個性沉穩，總是一個人在看書。	彼(かれ)は物静(ものしず)かな性格(せいかく)で、いつも一人(ひとり)で本(ほん)を読(よ)んでいます。
◆弟弟的女朋友是個謙卑溫婉的好女孩。	弟(おとうと)の彼女(かのじょ)はひかえ目(め)でおとなしい人(ひと)です。

9 不可靠

◆她不可靠。	彼女(かのじょ)はあてにできません。
◆她沒有責任感。	彼女(かのじょ)は責任感(せきにんかん)がありません。
◆那個人真是長舌呀。	あの人(ひと)は本当(ほんとう)におしゃべりですね。
◆她缺乏幹勁。	彼女(かのじょ)はやる気(き)がないです。
◆他不值得信賴。	彼(かれ)は信頼(しんらい)できません。
◆他並不可靠。	彼(かれ)は頼(たよ)りになりません。
◆她很懶散。	彼女(かのじょ)はだらしないです。
◆她的個性粗枝大葉。	彼女(かのじょ)は雑(ざつ)な性格(せいかく)です。

◆他似乎常常會說別人的壞話喔。
彼は人の悪口をよく言っているらしいよ。

◆她是個會背叛別人的人。
彼女は裏切る人です。

◆他並不正直。
彼は正直ではありません。

◆都已經三十歲了，竟然還這麼幼稚啊。
30 歳というのに、ずいぶん幼稚だね。

10 不守時等

◆他很不守時。
彼は時間にルーズです。

◆他的個性單純。
彼は単純です。

◆他總是光說不練。
彼は口ばかりです。

◆他缺乏幽默感。
彼はおもしろみがないです。

◆他是個乏味的人。
彼はたいくつな人です。

◆他十分工於心計。
彼は計算高いです。

◆他很不穩重。
彼は落ち着きがないです。

◆他氣燄囂張。
彼はいばっています。

◆父親很頑固。
父は頑固です。

◆他的理解能力很遲鈍。
彼は飲み込みが遅いです。

◆她很多嘴。　彼女はおしゃべりです。

◆她很高傲。　彼女は気取っています。

◆她很自私。　彼女は自分勝手です。

11 喜怒無常等

CD1-62

◆她擅於操弄別人。　彼女は人をあやつるのがうまいです。

◆她很喜怒無常。　彼女は気分屋です。

◆妹妹自我意識很強。　妹は自己中心的です。

◆她令人捉摸不定。　彼女は気まぐれです。

◆她喜歡追根究柢。　彼女は知りたがりです。

◆她非常善妒。　彼女は嫉妬深いです。

◆沒想到竟會是嫉妒心那麼強的人。　こんなに嫉妬深い人とは思いませんでした。

◆她很貪婪。　彼女は欲張りです。

◆隔壁的太太很小氣。　隣の奥さんはけちです。

◆部長人很冷漠。　部長は冷たい人です。

◆以前的個性很陰沉。　昔はかなり根暗でした。

◆如果過於一毛不拔的話，可就交不到朋友囉。
あまりケチケチしていると、友達ができませんよ。

◆他屬於無論對多麼微不足道的事，都會懷恨在心的類型。
彼はどうも小さいことを根に持つタイプのようです。

◆並不是討厭對方，只是覺得有點難相處。
嫌いなわけではありませんが、どこかとっつきにくいです。

◆人的個性實在不容易改變哪。
人の性格ってなかなか変わるもんじゃないね。

12 內向的個性

CD1-01

◆他無論什麼事都想靠自己解決。
彼は何でも自分で解決しようとします。

◆他屬於內斂的類型。
彼は内にため込むタイプです。

◆女兒的想法非常裹足不前。
娘は極度の引っ込み思案です。

◆他雖然表面上很有禮貌，卻讓人摸不清他在心裡盤算些什麼。
彼はとても丁寧だが、心の中では何を考えているのか分からない。

◆他構築出屬於自我的世界。
彼は自分の世界をしっかり持っています。

◆他把自己關在自我的世界裡。
彼は自分の世界に閉じこもっています。

◆她很難敞開自己的內心。
彼女は心をなかなか開きません。

◆她是個幾乎不會說出真心話的人。
彼女はなかなか本音を言わない人です。

◆實在讓人不懂這個人到底在想什麼。　何を考えているのかわからない人です。

2 積極與消極的個性

1 積極的

CD1-63

◆他的話術高明。　話し上手です。

◆他是個極佳的傾聽者。　聞き上手です。

◆她擅於與人交際。　人付き合いは得意です。

◆她擅於在大衆面前亮相。　人前に出ることは得意です。

◆她擅於提出自己的論點。　自己主張が得意です。

◆他能夠條理清晰地說出想法。　思ったことをはっきりと言えます。

◆他能夠秉持自己的意見。　しっかりと自己主張ができます。

◆他能夠客觀審視事物。　物事を客観的に見ることができます。

◆他遇到挫折時能夠很快地東山再起。　立ち直りが早いです。

◆真是個善解人意的人呀。　よく気がきく方ですね。

2 消極的

◆他不擅言詞。 口下手です。

◆他不適合當個傾聽者。 聞き上手ではありません。

◆他不喜歡在大家面前亮相。 人前に出ることは苦手です。

◆他不擅於把物品整理妥適。 整理整頓は苦手です。

◆她不擅於表達自己的意見。 自分の意見を言うことは苦手です。

◆她拙於提出自己的論點。 自己主張が下手です。

◆她拙於表現情感。 感情表現が下手です。

◆他不喜歡團體行動。 集団行動が苦手です。

◆他沒有辦法完整地表達想法。 うまく自己表現ができません。

◆他沒有辦法把想到的事情完整表達。 思ったことをはっきりと言えません。

◆他沒有辦法把想到的事情化為言語。 思ったことを言葉にできません。

◆她沒有辦法即知即行。 思ってもすぐに実行できません。

◆她沒有辦法對事物抱持樂觀的態度。 楽観的に物事が考えられません。

◆她很難轉換情緒。 気持ちの切り替えがなかなかできません。

3 誇獎良好的人格特質（一）

CD1-64

◆真是勤勞不懈的人呀。　努力家（どりょくか）だね。

◆真用功呀。　頑張（がんば）っているね。

◆您那不斷努力的身影，我一直都看在眼裡喔。　いつも努力（どりょく）しているあなたを見（み）ているよ。

◆你是個使命必達的人哪。　君（きみ）は必（かなら）ずやり遂（と）げる人（ひと）だね。

◆你是個永不氣餒的人呀。　君（きみ）はあきらめない人（ひと）だね。

◆真勤奮呀。　まめだね。

◆勤勉的人。　まめな人（ひと）。

◆在百忙之中仍然保持認真細心的態度哪。　忙（いそが）しいのにまめだね。

◆真有禮貌喔。　礼儀正（れいぎただ）しいね。

◆你好有禮貌喔。　君（きみ）は礼儀正（れいぎただ）しいね。

◆這句話說得真妙。　いいこと言（い）うなあ。

◆很會察言觀色喔。　空気（くうき）を読（よ）んでいるね。

◆很能與人談古論今喔。　話題（わだい）が豊富（ほうふ）だね。

4 誇獎良好的人格特質（二）

◆他其實是個刀子嘴、豆腐心的人呀。　口（くち）は悪（わる）いけどいい人（ひと）だね。

◆一視同仁地對待所有人哪。　分け隔てなく人と接するね。

◆你會給我好建議吧？　いいアドバイスしてくれるよね。

◆一直在身邊守護著，從旁以別的角度觀察著。　そばで見ている、横で別の角度から見る。

◆看到良善事物應當銘記在心。　よいところを見て心に留める。

◆真是精神充沛呀。　はつらつとしてるね。

◆擁有空靈的氣質。　透明感のある。

◆做事真果決哪。　決断力があるね。

◆評判能力很強喔。　判断力が高いね。

◆具有評判能力喔。　判断力があるね。

◆點子很多唷。　アイデアが豊富だね。

5 誇獎良好的人格特質（三）

◆應對真是得體呀。　聞き上手ですね。

◆很會教導別人喔。　教え上手だね。

◆說話簡單明瞭喔。　話がわかりやすいね。

◆真是清新爽朗呀。　さわやかだね。

◆您讓人感覺非常清新爽朗呀。　あなたはとてもさわやかだね。

◆真涼爽呀。　すがすがしいね。

◆讓人感到十分清涼。　清涼感がある。

◆他向人打招呼的方式十分爽朗俐落。　彼の挨拶の仕方はすがすがしい。

◆給人一種乾淨俐落的印象哪。　すがすがしい印象がありますね。

◆跟你一起工作總會讓我感到精神爽朗呀。　君と一緒に仕事をすると、すがすがしい気持ちになるね。

◆他是位德智兼備的人。　あの人はよくできた人だ。

3 習慣

1 喜歡的事（一）

CD1-65

◆我喜歡閱讀。　読書が好きです。

◆在數字裡面，我喜歡3和7。　数の中では３と７が好きです。

◆我喜歡欣賞音樂。　音楽鑑賞が好きです。

◆只要聽到喜愛的歌曲，心情就會平靜下來。　好きな歌手の歌を聴くと、心が落ち着きます。

◆我喜歡觀賞電影。　映画を見るのが好きです。

◆我喜歡看電影。　映画鑑賞が好きです。

◆我喜歡運動。

スポーツが好きです。

◆請問您的興趣是什麼呢？

▲趣味は何ですか。

A：「あなたの好きなスポーツは何ですか。」

（你喜歡什麼運動項目呢？）

B：「バスケットボールです。」

（我喜歡籃球。）

◆他說一面喝啤酒，一面看職棒轉播是最享受的時刻。

ビールを飲みながら、プロ野球を見るのが至福の時なんだって。

◆我喜歡購物。

買い物が好きです。

◆我喜歡明亮的顏色。

明るい色が好きです。

◆我喜歡旅遊。

旅行が好きです。

◆我喜歡去泡溫泉。

温泉に行くことが好きです。

◆我喜歡園藝。

ガーデニングが好きです。

◆我喜歡散步。

散歩が好きです。

◆我喜歡在雨中漫步。

私は雨の中を歩くのが好きです。

2 喜歡的事（二）

◆你比較想去美國還是去歐洲呢？

アメリカとヨーロッパとではどちらに行きたいですか。

◆我想去歐洲。

ヨーロッパに行きたいです。

◆我喜歡唱卡拉ＯＫ。

カラオケが好きです。

◆去唱卡拉ＯＫ可以徹底發洩壓力。　カラオケに行くといいストレス発散になります。

◆我喜歡到戶外。　外に出ることが好きです。

◆我喜歡和別人一起出門。　人と出かけることが好きです。

◆比起啤酒，我更愛紅酒。　ビールよりワインが好きです。

◆最近這孩子迷上玩扮家家酒。　最近、この子はままごとに夢中です。

◆和朋友談天說地時最快樂。　友達と話している時が一番楽しい。

◆做甜點時，渾然不覺時間過了多久。　お菓子を作っていると、時間が経つのも忘れてしまいます。

◆我最喜歡和男朋友一起看喜歡的ＤＶＤ。　彼と一緒にお気に入りのＤＶＤを見ている時が、一番好きです。

◆聽說那家餐廳的湯，只要喝過一次就會上癮。　あのレストランのスープは、一度食べると病みつきになるって。

＊這裡的「って」是「と」的口語形。表示傳聞，引用傳達別人的話。

3 不喜歡的事

CD1-66

◆我討厭上醫院。　病院は嫌いです。

◆雖然我討厭吃肉，可是很喜歡吃魚。　肉は嫌いだけど魚は好きだ。

◆不大想喝酒。　お酒はあまり飲みたくない。

◆最討厭在雨天出門。　雨の日に出掛けるのは嫌いです。

◆夏天太熱了，我不喜歡。
夏は暑くて好きじゃない。
＊「じゃ」是「では」的口語形，多用在跟比較親密的人，輕鬆交談時。

◆我實在很怕搭飛機。
飛行機はどうしても好きになれない。

◆我怕蟑螂。
ゴキブリが怖い。

◆每天都要下廚實在很麻煩。
毎日、料理するのが億劫です。

◆不大喜歡恐怖電影。
ホラー映画は好きじゃありません。

◆實在很怕和經理說話。
部長と話すのはどうも苦手です。

◆盡可能不大想吃辣的東西。
辛いものはできるだけ食べたくありません。

◆還得專程回去拿傘，實在很麻煩。
わざわざ傘を取りに戻るのは、面倒くさいです。

◆只要一想到明天要考試，心情就很鬱悶。
明日テストがあると思うと、憂鬱です。

◆我討厭在難得的假日，什麼也不做地閒晃一整天。
せっかくの休日に、何もしないでだらだら過ごすのは嫌です。

◆我沒有什麼特別討厭的顏色。
特に嫌いな色はありません。

◆沒有人不喜歡花。
花が嫌いな人はいません。

◆請別嚷嚷著說不要，事情還是要麻煩您做。
いやだなんて言わないでやってください。

4 習慣做的事

- ◆她有咬指甲的習慣。
  彼女(かのじょ)はつめを噛(か)む癖(くせ)がある。
- ◆請不要抖腳。
  貧乏揺(びんぼうゆ)すりするのをやめてください。
- ◆每天都固定跑五公里。
  一日(いちにち)5キロ走(はし)ることを日課(にっか)にしています。
- ◆一定會先做好隔天出門前的準備才會睡覺。
  必(かなら)ず翌日(よくじつ)の準備(じゅんび)をしてから寝(ね)ます。
- ◆至少每週打一通電話回老家。
  最低(さいてい)でも1週間(しゅうかん)に1回(かい)は実家(じっか)に電話(でんわ)をします。
- ◆已經持續寫日記五年以上。
  もう5年以上(ねんいじょう)日記(にっき)を書(か)いています。
- ◆每逢週末必定會去練習打網球。
  週末(しゅうまつ)には決(き)まってテニスの練習(れんしゅう)に行(い)きます。
- ◆近十年來，每天早上都會喝果汁。
  10年近(ねんちか)く、毎朝(まいあさ)フルーツジュースを飲(の)んでいます。
- ◆已經完全養成早睡早起的習慣了。
  早寝早起(はやねはやお)きの習慣(しゅうかん)がすっかり身(み)に付(つ)きました。
- ◆每天都不忘澆花。
  毎日(まいにち)、忘(わす)れず花(はな)に水(みず)をやります。

  ＊「毎日」後省略了「は」。提示文中主題的助詞「は」在口語中，常有被省略的傾向。

4 能力跟技能

1 詢問與回答

CD1-67

◆請問你除了日語以外，還會其他的語言嗎？	日本語以外の語学はできますか。
◆請問你會哪種運動項目呢？	何かスポーツはできますか。
◆請問你會彈奏什麼樂器嗎？	何か楽器は弾けますか。
◆請問你會使用電腦嗎？	パソコンは使えますか。
◆是的，我會。	はい、できます。
◆基本上，我還算可以。	ある程度はできます。
◆我會一點點。	少しできます。
◆我懂得一些。	少しならわかります。
◆不，我不會。	いいえ、できません。
◆我不大擅長。	あまりうまくできません。
◆我不會。	できません。
◆我完全不會。	まったくできません。
◆我完全不懂。	まったくわかりません。
◆不好意思，我不會。	悪いけれどできません。

2 語學（一）

◆我能夠說流利的日語。
日本語が流暢に話せます。

◆我的日語說得還不錯。
日本語がかなり話せます。

◆我能夠說一點點日語。
日本語が少し話せます。

◆我懂得一點點義大利文。
イタリア語が少しわかります。

◆包含日語在内，我會說三國語言。
日本語を含めて３ケ国語が話せます。

◆如果對方說得很慢的話，我大部分都聽得懂。
ゆっくり話してもらえればだいたい聞き取れます。

◆我能夠與人交談，但是不會書寫。
会話はできますが、書けません。

◆我能夠看懂一些，但是不會說。
ある程度、読んで理解することはできますが、話せません。

◆對方以日語講述的内容我大致都聽得懂。
日本語で相手の言っている内容はだいたいわかります。

◆我沒有辦法完整表達自己想要說的話。
自分の言いたいことがうまく伝えられません。

◆我不太會說日語。
日本語はあまりうまく話せません。

◆我不會書寫文句。
自分で文章を作れません。

◆如果對方說得很快，我就聽不懂他在講什麼。
早く話されると何を言っているのか聞き取れません。

◆我雖然懂文法，但是沒有辦法與人交談。　文法はわかりますが、会話ができません。

◆我就是怎麼樣也擠不出突然想說的那句話。　とっさの一言がなかなか出てきません。

◆我記不得單字語彙。　単語が覚えられません。

3 語學（二）

◆我在語言方面很有天份。　語学は得意です。

◆我擅長日文。　日本語は得意です。

◆我擅長會話。　会話が得意です。

◆我不擅長閱讀和書寫。　読み書きは苦手です。

◆我的聽解能力不佳。　聞き取りが苦手です。

◆我看到文法就怕。　文法は苦手です。

◆只要和人對話我就緊張，所以這方面不太行。　緊張するので会話は苦手です。

◆我不適合學習語言。　私は語学学習に向いていません。

4 運動（一）

◆我會打網球。　テニスができます。

◆我會一點點滑雪。　スキーが少しできます。

◆我的高爾夫球打得相當不錯。　ゴルフがかなりうまいです。

◆我跑步的速度飛快。　走るのが速いです。

◆我是個游泳健將。　泳ぎがうまいです。

◆我跑步的速度很慢。　速く走れません。

◆我沒辦法游太久。　長く泳げません。

◆任何種類的運動我都完全不擅長。　スポーツはまったくできません。

5 運動（二）

CD1-68

◆我擅長運動。　運動は得意です。

◆我擅長體能活動。　体を動かすことは得意です。

◆我很會打棒球。　野球が得意です。

◆我擅長水上運動。　マリンスポーツが得意です。

◆我的泳技很棒。　水泳が得意です。

◆我擅長慢跑。　ジョギングが得意です。

◆我不擅於運動。　運動は苦手です。

◆我的運動神經很遲鈍。　私は運動神経が鈍いです。

6 料理與興趣

◆我會下廚。	料理(りょうり)ができます。
◆我會彈鋼琴。	ピアノが弾(ひ)けます。
◆我會彈一點點吉他。	ギターが少(すこ)し弾(ひ)けます。
◆我會畫圖。	絵(え)が描(か)けます。
◆我的歌喉不錯。	歌(うた)がうまいです。
◆我會打毛線。	編(あ)み物(もの)ができます。
◆我會縫紉。	縫(ぬ)い物(もの)ができます。
◆我的廚藝並不精湛。	料理(りょうり)はあまりうまくないです。
◆我的廚藝糟透了。	料理(りょうり)はまったくだめです。
◆我對彈奏樂器一竅不通。	楽器(がっき)はまったく弾(ひ)けません。
◆我的歌喉不怎麼好。	歌(うた)はあまりうまくないです。
◆我很不會畫圖。	絵(え)は下手(へた)です。

7 電腦技術

◆我會使用電腦。	パソコンが使(つか)えます。

◆關於電腦，我知之甚詳。
パソコンについて詳しいです。

◆如果是基本知識，我大致知道。
基本的なことならわかります。

◆我只會鍵入文字。
文字入力しかできません。

◆我會收發電子郵件和上網。
Eメールのやりとりとインターネットはできます。

◆我對電腦幾乎一竅不通。
パソコンのことはほとんどわかりません。

◆我不會使用電腦。
パソコンは使えません。

8 工作

◆我擅長文書總務工作。
事務仕事が得意です。

◆我擅長電腦操作。
パソコン操作が得意です。

◆我的電話應對相當得體。
電話の応対が得意です。

◆我擅於彙集整理事物。
ものごとをまとめるのがうまいです。

◆我擅長招攬業務。
営業に向いています。

◆我適合和人們面對面接觸的工作。
人と接する仕事に向いています。

◆我擅長教授知識。
ものを教えるのは得意です。

◆我擅於做簡報。
プレゼンテーションが得意です。

Chapter 7

悠閒嗜好

1 詢問與回答

1 詢問喜好與厭惡

CD1-69

- 請問您喜歡閱讀嗎？　讀書は好きですか。
- 請問您喜歡看電影嗎？　映画は好きですか。
- 請問您喜歡日文嗎？　日本語は好きですか。
- 請問您喜歡體能活動嗎？　体を動かすことは好きですか。
- 請問您喜歡吃辣的食物嗎？　辛いものは好きですか。
- 請問您對住在國外有興趣嗎？　海外に住むことに興味はありますか。
- 請問您喜歡唱卡拉ＯＫ嗎？　カラオケは好きですか。
- 請問您喜歡購物嗎？　買い物は好きですか。
- 請問您喜歡在外面用餐嗎？　外食することは好きですか。

2 回答―喜歡

- 是的，我喜歡。　はい、好きです。
- 是的，我有興趣。　はい、興味があります。

◆我相當喜歡。　かなり好(す)きです。

◆我非常喜歡。　とても好(す)きです。

◆我喜歡得不得了。　大好(だいす)きです。

◆我完全沉迷於其中。　夢中(むちゅう)になっています。

◆我滿喜歡的。　けっこう好(す)きです。

◆我還算喜歡吧。　まあまあ好(す)きです。

3 回答—普通、討厭

◆也不盡然。　そうでもありません。

◆我並沒有特別喜歡。　特(とく)に好(す)きではありません。

◆我不喜歡，也不討厭。　好(す)きでも嫌(きら)いでもありません。

◆我對高爾夫球／網球沒有興趣。　ゴルフ／テニスに興味(きょうみ)がないです。

◆我一點興趣也沒有。　まったく興味(きょうみ)がありません。

◆不，我很討厭。　いいえ、嫌(きら)いです。

◆不，我沒有興趣。　いいえ、興味(きょうみ)ありません。

◆我最討厭那個了。　大嫌(だいきら)いです。

◆我對那個根本無法忍受。

がまんできません。

2 登山

1 喜歡登山

CD1-70

◆我很喜歡爬山。

▲山に登るのが好きだ。

A：「富士山に登ったことがありますか。」

（你曾經登過富士山嗎？）

B：「まだなんです。ぜひ一度登ってみたいです。」

（還沒去過。我一定要去爬一次看看。）

◆我想要爬阿爾卑斯山。

アルプスに登りたい。

◆那座山的標高超過三千英呎。

あの山は3000メートル以上あります。

＊「以上」後省略了「が」。如文脈夠清楚，常有省略「が」「に（へ）」的傾向。

◆那座山只要五小時左右就能夠攻頂了。

その山は5時間ぐらいで登れます。

◆越是往山上爬，溫度就變得越冷。

高く登れば登るほど寒くなる。

◆爬山時不要著急，要慢慢走喔。

山に登るときは急がないで、ゆっくり歩こう。

＊這裡的「ないで」是「ないでください」的口語表現。表示對方不要做什麼事。

◆走了不少路哪。　けっこ歩くね。

＊「けっこ」是「けっこう」的口語形。口語為求方便，常把長音發成短音。

◆我以滑雪的方式下了山。　スキーで山を降りた。

◆身體健康的話，應該就能夠爬上高山。　元気だったなら高い山にも登れたと思います。

2 登山景觀

◆山上還有殘雪未融。　山にはまだ雪が残っている。

◆太陽在山的後方逐漸西沉。　太陽が山の向こうに沈んでいく。

◆從山上可以遠眺村莊。　山の上から遠くの町が見える。

◆我想從山上看夜景。　山から夜景を見たいです。

◆從函館山看的夜景，真叫人感動。　函館山から見た夜景は感動的でした。

◆日本是一個多山之國。　日本は山が多い国です。

◆日本第一高山則是富士山。　日本で一番高い山は富士山です。

◆世界第一高峰是聖母峰。　世界で一番高い山はエベレストです。

＊世界最高的聖母峰，標高8848公尺。而日本最高的山是「富士山」，標高3776公尺。

3 美食

1 喜歡吃什麼美食

CD1-71

◆請問您喜歡吃哪一類的食物呢？	どんな食べ物が好きですか。
◆我喜歡吃日式料理。	和食が好きです。
◆我非常喜歡吃義大利料理。	イタリアンが大好きです。
◆我喜歡吃牛排。	ステーキが好きです。
◆我喜歡吃海鮮。	魚介類が好きです。
◆我喜歡吃甜食。	甘い物は大好きです。
◆我喜歡吃清淡的食物。	さっぱりしたものが好きです。
◆我喜歡吃肥膩味濃的食物。	こってりしたものが好きです。
◆我喜歡的食物是漢堡肉。	好物はハンバーグです。
◆我不太喜歡在外面吃飯。	外食はあまり好きではありません。
◆我討厭吃蔬菜。	野菜は嫌いです。
◆我不太能吃辣。	辛いものは苦手です。

◆ 您比較喜歡吃西餐，還是吃日式料理呢？
洋食(ようしょく)と和食(わしょく)ではどちらがいいですか。

◆ 我比較喜歡吃日式料理。
和食(わしょく)のほうがいいです。

◆ 您比較喜歡喝紅酒，還是喝白酒呢？
赤(あか)ワインと白(しろ)ワインではどちらのほうが好(す)きですか。

◆ 我比較喜歡喝紅酒。
赤(あか)ワインのほうが好(す)きです。

2 為什麼好吃

◆ 那是一家怎麼樣的餐廳呢？
どんなレストランでしたか。

◆ 那家餐廳很棒。
いいレストランでした。

◆ 料理非常美味。
料理(りょうり)が美味(おい)しかったです。

◆ 那是一家裝潢時尚的餐廳。
おしゃれなレストランでした。

◆ 那是一家充滿居家氛圍的餐廳。
アットホームなレストランでした。

◆ 那家餐廳的氣氛很棒。
雰囲気(ふんいき)がよかったです。

◆ 料理非常好吃。
料理(りょうり)がとてもおいしかったです。

◆ 店裡的裝潢很華美。
店内(てんない)がしゃれていました。

◆ 服務周到貼心。
サービスがよかったです。

◆價格合理。　値段(ねだん)が良心的(りょうしんてき)でした。

◆氣氛很差。　雰囲気(ふんいき)が悪(わる)かったです。

◆料理難吃極了。　料理(りょうり)がまずかったです。

◆店員的態度很糟糕。　店員(てんいん)の感(かん)じが悪(わる)かったです。

◆那家餐廳價格昂貴、東西又難吃。　高(たか)くてまずかったです。

4 閱讀

1 喜歡讀的書

CD1-72

◆你在讀什麼呢？　何(なに)を読(よ)んでいますか。

◆您喜歡看哪一類的書呢？　どんな本(ほん)が好(す)きですか。

◆您喜歡哪一位作家呢？　好(す)きな作家(さっか)は誰(だれ)ですか。

◆我的興趣是閱讀和欣賞音樂。　趣味(しゅみ)は読書(どくしょ)と音楽鑑賞(おんがくかんしょう)です。

◆我喜歡看推理小說。　推理小説(すいりしょうせつ)が好(す)きです。

◆我喜歡日本文學。　日本文学(にほんぶんがく)が好(す)きです。

◆我最喜歡看愛情小說了。　恋愛小説が大好きです。

◆我喜歡紀實文學。　ノンフィクションが好きです。

◆我喜歡看散文。　エッセイを読むことが好きです。

◆我喜歡看漫畫。　マンガが好きです。

◆我經常閱讀短篇文集。　短編集をよく読みます。

◆我喜歡美國的現代文學。　アメリカの現代文学が好きです。

◆我喜歡的書是《紅髮安妮（清秀佳人）》。　好きな本は「赤毛のアン」です。

◆我喜歡的作家是村上春樹。　好きな作家は村上春樹です。

◆我並非特別喜歡閱讀法國文學。　フランス文学は特に好んで読みません。

◆我很喜歡一個人靜靜地看書。　一人で静かに本を読むのが好きです。

◆讀一讀這本書吧。　この本を読んでみてください。

◆我對小說沒有興趣。　小説には興味がありません。

◆我的空餘時間不多，沒有辦法閱讀長篇小說。　時間がないので長い小説は読みません。

◆我不喜歡閱讀。　読書は好きではありません。

2 閱讀的感想（一）

◆那本書寫得好不好呢？	本(ほん)はどうでしたか。
◆故事內容精采嗎？	ストーリーはどうでしたか。
◆非常具有創意。	クリエイティブでした。
◆很引人入勝。	引(ひ)き込(こ)まれました。
◆非常知性。	知的(ちてき)でした。
◆內容很深奧。	奥(おく)が深(ふか)かったです。
◆具有說服力。	説得力(せっとくりょく)がありました。
◆震撼了讀者的心。	迫力(はくりょく)がありました。
◆非常具有戲劇性。	劇的(げきてき)でした。
◆我一口氣讀完整本書。	最後(さいご)まで一気(いっき)に読(よ)みました。

3 閱讀的感想（二）

◆故事的情節發展很有趣。	物語(ものがたり)の展開(てんかい)がおもしろかったです。
◆主題很棒。	テーマがよかったです。

- 這裡面記載著對你有所助益的內容。 役(やく)に立(た)つことが書(か)いてあるから。
- 文章表現很明確。 表現(ひょうげん)が的確(てきかく)でした。
- 內容富有節奏感。 文章(ぶんしょう)にリズムがありました。
- 心理層面的描述非常精湛。 心理描写(しんりびょうしゃ)がよかったです。
- 風景的描寫十分鮮活。 風景(ふうけい)の描写(びょうしゃ)が鮮(あざ)やかでした。
- 比喻很巧妙。 比喩(ひゆ)がうまいです。
- 充滿詩意的表現手法非常優美。 詩的(してき)な表現(ひょうげん)がきれいでした。
- 他的表述手法瑣碎又冗長。 表現(ひょうげん)がくどかったです。
- 內容虎頭蛇尾。 終(お)わりが今(いま)ひとつでした。
- 內容太膚淺了。 底(そこ)が浅(あさ)かったです。
- 看起來很假。 嘘(うそ)っぽかったです。
- 這本書的內容太難了，即使反覆閱讀，還是看不懂。 難(むずか)しくて何回(なんかい)読(よ)んでも分(わ)からない。
  - ＊「何回」後省略了「を」。在口語中，常有省略助詞「を」的情況。

4 其他閱讀相關

CD1-73

- 我送了父親一本書作為生日禮物。 ▲父(ちち)の誕生日(たんじょうび)に本(ほん)を贈(おく)った。

A：「この中に読みたい本はありますか。」

（這些書裡面，有沒有你想看的呢？）

B：「これが読みたいですね。」

（我想看這一本。）

◆她看得懂葡萄牙文。	彼女はポルトガル語が読めます。
◆教授的新書出版了。	教授が新しい本を出した。
◆這本書既厚又重。	本が厚くて重い。
◆把看完的書歸回了原位。	読んだ本をもとの所においた。
◆不要自己掏錢買書，儘量去圖書館借閱。	本は買わないでなるべく図書館から借ります。
◆上次我借給你的那本書，等你看完後要還給我喔。	この間貸してあげた本、読み終わったら返してね。
◆我正在找西班牙文的書，請問妳知不知道在哪裡可以買得到呢？	スペイン語の本を探しているんですが、どこで売っていますか。
◆在孩子睡覺前念書給他聽。	子供が寝る前に本を読んであげます。
◆我在星期天多半看看書，或是到附近散散步，度過閑適的一天。	日曜日はたいてい本を読んだり近くを散歩するなどして過ごします。 ＊「だり」表示列舉同類的動作或作用。「有時…，有時…」。

5 雑誌

◆書店裡陳列著各種類型的雜誌。

本屋にいろいろな雑誌が並んでいます。

◆這本雜誌裡面的照片真多呀。

▲この雑誌は写真が多いですね。

A：「その雑誌、面白い？」

（那本雜誌好看嗎？）

B：「うん、読んだら貸してあげるよ。」

（嗯，等我看完以後借你看吧。）

◆這本雜誌每週一上架販售。

この雑誌は毎週月曜日に売り出されます。

◆接二連三地編輯完成新雜誌。

次々と新しい雑誌が作られています。

◆有很多人都會在電車裡看報紙或雜誌。

電車の中で新聞や雑誌を読んでいる人が多い。

◆最近淨看些雜誌，幾乎沒看小說了。

最近は雑誌ばかり読んで小説はあまり読まなくなった。

◆山田先生現在透過閱讀美國雜誌的方式學習英文。

山田さんはアメリカの雑誌を読んで英語の勉強をしています。

◆我沒有自掏腰包買雜誌，而是上圖書館借閱。

▲雑誌は買わないで図書館で読んでいます。

A：「何をして遊ぼうか。」

（我們要不要來玩個什麼遊戲？）

B：「雨が降ってるから、うちの中で漫画を読もう。」

（外頭在下雨，我們待在家裡看漫畫吧。）

◆不要老是只看漫畫喔。

漫画ばかり読んでいてはダメだよ。

6 報紙

◆我每天早上都會先看完報紙再去公司。

▲毎朝、新聞を読んでから会社へ行きます。

A：「新聞はどこ。」

（報紙在哪？）

B：「自分で探しなさい。」

（自己去找啦。）

◆時間根本不夠，連報紙也沒辦法看。

▲時間がなくて新聞も読めない。

A：「お宅は何新聞を取っていますか。」

（你家訂的是什麼報呢？）

B：「うちは日本経済新聞を取っています。」

（我家是訂日本經濟新聞。）

◆我在報上看天氣預報。

天気予報を新聞で読みます。

◆報上有登昨天的那起火警。

昨日の火事が新聞に載っている。

◆我在報紙上看到日本的足球隊戰勝了義大利隊。

日本がサッカーでイタリアに勝ったことを新聞で読んだ。

◆閱讀報紙對於學習日語是很有幫助的。

新聞を読むのは日本語の勉強のためにとてもいいです。

◆我還沒看過這份報紙，你先別丟喔。

この新聞はまだ読んでないから捨てないでね。

◆雖然報紙每天都會由送報生送來，不過在車站裡的販賣亭也大多有販售。

新聞(しんぶん)は毎日(まいにち)、配達(はいたつ)してくれますが、駅(えき)のキオスクでもたいてい売(う)っています。

5 電腦

1 電腦、網路

CD1-74

◆你想買筆記型電腦，還是桌上型電腦呢？

ノートパソコンとデスクトップ、どっちですか。

＊「～と～、どちら」（在…與…中，哪個？），表示從兩個裡面選一個。

◆你用的是Windows系統，還是Mac系統呢？

ウィンドウズですか。マックですか。

◆你可以幫我把這份資料燒錄到光碟片上嗎？

このデータ、ＣＤに焼(や)いてくれませんか。

◆你希望我把電子郵件送到你的電腦還是手機裡呢？

▲メールはパソコンと携帯(けいたい)、どっちに送(おく)ったらいい？

Ａ：「このコンピューターの使(つか)い方(かた)を知(し)っていますか。」

（你知道這種電腦的操作方式嗎？）

Ｂ：「ええ、教(おし)えてあげましょう。」

（知道呀，我來教你吧。）

◆嗯。我等下再傳簡訊給你。

うん。あとでメールするね。

◆不好意思～，我剛買的電腦當機了。

あの～、新しく買ったばかりのパソコンが動かないんですけど。

◆請問您已經讀過說明書了嗎？

説明書はお読みになりましたか。

◆怎麼看也看不懂。

いくら読んだって分からないんです。

＊「いくら～だって」（無論多少）是「いくら～でも」的口語形。用在強調程度。

◆我打不開這個檔案。

ファイルが開けないんです。

◆網路有連線嗎？

ネットはつながってますか。

◆你有在寫部落格嗎？

ブログってやってますか。

＊這裡的「って」是「という」的口語形，表示人事物的稱謂，或事物的性質。「叫…的…」。

◆來玩電玩吧！

テレビゲームをやりましょう。

◆你家裡有那個叫做印表機的東西嗎？

自宅にプリンターってあります？

◆比起用手寫，以電腦輸入比較快。

手で書くよりパソコンを打つほうが速い。

◆現在已經鮮少有公司不用電腦工作了。

仕事にコンピューターを使わない会社は少ないです。

2 電腦壞了

◆假如不以正確的方式操作電腦，就無法啓動運轉。

▲パソコンは正しく使わないと動かない。

A：「コンピューターの中はどうなっているのだろう。」

（不曉得電腦主機裡面的構造如何？）

B：「難しくて分かりません。」

（太複雜了，我不懂。）

◆今天不曉得怎麼了，眼睛好酸。

今日はなぜか目が疲れる。

◆誰叫你一直打電腦啊。

ずっとパソコンをやっているからですよ。

◆我的電腦太舊了，動不動就會當機。

私のパソコン、古くてすぐフリーズしちゃうんです。

＊「ちゃう」是「てしまう」的口語省略形。表示完了、完畢；某動作所造成無可挽回的結果。

◆這台電腦最近不大穩定。

このコンピューター、最近調子が悪くて。

◆不好意思，這台電腦最近怪怪的。

すみません。このコンピューター、最近調子が悪くて。

◆那麼請先留在這邊，我們幫您檢查看看吧。

じゃあ、お預かりして検査しましょうか。

◆請問大約需要多久時間呢？

時間はどれぐらいかかりますか。

◆假如需要修理的話，我想大約要兩個星期左右。

修理が必要な場合は２週間ほどかかると思います。

◆可是買新的又得花上一筆錢耶。

新(あたら)しいのを買(か)うのはお金(かね)がかかります。

◆丟掉舊的又可惜。

捨(す)てるにももったいないです。

◆如果要買電腦，可以去秋葉原看看。那裡既便宜，又有很多可以挑選。

パソコンなら秋葉原(あきはばら)に行(い)くと安(やす)いし、いろいろありますよ。

＊「し」陳述幾種相同性質的事物。「既…又…」。

6 音樂

CD1-75

1 樂器

◆我在學生時代曾經學過吉他。

▲学生(がくせい)のときにギターを習(なら)ったことがあります。

A：「バイオリンが弾(ひ)けますか。」

（請問您會拉小提琴嗎？）

B：「ええ、少(すこ)し弾(ひ)けます。」

（嗯，會一點點。）

◆我每天都花一個小時練彈吉他。

毎日(まいにち)1時間(じかん)、ギターを練習(れんしゅう)します。

◆我從七歲開始學小提琴至今。

七(なな)つのときからバイオリンを習(なら)っています。

◆麻煩您彈吉他。

ギターを弾(ひ)いてください。

◆請您彈吉他給我聽。	▲ギターを聞(き)かせてください。 A：「あなたたちの中(なか)で誰(だれ)かピアノを弾(ひ)ける人(ひと)はいませんか。」 （你們這群人裡面，有沒有誰會彈鋼琴的？） B：「中島(なかしま)さんが上手(じょうず)です。」 （中島小姐很會彈喔。）
◆假如我會彈鋼琴的話，不知該有多好呀。	ピアノが弾(ひ)けたならどんなにいいだろう。
◆我正在找會拉大提琴的人。	チェロを弾(ひ)く人(ひと)を探(さが)しています。

2 音樂（一）

◆那場音樂會好不好呢？	コンサートはどうでしたか。
◆現場表演精采嗎？	公演(こうえん)はどうでしたか。
◆請問您喜歡什麼類型的音樂呢？	どんな音楽(おんがく)が好(す)きですか。
◆請問您有沒有好聽的音樂唱片呢？	いい音楽(おんがく)のレコードを持(も)っていませんか。
◆我喜歡日本流行音樂。	日本(にほん)のポップスが好(す)きです。
◆我最喜歡聽西洋流行音樂。	洋楽(ようがく)ポップスが大好(だいす)きです。
◆我是個古典音樂的愛好者。	クラシック愛好家(あいこうか)です。

◆我喜歡在咖啡廳裡聆聽古典樂的唱片。	喫茶店でクラシックのレコードを聞くのが好きです。
◆我對歌劇十分著迷。	オペラに夢中です。
◆我喜歡聽爵士樂。	ジャズを好んで聴きます。
◆配合著音樂節奏跳了舞。	音楽にあわせて踊った。
◆我非常喜歡聽鋼琴彈奏。	ピアノ音楽がとても好きです。
◆在咖啡廳裡播放著鋼琴演奏音樂。	喫茶店にピアノ音楽が流れていました。
◆我們去聽鋼琴演奏會吧。	ピアノコンサートに行きましょう。

CD1-76

3 音樂（二）

◆我喜歡輕音樂。	静かな音楽が好きです。
◆咖啡廳裡播放著柔柔的音樂。	喫茶店には静かな音楽が流れていた。
◆我滿喜歡聽彈奏樂曲的。	楽器音楽が気に入っています。
◆我星期天都去教會彈奏風琴。	日曜日には教会でオルガンを弾きます。
◆我們一起大聲唱歌吧。	口を大きく開けて歌いましょう。

◆我喜歡像拉丁音樂那樣節奏輕快的音樂。	ラテン音楽のようなノリのいい音楽が好きです。
◆聽輕快的音樂時，心情也會跟著快樂起來。	明るい音楽を聴くと気持ちも明るくなる。
◆我喜歡的歌手是絢香。	好きな歌手は絢香です。
◆我喜歡的歌手團體是嵐。	好きなグループは嵐です。
◆我喜歡的曲子是絢香所演唱的〈歡迎回來〉。	好きな曲は絢香の「おかえり」です。
◆我每次聽到那首歌，總會不自覺地想流淚。	その歌を聞くとなぜか泣きたくなります。
◆在日記裡寫下了對音樂的熱愛。	音楽への熱い思いを日記に書いた。
◆我正在蒐集爵士樂的老唱片。	古いジャズのレコードを集めています。
◆現在幾乎都很少人聽唱片，都改聽ＣＤ了。	今はレコードはほとんど使われなくなってＣＤにかわってしまいました。
◆她是音樂老師。	▲彼女は音楽の先生です。

A：「どんな音楽が好きですか。」

（您喜歡聽什麼樣的音樂呢？）

B：「ジャズが好きです。」

（我喜歡聽爵士樂。）

◆原本放在桌上的吉他，在掉到地上以後就壞掉了。

机の上においてあったギターを落として、壊してしまいました。

◆我不太喜歡重搖滾音樂。

ハードロックはあまり好きではありません。

◆我討厭龐克搖滾樂。

パンクは嫌いです。

◆我沒有特別喜歡的音樂。

特に好きな音楽はありません。

◆我對音樂沒有興趣。

音楽に興味がありません。

4 唱歌

◆您喜歡哪位歌手呢？

好きな歌手は誰ですか。

◆你知道披頭四的〈Yesterday〉這首歌嗎？

ビートルズの「イエスタデイ」を知ってる？

◆當然知道。

もちろん。

◆這首曲子真好聽哪。

この曲すごくいいね。

◆配樂很好聽喔。

音楽はいいですね。

◆這首歌的歌詞意境很深遠。

この歌は歌詞がいいです。

◆一首淒美的失戀歌曲。

切ない失恋の歌です。

◆他的歌聲真是太嘹亮了。
彼の声は、ホントにいいです。

＊「ほんと」是「ほんとう」口語形。字越少就是口語的特色，省略字的字尾也很常見喔。

◆很開心地歡唱著呢。
気持ちよく歌っていますね。

◆這首歌最適合用來作為晨喚了。
朝の目覚めにぴったりですね。

◆其中包含非常了不起的作品。
中には素晴らしいものがあります。

◆真的獲得了勇氣。
ほんとに勇気をもらいました。

◆足以洗滌心靈喔。
心が洗われますね。

◆讓人心靈平靜的歌曲哪。
心落ち着く歌ですね。

◆請您唱您國家的歌給我們聽。
あなたの国の歌を聞かせてください。

◆我唱了日本歌給外國朋友聽。
外国人の友達に日本の歌を歌ってあげました。

◆我教附近的孩子們唱老歌。
近所の子供たちに昔の歌を教えています。

◆每逢耶誕節的腳步接近，大街小巷都可以聽到〈Jingle Bell〉這首歌曲。
クリスマスが近づくと、ジングルベルの歌が町に流れる。

◆我只要一聽到〈布拉姆斯搖籃曲〉，就會想起自己的母親。
「ブラームスの子守唄」を聞くと母を思い出す。

◆山田小姐很會唱歌。	山田さんは歌がうまい。
◆我五音不全，真是難為情。	歌が下手なので、恥ずかしいです。

7 電視

1 喜歡看什麼電視

CD1-77

◆你喜歡看什麼電視節目呢？	好きなテレビ番組は何ですか。
◆你喜歡哪位演員呢？	好きな俳優は誰ですか。
◆你喜歡哪種類型的人呢？	どんなタイプの人が好きですか。
◆今天晚上有沒有什麼好看的節目呢？	今晩は何か面白い番組があるかしら。
◆有沒有什麼好看的電視節目呢？	何か面白い番組ある?
◆讓我看看喔，有個節目叫做《週六特別節目》。	そうだなあ。「土曜スペシャル」って番組があるけど。
◆《週六特別節目》是什麼？	「土曜スペシャル」って?
◆我沒什麼特別的嗜好，只喜歡待在家裡看電視。	特に趣味はありませんが、家でテレビを見ることが好きです。
◆我喜歡看電視。	テレビを見ることは好きです。

◆那個節目會在後天播放。	その番組(ばんぐみ)はあさって、放送(ほうそう)されます。
◆那齣衆所矚目的連續劇已經開始播映了。	話題(わだい)になっていたドラマが始(はじ)まりました。
◆好像是介紹便宜又好吃的餐廳。	安(やす)くてうまいレストランの紹介(しょうかい)だって。
◆我喜歡看綜藝節目。	バラエティー番組(ばんぐみ)が好(す)きです。
◆我喜歡看歌唱節目。	歌番組(うたばんぐみ)は大好(だいす)きです。
◆我很喜歡欣賞影集。	ドラマは楽(たの)しんで見(み)ています。
◆我滿喜歡看搞笑節目的。	お笑(わら)い番組(ばんぐみ)はけっこう好(す)きです。
◆我每天都會收看新聞報導。	ニュースは毎日(まいにち)見(み)ます。
◆我喜歡看的電視節目是《蠑螺太太》。	好(す)きなテレビ番組(ばんぐみ)は「サザエさん」です。

2 喜歡的原因

◆故事內容也精采絕倫。	ストーリーは最高(さいこう)です。
◆比原本想像的還要來得有趣。	思(おも)ったより面白(おもしろ)かった。
◆劇情也相當有趣。	内容(ないよう)も面白(おもしろ)いです。
◆主角的演技實在是太棒了！	主役(しゅやく)の演技(えんぎ)、もう最高(さいこう)でした！

◆那個飾演小孩角色的童星，真是太可愛了。	あの子役(こやく)が可愛(かわい)かったです。
◆那個情婦角色真是個令人厭惡的女人呀。	あの愛人役(あいじんやく)は嫌(いや)な女(おんな)ですよね。
◆這部連續劇有不少發人深省之處。	いろいろ考(かんが)えさせられるドラマでした。
◆告訴了我種種道理。	色々(いろいろ)なことを教(おし)えてくれた。
◆謝謝讓我欣賞到這麼了不起的作品！	素晴(すば)らしい作品(さくひん)をありがとう！

3 不喜歡的原因

◆我對體育節目沒什麼興趣。	スポーツを見(み)ることにあまり興味(きょうみ)がありません。
◆我討厭看娛樂八卦節目。	ワイドショーは嫌(きら)いです。
◆你不覺得那部連續劇的情節，越到後面越乏味了嗎？	あのドラマ、だんだんつまらなくなってきたと思(おも)いません？
◆我很少看電視。	テレビはあまり見(み)ません。
◆我不太喜歡看電視。	テレビはあまり好(す)きではありません。

8 電影

1 看電影去了

CD1-78

◆要不要一起去看電影呢？

映画を見に行きませんか。

◆好呀，我也想看日本的電影耶。

▲そうですね。日本の映画が見たいですね。

A：「お時間があるなら映画など見ませんか。」

（既然還有空檔時間，要不要去看場電影呢？）

B：「ええ、いいですね。」

（嗯，好呀。）

◆從七號開始會有新電影上映。

七日から新しい映画が始まります。

◆請問下一場電影是從幾點開始放映呢？

次の映画は何時から始まりますか。

◆從七點半開始。

7時半からです。

◆只要有空閒的時間，我經常會去看電影。

時間があるときは、よく映画を見に行きます。

2 喜歡看什麼電影

◆您喜歡看什麼類型的電影呢？

どんな映画が好きですか。

◆我喜歡看動作片。	アクション映画(えいが)が好(す)きです。
◆我喜歡看愛情電影。	恋愛映画(れんあいえいが)が好(す)きです。
◆我喜歡看喜劇。	コメディーが好(す)きです。
◆我最喜歡看好萊塢製作的電影。	ハリウッド映画(えいが)が大好(だいす)きです。
◆我喜歡看懸疑片。	サスペンス映画(えいが)が好(す)きです。
◆我喜歡的電影是《鐵達尼號》。	好(す)きな映画(えいが)は「タイタニック」です。
◆我喜歡的男演員是福山雅治。	好(す)きな俳優(はいゆう)は福山雅治(ふくやままさはる)です。
◆我喜歡的女演員是柴崎幸。	好(す)きな女優(じょゆう)は柴咲(しばさき)コウです。
◆我喜歡的電影明星是湯姆・克魯斯。	好(す)きな映画(えいが)スターはトム・クルーズです。
◆我喜歡的電影導演是黑澤明。	好(す)きな映画監督(えいがかんとく)は黒澤明(くろさわあきら)です。
◆我喜歡的搞笑藝人是田村淳先生。	好(す)きなお笑(わら)い芸人(げいにん)は田村淳(たむらあつし)さんだ。
◆請問您比較喜歡古典音樂或是流行音樂呢？	クラシックとポップスではどちらがいいですか。
◆我比較喜歡流行音樂。	ポップスがいいです。

3 看電影的感想（一）

◆電影好不好看呢？	映画(えいが)はどうでしたか。
◆您昨天看了什麼電影呢？	▲昨日(きのう)は何(なん)の映画(えいが)を見(み)ましたか。 A：「どんな映画(えいが)だった？」 （那部電影怎麼樣？） B：「とても面白(おもしろ)かったよ。」 （我覺得很好看喔。）
◆請問有哪些演員參與那部電影的演出呢？	その映画(えいが)に誰(だれ)が出(で)ていますか。
◆有成龍喔。	ジャッキーチェンですよ。
◆昨天看的那部電影真是太好看囉。	昨日(きのう)見(み)た映画(えいが)、すごく面白(おもしろ)かったですよ。
◆演員的演技如何呢？	演技(えんぎ)はどうでしたか。
◆讓我捧腹大笑了。	笑(わら)えました。
◆許久沒有看到這種溫暖人心的電影了。	久(ひさ)しぶりに温(あたた)かい映画(えいが)を見(み)ました。
◆從中學習到家人的重要。	家族(かぞく)の大切(たいせつ)さを学(まな)びました。
◆讓我覺得心底暖暖的。	心(こころ)が温(あたた)まりました。
◆賺人熱淚。	泣(な)けました。

◆打從心底受到了感動。　心(こころ)の底(そこ)から感動(かんどう)しました。

4　看電影的感想（二）

CD1-79

◆嚇死我了。　怖(こわ)かったです。

◆影片非常具有藝術性。　芸術的(げいじゅつてき)でした。

◆那部電影充滿了想像力。　想像的(そうぞうてき)でした。

◆全片洋溢熱情。　情熱的(じょうねつてき)でした。

◆那是一部喜劇。　コメディーでした。

◆那是一部動作片。　アクション映画(えいが)でした。

◆那是一部驚悚片。　ホラーでした。

◆那是一部浪漫片。　ロマンス映画(えいが)でした。

◆那是一部警匪片。　刑事(けいじ)ものでした。

◆電影情節非常有趣。　話(はなし)の筋(すじ)がおもしろかったです。

◆故事內容令人動容。　ストーリーが感動的(かんどうてき)でした。

◆真是齣絕佳的戲劇。　本当(ほんとう)に素敵(すてき)な映画(えいが)でした。

◆劇本很棒。　脚本(きゃくほん)がよかったです。

◆演員的演技很棒。　演技(えんぎ)がよかったです。

◆導演很厲害。　演出(えんしゅつ)がよかったです。

◆拍攝運鏡非常精采。　カメラワークがよかったです。

◆動作鏡頭張力十足。　アクションシーンに迫力(はくりょく)がありました。

◆畫面美麗如詩。　映像(えいぞう)がきれいでした。

◆我已經成為這部戲的忠實影迷了！　もう大(だい)ファンになってしまった！

◆我也想要讀一讀原著小說。　原作本(げんさくぼん)も読(よ)んでみようと思(おも)います。

◆無論哪個城鎮都會有電影院。　どこの町(まち)にも映画館(えいがかん)はあります。

◆許多年輕人把電影院擠得水洩不通。　映画館(えいがかん)は若(わか)い人(ひと)でいっぱいだ。

5 不喜歡電影的原因

◆我不太喜歡看恐佈片。　怖(こわ)い映画(えいが)はあまり好(す)きではありません。

◆我討厭驚悚片。　ホラーは嫌(きら)いです。

◆我對國片沒有興趣。　邦画(ほうが)には興味(きょうみ)がありません。

◆內容很無聊。　話(はなし)がつまらなかったです。

◆演員的演技很差勁。 演技が下手でした。

◆由於沒上映什麼好電影，所以我沒看就直接回家了。 あまりいい映画をやってなかったので、すぐ帰ってきました。

＊「すぐ」後省略了「に」。

◆電影好像散場了，有大批人潮從電影院裡湧出。 映画が終わったらしくて映画館から人が大勢出てくる。

◆無論是哪一部電影都不好看。 映画はどれも面白くなかった。

◆電影院裡禁止吸菸。 映画館でタバコを吸ってはいけません。

＊「てはいけません」（不准…）。表示禁止。含有根據某種理由、規則，不能做前項事情的意思。

9 運動

1 我喜歡運動（一）

CD1-80

◆我喜歡運動。 スポーツは好きです。

◆我喜歡活動筋骨。 体を動かすことが好きです。

◆我喜歡輕度運動。 軽い運動は好きです。

◆我喜歡可以獨自一個人從事的運動。 一人でやるスポーツが好きです。

◆我喜歡戶外運動。 アウトドアスポーツが好きです。

◆我喜歡室內運動。　インドアスポーツが好きです。

◆我喜歡打球。　僕は球技が好きです。

◆我喜歡團體競賽運動。　団体競技が好きです。

◆我喜歡球類運動。　球技が好きです。

◆我喜歡打網球。　テニスが好きです。

◆我目前非常熱衷打高爾夫球。　ゴルフに熱中しています。

◆我最喜歡水上運動了。　マリンスポーツが大好きです。

◆請問您有沒有擅長的運動項目呢？　何か得意なスポーツはありますか。

◆請問您擅長什麼樣的運動？　▲どんなスポーツが得意ですか。

A：「どんなスポーツが好きですか。」

（您喜歡什麼樣的運動項目呢？）

B：「そうですね…。スキーやスケートなどの冬のスポーツが好きです。」

（讓我想一想喔…。我喜歡滑雪、溜冰之類的冬季體育項目。）

2 常做的休閒運動

◆常去公園散步。　よく公園を散歩します。

◆去游泳池游泳。　プールへ泳ぎに行きます。

◆每天慢跑。

毎日(まいにち)ジョギングをします。

◆我想去爬山。

山登(やまのぼ)りに行(い)きたいです。

◆下回我們一起去爬山吧！

今度(こんど)一緒(いっしょ)に山登(やまのぼ)りに行(い)きましょう。

◆好啊！去啊！

いいですね。行(い)きましょう。

◆我最喜歡籃球。

バスケットボールが一番(いちばん)好(す)きです。

◆請問您是否從以前就有做運動的習慣呢？

昔(むかし)からスポーツをやっているのですか。

◆因為我很喜歡戶外活動，有時會去釣魚或是爬山。

アウトドアが好(す)きで、釣(つ)りと登山(とざん)に行(い)ったりします。

＊「たり」（又是…）。表示動作的並列，從幾個動作之中，例舉出2、3個有代表性的，然後暗示還有其他的。

◆我很喜歡觀看電視轉播的體育競賽。

テレビでスポーツを見(み)るのが好(す)きです。

3 定期做的休閒運動

◆我有上健身房的習慣，也順便減重。

ダイエットも兼(か)ねて、ジムに通(かよ)っています。

◆最近開始練空手道。

最近(さいきん)、空手(からて)を始(はじ)めたんです。

◆我最近對水上運動產生興趣。

▲最近(さいきん)、マリンスポーツに興味(きょうみ)があります。

A：「いい体(からだ)をしてるけど、何(なに)かスポーツをやってるの？」

（你的體格真好，是不是有在做什麼運動呢？）

B：「学生のときはいろいろしましたが、
今は何もしていません。」
（我在念書時曾參與各式各樣的運動，但是現在完全沒做運動了。）

◆為了身體健康，持續每星期慢跑一次。
健康のために、週に一度はジョギングをしています。

◆一星期做兩次運動。
週二回スポーツをします。
＊「週」後省略了「に」。

◆每星期一、三都會上健身中心。
毎週月水曜日はジムに通ってるんです。
＊「んです」是「のです」的口語形。表示說明情況。「月水曜日」是「月曜日、水曜日」的簡略說法。

◆我們高中的運動風氣很旺盛。
うちの高校はスポーツがとても盛んです。

◆從年輕時候就是田徑隊的選手。
若い時は陸上の選手でした。

◆在大學時曾經參加過全國籃球大賽。
大学時代、バスケットで全国大会に出場したことがあります。

4 沒時間、沒興趣

CD1-81

◆我對運動沒有興趣。
スポーツには興味がありません。

◆我原則上討厭運動。
基本的に運動は嫌いです。

◆我不擅長運動。
私はスポーツが苦手です。

◆自從我出社會後，就完全沒做過運動了。

社会人になってから、全然運動しなくなりました。

＊「社会人になってから」後省略了「は」。

◆雖然想開始做做運動，可是卻忙得難以抽出時間。

何か運動をしたいけど、忙しくてなかなかできないんです。

＊「けど」是「けれども」的口語形。「なかなか」後接否定，表示不像預想的那樣容易。

5 球類運動

◆打網球嗎？

テニスをしますか。

◆我在學生時代曾經打過網球。

学生時代、テニスをやってたんです。

◆有時打保齡球。

時々ボウリングをします。

◆我常打網球。

よくテニスをします。

◆我不常打高爾夫球。

ゴルフはあまりしません。

◆我們一起打棒球吧！

みんなで野球をしましょうか。

◆如果是棒球和足球這兩項，您比較喜歡哪一項呢？

野球とサッカーだったら、どっちが好きですか。

◆請問您是哪支球隊的球迷呢？

どこのチームのファンですか。

◆請問您有沒有看過昨天的比賽呢？

昨日の試合、見ましたか。

6 足球

◆請問您會踢足球嗎？ サッカーができますか。

◆請問您踢什麼位置呢？ ポジションはどこですか。

◆我是守門員。 ゴールキーパーです。

◆請問是不是有人得分了呢？ 誰(だれ)が得点(とくてん)を入(い)れたのですか。

◆八號選手射門得分了。 8番(ばん)の選手(せんしゅ)がゴールを決(き)めました。

◆那可是個難得的大好機會，竟然沒能射進。 せっかくのチャンスだったのに、シュートが外(はず)れた。

◆有更換過球員了嗎？ メンバーチェンジはありましたか。

◆日本隊會出賽世界盃嗎？ 日本(にほん)チームはワールドカップに出場(しゅつじょう)しますか。

◆第一回合就打輸被淘汰了。 1回戦(かいせん)で敗退(はいたい)してしまった。

◆進入了延長賽。 延長戦(えんちょうせん)に突入(とつにゅう)しました。

7 網球

◆可以使用公園裡的網球場嗎？ 公園(こうえん)のテニスコートを使(つか)うことができますか。

◆那一球很不容易接。 あのボールをレシーブするのは難(むずか)しい。

◆球拍線斷了。	ラケットが破(やぶ)れてしまった。
◆她不只比單打，連雙打也有出賽。	彼女(かのじょ)はシングルだけじゃなく、ダブルスにも出場(しゅつじょう)します。 ＊「だけじゃなく～も」（不僅…也）是「だけでなく～も」的口語形。表示兩者都是之意。
◆球掛網了。	ボールがネットに引(ひ)っ掛(か)かりました。
◆無法順利打出高球。	トスが上手(うま)く上(あ)がりません。
◆這個得分，導致雙方就此展開了拉鋸戰。	このポイントは長(なが)い打(う)ち合(あ)いになりました。
◆他發的球速度相當快。	彼(かれ)のサーブはスピードがあります。
◆沒有想到世界排名第一的選手竟然輸了。	なんと世界(せかい)ランキング1位(い)の選手(せんしゅ)が負(ま)けました。
◆請問曾經出賽過溫布頓網球公開賽嗎？	ウインブルドンに出場(しゅつじょう)したことがありますか。

8 棒球

CD1-82

◆今天比賽的對手是鄰村的高中。	今日(きょう)の試合(しあい)の相手(あいて)は隣(となり)の町(まち)の高校(こうこう)だ。
◆在同分的狀況下進行到九局下半。	同点(どうてん)のまま9回裏(かいうら)まできました。
◆比數非常接近，遲遲無法分出勝負。	接戦(せっせん)でなかなか勝負(しょうぶ)がつかない。

◆第二回合以平手收場。
第二戦は引き分けに終わりました。

◆在兩隊都沒有得分的情況下進入了延長賽。
両チーム無得点のまま、延長戦に入りました。

◆巨人隊以三分領先。
巨人が３点リードしています。

◆在對手暫時領先兩分的情況下進入下半場。
２点のリードを許して、後半戦に入りました。

◆很遺憾地遭到對方反敗為勝。
残念ながら逆転負けしました。

◆以０比３的比數獲勝／落敗了。
０対３で勝ちました／負けました。

◆以10比0獲得了壓倒性的勝利。
10対ゼロで圧勝しました。

◆既然對手是小孩，那就沒辦法和他一較高下了。
相手が子供では競争にならない。

◆很可惜地以１比０的些微差距而落敗了。
１対ゼロで惜敗しました。

◆今天棒球比賽的結果如何呢？
今日の野球の試合はどうだった?

◆聽說是３比８。
３対８だって聞いたけど。

◆也就是說打輸了吧。
負けたって言うわけだな?

◆嗯，就是這麼回事。
うん、そういうこと。

9 游泳

◆我們學校的游泳池已經蓋好了。	私(わたし)たちの学校(がっこう)にプールができました。
◆游泳池從七月一號開始開放。	7月1日(がつついたち)からプールが始(はじ)まります。
◆要游過這條河，實在輕而易舉。	この川(かわ)を泳(およ)ぐなんて簡単(かんたん)だ。
◆暑假時，我每天都去了泳池游泳。	夏休(なつやす)みは毎日(まいにち)プールで泳(およ)ぎました。
◆我們去海邊游泳吧。	海(うみ)で泳(およ)ごう。
◆我只會游蛙式。	私(わたし)は平泳(ひらおよ)ぎしか泳(およ)げません。
◆他似乎很擅長游自由式。	彼(かれ)はクロールが得意(とくい)だそうです。
◆我的狗可以用狗爬式游五十公尺喔。	僕(ぼく)の犬(いぬ)は犬掻(いぬか)きで50メートル泳(およ)げるよ。
◆請問您最多可以游幾公尺呢？	最高(さいこう)何(なん)メートル泳(およ)げますか。
◆我可以在一分鐘之內游完一百公尺。	100メートルを1分(ぷん)で泳(およ)げる。
◆即使游泳的時間不多，只要每天持之以恆就會進步。	少(すこ)しずつでも毎日泳(まいにちおよ)げば上手(じょうず)になる。
◆比起在游泳池，我更喜歡去海邊游泳。	プールよりも海(うみ)で泳(およ)ぐ方(ほう)が好(す)きだ。
◆我不敢潛到水底下。	水(みず)に潜(もぐ)るのが怖(こわ)いです。

◆雖然很想游泳，可是水溫太低了，沒有辦法游。 泳ぎたいけど水が冷たすぎて泳げない。

◆在游泳池跳水很危險。 プールに飛び込むのは危ない。

◆如果下週日天氣晴朗的話，要不要去海水浴場呢？ 来週の日曜日、晴れたら海水浴に行きませんか。

◆您會衝浪嗎？ サーフィンできる？

◆因為不會游泳，只在沙灘上玩。 泳げないので、砂浜で遊びます。

◆去沖繩玩深潛。 沖縄へスキューバダイビングに行きます。

◆今天忘了帶泳衣。 今日は水着を忘れてきました。

◆我們先沖個澡，再進入泳池吧。 プールに入る前にシャワーを浴びよう。

◆從泳池上來後，要沖洗眼睛。 プールから上がったら目を洗います。

10 工作

1 工作的喜好

CD1-83

◆請問您喜歡什麼樣的工作呢？ どんな仕事が好きですか。

◆我喜歡文書總務方面的工作。	事務仕事が好きです。
◆我喜歡和人們面對面接觸的工作。	人と接する仕事が好きです。
◆我喜歡招攬業務。	営業が好きです。
◆我討厭接待客戶的工作。	接客は嫌いです。
◆我喜歡使用勞力的工作。	体を動かす仕事が好きです。
◆我喜歡單獨作業。	一人で作業することが好きです。
◆我不太喜歡文書總務方面的工作。	事務仕事をするのは好きではありません。
◆請問您比較喜歡文書總務工作，還是使用勞力的工作呢？	事務仕事と体を動かす仕事とではどちらがいいですか。
◆我比較喜歡文書總務工作。	事務仕事のほうが好きです。

Chapter 8

假日出遊

1 敘述計畫

1 問假日的安排

CD1-84

◆你明天要做什麼呢？　明日、何をしますか。

◆你這個星期天要做什麼呢？　今週の日曜日何をしますか。

◆請問您平常放假時做些什麼呢？　休日はいつも何をしているんですか。

＊「んです」是「のです」的口語形。前接疑問詞「何」，表示要對方做說明。

◆下星期會在隅田川舉行煙火大會喔。　来週、隅田川で花火大会がありますよ。

＊「来週」後省略了「は」。提示文中主題的助詞「は」在口語中，常有被省略的傾向。

2 做事

◆我要做工作。　仕事をします。

◆我大概會工作。　たぶん仕事をします。

◆如果還有精力的話，就會做工作。　元気があれば仕事をします。

◆我的工作堆積如山，所以我想應該會去公司。　仕事が山ほどあるので会社に行くと思います。

◆我想週末應該會忙著工作。　週末は仕事で忙しくなると思います。

◆我猜，或許會去京都出差。　京都に出張するかもしれません。

3 出門

◆我想應該會出門。 出かけると思います。

◆我猜或許會出門。 出かけるかもしれません。

◆如果有空的話就會出門。 暇だったら出かけます。

◆假如興之所至就會出門。 気が向いたら出かけます。

◆如果不累的話就會出門。 疲れていなければ出かけます。

◆假如天氣晴朗的話就會外出。 天気が良ければ外出します。

◆現在正值折扣季，或許我會去購物。 セールをやっているので買い物に行くかもしれません。

◆今年打算穿和式浴衣去參加夏季祭典。 今年は浴衣を着て夏祭りに行くつもりです。

◆因為我必須運動，我想應該會去散步。 運動が必要なので散歩をすると思います。

◆我去上烹飪課程。 私は料理教室に通っています。

◆最近開始學茶道。 最近、茶道を習い始めました。

4 和別人一起出門

◆如果沒有工作要忙的話，大概會和朋友外出。 仕事がなければたぶん友達と出かけます。

- ◆如果有時間的話，或許會和朋友碰面。
  時間があれば友達と会うかもしれません。
- ◆如果時間湊得上的話，我想應該會跟朋友出去。
  予定が合えば友達と出かけると思います。
- ◆我已經很久沒有見到爸媽了，打算去看看他們。
  しばらく会っていないので、両親に会いにいくつもりです。
- ◆昨天帶了小孩去遊樂園玩。
  昨日は子供を遊園地に連れていきました。
- ◆我想去看看兒子／女兒過得怎麼樣了。
  息子／娘がどうしているか様子を見に行こうと思います。
- ◆和朋友一起去泡溫泉舒展筋骨。
  友達と温泉に行ってのんびりします。
- ◆如果工作比較早結束的話，我會和公司的同事去喝兩杯。
  仕事が早く終わったら職場の人と飲みに行きます。

5 想去旅行

CD1-85

- ◆我想週末應該會去旅行。
  週 末は温泉に行くことになると思います。
- ◆我想來趟小小的旅程以便透一透氣。
  気分転換にプチ旅行をすると思います。
- ◆只要一放假，就會和家人到處玩。
  休みになると家族であちこち出かけます。
- ◆如果機票便宜的話，或許會去歐洲旅行。
  飛行機代が安ければヨーロッパに行くかもしれません。
- ◆如果有錢有閒的話，也許會去國外旅遊。
  時間とお金があれば海外旅行をするかもしれません。

◆等我存夠錢了以後，會去美國。　お金がたまったらアメリカに行きます。

6 待在家裡

◆大概會待在家裡。　おそらく家にいます。

◆通常多半待在家裡。　家にいることが多いです。

◆我很累了，不會出門。　疲れているので出かけません。

◆我想要好好休養一下，應該會待在家裡。　休養を取りたいので家にいると思います。

◆我提不起勁外出，應該會留在家裡。　出かける気分ではないので家にいると思います。

◆很有可能待在家裡打掃。　おそらく家にいて掃除をします。

◆週末多半在家裡看電影影片。　週末はだいたい家で映画を鑑賞します。

◆我想應該會睡到日上三竿。　たぶん遅くまで寝ていると思います。

◆或許會有朋友來家裡找我玩。　友達が遊びに来るかもしれません。

7 還沒有決定行程

◆我現在還不清楚。　まだはっきりしていません。

◆我還不知道。　まだわかりません。

◆我還沒決定。　まだ決めていません。

◆等一下／明天再決定。　後(あと)で／明日(あした)決(き)めます。

◆要看工作的狀況如何。　仕事(しごと)の状態(じょうたい)によります。

2 休閒活動

1 詢問休假的活動

CD1-86

◆你在週末會做些什麼活動呢？　週末(しゅうまつ)は何(なに)をしますか。

◆你在星期六會做些什麼活動呢？　土曜日(どようび)は何(なに)をしますか。

◆你在星期天會做些什麼活動呢？　日曜日(にちようび)は何(なに)をしますか。

◆你在閒暇的時間會做些什麼活動呢？　自由(じゆう)な時間(じかん)は何(なに)をしますか。

◆你是如何度過週末的呢？　週末(しゅうまつ)はどのように過(す)ごしますか。

◆你是如何度過假日的呢？　休(やす)みの日(ひ)はどのように過(す)ごしますか。

◆你是如何度過暑假的呢？　夏休(なつやす)みはどのように過(す)ごしますか。

◆你是如何度過這次的連續假期的呢？　３連休(れんきゅう)はどのようにして過(す)ごしましたか。

◆你是如何度過聖誕節的呢？　クリスマスはどのように過(す)ごしますか。

◆你是如何度過新年的呢？　お正月(しょうがつ)はどのように過(す)ごしますか。

◆請問您在休假日會不會去哪裡玩呢？

休(やす)みの日(ひ)はどこかに出(で)かけたりしますか。

＊「たり」表示列舉同類的動作或作用。「有時…，有時…」。

◆山本先生平常有些什麼休閒嗜好呢？

山本(やまもと)さんはいつも何(なに)してるの?

◆你是和誰一起去的呢？

誰(だれ)と行(い)きましたか。

◆你去了哪裡呢？

どこに行(い)きましたか。

2 待在家裡

◆我會待在家裡。

家(いえ)にいます。

◆我會在家裡悠哉休息。

家(いえ)でのんびりします。

◆我通常在家裡無所事事閒混。

だいたい家(いえ)でごろごろしてます。

◆我會在家裡休息。

家(いえ)で休(やす)みます。

◆我睡到了中午才起床。

昼間(ひるま)まで寝(ね)ていました。

◆我會睡一整天。

一日中(いちにちじゅう)、寝(ね)ます。

◆我會一整天在家看電視。

家(いえ)で一日中(いちにちじゅう)テレビを見(み)ます。

◆我會看電視。

テレビを見(み)ます。

◆我最近很迷日本的電視連續劇。

最近(さいきん)、日本(にほん)のテレビドラマにはまっています。

◆獨自一個人聽音樂。	一人(ひとり)で音楽(おんがく)を聴(き)きます。
◆我會去租影片。	ビデオをレンタルします。
◆有朋友要來我家。	友達(ともだち)が来(き)ます。
◆我幾乎不在假日工作。	週末(しゅうまつ)はめったに仕事(しごと)をしません。
◆週末時，我第一件事就是絕對不工作。	週末(しゅうまつ)はまず仕事(しごと)をしません。
◆週末我幾乎都待在家裡。	週末(しゅうまつ)はほとんど家(いえ)にいます。
◆我多半在家裡悠哉休息。	たいていは家(いえ)にいてのんびりします。
◆我幾乎都不會出門，只慵懶地待在家裡休息。	ほとんど出(で)かけないで家(いえ)でごろごろしています。
◆跟小孩玩電動。	子供(こども)とテレビゲームをやります。
◆我會和家人一起待在家裡放鬆休息。	家族(かぞく)とくつろぎます。
◆我在假日會把時間都用來和孩子相處。	休(やす)みの日(ひ)は子供(こども)との時間(じかん)を持(も)ちます。
◆我會在家裡看一整天的電視。	週末(しゅうまつ)はめったに出(で)かけません。
◆由於節慶假日時人潮擁擠，所以我很少出門。	祭日(さいじつ)は混(こ)んでいるのでめったに出(で)かけません。
◆聖誕節時我會在家裡舉辦派對。	クリスマスは家(いえ)でパーティーをします。

◆新年時會有親戚來家裡拜年。	お正月(しょうがつ)は親戚(しんせき)が家(いえ)に来(き)ます。

3 待在家裡做些事

CD1-87

◆我會打掃家裡。	家(いえ)の掃除(そうじ)をします。
◆每逢週末我總是在打掃家裡。	週末(しゅうまつ)はいつも家(いえ)で掃除(そうじ)をします。
◆由於平常上班日很忙，所以通常都在週末洗衣服和打掃家裡。	平日(へいじつ)は忙(いそが)しいので、週末(しゅうまつ)にまとめて洗濯(せんたく)と掃除(そうじ)をしています。
◆我會更換房間的布置。	部屋(へや)の模様替(もようが)えをします。
◆我會修剪庭院裡的花草樹木。	庭(にわ)の手入(てい)れをします。
◆我會讀一些書。	少(すこ)し読書(どくしょ)をします。
◆在房間看書。	部屋(へや)で本(ほん)を読(よ)みます。
◆我會用來處理雜事。	用事(ようじ)を片付(かたづ)けます。
◆我在家裡工作了。	家(いえ)で仕事(しごと)をしました。
◆週末時，我幾乎都在家工作。	週末(しゅうまつ)はほとんど家(いえ)で仕事(しごと)をします。
◆我偶爾會在假日去公司上班。	たまに休日出勤(きゅうじつしゅっきん)をします。

4 上街

◆週末我多半都會出門。	週末(しゅうまつ)はだいたい出(で)かけます。

◆我會在附近散步。　近(ちか)くを散歩(さんぽ)します。

◆在公園散步。　公園(こうえん)で散歩(さんぽ)をします。

◆我會去附近的便利商店。　近(ちか)くのコンビニまで行(い)きます。

◆我會去看牙醫。　歯医者(はいしゃ)に行(い)きます。

◆我會去髮廊。　美容院(びよういん)に行(い)きます。

◆我會去燙髮。　パーマをかけます。

◆我會去剪髮。　カットをします。

◆我會去染髮。　髪(かみ)を染(そ)めます。

◆我在假日時從沒待在家裡過。　休(やす)みの日(ひ)に家(いえ)にいることはありません。

◆我出門一下子。　少(すこ)しの間(あいだ)、家(いえ)を留守(るす)にします。

5 去購物

◆我會去買東西。　買(か)い物(もの)に行(い)きます。

◆跟朋友去買東西。　友(とも)だちと買(か)い物(もの)をします。

◆我通常都會去買東西。　たいてい買(か)い物(もの)に行(い)きます。

◆我會去超市買菜。　スーパーに食事(しょくじ)の材料(ざいりょう)を買(か)いに行(い)きます。

◆我會自己去銀座購物。　一人(ひとり)で銀座(ぎんざ)に買(か)い物(もの)に行(い)きます。

◆我會去橫濱的百貨公司。　横浜のデパートに行きます。

◆有時候會去喜歡的店鋪逛一逛。　お気に入りの店をのぞいたりします。

◆我會去逛各種商店。　いろいろな店を見て回ります。

◆我會去買新衣服／包包／鞋子。　新しい服／バッグ／靴を買いに行きます。

◆我會在有折扣時去買名牌服飾。　セールでブランド物の服を買います。

◆我會去看看夏季／秋季／冬季／春季服飾。　夏物／秋物／冬物／春物を見に行きます。

◆我會去逛一逛新開的暢貨中心瞧瞧有哪些商品。　新しいアウトレットモールをチェックしに行きます。

◆我會去看看在折扣商店裡販賣的電腦。　ディスカウントストアにパソコンを見に行きます。

◆我會去書店逛一逛。　本屋をぶらぶら見て回ります。

◆我會去商店買絢香的ＣＤ合輯。　CDショップで絢香のアルバムを買います。

6 去吃飯

CD1-88

◆跟大家去喝酒。　みんなで飲みに行きます。

◆和朋友去喝茶。　友達とお茶を飲みに行きます。

◆我和朋友去吃些好吃的。　友達とおいしいものを食べに行きます。

◆我會和男朋友／女朋友去吃飯。

恋人と食事に行きます。

◆我會和朋友去新開的義大利餐廳。

友達と新しいイタリアンレストランに行きます。

◆有時候會和朋友見面，在咖啡廳談天說地，度過愉快的時光。

友達と会って、カフェでおしゃべりしたりして過ごします。

◆我晚餐會去吃牛排／涮涮鍋／壽喜鍋。

ステーキ／しゃぶしゃぶ／すきやきのディナーを食べます。

◆我會去吃好吃的法式料理全餐。

おいしいフランス料理のフルコースを食べに行きます。

◆我會和朋友到飯店享用自助餐。

友達とホテルでビュッフェスタイルの食事をします。

◆我會和朋友去喝茶。

友達とお茶を飲みに行きます。

◆和朋友說說笑笑。

友達とワイワイやります。

◆我會和朋友到飯店享用無限供應的甜點。

友達とホテルのデザートの食べ放題に行きます。

◆我會和熟識的朋友去居酒屋喝幾杯。

親しい友達と居酒屋に飲みに行きます。

7 遊樂園、開車兜風、戶外活動

◆我時常會去澀谷或是原宿。

渋谷とか原宿とかよく行ってます。

＊「原宿とか」後省略了「に」。如文脈夠清楚，常有省略「が」「に（へ）」的傾向，其他情況就不可以任意省略。

◆我會去遊樂園。
遊園地(ゆうえんち)に行(い)きます。

◆我會去遊樂園搭雲霄飛車／摩天輪。
遊園地(ゆうえんち)でジェットコースター／観覧車(かんらんしゃ)に乗(の)ります。

◆我會和男朋友／女朋友一起去迪士尼樂園。
恋人(こいびと)と一緒(いっしょ)にディズニーランドに行(い)きます。

◆我會去迪士尼樂園看遊行。
ディズニーランドでパレードを見(み)ます。

◆在卡拉OK唱歌。
カラオケで歌(うた)を歌(うた)います。

◆我會開車去兜風。
ドライブに行(い)きます。

◆每逢週末我一定會運動。
週末(しゅうまつ)は必(かなら)ずスポーツをします。

◆跟大家一起打棒球。
みんなで野球(やきゅう)をします。

◆跟小孩們玩。
子(こ)どもたちと遊(あそ)びます。

◆我會和孩子一起去野餐。
子供(こども)と一緒(いっしょ)にピクニックに行(い)きます。

◆我會和家人一起去健行。
家族(かぞく)でハイキングに行(い)きます。

◆去爬山。
山登(やまのぼ)りに行(い)きます。

◆去露營。
キャンプに行(い)きます。

◆搭帳篷。
テントを張(は)ります。

◆我會在戶外烤肉。
外(そと)でバーベキューをします。

◆我會接觸大自然。
自然と触れ合います。

◆我會欣賞美麗的風光。
きれいな景色を楽しみます。

◆我會去盡量呼吸新鮮的空氣。
おいしい空気をたくさん吸います。

◆我會去橫濱欣賞美麗的夜景。
横浜できれいな夜景を見ます。

8 看電影及運動等

CD1-89

◆去看電影。
映画を見ます。

◆跟媽媽去看電影。
母と映画に行きます。

◆我會去看電影。
映画を見に行きます。

◆我會和朋友去看電影。
友達と映画を見に行きます。

◆我會去看湯姆・克魯斯的新片。
トム・クルーズの新作を見に行きます。

◆我會去打網球／高爾夫球。
テニス／ゴルフをしに行きます。

◆我會去海邊／游泳池游泳。
海／プールに泳ぎに行きます。

◆我會和朋友去看足球／棒球比賽。
友達とサッカー／野球の試合を見に行きます。

◆我會和朋友去聽演唱會。
友達とコンサートに行きます。

◆我會和朋友去美術館／展覽會場。
友達と美術館／展覧会に行きます。

◆我會和朋友去唱卡拉ＯＫ。
友達とカラオケに行きます。

◆我會去圖書館借書。
図書館に本を借りに行きます。

◆用數位相機拍攝各式各樣的照片。
デジカメでいろんなものを撮ってます。

◆現在正在上映的電影，您有沒有推薦的呢？
今、何かおすすめの映画ってありますか。

◆最近有看了什麼有趣的書呢？
最近何かおもしろい本を読みましたか。

◆最近閱讀的書籍中，最有趣的是「革職論」。
最近読んでおもしろかったのは"クビ論"ですね。

◆這本書很有趣喔。
この本おもしろいですよ。

9 和別人會合

◆我經常和朋友出門。
よく友達と出かけます。

◆我會去和朋友見面。
友達に会います。

◆我會和朋友去唱卡拉ＯＫ。
友達とカラオケに行きます。

◆我會和男朋友／女朋友一起度過週末。
週末は彼氏／彼女と一緒に過ごします。

◆我會去約會。
デートをします。

◆和男朋友約會。
彼氏とデートします。

◆我會和朋友去原宿。
友達と原宿に行きます。

◆我會和朋友一起去置地廣場。
友達と一緒にランドマークプラザに行きます。

◆我會去六本木和朋友碰面。
六本木で友人に会います。

◆我會去見高中／大學時代的好友。
高校／大学時代の友人に会います。

◆我會去見在上個公司一起工作的同事。
以前の職場で一緒に働いていた人と会います。

◆我會去和男朋友／女朋友見面。
彼氏／彼女に会います。

◆我會去看看爸媽。
両親を訪ねます。

◆我會去拜訪親戚。
親戚を訪ねます。

◆我會去探望公婆／岳父母。
義理の両親を訪ねます。

◆我會回老家。
実家に戻ります。

◆我會去兒子／女兒家做客。
息子／娘のところに遊びに行きます。

◆我會去位於鎌倉的朋友家做客。
鎌倉にいる友達の家に遊びに行きます。

10 季節性的活動

CD1-90

◆我去偕樂園賞梅花。
偕楽園に梅を見に行きます。

◆我去賞花。
花見に行きます。

◆我去上野公園賞櫻。
上野公園に桜を見に行きます。

◆我去明月院賞繡球花。	明月院(めいげついん)にあじさいを見(み)に行(い)きます。
◆我去參加七夕祭典。	七夕祭(たなばたまつ)りに行(い)きます。
◆我去參加當地的夏季祭典。	地元(じもと)の夏祭(なつまつ)りに行(い)きます。
◆我去看煙火大會。	花火大会(はなびたいかい)に行(い)きます。
◆我去箱根賞楓。	箱根(はこね)に紅葉(こうよう)を見(み)に行(い)きます。
◆我到街上享受聖誕節的氣氛。	クリスマスの雰囲気(ふんいき)を味(あじ)わいに街(まち)に出(で)ます。
◆我和朋友去參加聖誕派對。	友達(ともだち)とクリスマスパーティーをします。
◆我去神社做新年初次參拜。	神社(じんじゃ)に初(はつ)もうでに行(い)きます。
◆我去看新年的第一道曙光。	初日(はつひ)の出(で)を見(み)に行(い)きます。
◆新年期間我多半都會和家人去親戚家拜年。	お正月(しょうがつ)はだいたい家族(かぞく)と親戚(しんせき)の家(いえ)に行(い)きます。
◆我在歲暮時會回老家。	年末(ねんまつ)は実家(じっか)に帰(かえ)ります。

11 去旅行

◆我去旅行。	旅行(りょこう)をします。
◆我去長野泡溫泉。	長野(ながの)の温泉(おんせん)に行(い)きます。
◆偶爾去泡個溫泉。	たまに温泉(おんせん)に行(い)きます。

◆我去箱根旅行。	箱根に旅行をします。
◆我去溫泉鄉享用許多美食。	温泉に行っておいしいものをたくさん食べます。
◆我從旅館裡賞覽戶外的美麗景致。	ホテルからのすばらしい景色を楽しみます。
◆我們公司旅遊去新加坡玩。	社員旅行でシンガポールに行きます。
◆我在暑假時去國外旅遊。	夏休みは海外旅行をします。
◆我和家人一起去伊豆旅行住一晚。	家族と伊豆に一泊旅行をします。
◆我去國外旅遊。	海外旅行をします。
◆我跟團去英國旅遊。	ツアーでイギリスに行きます。
◆我去看住在夏威夷的妹妹。	ハワイにいる妹に会いに行きます。
◆我的畢業旅行要和朋友去澳洲。	友達とオーストラリアに卒業旅行をします。
◆我和家人一起去夏威夷旅遊。	ハワイに家族旅行をします。

3 其他休閒活動

1 參觀畫展

CD1-91

◆好棒的畫啊！	素敵な絵ですね。

◆入場費多少？　入場料(にゅうじょうりょう)はいくらですか。

◆有館內導遊服務嗎？　館内(かんない)ガイドはいますか。

◆幾點休館？　何時(なんじ)に閉館(へいかん)ですか。

◆小孩多少錢？　こどもはいくらですか。

◆有中文說明嗎？　中国語(ちゅうごくご)の説明(せつめい)はありますか。

◆我要風景明信片。　絵葉書(えはがき)がほしいです。

2 買票

◆售票處在哪裡？　チケット売(う)り場(ば)はどこですか。

◆一張多少錢？　一枚(いちまい)いくらですか。

◆請給我三張。　三枚(さんまい)ください。

＊「三枚」後省略了「を」。在口語中，常有省略助詞「を」的情況。

◆給我兩張成人。　大人(おとな)二枚(にまい)お願(ねが)いします。

◆坐哪個位子看得比較清楚呢？　どの席(せき)が見(み)やすいですか。

◆我要一樓的位子。　1階(かい)の席(せき)がいいです。

◆學生有折扣嗎？　学生割引(がくせいわりびき)はありますか。

◆有沒有更便宜的座位？　もっと安(やす)い席(せき)はありますか。

3 唱卡拉OK

◆去唱卡拉OK吧！　カラオケに行(い)きましょう。

◆一小時多少？ 一時間いくらですか。

◆基本消費多少？ 基本料金はいくらですか。

◆可以延長嗎？ 延長はできますか。

◆遙控器如何使用？ リモコンはどうやって使いますか。

◆有什麼歌曲？ どんな曲がありますか。

◆我唱鄧麗君的歌。 私は、テレサ・テンを歌います。

◆我想唱SMAP的歌。 SMAPの歌を歌いたいです。

◆一起唱吧！ 一緒に歌いましょう。

◆接下來唱什麼歌？ 次はなにになしますか。

4 算命占卜

◆我出生於1972年9月18日。 1972年9月18日生まれです。

◆我是雞年生的。 私は酉年です。

◆今年的運勢如何？ 今年の運勢はどうですか。

◆幾歲犯太歲？ 厄年は何歳ですか。

◆請幫我看看和男朋友合不合。 恋人との相性を見てください。

◆什麼時候會遇到白馬王子（白雪公主）？ いつ相手が現れますか。

◆可能結婚嗎？	結婚できるでしょうか。
◆問題能解決嗎？	問題は解決しますか。
◆這可真是頭一遭遇到這種情況！	こんなの初めて！
◆運氣特別好哪。	運が強いね。
◆你是個能夠招來幸運的人喔。	あなたは幸運を引き寄せることができる人ですね。
◆我已沾光，分享了您的好運氣喔。	強運のお裾分けをもらったよ。
◆自從遇見您之後，我覺得自己的運氣變得越來越好。	あなたに会ってから、運気が上向いてきた気がします。
◆工作跟課業都很順利吧！	仕事も勉強もうまくいくでしょう。
◆可能會遇到一位優秀的人喔！	すてきな人に出会えるかもしれません。
◆真是個幸運之神呀。	福の神だ。
◆運勢最差的會是在明年。	一番運が悪いのは、来年ですね。
◆可以買護身符嗎？	お守りを買えますか。

5 啤酒屋

CD1-92

◆喝杯啤酒吧！	ビールを飲みましょう。
◆喝葡萄酒吧！	ワインを飲みましょうか。

◆附近有酒吧嗎？　近くにバーはありますか。

◆來吧！乾杯！　乾杯しましょう。

◆要什麼下酒菜？　おつまみは何がいいですか。

◆女性要2000日圓。　女性は2000円です。

◆有演奏什麼曲子？　どんな曲をやっていますか。

◆音樂不錯呢。　音楽がいいですね。

◆喜歡聽爵士樂。　ジャズを聴くのが好きです。

◆點菜可以點到幾點？　ラストオーダーは何時ですか。

◆真期待明天吃吃喝喝的聚會呀。　明日の飲み会、楽しみですね。

◆期待下次再相會。　またお会いできるのを楽しみにしています。

6 看球類比賽

◆今天有巨人隊的比賽嗎？　今日は巨人の試合がありますか。

◆哪兩隊的比賽？　どこ対どこの試合ですか。

◆請給我兩張一壘附近的座位。　一塁側の席を2枚ください。

◆可以坐這裡嗎？　ここに座ってもいいですか。

◆請簽名。　サインをください。

◆你知道那位選手嗎？　あの選手（せんしゅ）を知（し）っていますか。

◆他很有人氣嘛！　彼（かれ）は、人気（にんき）がありますね。

◆啊！全壘打！　あ、ホームランになりました。

7 表演欣賞

◆我想看電影。　映画（えいが）を見（み）たいです。

◆目前受歡迎的電影是哪一部？　今（いま）、人気（にんき）のある映画（えいが）は何（なん）ですか。

◆會上映到什麼時候？　いつまで上映（じょうえい）していますか。

◆下一場幾點放映？　次（つぎ）の上映（じょうえい）は何時（なんじ）ですか。

◆幾分前可以進場？　何分前（なんぷんまえ）に入（はい）りますか。

◆芭蕾舞幾點開演？　バレエの上演（じょうえん）は何時（なんじ）ですか。

◆中間有休息嗎？　休憩（きゅうけい）はありますか。

◆裡面可以喝果汁嗎？　中（なか）でジュースを飲（の）んでもいいですか。

8 演唱會

◆請問您通常聽哪種類型的音樂呢？　どんな音楽（おんがく）を聴（き）くんですか。

◆我希望能有機會去欣賞道地的歌劇。　いつか本場（ほんば）のオペラを見（み）てみたいと思（おも）ってます。

◆下回我們一起去聽古典樂的現場表演嘛。　今度（こんど）、一緒（いっしょ）にクラシックのライブに行（い）きましょう。

◆據說將在東京巨蛋開演唱會。
東京(とうきょう)ドームでコンサートを開(ひら)くそうです。

◆我曾去聽過一場「嵐」的演唱會。
一度(いちど)、嵐(あらし)のコンサートに行(い)ったことがあります。

◆現在還買得到票嗎？
今(いま)からでもチケットは手(て)に入(はい)りますか。

◆很幸運地買到了貴賓席。
ラッキーなことに、ＶＩＰ席(せき)がとれました。

◆只要能夠進入會場，就算是站票區也沒關係。
会場(かいじょう)に入(はい)れるなら、立見席(たちみせき)でもいいです。

◆請問最便宜的票大約多少錢？
一番安(いちばんやす)いチケットはいくらですか。

◆歌迷們陸續聚集到會場了。
ファンが続々(ぞくぞく)と会場(かいじょう)に集(あつ)まってきています。

◆請問從幾點開始可以入場？
何時(なんじ)から会場(かいじょう)に入(はい)れますか。

◆請問演唱會從幾點開始呢？
コンサートは何時(なんじ)から始(はじ)まりますか。

◆會場周邊有很多黃牛。
会場(かいじょう)の周(まわ)りにはたくさんダフ屋(や)がいます。

9 戲劇

CD1-93

◆今天要去看戲劇表演。
今日(きょう)はお芝居(しばい)を見(み)に行(い)きます。

◆請問誰是主角呢？
誰(だれ)が主役(しゅやく)ですか。

◆是在哪一間劇場呢？
どこの劇場(げきじょう)ですか。

◆七點半開演。
７時半(じはん)に開幕(かいまく)します。

◆不只是在東京表演，也會去其他縣市演出喔。

東京(とうきょう)だけじゃなく、地方公演(ちほうこうえん)もありますよ。

＊「じゃ」是「では」的口語形，多用在跟比較親密的人，輕鬆交談時。「じゃなく」是中間停頓的說法。

◆請問您看過歌舞伎表演嗎？

歌舞伎(かぶき)を見(み)たことがありますか。

◆我和媽媽都非常迷寶塚歌劇團。

私(わたし)も母(はは)も宝塚(たからづか)に夢中(むちゅう)です。

◆明天終於要舉行首演。

明日(あした)はいよいよ舞台(ぶたい)の初日(しょにち)です。

◆請問最後一場演出是幾月幾號呢？

千秋楽(せんしゅうらく)は何日(なんにち)ですか。

◆比起話劇表演，我比較喜歡看歌舞劇。

舞台(ぶたい)よりミュージカルの方(ほう)が好(す)きです。

10 公園活動（一）

◆請問公園裡有哪些遊樂設施呢？

公園(こうえん)にはどんな遊具(ゆうぐ)がありますか。

◆從小最喜歡的就是溜滑梯。

小(ちい)さいころ、滑(すべ)り台(だい)が大好(だいす)きでした。

◆正在盪鞦韆的就是我女兒。

ブランコに乗(の)っているのが娘(むすめ)です。

◆一起來玩沙吧？

一緒(いっしょ)に砂遊(すなあそ)びしようか。

◆我們去那邊的有遮蔭的地方稍微休息一下吧。

あそこの日陰(ひかげ)でちょっと休(やす)みましょう。

◆公園裡有小型的長條椅喔。

公園(こうえん)には小(ちい)さなベンチがありますよ。

◆先噴防蟲液以免被蚊蟲叮咬喔。

虫(むし)に刺(さ)されないように、虫(むし)よけスプレーしようね。

◆天氣太熱了，要戴了帽子才可以去玩。

暑いから帽子をかぶって行きなさい。

◆兒子渾身是泥地回來了。

息子が泥だらけになって帰ってきた。

◆孩子們正在玩抓鬼遊戲。

子供たちが鬼ごっこをして遊んでいます。

11 公園活動（二）

◆我每天都會去家門前的公園運動。

毎朝、家の前の公園で運動をします。

◆有非常多人在公園從事休閒活動。

大勢の人が公園を利用します。

◆我帶小狗去公園散步回來了。

犬と公園を散歩してきました。

◆真希望有座能讓孩子自由自在玩耍的寬廣公園。

子供を自由に遊ばせられる広い公園がほしいです。

◆聽說山田太太每天都會主動去打掃公園喔。

山田さんは毎日、公園の掃除をしているそうですよ。

◆位於水戶的偕樂園是以賞梅而著名的公園。

水戸の偕楽園は梅で有名な公園です。

◆我家附近有座庭院造景極為優美的山田公園。

私の家の近くに山田公園という、庭がとてもきれいな公園があります。

◆公園裡的每一種花卉都盛開綻放著。

公園の花はどれも美しく咲いていました。

◆這座公園裡有很多樹木，感覺好舒服唷。

この公園は木が多くて気持ちがいいですねえ。

◆假如你想賞櫻的話，聽說那座公園裡的櫻花開得最美唷。	桜を見るならあの公園がきれいだそうです。
◆不可以擅自摘取或帶走公園裡的動植物。	公園の動物や植物をとってはいけません。
◆我們別把公園弄髒了。	公園を汚さないようにしましょう。

12 動物園

CD1-94

◆爸爸，帶我去動物園嘛。	お父さん、動物園に連れて行ってよ。
◆上野動物園裡有貓熊嗎？	上野動物園に、パンダはいますか。
◆聽說有珍禽異獸喔。	珍しい動物がいるそうですよ。
◆請問可以餵兔子吃飼料嗎？	ウサギにえさをあげてもいいですか。
◆請不要餵食動物。	動物に食べ物を与えないでください。
◆春天是動物生產的季節。	春は動物の出産シーズンです。
◆那邊有很多頭小綿羊喔。	向こうに子ヒツジがたくさんいますよ。
◆請問可以摸一下嗎？	ちょっと触ってもいいですか。
◆這隻長頸鹿會咬人嗎？	このキリンは人を噛みますか。
◆可以拍照，但請不要使用閃光燈。	写真を撮ってもいいですが、フラッシュはたかないでください。
◆這座動物園裡有珍禽異獸。	この動物園には珍しい動物がいます。

◆不可以捕捉公園裡的動物。
公園(こうえん)の動物(どうぶつ)を捕(つか)まえてはいけません。

13 動物

◆請問您喜歡什麼樣的動物呢？
どんな動物(どうぶつ)が好(す)きですか。

◆我很喜歡可愛的小鳥。
可愛(かわい)い小鳥(ことり)がいいですね。

◆兔子的眼睛是紅色的。
ウサギの目(め)は赤(あか)い。

◆長頸鹿的脖子跟腳很長。
キリンの首(くび)と足(あし)は長(なが)い。

◆小狗嗚嗚咽咽地，吵死人了。
▲犬(いぬ)が鳴(な)いてうるさい。

A：「ライオンはどう鳴(な)く？」

（獅子是怎麼樣吼叫的呢？）

B：「ウォーッって鳴(な)くのかな。」

（會不會是大吼一聲呢？）

◆大象正以鼻子汲水後噴在身上。
象(ぞう)が鼻(はな)で水(みず)を体(からだ)にかけている。

◆牛的力氣很大，而且工作也很勤奮。
牛(うし)は力(ちから)が強(つよ)くてとてもよく働(はたら)いてくれる。

◆再也沒有動物的鼻子像狗那麼靈的。
犬(いぬ)ぐらい鼻(はな)のいい動物(どうぶつ)はいない。

◆兔子的耳朵很長。
ウサギの耳(みみ)は長(なが)い。

◆大象有條長長的鼻子，還有巨大的軀幹。
象(ぞう)は鼻(はな)が長(なが)くて体(からだ)が大(おお)きい。

◆大象可以帶給大家幸福美滿。
象(ぞう)はみんなを幸(しあわ)せにしてくれます。

◆變色龍可以改變身體表面的顏色。

▲カメレオンは体の色を変えられる。

A：「パンダは目の周りと尾が黒くて、ほかは白いですか。」

（貓熊的眼周、耳朵、鼻子、還有四肢是黑色的，其他部位是白色的嗎？）

B：「いいえ、違います。この絵を見てください。」

（不，不是，你看這個畫。）

◆人類也屬於動物。

人間も動物です。

◆象是陸地上最大的動物。

ゾウは陸に住む一番大きな動物です。

◆這個鳥叫聲真好聽哪。牠叫作什麼鳥呢？

きれいな声で鳴きますねえ。なんという鳥ですか。

◆是金絲雀。

カナリアです。

◆從森林裡傳出小鳥的叫聲。

森の中から鳥の鳴き声が聞こえます。

◆小鳥在院子裡的樹上歇著。

庭の木に鳥がとまっている。

◆各種鳥類飛入公園裡嬉戲。

公園にいろいろな鳥が遊びに来ます。

◆蝙蝠雖然會在天空飛，但並不是鳥類。

こうもりは空を飛べるが鳥ではない。

◆說什麼要去抓蟲，實在太噁心了，我才不去。

虫を捕まえるなど気持ち悪くてダメです。

◆你比較喜歡狗還是貓？

犬と猫とどっちが好きですか。

＊「どっち」（…跟…，哪個）表示從兩者之中選一個。

◆當然是小狗比較可愛呀。
それは犬の方がいいですよ。

◆如果你真的那麼喜歡那隻小狗的話，那就送給你吧。
その犬がそんなに可愛ければ、あげますよ。

◆我現在養了三隻狗和兩隻貓。
犬を３匹と猫を２匹飼っています。

◆我曾在中學時養過小鳥。
中学生の頃鳥を飼っていました。

◆飼養動物很不容易。
動物を育てるのは難しい。

◆我小時候家裡養了小狗和小貓之類的動物。
子供の頃家には犬や猫などの動物がいました。

◆我每天早上都會帶小狗在家附近散步。
毎朝、犬を連れて家の周りを散歩します。

◆那隻狗一副急著討狗食吃的模樣呢。
犬がえさをほしがっている。

◆好討厭喔，門口有一頭看起來好凶惡的狗。
嫌だな。門の前に怖そうな犬がいる。

◆我向來疼愛的小狗死掉了，害我好想哭喔。
かわいがっていた犬が死んでしまったので、泣きたい気持ちです。

14 植物園

CD1-95

◆請問門票多少錢？
入場料はいくらですか。

◆請問從幾點起可以入園參觀呢？
何時から入園できますか。

◆雖然還沒開花，但有很多花苞。
まだ花は咲いていませんが、つぼみがたくさんあります。

◆請問丹桂什麼時候會開花呢？
キンモクセイはいつごろ開花しますか。

◆請問向日葵是什麼科的植物呢？
ひまわりは何科の植物ですか。

◆這棵樹從樹根開始枯死了。
この木は根元から枯れてしまいました。

◆蟲正在啃咬樹葉。
葉っぱが虫に食われています。

◆這種植物只能在溫帶地區才看得到。
この植物は温帯地方でしか見られません。

◆請問這種樹會長到幾公尺高呢？
この木は何メートルぐらいまで成長しますか。

◆這是經過品種改良後的新品種。
これは品種改良してできた新種です。

◆雖然蘋果現在還是青綠色的，但是到了九月以後就會變紅。
リンゴはまだ青いが、9月になれば赤くなる。

◆雖然我記得動物的名稱，但是植物的名稱怎麼樣都背不起來。
動物の名前は覚えられるのですが、植物の名前はなかなか覚えられません。

15 美麗的花朵

◆蒔花弄草是我的興趣。
花を育てるのが趣味です。

◆院子裡的花已經開始綻放。
庭の花が咲き始めました。

◆白色的花兒已經開了。
白い花が開いた。

◆小蟲停在花瓣上。
花に虫が止まっている。

◆鬱金香開了紅色的花。 チューリップが赤い花をつけた。

◆不可以摘花！ 花を折ってはいけません。

◆五顏六色的花朵正盛開著。 いろいろな色の花が咲いています。

◆這種花叫做什麼呢？ これは何ていう花なの?

◆這叫做木槿喔，生長在夏威夷和沖繩。 ハイビスカスっていう花よ。ハワイとか沖縄にあるの。

◆到了秋天，樹葉就會變色。 秋に葉の色が変わる。

◆櫻花已經開了。 桜の花が咲いた。

16 詢問活動的頻率

◆我和朋友每星期都會見面。 友達には毎週会います。

◆我每三天會約會一次。 三日に一度、デートします。

◆我盡可能每天都會研讀日文。 できるだけ毎日日本語を勉強するようにしています。

◆我每半年會回一次老家。 半年に一度実家に帰ります。

◆我每星期大約會打一次網球。 週一度ぐらい、テニスをします。

◆我每個月會去購物兩次左右。 買い物へは月に二度ほど行きます。

◆我每個月會有兩、三次在外面用餐。 月に二、三度外食します。

Chapter 9

日本人都這樣說

1 應和

1 就是啊

CD1-96

◆是喔。 そう。

◆就是啊。 そうよね。

◆原來如此。 なるほど。

◆原來是那樣的呀。 そうなんですか。

◆那真是太好了耶。 よかったですね。

◆那可真有意思呀。 それは面白(おもしろ)いですね。

◆聽起來滿有意思的。 面白(おもしろ)そうですね。

◆那真是太棒了呀。 それはすばらしいですね。

◆您的工作還真事不簡單呀。 大変(たいへん)なお仕事(しごと)ですね。

◆請您再多講一些給我聽。 もっとお話(はなし)を聞(き)かせてください。

◆正如您所說的沒錯。 その通(とお)りです。

◆我也是。 わたしもそうです。

◆我也這麼覺得。 僕(ぼく)もそう思(おも)う。

◆我也有同感。　同感（どうかん）です。

◆難怪。　道理（どうり）で。

◆你說得也是，每個人的喜好都不同呀。　そりゃそうね。好（この）みの問題（もんだい）ね。

＊「りゃ」是「れは」的口語形。也就是「それはそうね」。

2 高興

1 正面的情緒

CD1-97

◆太棒了！　やった～！

◆哇～啊！　わ～い！

◆太幸運了！　ラッキー！

◆中獎了。　あたった。

◆好高興喔！　嬉（うれ）しい！

◆太好了呀！　よかった～！

◆真像做夢一般！　夢（ゆめ）みたい！

◆棒透了！　最高（さいこう）！

◆終於成功了！	ついにやった！
◆萬事OK！	バッチリ。
◆這真是我人生中最棒的一天！	人生で最高の日です！
◆夢想終於達成了！	ついに夢がかないました！
◆我到現在還不敢相信！	まだ信じられません！
◆太感動了！	感激です！
◆我非常開心！	すごく嬉しいです。
◆感覺快要飛上天啦！	気分は最高です。

2 真開心

◆真的嗎？謝謝。	ほんとに？ありがとう。 ＊「ほんと」是「ほんとう」口語形。字越少就是口語的特色，省略字的字尾也很常見喔。
◆夢想能夠達成，真是開心。	夢がかなって嬉しいです。
◆高興到眼淚都掉下來了呢。	うれしくて涙が出てきたよ。
◆在做工作時是充滿喜悅的。	仕事をしているときが楽しいです。

◆和朋友見面時很開心。
友達と会っているときが楽しいです。

◆很高興英文能夠有所進步。
英語が上達して嬉しいです。

◆能夠與他相逢，我真的好幸福。
彼に出会えて幸せです。

◆能夠接到你的聯繫，讓我高興極了。
あなたから連絡をもらって嬉しかったです。

◆接到這麼棒的通知，我開心極了。
いい知らせを聞いて喜びました。

◆收到禮物高興得不得了。
プレゼントをもらって大喜びしました。

◆聽到她要結婚的消息，我很高興。
彼女が結婚すると聞いて喜びました。

◆聽到兒子／女兒考上大學的捷報，我高興極了。
息子／娘の大学合格を聞いて喜びました。

◆聽到他找到了工作，連我也為他感到高興。
彼が就職したと聞いて私まで嬉しくなりました。

3 很有充實感

◆每天都過得很充實。
毎日とても充実しています。

◆生活充滿幹勁。
やる気があります。

◆日子過得非常充實。
充実しています。

◆日子過得很滿意。
満足しています。

◆沒有特別感到不滿意的地方。	特に不満はありません。
◆滿懷自信。	自信があります。
◆擁有好朋友，讓我滿懷感激之情。	友達に恵まれてありがたいと思っています。
◆我感覺工作得很有價值。	仕事にやりがいを感じます。
◆我享受著工作的成就感。	仕事で達成感を感じます。
◆我對目前的工作感到很滿意。	今の仕事に満足しています。
◆我對自己充滿信心。	自分に自信があります。

4 安詳舒適

CD1-98

◆心情是輕鬆的。	気持ちが楽です。
◆感覺放心了。	ホッとしています。
◆心情很安定。	落ち着いています。
◆感到安心。	安心しています。
◆情緒很安穩。	気持ちが安らいでいます。
◆我正在放鬆。	リラックスしています。

◆我感到很閒適。　くつろいでいます。

◆我感覺很舒服。　居心地(いごこち)がいいです。

◆我感到悠閒。　気(き)が休(やす)まります。

◆我每天都過得很自在。　毎日(まいにち)に余裕(よゆう)があります。

◆一個人獨處時，感覺很自在。　一人(ひとり)でいると気(き)が楽(らく)です。

◆考試結束後，感覺鬆了一口氣。　試験(しけん)が終(お)わったのでホッとしました。

◆只要待在家裡時，就覺得很自在。　家(いえ)にいると気(き)が休(やす)まります。

◆獨自待在房間裡時，心情就很安穩。　一人(ひとり)で部屋(へや)にいると落(お)ち着(つ)きます。

◆和男朋友／女朋友在一起時，就覺得很安心。　恋人(こいびと)といると安心(あんしん)します。

◆聆聽療癒曲風的音樂時，心情就會得到安寧。　ヒーリング音楽(おんがく)を聴(き)くと気持(きも)ちが安(やす)らぎます。

◆慢慢地泡澡時，就會得到放鬆。　ゆっくりとお風呂(ふろ)に入(はい)るとリラックスします。

5 期待的心情

◆我雀躍不已。　ウキウキしています。

◆只要一想到要約會，心頭就小鹿亂撞。	デートのことを考(かんが)えるとウキウキします。
◆去旅行可以讓心情變得煥然一新。	旅行(りょこう)をすると気分(きぶん)がリフレッシュできます。
◆我現在就等不及放假了。	休(やす)みが今(いま)から待(ま)ち遠(どお)しいです。
◆我已經等不及聖誕節的來臨了！	クリスマスまで待(ま)てません！

6 很有趣

◆好好笑！	おかしい！
◆那真是太好笑了！	それは笑(わら)える！
◆那挺有意思的耶！	それは興味深(きょうみぶか)いです！
◆實在太有趣了，害我那時捧腹笑個不停。	おかしくて笑(わら)いが止(と)まりませんでした。
◆大家一起哄堂大笑了。	みんなで大笑(おおわら)いしました。

7 太感動了

◆我非常感動，覺得非常佩服。	感動(かんどう)しました。感心(かんしん)しました。
◆深深地打動了我的心。	心(こころ)を動(うご)かされました。

◆讓我留下了深刻的印象。　印象的でした。

◆我深深受到了感動。　胸を打たれました。

◆我被感動得無法忘懷。　感銘を受けました。

◆看到畢卡索的畫，讓我為之動容。　ピカソの絵を見て感動しました。

◆那場鋼琴演奏讓我的心悸動不已。　ピアノの演奏に胸を打たれました。

◆讀了海明威的小說後，讓我受到了感動。　ヘミングウェイの小説を読んで感銘を受けました。

◆雄偉的大自然令我感動萬分。　自然の雄大さに感動しました。

◆我為親情而深受感動。　親の愛情に深く感動しました。

◆他的努力與拚命震撼了我的心。　彼の努力と一生懸命さに心を打たれました。

3 祝賀

1 節慶祝賀

CD1-99

◆情人節快樂！　ハッピーバレンタイン！

◆感恩節快樂！　ハッピーハロウィン！

◆恭喜您舉辦回饋顧客折扣活動！　感謝祭おめでとう！

◆聖誕快樂！　メリークリスマス！

◆祝您新年順心如意！　よいお年を！

◆恭賀新春！　明けましておめでとう！

2　慶祝聖誕節等

◆祝您有美好的聖誕以及新年假期。　すてきなクリスマスとお正月をお過ごしください。

◆祝您有個美好的聖誕假期喔。　クリスマス休みを楽しんでくださいね。

◆祝您度過愉快的聖誕節與新年假期喔。　クリスマスと新年を楽しく過ごしてくださいね。

◆祈求各位能夠度過美好的這個季節。　この季節、みなさまの幸福をお祈り申し上げます。

◆預祝您在這嶄新的一年中能有豐盛的收穫！　新しい年が実り多い一年になりますように！

◆希望您在這新的一年中，能夠幸福健康與諸事順遂。　新たな年が幸福と健康と成功の一年になりますように。

◆希望您今年會是精采美滿的一年。
今年(ことし)がすばらしい一年(いちねん)になりますように。

3 慶祝母親節等

◆母親節快樂。
母(はは)の日(ひ)、おめでとう。

◆媽媽，謝謝您總是給予我們無盡的母愛。
お母(かあ)さん、いつも愛情(あいじょう)を注(そそ)いでくれてありがとう。

◆我很感謝媽媽的母愛以及支持。
お母(かあ)さんの愛情(あいじょう)と支(ささ)えに感謝(かんしゃ)しています。

◆媽媽對我而言非常重要。
お母(かあ)さんは大切(たいせつ)な人(ひと)です。

◆我非常幸運能夠生為媽媽的女兒。
お母(かあ)さんの娘(むすめ)でよかった。

◆對不起喔，總是讓您為我操心。
いつも心配(しんぱい)かけてごめんね。

◆雖然我沒有說出口，但心裡總是非常掛念著媽媽。
口(くち)には出(だ)さないけれど、お母(かあ)さんのことを大切(たいせつ)に思(おも)っています。

◆在母親節這天滿懷對媽媽的謝意。
母(はは)の日(ひ)に感謝(かんしゃ)を込(こ)めて。

◆父親節快樂。
父(ちち)の日(ひ)、おめでとう。

◆我很尊敬爸爸。
お父(とう)さんを尊敬(そんけい)しています。

◆謝謝您當我們全家人的支柱。
家族(かぞく)を支(ささ)えてくれてありがとう。

◆我很尊敬為了全家人而拚命工作的父親。	みんなのために一生懸命働いているお父さんを尊敬します。
◆爸爸非常偉大。	お父さんは偉大です。

4 慶祝生日

CD1-100

◆祝你生日快樂！	お誕生日おめでとう。
◆恭喜歡度30歲的生日。	30歳のお誕生日おめでとう。
◆雖然遲了幾天，還是祝你生日快樂。	ちょっと遅れてしまったけれど、お誕生日おめでとう。
◆今天可是個特別的日子喔。	今日は特別な日ですね。
◆祝您度過快樂的生日。	楽しいお誕生日を過ごしてください。
◆祝您與朋友以及家人一起歡度生日。	友達や家族と楽しい誕生日を過ごしてください。
◆願您能與最珍惜的人一同度過完美的生日。	大切な人とすてきな誕生日を過ごしてください。
◆願您能在這個特別的日子充滿幸福的喜悅。	この特別な日が幸せいっぱいでありますように。
◆祝您能夠度過充滿笑容與喜悅的生日。	笑顔と喜びいっぱいの誕生日を過ごしてください。

◆祝您許下的生日願望能夠全部實現。
誕生日(たんじょうび)の願(ねが)いごとがすべてかないますように！

◆希望您會喜歡我送您的禮物。
プレゼント、気(き)に入(い)ってくれたら嬉(うれ)しいです。

◆願您能享有全世界的幸福。
世界中(せかいじゅう)の幸(しあわ)せがあなたのものになりますように。

5 恭喜結婚

◆恭喜恭喜。
おめでとうございます。

◆恭賀文定之喜。
婚約(こんやく)おめでとう。

◆恭賀結婚誌喜。
ご結婚(けっこん)おめでとう。

◆真是一對郎才女貌的璧人呀。
お似合(にあ)いのカップルです。

◆願您們永浴愛河。
末永(すえなが)くお幸(しあわ)せに。

◆願您們能共組溫暖的家庭。
温(あたた)かい家庭(かてい)を築(きず)いてください。

◆祝您們生個白白胖胖的小娃兒。
元気(げんき)な赤(あか)ちゃんを生(う)んでください。

◆恭賀喜獲麟兒／喜獲千金。
ご出産(しゅっさん)おめでとう。

◆願您的寶寶能夠健健康康地快快長大。
赤(あか)ちゃんがすくすくと健康(けんこう)に育(そだ)ちますように。

◆恭喜您歡度結婚紀念日。
結婚記念日(けっこんきねんび)おめでとう。

◆我代表大家向你祝賀。
みんなを代表(だいひょう)してお祝(いわ)いの意(い)を表(あらわ)します。

◆聽說你結婚了，恭喜恭喜。
ご結婚(けっこん)なさったそうで、おめでとうございます。

6 恭喜入學

◆恭喜您進入高中。
高校入学(こうこうにゅうがく)おめでとう。

◆恭喜您考上大學。
大学入学(だいがくにゅうがく)おめでとう。

◆恭喜您畢業。
卒業(そつぎょう)おめでとう。

◆恭喜您順利找到工作。
就職(しゅうしょく)おめでとう。

◆往後也請您繼續努力用功讀書。
これからもがんばって勉強(べんきょう)してください。

◆往後還請您繼續努力。
将来(しょうらい)に向(む)けてがんばってください。

◆您能夠堅持到這個地步，真是了不起！往後也請您朝著自己的夢想繼續奮鬥。
よくここまでがんばりましたね。自分(じぶん)の夢(ゆめ)に向(む)かってがんばってください。

◆期待看到您更為活躍的表現。	ますますのご活躍(かつやく)を期待(きたい)します。
◆往後請您繼續在社會上努力奮鬥。	社会人(しゃかいじん)としてこれからもがんばってください。

7 祈求幸福

CD1-101

◆祝您幸福。	幸福(こうふく)を祈(いの)ります。
◆祝您成功。	成功(せいこう)を祈(いの)ります
◆祝您幸運。	幸運(こううん)を祈(いの)ります。
◆祝您健康。	健康(けんこう)を祈(いの)ります。
◆祝您諸事順遂。	すべてがうまくいきますように。
◆祝您工作順利。	仕事(しごと)がうまくいきますように。
◆祝您事業發展更加順利。	ますますのご発展(はってん)を祈(いの)ります。
◆恭喜您舉辦個展。	個展(こてん)おめでとう。
◆祝賀你成功。	ご成功(せいこう)おめでとうございます。

8 報告好消息

◆我已經訂婚了。	婚約(こんやく)しました。

◆我要結婚了。	結婚します。
◆我要生小孩了。	子供が生まれます。
◆我已經考上大學了。	大学に合格しました。
◆我已經被大學錄取了。	大学入学が決まりました。
◆我已經通過考試了。	試験に合格しました。
◆兒子／女兒已經考上大學了。	息子／娘が大学に合格しました。
◆我已經找到工作了。	就職が決まりました。
◆我的企劃案獲得公司採用了。	企画が採用になりました。
◆我獲得升遷了。	昇進しました。
◆我找到新工作了！	新しい仕事が見つかりました。
◆我已經決定要去美國留學了。	アメリカに留学することに決めました。
◆我交到男朋友／女朋友了。	恋人ができました。

9 聽到好消息時

◆恭喜。	おめでとう。

◆好棒喔！	すごい！
◆太好了哪！	よかったね！
◆那真是太棒了！	よかったですね。
◆了不起！	すばらしい。
◆實在太好了。	それはすごいです。
◆棒極了耶。	最高(さいこう)ですね。
◆我也好開心喔！	私(わたし)もとても嬉(うれ)しいです！
◆太令人感動了！	感激(かんげき)ですね！
◆你辦到了呀！	やりましたね！
◆你終於辦到了呀！	ついにやりましたね！
◆你終於實現夢想了呀。	ついに夢(ゆめ)が叶(かな)いましたね。
◆我一直深信你一定辦得到。	できると信(しん)じていました。
◆這個成果真是太完美的呀。	文句(もんく)なしの結果(けっか)ですね。
◆你一直都非常努力。	ずっとがんばってきた。
◆皇天終於不負苦心人呀。	甲斐(かい)がありましたね。

10 收到賀辭的回應

◆ 非常感謝您。	どうもありがとう。
◆ 謝謝您長久以來的支持。	ずっと支(ささ)えてくれてありがとう。
◆ 謝謝您的支持。	応援(おうえん)をありがとう。
◆ 這一切承蒙您的襄助。	あなたのおかげです。
◆ 這一切都該歸功於大家的協助。	みんなのおかげです。
◆ 多虧您的鼎力襄助才得以順利完成了。	あなたのおかげでやり遂(と)げることができました。
◆ 如果沒有您的協助，我絕對不可能順利達到這樣的成就的。	あなたの助(たす)けがなければここまで来(こ)られませんでした。
◆ 如果只靠我一個人的力量，是絕對沒有辦法達到這樣的成就的。	一人(ひとり)ではここまで来(こ)られませんでした。
◆ 假如沒有大家的鼓勵，我早就已經放棄了。	みんなの励(はげ)ましがなかったらとっくにあきらめていました。
◆ 往後我仍然會秉持一貫的努力拚搏的態度。	これからも一生懸命(いっしょうけんめい)がんばります。

11 悲傷的消息

CD1-102

◆ 家父已經往生了。 父が亡くなりました。

◆ 我的祖母因為心臟病發而撒手人寰了。 祖母が心臓発作で亡くなりました。

◆ 我的朋友因為車禍而過世了。 友人が交通事故で亡くなりました。

12 弔辭

◆ 甚感同悲。 お気の毒に。

◆ 同感悲傷。 それはお気の毒です。

◆ 謹表致哀之意。 お悔やみ申し上げます。

◆ 謹表哀悼之意。 謹んで哀悼の意を表します。

◆ 祈禱故人駕鶴到西方極樂世界。 ご冥福を祈ります。

◆ 令先尊可稱是壽終正寢。 お父様は寿命をまっとうされました。

◆ 她將永遠活在我的心裡。 彼女はこれからも心の中で生きています。

13 遺憾的消息

◆ 高中入學考試已遭落榜了。 高校に落ちました。

◆大學升學考試已遭到落榜了。	大学(だいがく)に落(お)ちました。
◆我沒能通過入學考試。	入試(にゅうし)に失敗(しっぱい)しました。
◆我和男朋友／女朋友分手了。	恋人(こいびと)と別(わか)れました。
◆我離婚了。	離婚(りこん)しました。
◆我沒有獲得錄取。	不採用(ふさいよう)でした。
◆我的企劃案沒有獲得通過。	企画(きかく)は通(とお)りませんでした。
◆我的工作沒了。	職(しょく)を失(うしな)いました。
◆我被革職了。	首(くび)になりました。
◆家母生病了。	母(はは)が病気(びょうき)になりました。
◆我遇到了車禍。	交通事故(こうつうじこ)に遭(あ)いました。
◆我的哥哥住院了。	兄(あに)が入院(にゅういん)しました。

14 聽到遺憾的消息後的回應

◆那可真是遺憾呀。	それは残念(ざんねん)ですね。
◆那還真是可憐呀。	それはお気(き)の毒(どく)に。

◆那真是遺憾。　それは残念（ざんねん）。

◆您的運氣真不好呀。　運（うん）が悪（わる）かったですね。

◆請不要太沮喪。　あまり気（き）を落（お）とさないで。

◆還會有下次機會的。　まだチャンスはありますから。

◆還可以從頭來過呀。　まだやり直（なお）せますよ。

◆真希望能早日康復呀。　早（はや）く治（なお）るといいですね。
＊在生病或受傷時使用。

15 自信

◆包在我身上。　任（まか）せて。
＊這裡的「て」是「てください」的口語表現。表示請求或讓對方做什麼事。

◆當然。　もちろん。

◆小事一樁啦！　楽勝（らくしょう）さ！

◆我就說吧！　だろう。

◆我就說了吧！　でしょ。
＊「でしょ」是「でしょう」口語形。

◆我做得來嗎？　やってけるのかな私（わたし）？
＊「やってける」（做得來）是「やっていける」省略「い」的口語形。

◆嗯…，是有一點啦！ …ちょっと。

◆總覺得，工作好難喔。 なんかさ、仕事って難しいなぁ。

◆真沒信心。 自信ないな。

16 禁止

CD1-103

◆請不要在這個房間裡吸菸。 この部屋でタバコを吸わないでください。

◆請不要聊天。 おしゃべりをやめて。

◆這裡不能停車。 ここに車を止めてはいけません。

◆這裡不能拍照。 ここで写真を撮ってはいけません。

◆不可以在這邊玩啊！ ここで遊んじゃいけないよ。

＊「じゃいけない」是「ではいけない」的口語形。表示根據某理由，禁止對方做某事。

◆請記得隨手關燈。 電気をつけっぱなしにしないで。

◆請記得隨手關門。 ドアを開けっ放しにしないで。

◆請不要在深夜打電話給我。 夜遅くに電話しないでください。

◆請不要講電話講很久。 長電話しないでください。

◆請不要再和我聯絡。　もう連絡(れんらく)しないでください。

◆這附近不可以停車。　この辺(へん)に車(くるま)を停(と)めてはいけません。

◆不要碰這個東西。　これはさわらないで。

◆不要擅動這個東西。　これは動(うご)かさないで。

◆使用完畢請歸回原處。　使(つか)いっぱなしにしないで。

◆請不要那樣做。　それはやめてください。

◆請不要忘記。　忘(わす)れないでください。

◆請不要遲到。　遅(おく)れないで。

◆請不要抱怨。　文句(もんく)を言(い)わないで。

17 保留的說法

◆沒那個必要吧！　何(なに)もそこまで。

◆現在的年輕人都是這副德行嘛！　今(いま)の若者(わかもの)はこれだからね。

◆但他那樣的實力就很夠了。　その実力(じつりょく)だけでも十分(じゅうぶん)なんじゃない？

＊「じゃ」是「では」的口語形，多用在跟比較親密的人，輕鬆交談時。

◆沒有啊！　別(べつ)に。

◆嗯？呃，這個嘛（是有啦）…。	え？や、それはまあ…。
◆那就當我沒問吧。	聞(き)かなかったことにしよう。
◆那是「以前」啦！	昔(むかし)はなあ。
◆不，也不是說絕對的啦！	いや、絶対(ぜったい)ということもないけど。 ＊「けど」是「けれども」的口語形。
◆沒幫的必要吧！	助(たす)けてやることはないだろう。
◆看個人業績囉。	実績次第(じっせきしだい)だ。 ＊「次第」（全憑）。表示後項的成立要以前項完成為條件。
◆買是想買啦　。	買(か)うことは買(か)いますが。
◆還過得去啦！	まあまあだよ。 ＊「まあまあ」（還可以）。
◆那就恭敬不如從命。	お言葉(ことば)に甘(あま)えて。
◆差不多要那個價錢吧。	それぐらいするんじゃない？

18 請對方注意

◆請準時抵達。	時間通(じかんどお)りに来(き)てください。
◆請依照約定的時間和我聯絡。	約束通(やくそくどお)りに連絡(れんらく)してください。

◆請遵守約定。	約束を守ってください。
◆請事先聯絡。	前もって連絡してください。
◆不克前來時請先聯絡。	来られないときは連絡してください。
◆請先約好會面時間再前來。	アポイントメントを取ってから来てください。
◆請儘快回覆。	早めにお返事をください。
◆請仔細聽好。	きちんと聞いてください。
◆請聽我說話。	私の話を聞いてください。
◆請安靜一點。	静かにしてください。
◆請讓我獨處。	一人にしてください。
◆請讓我們兩個人獨處一下子。	少しの間、私たちだけにしてください。
◆使用完畢後，請務必放回原處。	使ったらもとの場所に戻しておいてください。

19 被警告的時候

◆對不起。	すみません。

◆對不起，我沒有注意。　ごめんなさい。気がつきませんでした。

◆好的，我明白了。　はい、わかりました。

◆我知道了。　わかりました。

◆我知道了，不會再做了。　わかりました。やめます。

◆我會立刻停止。　今すぐやめます。

◆我會小心的。　気をつけます。

◆往後我會注意的。　これから注意します。

◆為什麼不可以呢？　どうして。

◆請向我說明理由。　理由を説明してください。

◆很抱歉，恕我無法照辦。　悪いけれどそれはできません。

4 請求與許可

1 有事請求別人

CD1-104

◆可以請您開門嗎？　ドアを開けてくれますか。

◆可以幫我開門嗎？　ドアを開けてくれる？

◆可以請您關門嗎？	ドアを閉(し)めてもらえますか。
◆可以幫我把門關上嗎？	ドアを閉(し)めてもらえる？
◆可以麻煩您幫我影印嗎？	コピーをとってくださいますか。
◆可以幫我接那通電話嗎？	その電話(でんわ)に出(で)ていただけますか。
◆不曉得是否可以麻煩您幫忙開個門呢？	ドアを開(あ)けてもらってもよろしいでしょうか。
◆不曉得是否可以麻煩您幫忙關個門呢？	ドアを閉(し)めてもらってもよろしいでしょうか。
◆好的，當然沒問題。	はい、もちろん。
◆對不起，請恕我無法辦到。	ごめんなさい。それはできません。

2 說出請求

◆我有件事想要拜託您。	ちょっとお願(ねが)いがあるのですが。
◆我有個請求，不知道是否可以麻煩您？	お願(ねが)いがあるのですが、いいですか。
◆我想要拜託您一件事。	お願(ねが)いしたいことがあるのですが。
◆請說。	どうぞ。

◆什麼事呢？ 何でしょう。

3 在室内

◆可以幫我開窗嗎？ 窓を開けてくれる？

◆可以幫我關窗嗎？ 窓を閉めてくれる？

◆可以幫個忙，讓空氣流通嗎？ 換気をしてくれない？

◆請把燈關掉。 電気を消して。

◆請把燈打開。 電気をつけて。

◆離開房間時把電燈關掉。 出かけるときは電気を消しておいて。

◆讓燈亮著就好。 つけたままにしておいて。

◆讓門開著就好。 開けたままにしておいて。

◆可以幫我拿那個東西嗎？ それを取ってくれない？

◆可以幫我開電視嗎？ テレビをつけてくれる？

◆可以幫我關電視嗎？ テレビを消してくれる？

◆（聲音、溫度等）可以幫我調高嗎？ (音・温度を)上げてくれる？

◆（聲音、溫度等）可以幫我調低嗎？
(音・温度を)下げてくれる？

◆睡覺前記得關掉暖氣／冷氣。
寝る前に暖房／冷房を止めておいて。

4 拜託別人幫個小忙

◆可以幫我倒垃圾嗎？
ゴミを出してくれる？

◆這個順便也洗一下。
ついでにこれも洗って。

＊這裡的「て」是「てください」的口語表現。「ついでに」（順便…）。

◆你出門的時候，順便幫我倒垃圾。
出かけるついでにゴミを出しておいて。

◆可以確實幫我關緊門窗嗎？
戸締りをきちんとしておいてくれる？

◆吃完飯後，可以幫我收拾碗盤嗎？
食事の後片付けをしておいてくれる？

◆可以幫忙把晾曬衣物收進來嗎？
洗濯物をとり込んでくれる？

◆那就拜託你了！
頼んだぞ。

◆可以幫忙買菜嗎？
食料の買い出しに行ってくれない？

◆可以幫我買包香菸嗎？
タバコちょっと買って来てもらえない？

◆可以幫忙去便利商店買個東西嗎？
ちょっとコンビニまでお使いに行ってくれない？

◆可以送我一程嗎？
ちょっと送ってもらえない？

◆可以送我到車站嗎？　駅まで送ってもらえない？

◆可以來車站接我嗎？　駅まで迎えに来てもらえない？

◆可以幫我寄信嗎？　手紙を出しておいてくれる？

◆我要看我要看！　見せて、見せて。

5 在職場上

CD1-105

◆請再寬容一下。　そこを何とか。

◆可不可以幫我做一下這個呢？　これをやってくれませんか。

◆可不可以幫我做這個呢？　これをやっておいてくれませんか。

◆可以幫我影印嗎？　コピーをとってくれますか。

◆可以幫我每一頁都影印兩份嗎？　各ページのコピーを２枚ずつとってくれますか。

◆可以幫忙補充影印機裡的影印紙嗎？　コピー紙を補給しておいてくれますか。

◆可以幫我把這個鍵入電腦檔案裡嗎？　これをパソコンに入力しておいてくれますか。

◆這裡我來就好，可以請你幫忙高橋小姐嗎？　こっちはいいから、高橋さんを手伝ってやってくれる?

◆那邊就麻煩你了。　そっちお願(ねが)いします。

◆可以幫忙端茶給客人嗎？　お客(きゃく)さまにお茶(ちゃ)を出(だ)してくれますか。

◆可不可以幫忙聯絡對方嗎？　先方(せんぽう)に連絡(れんらく)してくれますか。

◆可不可以幫我確認一下這件事呢？　この件(けん)を確認(かくにん)しておいてくれませんか。

◆可以幫忙把這個歸檔嗎？　これをファイルに閉(と)じてくれますか。

◆不好意思，也可以一起幫我寄這封信嗎？　悪(わる)いけど、この手紙(てがみ)も出(だ)してきてくれますか。

6 在學校

◆可不可以借我看上課的筆記呢？　授業(じゅぎょう)のノートを見(み)せてくれない？

◆可不可以告訴我考試範圍呢？　試験範囲(しけんはんい)を教(おし)えてもらえない？

◆可不可以借我課本呢？　教科書(きょうかしょ)を貸(か)してもらえない？

◆這次就放我一馬吧。　今回(こんかい)、見逃(みのが)してください。

◆你可以幫我弄嗎？　これをやってもらえる？

◆不好意思，可以幫我把這個帶去學校嗎？　悪(わる)いけど、学校(がっこう)まで持(も)ってってくれる?

◆我問你，明天留學生將抵達這裡，可以幫我跑一趟機場接人嗎？	あのね、明日(あした)留学生(りゅうがくせい)が着(つ)くんだけど、空港(くうこう)へ行(い)ってくれないかな。
◆不好意思，可以向你借一下電子辭典嗎？	すみません、電子辞書(でんしじしょ)借(か)りていいですか?

7 各種請託

◆可不可以幫我一下呢？	ちょっと手伝(てつだ)ってくれない？
◆可不可以代替我做一下呢？	私(わたし)の代(か)わりにやってくれないかな？
◆萬一我忘記的話，請提醒我喔。	もし私(わたし)が忘(わす)れていたら思(おも)い出(だ)させて。
◆可不可以請您撥個空呢？	ちょっと時間(じかん)をつくってもらえない？
◆可不可以陪我一下呢？	しばらく一緒(いっしょ)にいてくれない？
◆可不可以請你聽我說話呢？	話(はなし)を聞(き)いてもらえない？
◆可不可以讓我聽聽你的看法呢？	どう思(おも)うか聞(き)かせてくれない？
◆可不可以告訴我你的建議呢？	アドバイスをしてくれない？
◆可以請你等我一下嗎？	ちょっと待(ま)ってもらえる？
◆可以告訴我現在是幾點嗎？	今(いま)、何時(なんじ)か教(おし)えてくれる？

◆那個東西可不可以借給我呢？ それを貸してもらえない？

◆可不可以告訴我她的電話號碼呢？ 彼女の電話番号を教えてくれない？

◆哥哥，教我一下該怎麼用你的電腦嘛。 お兄ちゃんのパソコンの使い方、教えてよ。

◆至少教教人家該怎麼打電玩，你又不會少塊肉，小氣鬼！ ゲームのやり方ぐらい教えてくれたっていいじゃないか。ケチ。

◆不好意思，借過一下。 すみません。ちょっと前を通してください。

◆不好意思，我可以跟你們擠一擠嗎？ ちょっとすいませんけど、つめてもらえませんか。

＊「すいません」是「すみません」的口語形。口語為求方便，改用較好發音的形式。

◆我說，你可以幫我讀一下這個段落嗎？ ねえ、ちょっとここ、読んでくんない?

8 接受

CD1-106

◆當然。 もちろん。

◆我知道了。 わかりました。

◆可以呀！ いいよ！

◆沒有問題呀。 いいですよ。

◆好的，我會注意的。 はい、気(き)をつけます。

◆我很樂意。 喜(よろこ)んで。

◆好。拿去。 はい。どうぞ。

◆好，我會幫你做好的。 はい、やっておきます。

◆我現在立刻去做。 今(いま)すぐやります。

◆我等一下去做。 後(あと)でやります。

◆恐怕會花點時間，但是我會幫你做的。 時間(じかん)はかかるかもしれませんがやります。

◆我去問問朋友。 友達(ともだち)に聞(き)いてみます。

9 拒絕（一）

◆不用了。／這樣就行了。 結構(けっこう)です。

◆真不巧，明天下午有點事耶…。 あいにく、明日(あした)の午後(ごご)はちょっと…。

◆非常抱歉，請恕我無法遵照辦理。 申(もう)し訳(わけ)ありませんができません。

◆我沒有辦法做到。 じゃ、やめときます。

◆那我不要了。 ノー。

◆不了。	やだよ。 ＊「やだ」是「いやだ」口語形。越簡單就是口語的特色，省略字的開頭很常見。
◆我才不要。	できません。
◆我不做。	やりません。
◆啊！不用了。	あ、いりません。
◆我幫不了這個忙。	お手伝(てつだ)いできません。
◆很遺憾，我辦不到。	残念(ざんねん)ながらできません。
◆實在太遺憾了。	大変残念(たいへんざんねん)ですが。
◆恕難從命。	遠慮(えんりょ)しておきます。
◆我不想做。	やりたくありません。

10 拒絕（二）

◆不好意思，我現在很忙。	悪(わる)いけれど今(いま)、忙(いそが)しいです。
◆不好意思，我現在手邊有事正在忙。	悪(わる)いけれど、今(いま)ちょっと手(て)が離(はな)せません。
◆不好意思，我現在沒有時間。	悪(わる)いけれど、今時間(いまじかん)がありません。

◆多謝您的好意，我現在正忙得分不開身。	せっかくですけど、今取り込んでいます。
◆不好意思，我現在正在趕路。	悪いけれど今、ちょっと急いでいます。
◆非常抱歉，我不知道。	申し訳ありません、わかりません。
◆非常抱歉，那個東西我現在還在用。	申し訳ありませんが、それはまだ使っています。
◆這樣就夠了，不用了。	これだけあれば十分ですので、けっこうです。
◆現在這樣已經夠了。	今間に合っています。
◆對不起，我不能接受。	残念ですが、お断り致します。
◆無法按照您的要求。	ご希望に沿うことができません。
◆您的好意我心領了。	お気持ちだけ頂戴いたします。
◆請您去拜託別人。	他の人に頼んでください。
◆下次有機會再說。	また今度。
◆下次請您一定要再邀請我。	次の機会にぜひ又誘ってください。

5 提出要求

1 在家裡

CD1-107

◆我可以先去洗澡嗎？	先(さき)にお風呂(ふろ)に入(はい)ってもいい？
◆我九點可以看偶像劇嗎？	9時(じ)からドラマを見(み)てもいい？
◆我可以轉台（看別的節目）嗎？	チャンネルを変(か)えてもいい？
◆我明天可以請朋友來家裡嗎？	明日(あした)、友達(ともだち)を家(いえ)に呼(よ)んでもいい？
◆我明天晚上可以出門嗎？	明日(あした)の夜(よる)、出(で)かけてもいい？
◆我現在可以打電話嗎？	今(いま)、電話(でんわ)を使(つか)ってもいい？

2 在職場上

◆請問我可以先用電腦嗎？	先(さき)にパソコンを使(つか)ってもいいですか。
◆那件事我可以請山田小姐幫忙嗎？	それは山田(やまだ)さんにお願(ねが)いしてもいいですか。
◆我今天可以請假早點離開公司嗎。	今日(きょう)、早退(そうたい)してもいいですか。
◆我明天可以休假嗎？	明日(あした)お休(やす)みしてもいいですか。

◆我可以連請三天假嗎？	休暇を3日いただけますか。

3 借東西

◆我可以向您借那本書嗎？	その本を借りてもいいですか。
◆我可以跟您借把傘嗎？	傘を借りてもいいですか。
◆請問我可以向您借用一下電話嗎？	電話をお借りしてもいいですか。
◆請問我可以向您借車來開嗎？	車を使ってもいいですか。

4 其他

◆我可以進去嗎？	入ってもいいですか。
◆我可以請教一個問題？	質問してもいいですか。
◆我現在可以和您說話嗎？	今、話をしてもいいですか。
◆我有些話想和您說一下。	少し、お話がしたいのですが。
◆我現在可以去您那邊嗎？	今から行ってもいいですか。
◆我等一下可以去您那邊嗎？	後で行ってもいいですか。
◆可以容我告退了嗎？	失礼させていただいてもいいですか。

◆可以容我先行告辭嗎？　お先(さき)に失礼(しつれい)してもよろしいでしょうか。

◆請問我可以離開了嗎？　もう行(い)ってもいいでしょうか。

◆請問我可以坐下來嗎？　座(すわ)ってもいいですか。

◆請問我可以上個洗手間嗎？　トイレに行(い)ってもいいですか。

◆請問我可以直接稱呼您的名字嗎？　名前(なまえ)で呼(よ)んでもかまいませんか。

5 允許

◆好的，可以呀。　はい、いいですよ。

◆好的，請便。　はい、どうぞ。

◆請便。　どうぞ。

◆當然。　もちろん。

◆好的，無所謂。　はい、かまいません。

◆好的，可以呀。　はい、いいですよ。

◆如果您想要那樣的話請便。　もし、そうしたいならどうぞ。

◆若您想那樣做的話請便。　そうしたければどうぞ。

◆如果您堅持的話。　そう言い張るのなら。

◆如果您無論如何都非得那樣的話。　どうしてもと言うのなら。

6 拒絕

CD1-108

◆請您不要那樣做。　それはご遠慮ください。

◆請不要那樣做。　それはしないでください。

◆不好意思，請不要那樣做。　悪いけれどやめてください。

◆不好意思，請您不要那樣做。　悪いけれどそれは遠慮してください。

◆如果可以的話，希望您停止。　できればやめてほしいです。

◆不，我絕不罷手。　いいえ、絶対にだめです。

◆這樣會讓我不太舒服，請停止那樣做。　気になるのでやめてください。

◆不，一點都不好。　いいえ、よくありません。

◆不要那樣。　それはやめて。

7 命令或強求

◆你進來這邊一下。　ちょっとこっちへ入って。

◆幫我拿一下這個。	これ、持(も)ってて。
◆幫我拿一下那個有肩帶的皮包。	その肩(かた)ひものついた鞄(かばん)、取(と)って。
◆不好意思，幫我拿那個檔案夾。	悪(わる)い。そこのファイル取(と)って。
◆智子，把辭典拿過來。	智子(ともこ)、辞書(じしょ)持(も)ってきて。
◆老公，看這邊。	あなた、見(み)て。
◆政夫，幫我把那個杯子拿過來。	まさお、ちょっとそのコップ、取(と)って。
◆小隆，把這塊蛋糕帶回去吧。	ねえ、隆君(たかしくん)、このケーキ、持(も)って帰(かえ)って。
◆不要走那麼快嘛。	そんなに早(はや)く歩(ある)かないで。
◆不要忘了早晚要澆水。	朝(あさ)と晩(ばん)に水(みず)をやるのを忘(わす)れないで。
◆拜託你，讓我搭個便車吧，只要載我到中途就好。	お願(ねが)い、乗(の)せてって。途中(とちゅう)まででいいから。
◆那麼，就穿長裙吧。	じゃあ、長(なが)いスカートにしなさい。
◆喂，你身上有沒有錢呢？可以借我個三萬塊嗎？	おい、金(かね)持(も)ってるか。3万円(まんえん)ほど貸(か)してくれないか。
◆我才不借你！	貸(か)すもんか。
◆有什麼關係嘛，咱們不是朋友嗎？	いいじゃないか。友達(ともだち)だろ?

◆喂，你把小孩藏到哪裡去了？　おい、子供をどこに隠した?

◆不管你再怎麼問，我不知道就是不知道。　いくら聞かれたって知らないものは知らない。

6 邀約、提議

1 邀約

CD1-109

◆要不要出來碰面呢？　出かけませんか。

◆我們出門去吧。　出かけましょう。

◆星期日可以見個面嗎？　日曜日に会えますか。

◆要不要一起去看場電影呢？　映画に行くというのはどうでしょう。

◆要不要去買東西呢？　買い物に行かない？

◆一起去買東西吧？　買い物はどう？

◆今天晚上要不要出來碰個面呢？　今晩、出かけない？

◆今天晚上可以和你見個面嗎？　今夜、会えますか。

◆你明天有空嗎？　明日、暇ですか。

◆你星期六有時間嗎？　土曜日は大丈夫ですか。

◆我們下次要不要一起出門逛逛呢？　今度、一緒に出かけませんか。

◆要不要一起去橫濱地標廣場呢？　ランドマークプラザにしませんか。

◆要不要開車兜兜風呢？　ドライブに行きませんか。

◆要不要一起去参加派對呢？　一緒にパーティーに行きませんか。

◆我們最近見個面吧。　近いうちに会いましょう。

◆下回和大家一起聚一聚吧。　今度またみんなで会いましょう。

2 吃飯

◆要不要一起吃飯呢？　食事をしませんか。

◆下回要不要一起吃個飯呢？　今度、食事をしませんか。

◆我們去吃晚餐吧。　ディナーを食べに行きましょう。

◆要不要一起吃午餐呢？　一緒にランチを食べませんか。

◆要不要一起喝杯咖啡呢？　お茶を飲まない？

◆喝杯咖啡如何？　お茶はどう？

◆我們下回一起去喝杯咖啡吧？	今度（こんど）、お茶（ちゃ）でも飲（の）みに行（い）きましょう。
◆我們一起去吃點好吃的吧。	おいしいものを食（た）べに行（い）きましょう。
◆我們去吃個法式料理吧。	フランス料理（りょうり）でも食（た）べに行（い）きましょう。
◆要不要一起去試一家新開的餐廳呢？	新（あたら）しいお店（みせ）を試（ため）してみましょうか。
◆下回要不要一起去喝兩杯呢？	今度（こんど）、飲（の）みに行（い）きませんか。
◆我們來點個比薩吧。	ピザでも頼（たの）みましょうか。
◆我們來叫個外送吧。	出前（でまえ）を頼（たの）みましょうか。

3 購物與其他

◆我們一起去買東西吧。	一緒（いっしょ）に買（か）い物（もの）に行（い）きましょう。
◆要不要去澀谷買東西呢？	渋谷（しぶや）に買（か）い物（もの）に行（い）きませんか。
◆要不要去看電影呢？	映画（えいが）に行（い）かない？
◆看《相棒（好搭檔）》如何？	「相棒（あいぼう）」はどう？
◆要不要一起去聽古典音樂會呢？	一緒（いっしょ）にクラシックのコンサートに行（い）きませんか。
◆下個週末，要不要去打網球呢？	今度（こんど）の週末（しゅうまつ）、テニスをしませんか。

◆下回要不要一起去泳池游泳呢？
今度、一緒にプールに行きませんか。

◆下回一起去打高爾夫球吧。
今度、一緒にゴルフをしましょう。

4 旅行

◆我們一起去泡溫泉放鬆一下吧。
温泉に行ってのんびりしましょう。

◆你覺得去川口湖好不好呢？
川口湖はどうでしょう。

◆一起去伊豆旅行住一晚如何？
伊豆で一泊旅行はどうでしょう。

◆要不要一起去露營呢？
一緒にキャンプに行きませんか。

◆我們暑假時一起去夏威夷吧。
夏休みに一緒にハワイに行きましょう。

◆我找到一個便宜的沖繩旅遊行程，要不要一起去呢？
安い沖縄のツアーがあるんですが、一緒に行きませんか。

5 邀請朋友來家裡

CD1-110

◆下回請來我家坐一坐。
今度うちに遊びに来てください。

◆下回要不要來我家坐一坐呢？
今度うちに遊びに来ませんか。

◆你覺得來我家聚聚好不好呢？
うちで会うのはどうでしょう。

◆下星期六我要在家裡辦場派對，你要不要來參加呢？	今度(こんど)の土曜日(どようび)にうちでパーティーをするのですが来(き)ませんか。

6 接受邀約

◆好呀。	いいですよ。
◆當然好。	もちろん。
◆務必讓我參加。	ぜひとも。
◆好的，務必讓我去。	はい、ぜひ。
◆好的，我很樂意。	はい、よろこんで。
◆我也希望如此。	そうしたいです。
◆好的，我們就這麼做吧。	はい、そうしましょう。
◆那樣真不錯耶。	それはいいですね。
◆那樣就好。	それでいいです。
◆謝謝您找我來。	声(こえ)をかけてくれてありがとう。
◆謝謝您邀請我。	誘(さそ)ってくれてありがとう。
◆既然您這麼熱情邀約…。	そこまで言(い)うのなら…。

◆如果您無論如何都堅持的話…。	どうしてもって言うのなら…。 ＊實際上心裡其實不大樂意。

7 拒絕邀約

◆不好意思，我沒辦法去。	悪いけれど行けません。
◆萬分抱歉，我沒有辦法去。	申し訳ないけれど行けません。
◆很遺憾的，當天我的時間無法配合。	残念ですがその日は都合が悪いです。
◆當天我有別的事。	その日は別の予定が入っています。
◆雖然我很想去，可是不能去。	そうしたいけれどできません。
◆很遺憾的，多希望我能湊得出時間呀。	都合がつけばよかったのですが残念です。
◆容我辭退。	やめておきます。
◆恕我無法參加。	遠慮しておきます。
◆不，我不打算參加。	いいえ、それは気が進みません。
◆不，我不去。	いいえ、けっこうです。
◆很遺憾。	残念です。
◆我想要做別的事。	私は別のことがしたいです。

◆無論如何，謝謝您的邀請。
いずれにせよ、誘(さそ)ってくれてありがとう。

8 敘述拒絕的理由

◆我的身體狀況不太好，所以不能參加。
体調(たいちょう)が悪(わる)いのでやめておきます。

◆我還有工作要做，所以不能去。
仕事(しごと)があるので行(い)けません。

◆因為還有非做不可的工作，所以湊不出時間。
仕事(しごと)をしなくてはならないので都合(つごう)が付(つ)きません。

◆我得去公司才行。
会社(かいしゃ)に行(い)かなくてはなりません。

◆我那天要開會，請恕無法參加。
会議(かいぎ)があるので行(い)けません。

◆當天已經有別的行程了。
その日(ひ)は別(べつ)の予定(よてい)があります。

◆這個月的行程已經滿檔。
今月(こんげつ)は予定(よてい)がつまっています。

◆我那時必須上課。
学校(がっこう)があります。

◆我那時必須去補習。
塾(じゅく)があります。

◆我的功課還沒寫完。
宿題(しゅくだい)があります。

◆我還得準備考試才行。
試験勉強(しけんべんきょう)をしなくてはなりません。

◆我已經先和朋友約好要碰面了。	友達(ともだち)と会(あ)うことになっています。
◆我有約會。	デートがあります。
◆因為我太累了。	疲(つか)れているので。
◆因為我的身體狀況不好。	体調(たいちょう)が悪(わる)いので。
◆因為我還有預定事項尚未確定時間。	はっきりとした予定(よてい)がまだわからないので。
◆因為我非得待在家裡不可。	家(いえ)にいなくてはならないので。
◆因為我還得打掃家裡才行。	家(いえ)の掃除(そうじ)をしなくてはならないので。
◆不好意思，因為我不大有興趣。	悪(わる)いけれどあまり興味(きょうみ)がないので。
◆因為我沒有時間。	時間(じかん)がないので。

9 提議改為別的時間

CD1-111

◆如果訂在星期五的話可以嗎？	金曜日(きんようび)はどうですか。
◆二十五號我有空。	25日(にち)はあいています。
◆星期六我有空。	土曜日(どようび)はあいています。
◆我上午時段有空。	午前中(ごぜんちゅう)はあいています。

◆上午九點到十一點之間我有空。　午前9時から11時まであいています。

◆如果是星期天的話，我有空。　日曜日ならあいています。

◆三十號我沒問題。　30日は大丈夫です。

◆如果是下週的星期二的話，我有空。　来週の火曜ならあいています。

◆假如是上午時段的話，我沒問題。　午前中だったら大丈夫です。

◆下午時段我都有空。　午後はずっとあいています。

◆我從三點到五點有空。　3時から5時まであいています。

◆假如是七點以後的話，我有空。　7時以降ならあいています。

◆如果訂在週一到週五的話，晚上比較方便。　平日だったら夜の方がいいです。

◆如果要約星期五晚上的話，我有空。　金曜日の夜だったらあいています。

10 決定見面日期

◆什麼時候見個面呢？　いつ会いましょう。

◆我們約在橫濱見面吧。　横浜で会いましょう。

◆我們約在星期天碰面吧。　日曜日に会いましょう。

◆我們約在中午見面吧。 お昼ごろ会いましょう。

◆我們要約什麼時候碰面呢？ 待ち合わせはいつにしましょうか。

◆要約什麼時間見面呢？ 時間はどうしましょうか。

◆要在哪裡碰面呢？ どこで会いましょうか。

◆我們就約下星期天吧。 今度の日曜日にしましょう。

◆我們吃完午餐以後見面吧。 お昼過ぎに会いましょう。

◆我們就約三點吧。 3時にしましょう。

◆我們就約五點半左右吧。 5時半ごろにしましょう。

◆我們晚上見面吧。 夜、会いましょう。

11 決定地點

◆你可以來接我嗎？ 迎えに来てくれますか。

◆我會開車去接你。 車で迎えに行きます。

◆我會搭電車去。 電車で行きます。

◆你知道櫻木町站在哪裡嗎？ 桜木町駅はわかりますか。

◆就約在櫻木町站吧？	桜木町駅（さくらぎちょうえき）にしますか。
◆只有一處出口。	出口（でぐち）は一（ひと）つです。
◆雖然有兩個出口，我們約在東口吧。	出口（でぐち）は二（ふた）つありますが、東口（ひがしぐち）のほうにしましょう。
◆我們在收票閘口碰面吧。	改札（かいさつ）で会（あ）いましょう。
◆車站前面人太多了，我們不要約在那裡吧。	駅前（えきまえ）は混（こ）むのでやめておきましょう。
◆我們改約在收票閘口吧。	改札（かいさつ）を出（で）たところにしましょう

12 答應

◆那樣就行。	それでいいです。
◆我覺得很好。	いいと思（おも）います。
◆那樣很好呀。	いいですね。
◆那樣沒問題嗎？	それで大丈夫（だいじょうぶ）ですか。
◆那麼，星期六的五點左右我去接你。	では土曜日（どようび）の５時（じ）ごろ迎（むか）えに行（い）きます。
◆那麼，星期天的三點半，我們在橫濱碰面吧。	では日曜日（にちようび）の３時半（じはん）に横浜（よこはま）で会（あ）いましょう。

◆等我工作結束後再打電話給你。　仕事が終わったら電話します。

◆到了當天，會再打電話確認。　当日、確認のため電話します。

◆萬一您臨時有事，請打電話告訴我。　万が一、都合が悪くなったら電話をください。

◆那麼，我們當天再會。　では当日会いましょう。

◆我很期待和您見面。　会えるのを楽しみにしています。

7 意見

1 同意（一）

CD1-112

◆對啊。　そうですよ。

◆原來如此。　なるほど。

◆是的，我也這樣認為。　はい、私もそう思います。

◆我和您的意見相同。　あなたと同意見です。

◆我同意您。　あなたに同意します。

◆我同意您的意見。　あなたの意見に同意します。

◆那是當然。　もちろんです。

◆您說的一點也沒錯。　まったくです。

◆我贊成。　賛成(さんせい)です。

◆我有同感。　同感(どうかん)です。

◆那當然。　それはそうよ。

2 同意（二）

◆您所言甚是。　その通(とお)りです。

◆正如您所說的沒錯。　おっしゃる通(とお)りです。

◆就像您說的一樣。　あなたの言(い)う通(とお)りです。

◆完全正如您所說的。　まったくその通(とお)りです。

◆這才對嘛！　そうこなくちゃ。

＊「なくちゃ」是「なくちゃいけない」的口語表現。表示「不得不，應該要」。

◆相當不錯。　いける。

◆好啊。那有什麼問題。　ぜんぜんオッケー。

◆可以，這樣就好了。　はい、結構(けっこう)です。

◆是，知道了。　はい、わかりました。

◆尚可。　まずまず。

◆有什麼關係！　いいじゃないか。

◆也可以這麼說。　そうとも言えます。

◆毫無置疑的餘地。　疑問をはさむ余地がありません。

◆我明白您所說的意思。　言っていることはわかります。

◆我同意其中部分看法。　部分的には賛成します。

3 不贊成

◆不，我不那樣認為。　いいえ、そうは思いません。

◆我不認為如此。　そうは思っていません。

◆我無法同意。　同意できません。

◆我無法苟同。　納得できません。

◆我覺得沒有建設性。　非生産的だと思います。

◆我無法全面贊成。　完全には賛成できません。

◆關於那件事，我完全無法同意。　その件に関しては、まったく同意できません。

◆我認為不是那樣的。　そうではないと思います。

◆我認為不正確。　それは違うと思います。

◆請重新仔細思考一次。　もう一度よく考えてください。

4 反駁（一）

CD1-113

◆你懂什麼！　全然わかってない。

◆我才想說咧！　それはこっちのせりふよ。

＊「こっち」是「こちら」的口語形。「せりふ」（說詞）。

◆我們也是啊。　うちだって同じだよ。

＊「だって」就是「でも」的口語形。舉出極端或舉例說明的事物。表示「就連…」。

◆不用你說我也知道啦。　わかってるよ。それぐらい。

＊這是倒裝句。口語中，最想讓對方知道的事「わかってる」，如自己的想法或心情部分，要放到前面。

◆真的嗎？　ほんとうかしら？

◆真是這樣嗎？　どうでしょうね。

◆我認為應該不相關。　関係がないって思っています。

◆你在說什麼傻話啊？　何を言ってるの？

◆怎能說不幹就不幹了呢！？　やめるわけにはいかないよ。

◆反正結果還不都一樣。　どうせ、また同じことになるよ。

◆我又沒做錯！　俺、間違ってると思ってないから。

◆又來了。　またかよ。

◆不用這樣說吧！　その言い方はないんじゃないの。

＊句尾的「の」表示疑問時語調要上揚，大多為女性、小孩或年長者對小孩講話時使用。表示「嗎」。

◆也沒必要說成那樣啊！　何もそこまで言わなくたって。

＊「たって」就是「ても」的口語形，表示假定的條件。「即使…再…」。

◆你想太多了吧！　そんなの、ナイナイ。

＊「ナイナイ」（沒那回事）是口語中常用重複的說法。是為了強調說話人的情緒，讓對方馬上感同身受。

5 反駁（二）

◆怎麼可能辦得到嘛！　できるわけがないよ。

◆沒那回事啦。　そんなことないよ。

◆不行，太貴了。　だめ、高すぎる。

◆那筆錢打哪來啊？　　どこに、そんな金(かね)あんの？

◆才怪，最好是啦！　　いや、まさか。

＊口語句中的副詞「まさか」，為了強調、叮嚀，會移到句尾，再加強一次口氣。

◆一點也不好。　　よかないよ。

◆我也有話要說。　　わたしもあるの。

◆我就是懂！　　わかるもん。

◆好啊。　　いいよ。

◆那怎麼可能。　　あるわけないだろう。

＊「わけない」（不可能）是「わけがない」省略了「が」。表示按道理不會有某種結果，即從道理上強調或確信完全不可能。

◆我才不相信。　　信(しん)じない。

◆還早啦！　　まだいいじゃないか。

8 負面的感情

1 受夠了

CD1-114

◆我已經受夠了！　　もうたくさん！

◆我再也不要了！　もういや！

◆你給我收斂一點！　いい加減(かげん)にして！

◆我再也無法忍耐了！　もう我慢(がまん)できない！

◆我已經忍到極限了！　がまんもう限界(げんかい)！

◆不可能吧！　うそでしょう！

◆氣死我了！　頭(あたま)にきた！

◆我已經厭惡到極點了！　もううんざり！

◆我再也無法忍受下去了！　もうやっていられない！

◆已經忍無可忍了！　もう限界(げんかい)！

◆這樣太不公平了！　こんなの不公平(ふこうへい)！

◆哪有那麼荒唐的事！　こんなの馬鹿(ばか)げている！

◆這樣太亂七八糟了！　こんなのむちゃくちゃ！

◆搞得我一肚子火！　それは腹(はら)が立(た)つ！

◆那樣太過分了！　それはひどい！

2 不滿、抱怨（一）

◆你做什麼！？　何(なに)やってんだよ。

＊口語中常把「ら行：ら、り、る、れ、ろ」變成「ん」。對日本人而言，「ん」要比「ら行」的發音容易喔。

◆你很囉唆耶！　うるさいな。

◆你在說什麼傻話啊？　なに言(い)ってんの。

◆不用你雞婆啦！　大(おお)きなお世話(せわ)だよ。

◆我受夠了。　もうあきれた。

◆夠了，真不像話！　もう、話(はなし)にならない。

◆歹勢喲！　悪(わる)かったね。

◆別得寸進尺了！　調子(ちょうし)に乗(の)るなよ。

◆你別太過分了！　いい加減(かげん)にしてよ。

◆開什麼玩笑！　冗談(じょうだん)じゃないよ。

◆誰知道啊！　知(し)らないわよ、そんなもの。

＊這是倒裝句。迫不及待要把自己的喜怒哀樂「知らないわ」告訴對方，口語的表達方式，就是把感情句放在句首。

◆最好是會開心啦！　楽(たの)しいもんか。

◆最好是！　まさか。

◆真是的！　まったく！

3 不滿、抱怨（二）

◆偏心啦！　ずるいよ。

◆不要隨便亂看啦！　勝手(かって)に見(み)ないでよ。

◆催什麼催啦！　せかすなよ。

◆你真差勁！　最低(さいてい)。

◆少挑了。　贅沢(ぜいたく)言(い)うな。

＊「贅沢」後省略了「を」。在口語中，常有省略助詞「を」的情況。

◆品味真差耶！　趣味(しゅみ)悪(わる)いね。

◆別邊走邊吃啦！　歩(ある)きながらもの食(く)うなよ。

◆你到底想怎麼樣？　一体(いったい)どういうつもりなんですか。

◆你就饒了我吧！　勘弁(かんべん)してよ。

◆荒唐！　そんな馬鹿(ばか)な！

◆神經病。　ばかみたい。

◆小氣！　ケチ！

◆傻瓜！（關西地區用語） アホ！

◆畜生！ 畜生（ちくしょう）。

◆就是這種下場。 この始末（しまつ）だ。

◆做得到才怪咧！ そんなのできっこないよ。

4 不滿、抱怨（三） CD1-115

◆我寫就是了嘛。 書（か）きゃいいでしょ。

◆早知道別說出來就好了。 言（い）わなきゃいいのに。

◆我知道了啦，去了總行吧，我去就是了啦！ わかったわよ、行（い）きゃいいんでしょ、行（い）きゃあ。

◆如果你真的那麼想做的話，悉聽尊便。 そんなにやりたきゃ、勝手（かって）にすりゃいい。

＊「りゃ」是「れば」口語形。有「粗魯」的感覺，大都用在吵架時，中年以上的男性使用。

◆不去不行啦。 行（い）かなきゃだめだよ。

◆他說他不想工作得那麼累。 あんまり働（はたら）かされるのは嫌（いや）なんだって。

＊這裡的「って」是「と」的口語形。表示傳聞，引用傳達別人的話。

◆他說他才不會做那種事哩。 そんなことしないんだって。

◆應該沒必要做到那種程度吧。	そこまで必要ないんじゃない。
◆不用拘泥於大小吧。	大きさは良いじゃないの。
◆那樣不是很浪費嗎？	そんなのもったいないじゃない。
◆我覺得那完全是浪費能源。	全くエネルギーの無駄だって思います。
◆最近都很晚回來耶。	ここんとこ帰りが遅いわね。
◆你每天晚上都做些什麼去了，搞到這麼晚才回來！	こんなに遅くまで毎晩なにしてんの。
◆我總得去陪人家應酬應酬啊。	いろんな付き合いがあるもんだからね。
◆你又裝出一副跟你無關的模樣…。真是氣死人了啦！	また知らんぷりして…。ほんとにいやんなっちゃうわ。
◆佐藤那個傢伙，竟然罵我是禿驢！	佐藤のやつ、俺のことハゲって言うんだよ。
◆真過份。	そりゃあんまりだな。 ＊「あんまり」是「あまり」的口語形。加撥音「ん」是加入感情，有強調作用。
◆我實在是氣炸了，簡直忍不住想揍他一頓。	よっぽど腹が立ったから殴ってやろうかって思ったよ。

5 不滿、抱怨（四）

◆真的很氣人耶。	もう嫌んなっちゃう。

◆給我記住！　覚えとけ！

◆歹勢，我突然有急事。　ごめん、急な用事ができちゃって。

◆咦？不能去了？　えっ？行けなくなった?

◆我們早上不是約好了？　今朝、約束したでしょ?

◆那你不會一個人去啊？　じゃ一人で行けばぁ?

＊「ば」是「ばいいですよ」是省略後半部的口語表現。表示建議、規勸對方的意思，有嘲諷的意味。

◆你說那什麼話。　なにその言い方。

◆小健最近很奇怪！　だいたい健ちゃん最近変だよ。

◆別囉唆了！　うるせぇなぁもー。

◆我也有很多事要忙的。　おれだっていろいろ忙しいんだよ。

◆哪能你說什麼我就做什麼的。　いちいちお前との約束守ってられっかよ。

◆夠了！我一個人去！　もういい！一人で行く！

◆小健大笨蛋！討厭死了！　健ちゃんのバカ！大っきらい。

6 生氣、焦躁難耐

◆我心浮氣躁。　イライラしています。

◆我很生氣。	怒(おこ)っています。
◆我氣瘋了。	頭(あたま)にきています。
◆我非常憤怒。	とても怒(おこ)っています。
◆我很焦急。	あせっています。
◆我被逼到無路可走了。	切羽詰(せっぱつ)まっています。
◆做什麼事都不順，搞得我心煩意亂。	何(なに)もかもうまくいかなくてイライラしています。
◆大家都把事情推給我做，氣死我了。	みんな私(わたし)に何(なに)もかも押(お)し付(つ)けるので頭(あたま)にきます。
◆大家都很自私，我很生氣。	みんな自分勝手(じぶんかって)で頭(あたま)にきます。
◆只要一看到她，我就會心浮氣躁。	彼女(かのじょ)を見(み)るとイライラします。
◆事情無法如我想像中的順利，讓我焦急難安。	思(おも)うようにことが運(はこ)ばなくてあせっています。
◆事情無法妥善解決，快把我逼到絕地了。	解決(かいけつ)できなくて切羽詰(せっぱつ)まっています。

7 寂寞心情

CD1-116

◆我好寂寞。	寂（さび）しいです。
◆我好傷心。	悲（かな）しいです。
◆我的心情很難受。	つらいです。
◆事情很嚴重，我好痛苦。	たいへんです。苦（くる）しいです。
◆我好悲慘。	みじめです。
◆我很絕望。	絶望的（ぜつぼうてき）です。
◆我已經身心俱疲了。	ぼろぼろです。
◆我覺得自己好蠢。	バカみたいです。
◆我好像被人利用了。	利用（りよう）されたみたいです。
◆我覺得世上好像只剩下自己一個。	一人（ひとり）だけ取（と）り残（のこ）された気（き）がします。
◆我覺得有疏離感。	疎外感（そがいかん）があります。
◆我不知該何去何從。	途方（とほう）に暮（く）れています。
◆我只有孤伶伶的一個人，好寂寞。	一人（ひとり）ぼっちで寂（さび）しいです。
◆因悲傷而撲簌簌地直掉眼淚。	悲（かな）しくて涙（なみだ）が止（と）まりません。

◆我真的好痛苦、好痛苦，不知道該怎麼辦才好。	つらくてつらくてしょうがありません。
◆非常失望。	がっかりしました。
◆我很失望。	がっかりしています。
◆我對你很失望。	あなたにはがっかりです。
◆我的心靈受創。	傷(きず)ついています。
◆朋友的背叛傷了我的心。	友達(ともだち)に裏切(うらぎ)られて傷(きず)ついています。
◆朋友的一句話傷了我的心。	友達(ともだち)の一言(ひとこと)に傷(きず)つきました。
◆我被朋友誤會，很難過。	友達(ともだち)に誤解(ごかい)されて悲(かな)しいです。

8 陷入沮喪

◆我很沮喪。	落(お)ち込(こ)んでいます。
◆我的心情很低落。	気持(きも)ちが沈(しず)んでいます。
◆我很鬱悶。	うつになっています。
◆壓力使我快要喘不過氣來。	ストレスで参(まい)っています。
◆我覺得自己的活力和熱情已經燃燒殆盡了。	燃(も)え尽(つ)きてしまっています。

◆我對很多事情都感到迷惘。	いろいろと迷(まよ)っています。
◆我沒有自信。	自信(じしん)がないです。
◆我覺得很無助。	心細(こころぼそ)いです。
◆我每天都沒有閒情逸致享受一下生活。	毎日(まいにち)を楽(たの)しむ余裕(よゆう)がないです。
◆周遭給我的感覺很惡劣。	居心地(いごこち)が悪(わる)いです。
◆我覺得坐立難安。	落(お)ち着(つ)きません。
◆我覺得有壓力。	プレッシャーを感(かん)じます。
◆我現在很緊張。	緊張(きんちょう)しています。
◆我走投無路了。	行(い)き詰(づ)まっています。
◆不管做任何事都不順利，讓我陷入沮喪。	何(なに)をしてもうまくいかなくて落(お)ち込(こ)んでいます。
◆我對未來感到不安。	将来(しょうらい)に不安(ふあん)を感(かん)じます。
◆在確定要到哪家公司上班之前，心裡一直是七上八下的。	就職(しゅうしょく)が決(き)まるまで落(お)ち着(つ)きません。
◆我覺得很有壓力，深怕無法達成大家對我的期望。	周(まわ)りの期待(きたい)に応(こた)えなくてはとプレッシャーを感(かん)じます。

◆我對自己的能力不足感到焦躁不安。　自分の力のなさに、はがゆさを感じます。

9 驚訝

1 真不敢相信

CD1-117

◆咦？你的拉鍊沒拉上喔。　あれ？チャック開いてるよ。

◆什麼？　ええっ？

◆嗄，什麼？　ええっ、何？

◆什麼？你說什麼？　何だって。

＊這裡的「って」是「というのは」的口語形。表示復誦一次，反問對方說過的話。

◆真的嗎？　本当？

◆不會吧！　まさか！

◆真的假的！　うそ！

◆怎麼會！　そんなバカな。

◆真不敢相信！　信じられない！

◆好厲害！　すごい！

◆什麼，他竟然做了那種事？	ええっ、彼(かれ)がそんなことを？
◆真的？那怎麼可能呢？	まさか、そんなことがあるなんて。
◆我才不相信有那種事！	そんなの信(しん)じない！
◆這真是無法想像。	考(かんが)えられない。
◆為什麼會突然這樣呢？	突然(とつぜん)どうして？
◆為什麼會突然說這種話呢？	どうして突然(とつぜん)そんなことを言(い)うの？
◆想必您大為吃驚吧！	それはショックですね！
◆想必您嚇了一跳吧！	それは驚(おどろ)きですね！
◆真是沒想到。	まったく意外(いがい)だ。
◆有必要做到那樣嗎？	そこまでするかよ。

2 嚇我一跳

◆我跟你說喔，聽說花子她到現在還跟爸爸一起洗澡耶。	ねえ、花子(はなこ)ったら今(いま)でもお父(とお)さんとお風呂(ふろ)に入(はい)ってるんだって。
◆真的假的？實在讓人不敢相信，她都已經二十幾歲了耶。	ほんと？信(しん)じられないわ。もう二十歳(はたち)すぎてるのに。
◆嚇了我一跳。	驚(おどろ)きました。

◆嚇我一跳！	びっくりした。
◆我嚇了一大跳。	とてもびっくりしました。
◆哎呀，真是少見啊。	やあ、珍(めずら)しい。
◆簡直是晴天霹靂。	寝耳(ねみみ)に水(みず)でした。
◆讓我陷入了不安。	動揺(どうよう)しました。
◆我實在無法相信。	信(しん)じられません。
◆哎呀，哎呀！（表示意外、驚訝）	まあ、おやおや。
◆好巧喔！	偶然(ぐうぜん)ですね！
◆過於震撼而說不出話來。	ショックで言葉(ことば)を失(うしな)いました。
◆到現在還深受打擊而無法振作起來。	いまだにショックから立(た)ち直(なお)れません。
◆我聽說他們兩個人在交往，嚇了一大跳。	二人(ふたり)が付(つ)き合(あ)っていると聞(き)いて驚(おどろ)きました。
◆我聽到他辭去了工作，非常吃驚。	彼(かれ)が仕事(しごと)をやめたと聞(き)いてショックでした。
◆女朋友突然向我提出分手，讓我頓時不知道該如何是好。	彼女(かのじょ)にいきなり別(わか)れようと言(い)われて動揺(どうよう)しました。

10 煩惱

1 心裡的煩惱

CD1-118

- 我和爸媽處得不好。　親との仲が悪いです。
- 我和公婆處得不好。　義理の両親と仲が悪いです。
- 我無法感受到父母的親情。　親からの愛情を感じません。
- 我正和父母爭執中。　親ともめています。
- 我的婚姻生活並不順遂。　結婚生活がうまくいっていません。
- 我和男朋友／女朋友處得不好。　恋人とうまくいっていません。
- 我和女朋友吵架了。　恋人とケンカをしました。
- 我找不到自己想做的事。　やりたいことが見つかりません。
- 我不曉得自己該做什麼事才好。　何をやったらいいのかわかりません。
- 我提不起幹勁。　やる気が湧きません。
- 我找不到生活的目標。　生きる目的が見つかりません。
- 我覺得自己的視野變得越來越侷促。　自分の世界がどんどん狭くなっていきます。

◆我找不到自己的立足之地。	自分の居場所がありません。
◆沒有任何人了解我。	誰も自分のことをわかってくれません。
◆我已經對盡力符合大家對我的期望而感到灰心了。	周りの期待に応えようとすることに疲れました。
◆不管做什麼事情都不順利。	何をやってもうまくいきません。
◆我不了解自己。	自分で自分がわかりません。
◆我對自己沒有信心。	自分に自信がありません。

2 聆聽煩惱

◆畢竟一種米養百種人呀。	いろいろな人がいますからね。
◆我也有過類似的經驗。	私も似たような経験があります。
◆大家都是那樣克服障礙的。	みんなそれを乗り越えていくものです。
◆要以言語表達心意真是件難事呀。	気持ちを言葉にするのは難しいですよね。
◆要讓對方明白自己的心意實在很困難呀。	気持ちを相手に伝えるのは難しいですよね。
◆事情的進展很難如自己所願呀。	なかなか自分の思うようにはいきませんよね。

◆或許你們之間有種種誤會。	いろいろと誤解があるのかもしれません。
◆有時候就是會錯失良機呀。	タイミングがかみ合わないときがありますよね。

3 正向鼓勵

◆我覺得你還是把自己的心意老實說出來比較好喔。	正直な気持ちを話したほうがいいですよ。
◆我覺得你還是找專家諮商比較好喔。	専門家に相談したほうがいいですよ。
◆不把自己的心意從實招出是不行的唷。	自分の気持ちをはっきり言わないとダメですよ。
◆不要一個人悶在心裡。	一人で抱え込まないで。
◆嘗試一下新的事物如何呢？	何か新しいことを始めてみたら？
◆你要不要嘗試新的嗜好呢？	新しい趣味を始めてみたら？
◆你覺得加入某種社團好不好呢？	何かサークルに入ったらどうですか。
◆或許參加文化中心是個不錯的主意。	カルチャーセンターがいいかもしれません。
◆或許參加通訊教學挺不錯的。	通信講座がいいかもしれません。
◆你要不要試著改變自己的形象呢？	イメージチェンジしてみたら？

◆這樣可以交到新朋友喔。　新(あたら)しい友達(ともだち)ができますよ。

◆會有新的邂逅機緣喔。　新(あたら)しい出会(であ)いがありますよ。

◆這樣也可以增加出門的機會喔。　外(そと)に出(で)る機会(きかい)もできますよ。

4 各種鼓勵（一）

CD1-119

◆不會有問題的唷。　大丈夫(だいじょうぶ)ですよ。

◆請不必擔心。　心配(しんぱい)しないで。

◆不要放棄唷。　あきらめないで。

◆加油。　がんばって。

◆明年再努力吧。　来年(らいねん)がんばればいいよ。

◆放輕鬆。　気楽(きらく)に。

◆不要介意。　気(き)にしない。

◆放鬆肩膀的緊繃。　肩(かた)の力(ちから)を抜(ぬ)いて。

◆在你的面前必會開展出一條康莊大道的。　きっと道(みち)が開(ひら)けますよ。

◆下回還有機會呀。　チャンスまたあるよ。

◆一定可以克服困境的。	乗り越えられますよ。
◆憑你的力量一定可以辦到的。	あなたならできます。
◆沒什麼大不了的。	たいしたことありませんよ。
◆沒事，沒事！	平気、平気。
◆最後一定可以順利過關的。	最後にはうまくいきますよ。
◆再忍耐一下就好。	もう少しの辛抱です。
◆你並不孤獨。	一人ではないから。
◆我可以了解你的心情喔。	その気持ち、わかるよ。
◆我會陪伴在你身邊的。	私がついているから。
◆不要喪失希望。	希望を失わないで。
◆我會為你加油的。	応援していますから。

5 各種鼓勵（二）

◆要對自己有信心。	自分に自信を持って。
◆屬於你的風雲時代一定會來臨的。	自分の時期がきっと来ますから。

◆凡事都需要一些時間。	ものごとは時間がかかりますから。
◆人生從現在才正要起步呢。	人生、まだこれからですよ。
◆從頭再來又何妨呢。	一からやり直せばいいじゃないですか。
◆人生並非全是不順遂的呀。	人生、悪いことばかりではないですよ。
◆人生中的所有經驗都會在往後發揮果效。	人生、無駄はないですから。
◆有了那次經驗後，一定會有所顯著的成長唷。	その経験によって、きっと大きく成長しますよ。
◆船到橋頭自然直！	何とかなるわよ。

11 讚美

1 讚美（一）

CD1-120

◆真不愧是厲害的角色呀。	さすがだね。
◆果然不愧是林先生呀。	さすが林さんだ。
◆原來如此～！	なるほど～！

◆太精采了！	素晴らしい！
◆太出色了！	見事だ！
◆很順手唷。	好調だね。
◆非常順利喔。	絶好調だね。
◆十分得心應手喔。	調子いいね。
◆看不出其實挺有兩把刷子的嘛。	見かけによらないね。
◆從你的話中得到了新的觀點。	君の発言から新しい発見をしました。
◆難得您肯為我做這件事哪。	よくやってくれたね。
◆可真是無人能與之爭鋒。	天下一品だ。
◆精彩絶倫。	ご立派です。
◆那個女孩實在長得太可愛了。	あの子、すっごくかわいいんだから。 ＊「すっごく」是「すごく」促音化「っ」的口語形。有強調的作用。

2 讚美（二）

◆你的努力不懈實在令人欽佩哪。	君の頑張りはすごいね。
◆較其他人更為優秀。	ほかの人より優れている。

◆這正是你的強項。	君(きみ)のこういうところがすごい。
◆你的～最棒囉。	君(きみ)の～は最高(さいこう)だ。
◆是最耀眼的喔。	一番(いちばん)光(ひか)っていたよ。
◆是最好的喔。	一番(いちばん)よかったよ。
◆我認為您是最出色的一位。	私(わたし)にはあなたが一番(いちばん)光(ひか)って見(み)えた。
◆你好棒喔。	あなたすてきね。
◆這家店好棒喔。	このお店(みせ)すてきね。

3 讚美（三）

◆外型輕巧又便於使用。	小(ちい)さくて使(つか)いやすいです。
◆作為新手，已經相當不錯了。	新米(しんまい)にしては、なかなかいいんじゃないか。
◆我認為你提出的方案非常有創意呀。	アイデアはとってもいいと思(おも)うんだけど。
◆到底是書法家，果然身手不凡。	書道家(しょどうか)だけあって、たいした物(もの)だ。
◆不愧是行家，手藝不同做出來的東西就是不一樣啊。	さすが名人(めいじん)だ、腕(うで)が違(ちが)うからできばえも違(ちが)う。
◆您好厲害喔，連從沒學過的知識也知道耶。	すごいですね。習(なら)っていないことまで知(し)っていますね。

◆哪裡哪裡，還差得遠。　いいえ、まだまだです。

◆哪裡，獻醜了。　いいえ、お恥(は)ずかしい限(かぎ)りです。

◆不，您過獎了。　いいえ、とんでもありません。

12 感想

1 詢問

CD1-121

◆您的看法如何呢？　どう思(おも)いますか。

◆請問您有什麼樣的意見呢？　どのような意見(いけん)を持(も)っていますか。

◆請問您有什麼樣的印象呢？　どのような印象(いんしょう)を持(も)っていますか。

◆請問您有什麼樣的感想呢？　どのような感想(かんそう)を持(も)っていますか。

◆您對那件事有什麼看法呢？　どう思(おも)いましたか。

◆請問還合您的意嗎？　どう気(き)に入(い)りましたか。

◆請問您對那件事有什麼樣的印象呢？　どのような印象(いんしょう)を持(も)ちましたか。

◆請問您對那件事有什麼樣的感想呢？　どのような感想(かんそう)を持(も)ちましたか。

◆請問您對日本的英語教育有什麼樣的看法呢？
日本(にほん)の英語教育(えいごきょういく)についてどう思(おも)いますか。

◆您對國際化有什麼看法呢？
国際化(こくさいか)についてどう思(おも)いますか。

◆您對日本的資源回收系統有什麼看法呢？
日本(にほん)のリサイクル・システムについてどう思(おも)いますか。

◆您對照護保險有什麼看法呢？
介護保険(かいごほけん)についてどう思(おも)いますか。

2 回答—正面的

◆我覺得不錯。
いいと思(おも)います。

◆我覺得很重要。
大事(だいじ)だと思(おも)います。

◆我認為有必要。
必要(ひつよう)だと思(おも)います。

◆我覺得很有意義。
有意義(ゆういぎ)だと思(おも)います。

◆我認為具有價值。
価値(かち)あることだと思(おも)います。

◆我覺得很有效果。
効果的(こうかてき)だと思(おも)います。

◆我覺得很有益處。
有益(ゆうえき)なことだと思(おも)います。

◆我認為很實用／很合理。
実用的(じつようてき)／合理的(ごうりてき)だと思(おも)います。

◆我認為很有幫助。	役に立つと思います。
◆我認為很有助益。	助けになると思います。
◆我認為有實行的價值。	やる価値があると思います。
◆我覺得很方便。	便利だと思います。
◆我覺得很有建設性。	生産的だと思います。
◆我覺得很具有功能性。	機能的だと思います。
◆我認為對節省時間很有幫助。	時間の節約になると思います。
◆我認為必須要認真研究實行。	真剣に取り組む必要があると思います。
◆我甚為對未來的發展是不可或缺的。	将来の発展のために欠かせないと思います。

3 回答—負面的

◆我認為那是不可避免的必經之路。	避けて通れないと思います。
◆我認為那是時代的趨勢。	時代の流れだと思います。
◆我甚為那是無可奈何的。	仕方がないと思います。
◆我覺得只能靜觀其變。	様子をみるしかないと思います。

◆我覺得不能一概而論。	一概には言えないと思います。
◆我認為不宜。	よくないと思います。
◆我覺得不好。	悪いと思います。
◆我覺得很糟糕。	ひどいと思います。
◆我認為沒有意義。	無意味だと思います。
◆我認為不合情理。	筋が通っていないと思います。
◆我覺得沒有益處。	無益だと思います。
◆我覺得沒有效果。	効果がないと思います。
◆我覺得效率很差。	効率が悪いと思います。
◆我覺得沒有幫助。	役に立たないと思います。
◆我認為是浪費時間。	時間の無駄だと思います。
◆我認為是浪費金錢。	お金の無駄だと思います。
◆我覺得不實用。	実用的ではないと思います。
◆我覺得那是違抗時代的潮流。	時代の流れに逆らっていると思います。

13 感動

1 真是太好了

CD1-122

◆真是太好了。	よかったです。
◆令人覺得頗為精采。	なかなかよかったです。
◆我看得很開心。	楽（たの）しかったです。
◆實在太有趣了。	おもしろかったです。
◆真是太了不起了。	すばらしかったです。
◆太棒了。	最高（さいこう）でした。
◆我深受感動。	感動（かんどう）しました。
◆深深地打進了我的心坎。	心（こころ）を動（うご）かされました。
◆太令人佩服了。	感心（かんしん）しました。
◆我受到了壓倒性的震撼。	圧倒的（あっとうてき）でした。
◆讓我非常激動。	興奮（こうふん）しました。
◆讓我雀躍不已。	わくわくしました。

◆場面太豪華了。	豪華でした。
◆真是太美麗了。	きれいでした。
◆我太滿意了。	満足しました。
◆比我想像中還要精采。	予想していたよりよかったです。
◆那是個美好的經驗。	いい経験でした。
◆讓我度過了一段快樂的時光。	楽しい時間を過ごせました。

2 感動—普通、不好

◆算是普普通通吧。	まあまあでした。
◆很普通。	普通でした。
◆算是位於平均值。	平均点です。
◆不算壞。	悪くなかったです。
◆不算好也不算壞。	よくも悪くもありませんでした。
◆很糟糕。	悪かったです。
◆糟糕透頂。	ひどかったです。

◆慘不忍睹。　　さんざんでした。

◆好乏味。　　つまらなかったです。

◆無聊透頂。　　くだらなかったです。

◆真是浪費時間。　　時間(じかん)の無駄(むだ)でした。

◆真是浪費金錢。　　お金(かね)の無駄(むだ)でした。

◆真是索然無味。　　たいくつでした。

◆累死我了。　　疲(つか)れました。

◆讓我失望極了。　　がっかりしました。

◆讓我覺得很失望。　　期待(きたい)はずれでした。

Chapter

10

生活小細節

1 找房子

1 預算與環境

CD2-01

◆我在找公寓。	アパートを探(さが)しているのですが。
◆有房間嗎？	部屋(へや)がありますか。
◆您預算多少？	ご予算(よさん)はいくらですか。
◆五萬日圓左右。	5万円(まんえん)くらいです。
◆10帖附有廁所跟廚房。	10畳(じょう)にトイレと台所(だいどころ)が付(つ)いています。
◆我要更便宜的。	もっと安(やす)いのがいいんですが。
◆六疊大小一房。	6畳一間(じょうひとま)です。
◆不錯的房間喔！	いい部屋(へや)ですよ。
◆房租要多少？	家賃(やちん)はいくらですか。
◆「2LDK」是什麼意思？	「2LDK(エルディケイ)」って？ ＊這裡的「って」是「というのは」的口語形。表示復誦一次，反問對方說過的話。
◆電費另付。	電気代(でんきだい)は別(べつ)に払(はら)います。
◆也有附浴室的房子喔！	風呂付(ふろつき)の部屋(へや)もありますよ。

◆附近有超市。
近(ちか)くにスーパーがあります。

◆因為靠近車站，很方便喔！
駅(えき)に近(ちか)いから、便利(べんり)ですよ。

◆又新又寬喔！
新(あたら)しくて広(ひろ)いですよ。

◆房東人很好喔！
大家(おおや)さんはいい人(ひと)ですよ。

◆這是房東的電話。
これが大家(おおや)さんの電話番号(でんわばんごう)です。

◆如果居家不安全的話，就沒有辦法享受舒適的生活。
安全(あんぜん)でなきゃ、快適(かいてき)な暮(く)らしはできない。

2 格局

◆正在找位於車站附近的住宅大廈。
駅(えき)に近(ちか)いマンションを探(さが)しています。

◆正在找房租七萬日圓以下的房子。
▲家賃(やちん)7万円(まんえん)以下(いか)の家(いえ)を探(さが)しています。

A：「今(いま)アパートに空(あ)いてる部屋(へや)ありますか。」

（請問現在這棟公寓裡，還有空房間嗎？）

B：「ええ、4(よっ)つあります。」

（有，還有四間。）

◆那棟公寓是木造的，還是鋼筋水泥的呢？
そのアパートは木造(もくぞう)ですか、鉄筋(てっきん)ですか？

◆如果可以的話，比較想要屋齡十年以內的房子。
できれば、築(ちく)10年以内(ねんいない)の物件(ぶっけん)がいいです。

◆請問您想找什麼樣的房子呢？

どんなタイプの部屋(へや)をお探(さが)しですか?

◆我大概想找兩房及客廳、餐廳、廚房各一的格局。

2LDKぐらいでお願(ねが)いします。

◆如果還有陽台，那就再好不過了。

できればバルコニーがあるといいんだけど。

＊「んだ」是「のだ」的口語形。這裡表示提出自己的意見。

◆請您稍待一下。

少々(しょうしょう)お待(ま)ちください。

◆像這樣的物件，您覺得如何呢？

こんなのどうでしょう?

◆要兩個月份房租的押金呀，好貴喔。沒有只收一個月份押金的嗎？

敷金(しききん)が2ヶ月分(かげつぶん)か、高(たか)いなあ。1ヶ月(かげつ)のはありませんか。

◆新屋的話，很少只收一個月份的耶。

新築(しんちく)の物件(ぶっけん)だと難(むずか)しいですよ。

◆這棟公寓不出租給大學生。

このアパートは学生(がくせい)に貸(か)さない。

◆與其在車站前的鬧區，不如在住宅區裡比較好。

駅前(えきまえ)より住宅街(じゅうたくがい)の方(ほう)がいいです。

◆假如能有個朝北的房間，那就好了。

北向(きたむ)きの部屋(へや)があるといいんですけど。

◆請問您要搬去幾層樓的大廈呢？

引越(ひっこ)し先(さき)は何階建(なんがいだ)てのマンションですか？

◆房子的保全設施做得很好，即使單獨一人居住也可以放心。

セキュリティーが万全(ばんぜん)なので、一人暮(ひとりぐ)らしでも安心(あんしん)です。

◆光只有一房一廚太小了。 1Kでは狭すぎます。

◆麻煩找一房一廚一廳的房子。 1DKでお願いします。

◆請問是位在幾樓呢？ 何階ですか。

◆二樓和三樓。 ２階と３階です。

◆我比較喜歡三樓耶。 ▲ ３階がいいですね。

A：「二つあるんですがどちらがいいですか。」

（一共有兩間，請問你想要哪一間呢？）

B：「通りに遠い方がいいです。」

（離馬路較遠那側的比較好。）

3 房屋仲介

CD2-02

◆歡迎光臨。 いらっしゃいませ。

◆不好意思，我想找一個人住的公寓租屋。 あの、一人暮らしのアパートを探したいのです。

◆地點呢？ 場所は?

◆在橫濱。 横浜で。

◆租金預算呢？ 家賃は?

◆在五萬圓以內。 ５万円以内。

◆這樣的條件有點難耶。 それは難しいですね。

◆您覺得這個物件可以嗎？　こういうところはいかが?

◆雖然離市中心有點遠，但是租金很便宜喔。　ちょっと都心からは離れるけど、家賃は安いですよ。

＊「けど」是「けれども」的口語形。口語為求方便，常把音吃掉變簡短，或改用較好發音的方法。

◆只要步行五分鐘就到車站，又是位於二樓邊間的房間，還裝有冷氣喔。　駅徒歩５分だし、２階角部屋だし、エアコンもついてるよ。

◆再加上裝潢得很漂亮。　それにおしゃれですよ。

◆不過，似乎有點…。　でも、なんかあまり…。

＊「なんか」（總覺得…）在這裡表示不明確的感覺。「あまり」後面省略了「好きではない」，整個意思是「不怎麼喜歡」。

◆條件這麼棒的物件，您不喜歡嗎？　あんないい物件なのに。

◆恐怕馬上就會被別人租走的唷。　すぐ誰かに借りられてしまうよ。

◆那麼，先去看看屋況吧。　では、下見に行きます。

◆請問已經找到公寓了嗎？　アパートは見つかりましたか？

4 簽約、禮金跟押金

◆租約是一年。　契約期間は１年です。

◆請在這裡填上住址。　ここにご住所を書いてください。

◆這樣寫可以嗎？　これでいいですか。

◆需要禮金跟押金嗎？	礼金(れいきん)と敷金(しききん)は要(い)りますか。
◆不需要禮金。	礼金(れいきん)は要(い)りません。
◆押金要多少？	敷金(しききん)はどれぐらいですか。
◆「禮二」是指禮金為二個月的房租。	「礼(れい)２」は礼金(れいきん)が二ヶ月分(にかげつぶん)の家賃(やちん)ということです。
◆押金以後會退回來。	敷金(しききん)はあとで返(かえ)ってきます。
◆那麼，請讓我看一下房子。	では、部屋(へや)を見(み)せてください。
◆這是那間公寓的地圖。	これがそのアパートの地図(ちず)です。
◆我決定要這間。	これに決(き)めます。
◆請簽契約。	契約書(けいやくしょ)をどうぞ。
◆請在下面蓋章。	下(した)に印鑑(いんかん)をお願(ねが)いします。

5 買房子

CD2-03

◆我說呀，租公寓的房租也很貴，是不是差不多該考慮買房子了呢？	ねえ、アパートの家賃(やちん)も高(たか)いし、そろそろマイホームを買(か)わない?
◆說得也是，就算坪數不大，畢竟還是想住在屬於自己的房子裡呀。	そうだな。小(ちい)さくたって自分(じぶん)の家(うち)に住(す)みたいよなあ。 ＊「たって」就是「ても」的口語形，表示假定的條件。「即使…再…」。

◆我還是比較想住在那種有庭院，能沐浴在大自然之中的屋子耶。

やっぱり、庭があって自然に囲まれたうちがいいわ。

＊「やっぱり」是「やはり」的口語形。為了表現豐富，或用副詞強調，有促音化「っ」的傾向。

◆雖然是個小小的庭院，但種有各式各樣的花草樹木。

狭い庭ですが、いろいろな木や花が植えてあります。

◆由於房間太小了，所以只能放得下一張床。

部屋が狭いのでベッドは一つしか置けません。

◆這個廚房真小呀，我想要再稍微大一點的耶。

狭い台所ねえ。もう少し広いのがほしいわ。

◆我希望能住在稍微大一點的房間。

もう少し大きい部屋がほしい。

◆我想住大房子。

大きい家に住みたいわ。

◆這一戶的一樓與二樓都各自有獨立的玄關和廚房，所以可以住兩戶家庭，而且生活上互不受干擾。

これは玄関も台所も一階と二階に別々にあるから、二つの家族が独立して住めるんだよ。

◆這樣挺不錯的唷。

それいいじゃないか。

＊「じゃないか」是「ではないか」的口語形，用在徵求對方同意，或給建議的時候。

◆和隔壁房屋之間距離兩公尺。

となりの家との間は２メートルです。

◆我的公寓以每個月七萬圓的租金出租。

アパートを一月７万円で貸しています。

◆把沒在使用的房間出租吧。

使わない部屋を貸そう。

◆我要買新房子了。　新しい家を買います。

◆我要蓋一棟新家。　家を建てます。

◆我要把自家改建。　家を改築します。

◆我要在輕井澤買別墅。　軽井沢に別荘を買います。

◆我要在夏威夷買間休閒大廈套房。　ハワイにコンドミニアムを買います。

◆下個月七號要搬家。　来月七日に引越します。

◆決定了明年要搬家。　来年、引越しすることになりました。

2 佈置我的小窩

1 想要的感覺

CD2-04

◆我想要個佈置簡約的房間。　シンプルな部屋にしたいです。

◆我想把房間佈置成具有懷舊風情。　レトロな雰囲気の部屋にしたいです。

◆增加收納空間。　収納力をＵＰさせたいです。

◆她很講究裝潢佈置。　彼女はインテリアに凝っています。

◆那個擺飾跟靠墊是媽媽喜歡的風格。　その置物とクッションは母の趣味です。

2 家具的佈置

◆先來決定大型家具的擺放位置吧。	先に大きな家具の位置を決めましょう。
◆書桌放在窗戶旁邊比較好吧？	机は窓のそばがいいじゃないですか?
◆把五斗櫃放在床鋪右邊就行了吧。	チェストはベッドの右でいいですね。
◆好，要動工囉！	よーし、やるぞ。
◆首先先移動這個架子。	まずはこの棚を動かそう。
◆把電視機從一樓搬到了二樓。	テレビを1階から2階へ上げました。
◆長椅放在樹木的下面，如何？	ベンチは木のしたにしたら、どうですか?
◆沒有空間放床鋪。	ベッドを置くスペースはありません。
◆對了！也交換床鋪和架子的位置吧。	そうだ。ベッドと棚の位置も入れ替えましょう。
◆把桌子放在窗邊的亮處，這樣蠻不錯的唷。	机は窓のそばの明るいところがいいですね。
◆我們也來把床鋪放在房間最裡面的位置吧。	ベッドもずっと奥のところに置きましょう。 ＊「ずっと」在這裡是「一直…最…」的意思。
◆把書架靠這面牆放置吧。	本棚はこっち側の壁のところに置こう。 ＊「こっち」是「こちら」的口語形。

◆在牆壁上打洞，把電話線從洞裡穿了過去。
壁に穴を開けて電話線を通した。

3 買家具

◆請問家具都齊備了嗎？
家具はそろっていますか？

◆除了空調設備以外，其他都得由自己添購。
エアコン以外は、自分で買わないといけません。

◆打算在客廳裡放沙發。
リビングにソファーを置くつもりです。

◆經常擺放鮮花裝飾玄關。
玄関にはいつも花を飾っています。

◆也做了鞋櫃放在玄關。
玄関のところにも靴箱を作った。

◆我想要換窗簾。
カーテンを変えるつもりです。

◆我們來掛顏色明亮的窗簾吧。
明るい色のカーテンをかけましょう。

◆哇！房間變得好寬敞喔。
わっ、部屋が広くなりました。

4 裝飾品

◆這個房間看起來有點乏味耶。
ちょっとさびしい部屋ですねえ。

◆要不要擺些什麼裝飾品呀？
何か飾ったらどうですか。

◆把畫掛在牆壁上。
壁に絵を飾りました。

◆由於牆壁的顏色很深，因此掛了色彩明亮的繪畫作為裝飾。
壁が暗いので明るい絵を飾りました。

◆把畫和月曆等物掛上去後，整個房間為之一亮。
絵やカレンダーなどをかけると部屋が明るくなります。

3 和鄰居聊天

1 介紹自己的職業

CD2-05

◆請問您從事什麼工作呢？
お仕事は何ですか。

◆我是家庭主婦。
主婦です。

◆我是日語老師。
日本語教師です。

◆我在貿易公司工作。
貿易会社で働いています。

◆我在大公司裡工作。
大きい会社で働いている。

◆大學老師。
大学の教師です。

◆連續劇的製作人。
ドラマのプロデューサーです。

◆在汽車公司上班。
車の会社に勤めています。

◆開花店。
花屋をやっています。

◆家父是數學老師。
父は数学の先生です。

◆請問田中小姐的工作內容是什麼呢？
田中さんの仕事は何ですか。

◆我從事中文與日文的翻譯工作。	中国語(ちゅうごくご)と日本語(にほんご)の翻訳(ほんやく)の仕事(しごと)をしています。
◆我在當幼稚園的老師。	幼稚園(ようちえん)の先生(せんせい)をしています。
◆家母的工作是在醫院裡當護士。	母(はは)の仕事(しごと)は病院(びょういん)の看護婦(かんごふ)です。
◆家姊在日本大使館工作。	姉(あね)は日本大使館(にほんたいしかん)で働(はたら)いています。
◆家姊在食品販賣店工作。	姉(あね)は食料品(しょくりょうひん)を売(う)る店(みせ)で働(はたら)いています。
◆小女在義大利餐廳工作。	娘(むすめ)はイタリアレストランで働(はたら)いています。
◆塚田小姐是在貿易公司工作。	塚田(つかだ)さんは貿易会社(ぼうえきがいしゃ)に勤(つと)めています。

2 工作相關

◆時薪是九百圓。	給料(きゅうりょう)は1時間(じかん)900円(えん)です。
◆我的工作時間時從早上九點到下午六點。	午前(ごぜん)9時(じ)から午後(ごご)6時(じ)まで働(はたら)きます。
◆從十二點到一點之間是午休時間。	12時(じ)から1時(じ)までの間(あいだ)は休(やす)みです。
◆我上班的日語學校裡有一百名學生。	私(わたし)が勤(つと)めている日本語学校(にほんごがっこう)には生徒(せいと)が100人(にん)います。
◆我已經當了三十五年公務員。	公務員(こうむいん)として35年間(ねんかん)勤(つと)めました。
◆只要看對方的手，就可以知道他從事什麼工作。	手(て)を見(み)ればその人(ひと)の仕事(しごと)が分(わ)かる。

◆總而言之，工作時間很久，非常辛苦。

とにかく、仕事の時間が長くて大変です。

3 說自己住的地方

◆請問您現在住在什麼地方呢？

今、どこに住んでるんですか。

＊「んです」是「のです」的口語形。前接疑問詞時，表示要對方做說明。

◆在世谷區的駒澤大學。

世田谷区の駒澤大学です。

◆過了澀谷地鐵站後再搭三站的地方。

渋谷から地下鉄で三つ目のところです。

◆從車站大約走二十分鐘就可抵達。如果是騎腳踏車的話，只要十分鐘左右吧。

駅から歩いて20分ぐらいです。自転車だと10分ぐらいですね。

◆請問最近的車站是哪一站呢？

一番近い駅はどこですか。

◆請問您從什麼時候開始住在那裡的呢？

いつからそこに住んでいるんですか。

◆我已經在那裡住了一年左右。

もう一年ぐらい住んでいます。

◆那附近有家大型超市，非常方便。

近くに大きいスーパーがあって、便利なんです。

◆在天氣晴朗的時候，會移到陽台上享用午餐。

天気がいい日はバルコニーでランチをする。

◆從這裡也能看到富士山喔。

富士山も見えるよ。

◆可以在客廳開開派對啦。

リビングでホームパーティーをしたり。

＊「たり」表示列舉同類的動作或作用。「有時…，有時…」。

◆請問您從家裡到公司，大約需要花多少時間呢？

自宅(じたく)から会社(かいしゃ)まで、どのくらいかかりますか。

＊「自宅から会社まで」後省略了「は」。提示文中主題的助詞「は」在口語中，常有被省略的傾向。

◆要花一個小時。

一時間(いちじかん)はかかります。

◆請問您現在還住在娘家嗎？

今(いま)はご実家(じっか)に住(す)んでるんですか。

4 初次拜訪鄰居

CD2-06

◆您是哪國人？

お国(くに)はどちらですか。

◆幸會，我姓林。

はじめまして、林(リン)です。

◆幸會，敝姓田中。請多指教。

はじめまして、田中(たなか)と申(もう)します。よろしくお願(ねが)いします。

◆我是剛搬來的，敝姓楊。

今度(こんど)、引(ひ)っ越(こ)してきました。楊(よう)です。

◆「楊」是楊貴妃的「楊」。住在208室。

「楊(よう)」は、楊貴妃(ようきひ)の「楊(よう)」。２０８号室(にまるはちごうしつ)に住(す)んでいます。

◆這位是我妹妹美鈴。

これは妹(いもうと)の美鈴(みすず)です。

◆這是不成敬意的禮物，請您收下。

これ、つまらないものですが、どうぞ。

◆今後也請多多指教。

これからもよろしくお願(ねが)いします。

◆我才要請您多指教。	こちらこそ、よろしく。
◆林先生住208室對吧！	林(リン)さんは２０８号室(にまるはちごうしつ)ですよね。
◆你國籍哪裡啊？	お国(くに)はどちらですか。
◆台灣。	台湾(タイワン)です。
◆台灣真是好地方呢！	台湾(タイワン)はいいところですね。
◆我去過台灣旅行。	私(わたし)は台湾(タイワン)へ旅行(りょこう)したことがあります。
◆東西又好吃，人們又很親切。	食(た)べ物(もの)はおいしいし、人々(ひとびと)が親切(しんせつ)でした。 ＊「し」表示構成後面理由的幾個例子，或陳述幾種相同性質的事物。「因為…；既…又…」。
◆香蕉很有名吧！	バナナが有名(ゆうめい)ですよね。
◆那麼，我告辭了。	では、失礼(しつれい)します。

5 跟鄰居寒暄

◆今天真是熱啊！	今日(きょう)は暑(あつ)いですね。
◆今天風真大呢！	今日(きょう)は風(かぜ)が強(つよ)かったですね。
◆您要出門啊！	お出(で)かけですか。
◆是啊！出去一下。	ええ、ちょっとそこまで。
◆路上小心啊！	お気(き)をつけて、いってらっしゃい。
◆我回來了。	ただいま。

◆回來啦！　お帰りなさい。

6 一路問到底的鄰居

◆廣瀨太太，這一位是最近被公司派駐到本地上班，剛搬來這裡的佐佐木家的太太喔。　広瀬さん、こちらが今度、転勤で引っ越してこられた佐々木さんよ。

◆幸會，敝姓佐佐木。　はじめまして、佐々木です。

◆幸會幸會，敝姓廣瀨。　どうもはじめまして、広瀬です。

◆請問佐佐木太太是哪裡的人呢？　佐々木さんは、どちらのご出身？

◆我是鹿兒島人。　鹿児島です。

◆您是什麼時候搬到東京的？　いつ、東京にいらしたの？

◆上個月才搬來的。　先月ですよ。

◆請問您的先生從事什麼行業呢？　ご主人は、お仕事、何なさっているの？

◆他在銀行工作。　銀行員です。

◆您現在幾歲？　今、おいくつ？

◆今年三十五歲。　35歳になりました。

◆您有小孩了嗎？　お子さんは？

◆嗯，我女兒今年要上中學。　ええ、娘は今年、中学生になりましたけど。

◆這樣呀，是那間中學呢？	あら、どちらの中学？
◆嗯，是慶應中學。	あの、慶応中学ですけど。
◆哇，真厲害呀！	まあ、すごいわねぇ。
◆真是太優秀囉。	優秀なのね。
◆不，您過獎了。	いいえ、そんなことはありませんよ。

7 愛管閒事的鄰居

CD2-07

◆哎呀，這可不是山田小姐嗎？晚上好。	あら山田さん、こんばんは。
◆晚上好。	こんばんは。
◆我記得山田小姐住在二樓吧。	山田さんは２階だったわね。
◆您這麼晚才回來，挺擔心路上的安全吧。	こんなに遅い時間に帰ってくるんじゃ、何かと心配ね。
◆最近可發生了不少恐怖的事件哪。	近頃、物騒なことが多いから。
◆嗯，您說的沒錯。	まあ、そうですね。
◆您走夜路回家，路上黑漆漆的，挺危險的耶。	帰り道だって、暗くて危険ですよ。
◆您要是早點結婚，就不用這樣摸黑回家了嘛。	早くご結婚なさればいいのに。
◆山田小姐沒有要好的男朋友嗎？	山田さん、どなたかいい人いらっしゃらないの？

◆我來幫你介紹個不錯的人吧！	いい人紹介してあげようか。
◆這個愛管閒事的歐巴桑真是煩死人了啦！	もう、おせっかいなおばさん。
◆話說回來，您這麼晚才回家喔。	それにしても、ずいぶん帰りが遅いのね。
◆真是辛苦您了。非常謝謝您，晚安。	どうもありがとう、おやすみなさい。

4 賣場、超市買東西

1 賣場

CD2-08

◆歡迎光臨。	いらっしゃいませ。
◆給我看那雙鞋。	あの靴を見せてください。
◆讓我看一下。	ちょっと見せてください。
◆您請看。	はい、どうぞ。
◆有不同顏色的嗎？	ちがう色はありますか。
◆有大一點的嗎？	もっと大きいのがありますか。
◆多少錢？	いくらですか。
◆那隻錶多少錢？	その時計はいくらですか。

◆15000日圓。　15000円です。

◆給我那個。　それをください。

2 在蔬果店

◆您要買什麼？　何にしましょうか。

◆白菜很新鮮喔！　白菜は新鮮ですよ。

◆給我蕃茄。　トマトをください。

◆給我一個蕃茄。　トマトをひとつ、ください。

◆有白蘿蔔嗎？　大根はありませんか。

◆還需要什麼？　ほかに何か。

◆茄子賣完了。　なすは売り切れなんです。

◆有點貴呢。　ちょっと高いですね。

◆算便宜一點。　安くしてください。

◆好啦！就便宜你三十日圓吧！　まあ、３０円おまけしましょう。

◆五百日圓。　500円になります。

◆謝謝您的惠顧。　毎度ありがとうございます。

3 在超市

◆請問，香皂在哪裡？　すみません、せっけんはどこですか。

◆蔬菜的前面。　野菜(やさい)の前(まえ)です。

◆收銀機的前面。　レジの前(まえ)です。

◆肥皂在那裡。　せっけんはあそこです。

◆砂糖在哪裡？　お砂糖(さとう)はどこにありますか。

◆在放醬油的那邊。　あそこの醤油(しょうゆ)のところです。

◆醬油在酒的前面。　醤油(しょうゆ)はお酒(さけ)の前(まえ)です。

◆沒有賣筆記本。　ノートはありません。

◆這裡有籃子。請多利用。　ここにかごがあります。ご利用(りよう)ください。

◆收您一萬日圓。　一万円(いちまんえん)お預(あず)かりします。

◆找您八百日圓。　800円(えん)のお返(かえ)しです。

5 到朋友家作客

1 作客必備寒暄

CD2-09

◆有人在嗎？　ごめんください。

◆（進入朋友家時）打擾了。　（友達(ともだち)の家(いえ)に入(はい)る時(とき)）おじゃまします。

◆（迎接客人時）歡迎光臨。	（お客さんを迎える時）いらっしゃい。
◆這是不成敬意的伴手禮。	つまらないものですが、これ手土産です。
◆（把伴手禮送給主人）一點薄禮，不成敬意。	（お土産を渡す）これ、よかったらどうぞ。
◆您太客氣了。	どうぞお気遣いなさらずに。
◆您請別忙。	どうぞおかまいなく。
◆不好意思，可以盤腿坐／側坐嗎？	すみません、足を崩してもいいですか？
◆您請隨意坐。	どうぞくつろいでください。
◆請將皮包放在這裡。	カバンはこっちにおいてください。
◆我幫您把大衣掛起來。	コートをお預かりします。
◆可以向您借用一下洗手間嗎？	お手洗いをお借りできますか。
◆可以借用一下廁所嗎？	トイレ借りてもいい？ ＊「トイレ」後省略了「を」。在口語中，常有省略助詞「を」的情況。
◆那麼，我差不多該告辭了。	では、そろそろ失礼します。
◆今天承蒙您的佳餚款待。	今日はご馳走様でした。
◆下回請務必也到我家坐一坐。	今度ぜひ、私の家にもいらしてください。

◆下次再來玩喔。	また遊(あそ)びに来(く)るね。
◆今天打擾了。	お邪魔(じゃま)しました。

2 到朋友家聊天

◆好棒的房子喔。	すてきなお宅(たく)ですね。
◆好摩登的起居室喔。	モダンなリビングですね。
◆美智子小姐的房間好大喔。	みちこさんの部屋(へや)、広(ひろ)いですね。
◆那個時鐘真不錯耶。	あの時計(とけい)、いいですねえ。
◆那是我妹妹買給我的。	あれは、妹(いもうと)が買(か)ってくれたんです。
◆那是媽媽送我的生日禮物。	母(はは)が誕生日(たんじょうび)にくれたんです。
◆那幅小鳥的圖，畫得活靈活現的耶。	あの鳥(とり)の絵(え)、上手(じょうず)ですねえ。
◆這個人偶也好精緻呀。	この人形(にんぎょう)もすてきですねえ。
◆這是我去年旅行時買的。很可愛，對吧？	去年(きょねん)、旅行(りょこう)に行(い)ったとき買(か)いました。かわいいでしょう。
◆啊，那個月曆，你是在哪裡買到的呢？	あ、あのカレンダー、どこで買(か)いましたか。
◆我也好想要那種樣式的耶。	私(わたし)もあんなのが欲(ほ)しかったですが。

◆您家裡有好多漂亮的東西喔。

▲きれいなものがたくさんありますねえ。

A：「あれはこの前のパーティーの写真ですか？」

（那是上回開派對時拍的照片吧？）

B：「そう。きれいに撮れたでしょう。」

（沒錯，拍得很好看吧。）

3 派對邀請

◆要在飯店開派對。

ホテルでパーティーを開きます。

◆派對是從晚上七點半開始。

パーティーは夜７時半からです。

◆星期六的派對，一定要來參加喔。

土曜日のパーティーに来てくださいね。

◆過一陣子有個舞會，要不要一起去參加？

今度ダンスパーティーがあるんだけど、一緒に行かない?

◆我對跳舞是一竅不通。

私、ダンスが下手なの。

◆我也不曉得對方會不會來。

来るか来ないかわからん。

◆山田小姐邀了我參加派對。

山田さんからパーティーに招待されました。

◆我到底該穿哪件洋裝去出席派對呢？

パーティーにどの洋服を着ていこうかしら。

◆有許多人出席了這場派對。

パーティーに大勢集まった。

◆請別像罰站似地站著，坐到椅子上嘛。

立っていないでいすに座りましょう。

◆我穿著新洋裝出席了派對。	新しい洋服を着てパーティーに出た。

4 準備派對

CD2-10

◆請問大約會有幾個人來參加派對？	パーティーには何人ぐらい来ますか？
◆我也邀請了向井小姐參加。	向井さんにも声をかけました。
◆要不要帶什麼東西過去呢？	何か持って行くものはありますか？
◆請儘管空手來就好，沒關係的。	手ぶらで来てくださって、構いませんよ。
◆唯獨飲料部分，煩請自備。	ドリンクだけ、各自で準備して来てください。
◆請問出席派對的服裝規定是什麼呢？	パーティーのドレスコードは何ですか？
◆請問杯子數量夠嗎？	コップの数は足りていますか？
◆請每人提供一道餐點帶來。	一人一品作って持って来てください。
◆我會晚一點到，可以嗎？	ちょっと遅れて行っても大丈夫ですか？
◆正在準備賓果遊戲。	ビンゴゲームの準備をしています。

5 派對的擺設

◆親愛的，客人快來了，請幫我一下。	▲あなた、お客様が来るから手伝ってください。

A：「パンのお皿を持っていって、そのテーブルの真ん中においてね。」

（麻煩把麵包盤端過去，放在那張桌子的正中央喔。）

B：「お皿も置いておくね。」

（我也把盤子擺一擺吧。）

◆請把四方形的盤子放在右手邊喔。

四角い皿は右においてくださいね。

◆這場派對要讓大家開開心心的。

楽しいパーティーにしようね。

◆等派對式的小型演奏會結束後，要把椅子歸回原處，對吧？

パーティーコンサートが終わったら、椅子を戻すんですよね。

◆休息完以後，請立刻清洗杯子。

休憩の後すぐコップを洗ってください。

◆請問只要兩張椅子就夠了嗎？

椅子は二つで足りたんですか。

◆麻煩幫忙弄那邊。

そちらお願いします。

◆每張桌子坐兩個人，對吧？

▲一つの机には二人ずつ座るんだよね。

A：「じゃあ、あと一つ持ってくればぴったりだね。」

（那麼，再搬一張過來就剛剛好囉。）

B：「いいえ、後からまた一人増えたもんで。」

（還不夠，因為之後還會多來一個人呢。）

◆客人已經來了，端茶請他們喝吧。

お客様がいらっしゃいました。お茶を差し上げましょう。

6 派對中用餐

◆您要不要來一塊呢？

お一つ（ひと）いかがですか。

◆哎，我最喜歡吃甜食囉。那麼，我就不客氣了。

▲いや、甘（あま）い物（もの）には弱（よわ）いんですよ。じゃ、遠慮（えんりょ）なく。

A：「お酒（さけ）もいかがですか。」

（您要不要也來點酒呢？）

B：「あっ、あ、いいえ。お酒（さけ）の方（ほう）はちょっと。」

（啊！呃…，不用了。我酒量不大好。）

◆您要不要在咖啡裡加糖呢？

コーヒーに砂糖（さとう）を入（い）れますか。

◆謝謝，加一點就好。

ええ、少（すこ）しだけ。

◆鈴木小姐已經先到了，就在那邊呀。

あちらに鈴木（すずき）さんがいらっしゃいましたよ。

◆如果太硬了吞不下去，請別強迫自己吃下去。

▲硬（かた）くて食（た）べられなかったら残（のこ）してください。

A：「あちらはどなたですか」

（請問那一位是誰呢？）

B：「あちらは新井（あらい）さんです。」

（那位是新井小姐。）

◆不好意思，麻煩向您借用一下洗手間。

すみませんが、ちょっとお手洗（てあら）いを貸（か）してください。

◆好的，請往那邊走。

ええ、こちらへどうぞ。

7 派對中聊天

CD2-11

- ◆好久不見了耶。　ずいぶん久(ひさ)しぶりですね。
- ◆好漂亮的禮服喔。　素敵(すてき)なドレスですね。
- ◆賓客越來越多了。　だんだん人(ひと)が増(ふ)えてきましたね。
- ◆令郎已經長這麼大了呀。　息子(むすこ)さん、ずいぶん大(おお)きくなりましたね。
- ◆那邊好熱鬧喔。　あっちは盛(も)り上(あ)がってるね。
- ◆您別再繼續喝了比較好吧？　もうこれ以上(いじょう)飲(の)まない方(ほう)がいいんじゃない？
- ◆我的酒量不大好。　私(わたし)はあまりお酒(さけ)が飲(の)めません。
- ◆已經有不少醉意了。　かなり酔(よ)っぱらってしまいました。
- ◆差不多該進入尾聲了吧？　そろそろお開(ひら)きにしましょうか？

8 告辭

- ◆時間已經不早，差不多該告辭了。　遅(おそ)くなったので、そろそろ失礼(しつれい)します。
- ◆怕趕不上電車，容我先行告退。　電車(でんしゃ)がなくなるといけないので、私(わたし)はこの辺(へん)で。

  ＊「この辺で」後面省略了「失礼します」。是固定的表現用省略後面的說法。
- ◆今天非常感謝您的邀約招待。　今日(きょう)はお招(まね)きありがとうございました。
- ◆今天過得非常開心。　今日(きょう)は楽(たの)しかったです。

Chapter 11

四處趴趴走

1 這裡怎麼去？

1 詢問乘車處

CD2-12

◆我迷路了。　道に迷ってしまいました。

◆不好意思，請問車站在哪裡呢？　すみません。駅はどこですか。

◆請問地下鐵的車站在哪裡呢？　地下鉄の駅はどこですか。

◆請問巴士站在哪裡呢？　バス停はどこですか。

◆請問巴士總站在哪裡呢？　バスターミナルはどこですか。

◆請問計程車乘車處在哪裡呢？　タクシー乗り場はどこですか。

◆請問離這裡最近的電車車站在哪裡呢？　一番近い電車の駅はどこですか。

◆請問離這裡最近的地下鐵車站在哪裡呢？　一番近い地下鉄の駅はどこですか。

◆請問收票閘口在哪裡呢？　改札口はどこですか。

◆請問服務處在哪裡呢？　案内所はどこですか。

2 說明人與物的位置

◆我在家裡。　家にいます。

◆我在自己的房間裡。　自分の部屋にいます。

◆我在總公司。 本社(ほんしゃ)にいます。

◆我在東京。 東京(とうきょう)にいます。

◆我在橫濱站。 横浜駅(よこはまえき)にいます。

◆我在前往公司的路上。 会社(かいしゃ)に行(い)く途中(とちゅう)です。

◆我在回家的半路。 家(いえ)に帰(かえ)る途中(とちゅう)です。

3 詢問前往特定地點的方式

◆請問我該如何走到街上呢？ 街(まち)に出(で)るにはどうすればいいですか。

◆請問我該如何走到大馬路呢？ どうすれば大通(おおどお)りに出(で)られますか。

◆您可不可以告訴我該如何走到品川站呢？ 品川駅(しながわえき)までの行(い)き方(かた)を教(おし)えてくださいませんか。

◆請告訴我該如何走到觀光服務處。 観光案内所(かんこうあんないしょ)までの行(い)き方(かた)を教(おし)えてください。

◆請告訴我能夠最快抵達新宿的方式。 新宿(しんじゅく)まで最(もっと)も早(はや)く着(つ)く行(い)き方(かた)を教(おし)えてください。

◆請告訴我最容易抵達機場的方法。 飛行場(ひこうじょう)まで一番簡単(いちばんかんたん)に行(い)ける方法(ほうほう)を教(おし)えてください。

◆我想要去那裡，請問您知道那個地方嗎？ 行(い)きたいのですがご存(ぞん)じですか。

◆請問王子飯店在哪裡呢？ プリンスホテルはどこですか。

◆請問這附近有沒有公用電話呢？

この辺(へん)に公衆電話(こうしゅうでんわ)はありますか。

◆請問這附近有沒有公共廁所呢？

近(ちか)くに公衆(こうしゅう)トイレはありますか。

◆請問這附近有銀行嗎？

この辺(へん)に銀行(ぎんこう)はありますか。

◆我現在在南站，請問該怎麼到您那邊呢？

今(いま)、南駅(みなみえき)にいるのですが、そちらへはどうやって行(い)けばいいですか。

＊ 以電話詢問。

4 指引方向

CD2-13

◆就在那邊而已。

すぐそこです。

◆就在那裡。

そこにあります。

◆就在轉角處。

角(かど)を曲(ま)がったところにあります。

◆就在停車場的隔壁。

駐車場(ちゅうしゃじょう)のとなりにあります。

◆就在郵局和銀行之間。

郵便局(ゆうびんきょく)と銀行(ぎんこう)のあいだにあります。

◆就在超市的對面。

スーパーの向(む)かいにあります。

◆位在百貨公司的另一邊。

デパートの反対側(はんたいがわ)にあります。

◆就在車站的前面。

駅(えき)の前(まえ)にあります。

◆就在車站的後面。

駅(えき)の裏(うら)にあります。

◆轉進那個轉角後，有一座公園。

あの角(かど)を曲(ま)がると公園(こうえん)があります。

◆轉進下一個轉角後，第三間房子就是我家。	次の角を入って３軒目が私の家です。
◆在派出所前面往右轉，就可以看到餐廳。	交番の前を右に曲がるとレストランがあります。
◆那個地方就位在右邊。	それは右側にあります。
◆那個地方就位在左邊。	それは左側にあります。

5 說明路線

◆請從這裡往前直走。	ここをまっすぐ行ってください。
◆有很多條路都可以通往車站。	駅へ行く道はいくつもある。
◆請沿著這條路往前直走。	この道をまっすぐ歩いてください。
◆請繼續直走，不要轉彎。	曲がらないでまっすぐ行ってください。
◆請沿著這條路往前直行。	道に沿ってまっすぐ進んでください。
◆請往右轉。	右に曲がってください。
◆請向左轉。	左に曲がってください。
◆請過紅綠燈路口。	信号を渡ってください。
◆請穿越斑馬線。	横断歩道を渡ってくだい。
◆請穿越十字路口。	交差点を渡ってください。

◆請走過兩個路口。　2ブロック歩いてください。

◆請在第一個轉角處往右轉。　最初の角を右に曲がってください。

◆請在盡頭往左轉。　突き当たりを左に曲がってください。

◆請在下一個交叉路口往右轉。　次の交差点を右に曲がってください。

◆請在第二個紅綠燈處往左轉。　二つ目の信号を左に曲がってください。

◆請走右邊那條叉路。　分れ道を右に行ってください。

◆請穿過平交道。　踏み切りを渡ってください。

◆要到鄰村，非得要走過一條長長的橋才行。　隣の村へ行くには長い橋を渡らなくてはならない。

◆走到盡頭處有座天橋。　歩道橋に突き当たります。

◆可以看到右側有棟灰色的建築物。　右側にグレーの建物が見えます。

◆以你的腳程來說，只要十分鐘就可以到達。　あなたの足なら10分で行けます。

6 聽懂對方的說明

◆我聽懂了。　わかりました。

◆我非常清楚了。　よくわかりました。

◆謝謝您。　ありがとうございました。

7 聽不懂對方的說明

CD2-14

◆我沒聽清楚。	聞(き)き取(と)れませんでした。
◆我聽不太懂。	よくわかりませんでした。
◆不好意思，麻煩您再講一次。	すみません。もう一度(いちど)お願いします。

8 當不知道被詢問的地點時

◆對不起，我不知道。	すみません。わかりません。
◆不好意思，我不曉得。	悪(わる)いけれどわかりません。
◆非常抱歉，我對這一帶不熟悉。	申(もう)し訳(わけ)ありませんが、この辺(へん)は詳(くわ)しくありません。
◆請您去問一問崗哨的員警。	交番(こうばん)で聞(き)いてみてください。
◆萬一迷路的話，請到派出所詢問。	もし道(みち)が分(わ)からなかったら交番(こうばん)で聞(き)いてください。
◆每一個鄉鎮或村莊，都設有派出所。	どの町(まち)や村(むら)にも交番(こうばん)があります。
◆麻煩您請教別人。	他(ほか)の人(ひと)に聞(き)いてください。
◆請您去車站問問看。	駅(えき)で聞(き)いてみてください。

9 在車站好用的句子

◆從這裡去很遠嗎？	ここから遠(とお)いですか。

◆不會，不遠。	いいえ、遠(とお)くありません。
◆是的，有點遠。	はい、少(すこ)しあります。
◆請問如果從這裡去的話，大概需要多久時間呢？	ここからどれぐらいかかりますか。
◆幾分鐘而已。	数分(すうふん)です。
◆步行五分鐘。	歩(ある)いて5分(ふん)です。
◆開車去的話只要幾分鐘。	車(くるま)で数分(すうふん)です。
◆請問我該在哪裡轉彎呢？	どちらに曲(ま)がるのですか。
◆請問您要往哪個方向去呢？	どちらの方向(ほうこう)に行(い)くのですか。

10 實際應用–問路

◆不好意思請問東旅館在哪裡呢？	すみません、東(ひがし)ホテルはどこですか。
◆再往前走到第二個交叉路口，接著向左轉後，第三棟就是了。	この先(さき)２本目(ほんめ)を左(ひだり)に入(はい)って３軒目(げんめ)ですよ。
◆請問是在那條大馬路那邊嗎？	あの大(おお)きい通(とお)りですか。
◆不是，那算是第三條路了。中間還夾了一條巷子。	いいえ、あれは３本目(ぼんめ)。間(あいだ)に狭(せま)い道(みち)があるんです。 ＊「んです」是「のです」的口語形。這裡表示說明「中間還夾了一條巷子」這一情況。

◆原來如此，謝謝您。

そうですか。どうも。

＊「どうも」後面省略了「ありがとう」。是固定的表現用省略後面的說法。

◆不好意思，請問八丁目27號是在哪一帶呢？

すみません。八丁目(はっちょうめ)27ってどの辺(あた)りになりますか。

＊這裡的「って」是「とは」的口語形。表示就提起的話題「八丁目25號」，為了更清楚而發問。「…是…」。

◆八丁目喔。八丁目是在…，我想一下。

八丁目(はっちょうめ)ねえ。八丁目(はっちょうめ)は、ええと。

◆你看到那邊那條大馬路了嗎？

あそこに大(おお)きな道(みち)が見(み)えるでしょう。

◆就在那條路的另一側…。

あの道(みち)のあっち側(がわ)なんですけどね。

◆請從那個轉角處右轉進去。

あそこの角(かど)を右(みぎ)に曲(ま)がってください。

◆在第一個紅綠燈再往前走的那附近，就是八丁目了。

一(ひと)つ目(め)の信号(しんごう)の先(さき)の辺(あた)りが八丁目(はっちょうめ)なんですけどね。

◆之後的詳細地點，請你走到那附近後，再找人問看看。

後(あと)は、その近(ちか)くでもう一度(いちど)聞(き)いてみてください。

◆請問這附近有郵局嗎？

郵便局(ゆうびんきょく)、近(ちか)くにありますか。

◆有。往前直走，就在一個很大的三叉路口那裡喔。

ええ。このまま行(い)くと、大(おお)きな三叉路(さんさろ)がありますね。

◆喔，就是岔成三條路那邊吧。

ああ、三(みっ)つに分(わ)かれるところですね。

◆對，從最先遇到的那條巷子左轉直走，快要走到大馬路之前的右邊。就在那裡。	ええ。その手前の路地を左に入って大通りに出る手前の右です。

2 搭公車

1 搭公車—問問題

CD2-15

◆公車站在哪裡？	バス停はどこですか。
◆請問距離最近的巴士站是在哪裡呢？	一番近いバス停はどこですか。
◆有到澀谷嗎？	渋谷へは行きますか。
◆這台公車有去東京車站嗎？	このバスは東京駅へ行きますか。
◆請問這輛會到東京大學嗎？	このバスは東京大学に行きますか？
◆請問往東大寺的巴士，該到哪裡搭乘呢？	東大寺行きのバスは、どこで乗ればいいですか。
◆幾號公車能到？	何番のバスが行きますか。
◆請問往大阪公園站前的巴士，是在幾號站牌搭車呢？	大阪公園前行きのバスは、何番の乗り場ですか。
◆不好意思，請問這班巴士會經過市公所前這一站嗎？	すみません。このバスは市役所前を通りますか。

◆我要到市民活動禮堂，請問該在哪裡下車呢？	市民ホールに行きたいんですが、どこで降りたらいいですか。
◆到了請告訴我。	着いたら教えてください。
◆東京車站在第幾站？	東京駅はいくつ目ですか。
◆在哪裡下車呢？	どこで降りたらいいですか。
◆多少錢？	いくらですか。
◆請問到上野動物園的車資是多少錢呢？	上野動物園までの運賃はいくらですか？
◆小孩多少錢？	こどもはいくらですか。
◆可以收一千塊日幣嗎？	千円札でいいですか。
◆您曾搭過夜行巴士嗎？	夜行バスに乗ったことがありますか？

2 搭公車—回答問題

◆請從車站搭乘巴士。	駅からバスに乗ってください。
◆在車站前有巴士總站。	駅前にバスターミナルがあります。
◆請搭乘往四谷的巴士。	四谷行きのバスに乗ってください。
◆請搭乘七號巴士。	7番のバスに乗ってください。
◆搭乘巴士到車站。	▲駅までバスに乗ります。

A：「学校(がっこう)へ何(なん)で行(い)っていますか。」

（請問您都怎麼去學校呢？）

B：「バスで行(い)っています。」

（是搭巴士去的。）

◆這輛巴士開往上野。

このバスは上野(うえの)行(ゆ)きです。

◆這輛巴士的起站是新宿，迄站是澀谷。

このバスは新宿(しんじゅく)から渋谷(しぶや)まで走(はし)っています。

◆這輛車會行經溫泉區，然後到車站喔。

温泉街(おんせんがい)を経由(けいゆ)して、駅(えき)に行(い)きますよ。

◆請在醫院門口下巴士。

病院(びょういん)の前(まえ)でバスを降(お)りてください。

◆如果要到市民活動禮堂的話，在市公所前下車比較好喔。

市民(しみん)ホールだったら、市役所前(しやくしょまえ)で降(お)りるのがいいですよ。

◆前往醫院的乘車處在對面。

病院(びょういん)行(ゆ)きの乗(の)り場(ば)は反対側(はんたいがわ)です。

3 搭公車－實際應用

CD2-16

◆不好意思，請問到「公園前」站，車資要多少錢呢？

すみません、公園前(こうえんまえ)まで、いくらですか。

◆兩百二十圓。

220円(えん)です。

◆請投入那裡。

そこに入(い)れてください。

◆是放進這裡嗎？

ここですか。

◆啊，如果需要找錢，請投這邊喔。

あ、おつりがあるときはこっちね。

＊「こっち」是「こちら」的口語形。

◆我曉得了。

わかりました。

◆車子要開了。

発車(はっしゃ)します。

◆請您抓緊身旁的扶手，或者是皮革吊環。

近(ちか)くの手(て)すり、またはつり革(かわ)に、おつかまりください。

◆不好意思，請問這輛巴士有沒有到圖書館呢？

すみません、このバス図書館(としょかん)まで行(い)きますか?

◆有呀，請在五站之後下車。

行(い)きますよ。五(いつ)つ先(さき)で降(お)りてください。

◆非常謝謝您，請問是多少錢呢？

ありがとうございます。いくらですか?

◆三百圓。請您下車時投幣。

300円(えん)です。降(お)りる時(とき)に払(はら)ってください。

◆我知道了。

分(わ)かりました。

4 搭公車–其他

◆我之前都是搭乘巴士上學。

バスで学校(がっこう)に通(かよ)っていました。

◆不好意思，可否給我一份巴士的營運路線圖呢？

すみません、バスの路線図(ろせんず)をいただけますか？

◆我買了巴士的回數票。

バスの回数券(かいすうけん)を買(か)いました。

◆即使不招手攔車，巴士也會停下來載客喔。

手(て)を上(あ)げなくてもバスは止(と)まってくれますよ。

◆請一個緊接著一個排隊，中間不要有空隙。

間(あいだ)をあけないで並(なら)んでください。

◆巴士突然一陣搖晃，害我踩到了別人的腳。	急にバスが揺れて人の足を踏んでしまった。
◆頭和手不准伸出巴士的車窗之外！	バスの窓から手や顔を出すな。
◆車上有座位了喔，咱們坐吧！	席が空いたよ。座りな。
◆這輛巴士開得真慢哪，怎麼不開快一點呢？	遅いバスだな。速く走らないかな。
◆沒什麼人搭巴士，車廂空空的，真是太好了呀！	バスがすいていてよかったですね。
◆巴士左轉後停了下來。	バスは左に曲がってとまった。
◆如果來不及搭上巴士的話，就只好搭計程車前往囉。	バスに遅れたらタクシーで行かなくてはなりません。
◆摩托車跟在公車後面行駛。	バスの後をオートバイが走っていく。
◆在加快腳步之下，總算趕上巴士了。	急いで歩いたのでバスに間に合った。
◆下雨天，巴士車廂裡分外擁擠。	雨の日はバスが込みます。
◆巴士被塞在車陣中動彈不得。	バスが渋滞に巻き込まれた。
◆東京的巴士由於交通壅塞，所以無法快速行駛。	東京のバスは道が込んでいて早く走れない。
◆我在日本東北地區是搭巴士旅行的。	東北地方をバスで旅行しました。

◆等我長大以後，想當巴士司機。　大きくなったらバスの運転手になりたい。

3 搭電車、地下鐵

1 搭電車問問題

CD2-17

◆請問一下。　あのう、ちょっと、伺いますが。

◆我想到新宿。　新宿まで行きたいです。

◆我想要去銀座，請問該怎麼前往才好呢？　銀座へ行きたいのですが、どう行ったらいいですか。

◆這輛電車往東京嗎？　この電車は、東京に行きますか。

◆下一站是哪裡？　次の駅はどこですか。

◆下一班電車幾點？　次の電車は何時ですか。

◆秋葉原車站會停嗎？　秋葉原駅にとまりますか。

◆在品川車站換車嗎？　品川駅で乗り換えますか。

◆在哪裡換車？　どこで乗り換えますか。

◆在哪裡下車好呢？　どこで降りればいいですか。

◆請問在哪一站下車比較方便呢？　どこで降りたら便利ですか？

◆請問，往台場的是這個月台嗎？	すみません、お台場（だいば）はこのホームですか。
◆請問是不是一定要先預約車票，才能搭乘新幹線呢？	新幹線（しんかんせん）は予約（よやく）しないといけませんか？
◆幾點出發呢？	いつ出発（しゅっぱつ）しますか。
◆請問您手邊有沒有電車的時刻表呢？	電車（でんしゃ）の時刻表（じこくひょう）を持（も）っていますか？
◆請問哪裡有賣車票呢？	切符（きっぷ）はどこで売（う）ってるの?
◆我們要在哪裡會合呢？	どこに集（あつ）まりましょうか。

2 回答搭電車問題

◆請搭電車。	電車（でんしゃ）に乗（の）ってください。
◆請搭往東京的電車。	東京（とうきょう）行（ゆ）きの電車（でんしゃ）に乗（の）ってください。
◆請搭快速電車。	快速電車（かいそくでんしゃ）に乗（の）ってください。
◆請搭每站都停靠的電車。	各駅停車（かくえきていしゃ）に乗（の）ってください。
◆請搭第一月台的電車。	1番線（ばんせん）の電車（でんしゃ）に乗（の）ってください。
◆請從品川站搭乘ＪＲ線。	品川駅（しながわえき）からJRに乗（の）ってください。
◆請在第二月台搭山手線。	2番線（ばんせん）から山（やま）の手線（てせん）に乗（の）ってください。
◆請在惠比壽下車。	恵比寿（えびす）で降（お）りてください。
◆請在惠比壽換車。	恵比寿（えびす）で乗（の）り換（か）えてください。

◆請從惠比壽搭地下鐵。
恵比寿から地下鉄に乗ってください。

◆請在惠比壽換搭日比谷線。
恵比寿で日比谷線に乗り換えてください。

◆六本木是第二站。
六本木は二つ目の駅です。

◆急行列車不會停靠本站。
急行はこの駅に止まりません。

◆請從橫濱站搭新幹線到新潟站下車。
横浜駅で新幹線に乗って新潟駅で降りてください。

◆停靠在第一月台，往福島的急行列車即將發車。
1番線から福島行きの急行が出ます。

◆那個車站只有每站停靠的電車才會停。
あの駅は各駅停車の電車しか止まりません。

◆往岡山的列車，即將由第一月台發車。
岡山行きの列車は一番ホームから出ます。

◆停靠於這個車站的列車，每一班都會行駛到盛岡。
この駅に止まる電車はどれも盛岡まで行きます。

◆最快的方式是從品川搭乘電車，然後在新橋換搭地下鐵。
品川から電車に乗って新橋で地下鉄に乗り換えるのが一番早いです。

3 抵達車站以後

CD2-18

◆請爬上階梯。
階段を上がってください。

◆請走下階梯。
階段を降りてください。

◆請走上位於正中間的階梯。
中央の階段を上がってください。

◆請走下往東京方向的階梯。　東京（とうきょう）寄（よ）りの階段（かいだん）を降（お）りてください。

◆請由中央口出站。　中央口（ちゅうおうぐち）を出（で）てください。

◆請由南口出站。　南口（みなみぐち）を出（で）てください。

4 車站的相關問答（一）

◆請問這班電車會到中央車站嗎？　この電車（でんしゃ）は中央駅（ちゅうおうえき）に行（い）きますか。

◆請問這班巴士會在美術館那站停車嗎？　このバスは美術館（びじゅつかん）で、止（と）まりますか。

◆是的，會在那一站停靠喔。　はい、止（と）まりますよ。

◆是的，那是第三站唷。　はい、三（みっ）つ目（め）ですよ。

◆沒有，不會停靠那一站。　いいえ、停（と）まりません。

◆不會到那一站哦。　行（い）きませんよ。

◆會到那一站喔。　行（い）きますよ。

◆請到第二月台搭車。　2番線（ばんせん）に乗（の）ってください。

◆請問這班是快速電車嗎？　この電車（でんしゃ）は急行（きゅうこう）ですか。

◆請問這班電車會每站都停靠嗎？　この電車（でんしゃ）は各駅停車（かくえきていしゃ）ですか。

◆是的，沒有錯呀。　はい、そうですよ。

◆不，不是的。　いいえ、違（ちが）います。

◆快速電車是下一班。
急行(きゅうこう)は次(つぎ)の電車(でんしゃ)です。

◆快速電車是在對面的月台搭乘。
急行(きゅうこう)は反対側(はんたいがわ)のホームです。

◆請問我該到哪裡搭乘快速電車呢？
急行(きゅうこう)はどこで乗(の)るのですか。

◆請問每站都停靠的電車是在幾號月台搭乘呢？
各駅停車(かくえきていしゃ)は何番線(なにばんせん)ですか。

◆請到第五月台搭車。
5番線(ばんせん)に乗(の)ってください。

◆請問該到哪裡搭乘特急電車呢？
特急電車(とっきゅうでんしゃ)はどこで乗(の)るのですか。

◆請問下一班電車是幾點發車呢？
次(つぎ)の電車(でんしゃ)は何時(なんじ)ですか。

◆會在十分鐘後來。
10分後(ぷんご)に来(き)ます。

◆會在五點二十分的時候來。
5時(じ)20分(ぷん)に来(き)ます。

◆每五分鐘會來一班。
5分(ふん)おきに来(き)ます。

5 車站的相關問答（二）

◆請問南站是第幾站呢？
南駅(みなみえき)はいくつ目(め)の駅(えき)ですか。

◆是下一站。
次(つぎ)の駅(えき)です。

◆是第三站。
三(みっ)つ目(め)の駅(えき)です。

◆在目黒站的下一站。　目黒駅の次です。

◆請問到南站的行駛時間是幾分鐘呢？　南駅まで何分ですか。

◆大約十五分鐘左右。　だいたい15分ぐらいです。

◆請問要到北站需要多少錢呢？　北駅までいくらですか。

◆三百三十圓。　330円です。

◆請問來回車票多少錢呢？　往復切符はいくらですか。

◆請問單程車票多少錢呢？　片道はいくらですか。

◆來回是四百六十圓。　往復で460です。

◆單程是三百二十圓。　片道で320です。

6 電車−實際應用

◆往橫濱的電車是哪一輛？　横浜行きの電車はどれですか。

◆嗯…往橫濱的在一號月台。　ええと、横浜行きは、1番ホームです。

◆請坐山手線到品川，然後轉搭東海道線。　山手線で、品川まで行って、東海道線に乗り換えてください。

◆到哪裡要花多少時間？　そこまでどのくらいかかりますか。

◆大約30分。　30分ぐらいでしょう。

◆我明白了，謝謝您！

わかりました。ありがとうございました。

7 電車真方便

CD2-19

◆也有女性專用車輛。

女性専用車両もあります。

◆為了怕冷氣的乘客也有弱冷房車。

冷房が苦手な人のために弱冷房もあります。

◆在東京車站裡，也有飯店和百貨公司。

東京駅にはホテルやデパートもあります。

◆最好是買定期票比較便宜喔。

定期券を買った方が安いですよ。

◆請問急行電車與特急電車，哪一種比較快呢？

急行と特急ではどっちが速いの？

＊句尾的「の」表示疑問時語調要上揚，大多為女性、小孩或年長者對小孩講話時使用。表示「嗎」。

◆與其搭巴士，不如搭電車比較快到目的地。

バスより電車で行った方が早くつきます。

◆新幹線比特急列車快，但比飛機慢。

新幹線は特急より速いが飛行機より遅い。

◆明天要搭首班電車到大阪。

明日は始発で大阪まで行きます。

◆我在離開家門前，已先查過了電車的時刻表。

家を出る前に電車の時間を調べておいた。

◆從我家走到車站，需花十五分鐘。

うちから駅まで歩いて15分かかる。

◆我是搭電車上學的。

電車で学校へ通っています。

◆我們等車廂較空的電車來吧。	すいた電車(でんしゃ)が来(く)るまで待(ま)ちましょう。
◆打掉舊站建築後，蓋了新的車站。	古(ふる)い駅(えき)を壊(こわ)して新(あたら)しい駅(えき)ができました。
◆這個時間的電車總是客滿的。	この時間(じかん)の電車(でんしゃ)はいつも満員(まんいん)です。
◆往東京的最後一班電車即將到達第一月台。	一番線(いちばんせん)に東京(とうきょう)行(ゆ)きの最終(さいしゅう)電車(でんしゃ)が到着(とうちゃく)します。
◆在早上八點到九點的時段，電車車廂最為擁擠。	朝(あさ)8時(じ)から9時(じ)まで電車(でんしゃ)が一番(いちばん)込(こ)んでいる。
◆新幹線在東京與大阪之間的車行時間是三小時。	新幹線(しんかんせん)は東京(とうきょう)と大阪(おおさか)を3時間(じかん)で走(はし)る。
◆一八七二年，日本才首度有火車行駛。	日本(にほん)ではじめて汽車(きしゃ)が走(はし)ったのは1872年(ねん)のことです。

8 搭電車常見的規則及意外

◆一號車廂是禁菸車廂。	1号車(ごうしゃ)は禁煙(きんえん)です。
◆不可將頭、手伸出電車的窗外。	電車(でんしゃ)の窓(まど)から手(て)や顔(かお)を出(だ)してはいけません。
◆坐電車時，不可以雙腿大張。	電車(でんしゃ)の中(なか)で足(あし)を広(ひろ)げてはいけません。
◆一位男人正在電車裡，張大嘴巴地呼呼大睡。	電車(でんしゃ)の中(なか)で男(おとこ)の人(ひと)が大(おお)きな口(くち)をあけて寝(ね)ています。
◆很多人都會把傘忘在電車上。	電車(でんしゃ)の中(なか)に傘(かさ)を忘(わす)れる人(ひと)が多(おお)い。
◆電車已遲了十五分鐘。	電車(でんしゃ)が15分遅(ふんおく)れています。

◆由於大雪的緣故，電車晚了三十分鐘才抵達。

雪のため電車は30分遅くついた。

◆您遇上了電車的事故，想必飽受驚嚇吧。

電車の事故で大変だったでしょ。

＊「でしょ」是「でしょう」口語形。字越少就是口語的特色，省略字的字尾也很常見。

◆由於交通壅塞而遲到了，真是非常抱歉。

道が込んでいたので遅くなってすみません。

◆明明在大阪站就該下車，卻搭過站而坐到新大阪站去了。

大阪で電車を降りなくてはいけないのに新大阪まで行ってしまいました。

9 地下鐵

◆我都搭地下鐵上班。

▲会社まで地下鉄で通っています。

A：「タクシーは高いから地下鉄で行かない。」

（搭計程車太貴了，要不要搭地下鐵去呢？）

B：「ええ、そうしましょう。」

（好啊，搭地下鐵吧。）

◆搭乘地下鐵既快捷又安全。

地下鉄は速くて安全です。

◆在三田站轉搭了地下鐵。

三田駅で地下鉄に乗り換えた。

◆搭巴士太慢了，我們搭地下鐵去吧。

バスは遅いから地下鉄で行きましょう。

◆搭地下鐵時無法看到窗外的風景，所以相當枯燥乏味。

地下鉄は外が見えないから面白くない。

◆從澀谷搭地下鐵到新橋，大約是二十分鐘。

渋谷から新橋まで地下鉄で20分ぐらいです。

◆今天早晨的地下鐵車廂極為擁擠。

今朝の地下鉄はとても込んでいました。

◆如果要去那裡的話，從新宿搭地下鐵前往比較快。

あそこなら新宿から地下鉄で行ったら早いです。

◆東京地下鐵的總長超過兩百公里。

東京の地下鉄は200キロ以上あります。

◆千葉縣還沒有地下鐵。

千葉にはまだ地下鉄がない。

◆新的地下鐵路線開通後，交通變得便利多了。

新しい地下鉄ができて便利になりました。

◆請問這條地下鐵路線會通往梅田嗎？

この地下鉄は梅田を通りますか。

◆沒有，不會開到那裡。

いいえ、通りません。

◆是的，會開到那裡。

はい、通ります。

◆如果要去梅田的話，請在本町轉搭御堂筋線。

梅田へ行くなら本町で御堂筋線に乗り換えてください。

4 搭計程車

1 叫計程車

CD2-20

◆我們打電話叫計程車吧。

電話でタクシー呼びましょう。

◆我們一共有八個人，所以得叫兩輛計程車吧。

8人だからタクシーは2台ね。

◆大家都要去車站吧？

みんな駅まででしょう？

◆請幫我叫一輛計程車。

タクシーを一台呼んでください。

◆那麼，再多叫一輛吧。

じゃあ、もう1台呼びましょうか。

◆立刻就招到了計程車。

すぐタクシーが見つかった。

◆怎麼等了那麼久，還沒等到計程車呢？

タクシーがなかなか来ませんね。

◆要不要走去車站那邊，試看看能不能招到計程車呢？

駅の方に行ってタクシーを探しましょうか。

◆假如就在附近的話，那就走路過去；可是距離有點遠，所以搭計程車去吧。

近くなら歩いていくんだけど、ちょっと遠いからタクシーに乗りましょう。

◆如果只是多一個人的話，那就還擠得下。

あと一人だけなら入れる。

◆您看到有很多輛計程車在排班的地方吧？那裡就是車站。

タクシーがたくさん並んでいるでしょう？あそこが駅です。

2 坐上計程車

◆不好意思，我要到車站。

すみません。東京駅までお願いします。

◆麻煩在下一個紅綠燈前停車。

次の信号の手前で止めてください。

◆請在這裡停車。

ここで止めてください。

◆請右轉。	右に曲がってください。
◆請到王子飯店。	プリンスホテルまでお願いします。
◆到那裡要花多少時間？	そこまでどれくらいかかりますか。
◆路上塞車嗎？	道は混んでいますか。
◆請向右轉。	右に曲がってください。
◆前面右轉。	その先を右へ。
◆請在第三個轉角左轉。	三つ目の角を左へ曲がってください。
◆請直走。	まっすぐ行ってください。
◆請在那裡停車。	そこで止めてください。
◆請在那棟白色建築物前停。	そこの白いビルで止めてください。
◆計程車以飛快的速度疾奔而去。	タクシーがすごい速さで走っていった。
◆由於有不少重物，所以搭乘了計程車運送。	重い荷物があったのでタクシーに乗りました。
◆我們不要搭計程車，改搭電車前往吧。	タクシーは使わないで電車で行きましょう。
◆下計程車時，把手提包忘在車上。	タクシーを降りるときにかばんを忘れてしまいました。

◆從下個月起，計程車的車資要漲價。　来月からタクシー代があがります。

5 搭飛機、船等

1 機場內

CD2-21

◆我已經預約了前往巴黎的機票。　パリ行きのチケットを予約しました。

◆我已經確認過機位了。　チケットはもうコンファームしました。

＊「コンファーム」後省略了「を」。在口語中，常有省略助詞「を」的情況。

◆終於買到了特別優惠的機票。　格安チケットを手に入れることができた。

◆我買了票期一年的機票。　1年オープンのチケットを買いました。

◆必須在起飛前兩小時辦理報到手續才行。　出発の2時間前までにチェックインしないといけません。

◆機艙手提行李限重七公斤。　機内持ち込みの荷物は7キロまでです。

◆這件行李很重，想要託運。　この荷物は重たいので預けます。

◆JAL777號班機，現在開始登機。　JAL777便は、ただ今より搭乗を開始いたします。

◆在香港轉機。　香港で飛行機を乗り換えます。

◆由於機場濃霧導致航班延誤。

濃霧のせいで出発が遅れました。

◆我還沒有搭過飛機，想要搭一次看看。

飛行機にまだ乗ったことがないので一度乗ってみたいです。

◆從休士頓到紐約，搭飛機要花兩個小時。

ヒューストンからニューヨークまで飛行機で2時間かかります。

2 搭飛機、船

◆在飛機裡很難熟睡。

飛行機の中ではよく眠れない。

◆從大阪到上海有直航的班機。

大阪から上海まで直行便がある。

◆我將會搭乘今天傍晚的飛機前往巴西。

今日の夕方の飛行機でブラジルへ出発します。

◆即使是在夜裡或是雨中，飛機都能安全飛行。

飛行機は夜でも雨の中でも安全に飛べます。

◆飛機左搖右晃地，恐怖極了。

飛行機がゆれて怖かった。

◆我把提袋忘在飛機上了。

飛行機の中にバッグを忘れた。

◆快要趕不上飛機啦！走快點！

飛行機に遅れそうだ。急ごう。

◆飛機從上空呼嘯而過後，才傳來了巨大的噪音聲響。

飛行機が通り過ぎたあとに大きな音が聞こえた。

◆駛離碼頭的船隻漸行漸遠。

港を出た船が小さくなっていった。

◆搭船去澳洲必須航行七天。

オーストラリアまで船で七日かかる。

◆假如要去遙遠的地方，與其開車不如搭飛機，費用比較便宜。	遠くへ行くのなら自動車より飛行機の方が安い。
◆汽艇飛快地劃過湖面。	湖 をモーターボートが飛ぶように走っていく。

3 騎腳踏車

◆我推著壞掉的腳踏車前進。	壊れた自転車を押していった。
◆只要多加練習，任何人都會騎自行車。	練習すれば誰でも自転車に乗れます。
◆我把自行車停放在超市門口，卻被人偷走了。	自転車をスーパーの前に止めておいたら、誰かに盗まれてしまった。
◆您有把腳踏車上鎖嗎？	自転車に鍵をかけましたか。
◆這裡可是人行道耶，快點跳下腳踏車用牽的！	ここは人が歩く道だよ。自転車から降りなさい。
◆由於很疲憊，所以牽自行車步行。	疲れたので自転車を押していきました。
◆因為路上沒什麼人車通行，所以能夠開／騎／跑得很快。	道がすいていたので速く走れた。
◆有自行車要超車喔，往右轉！	自転車が通るよ。右に曲がれ！
◆我騎自行車去買了東西。	自転車で買い物に行きました。
◆我騎腳踏車去上學。	学校まで自転車で通っています。

6 租車

1 租車子

CD2-22

◆我想租車。　車(くるま)を借(か)りたいです。

◆我要小型車。　小型(こがた)の車(くるま)がいいです。

◆我想租那一部車。　あちらの車(くるま)を借(か)りたいです。

◆押金多少？　保証金(ほしょうきん)はいくらですか。

◆有保險嗎？　保険(ほけん)はついていますか。

◆一天租金多少？　一日(いちにち)いくらですか。

◆傍晚還車。　夕方(ゆうがた)に返(かえ)します。

◆車子故障了。　車(くるま)が故障(こしょう)しました。

◆這台車還你。　この車(くるま)を返(かえ)します。

◆我要還車。　車(くるま)を返却(へんきゃく)します。

2 開車與行車守則

◆綠燈時可以穿越馬路。　信号(しんごう)が青(あお)いときは道路(どうろ)を渡(わた)れます。

◆汽車開上了馬路。　自動車(じどうしゃ)が道路(どうろ)に乗(の)り上(あ)げた。

◆我想要開車前往遙遠的地方。

▲自動車に乗ってどこか遠いところへ行きたい。

A：「駅まで乗せていってくれない？」

（請載我到車站好嗎？）

B：「ええ、いいですよ。」

（嗯，可以啊。）

◆車輛發出的聲音一點也不吵雜刺耳。

車の音など少しもうるさくないです。

◆假如要選汽車的話，挑日本廠牌的比較好。

自動車なら日本のものがいい。

◆家兄教我開汽車。

兄から自動車の運転を習っています。

◆駕駛卡車不是件容易的事。

トラックを運転するのは簡単ではない。

◆日本的汽車不僅設計精良，而且經久耐用。

日本の自動車はデザインがいいし、壊れない。

＊「し」表示構成後面理由的幾個例子，或陳述幾種相同性質的事物。「因為…；既…又…」。

◆我的哥哥在一場車禍中過世了。

兄は自動車事故で死にました。

◆您真有錢哪！又買了一輛新車喔？

お金持ちですねえ！また新しい自動車を買ったんですか。

◆我擁有三輛汽車。

自動車を３台持っている。

◆如果開太快的話，很危險喔！

急いで走ると危ないですよ。

◆像那樣突然轉彎，真是太危險了耶！
危ないなあ。あんなに急に曲がって。

◆不可以在狹窄的巷弄裡高速行駛。
せまい道でスピードを上げてはいけない。

◆絕不可酒後開車。
酒を飲んで自動車を運転してはいけない。

◆下一個轉彎處不能往左轉。
次の角は左に曲がれない。

◆汽車不得停在醫院門前。
病院の前では自動車を止められません。

◆我們開慢一點，以免發生交通意外。
事故を起こさないようにゆっくり走りましょう。

7 我迷路了

1 新宿要怎麼走

CD2-23

◆我迷路了。
道に迷いました。

◆請告訴我車站怎麼走？
駅への道を教えてください。

◆我現在正在找地圖。
今、地図を見てるんですけど。

◆這份地圖畫得好怪喔，害我迷路了。
この地図おかしいですよ。おかげで迷っちゃいましたよ。

＊「おかげ」原本是對別人的好意、照顧等，表示感謝的一種習慣的客氣說法。但這裡含反諷意味，「都是這個怪地圖」的意思。

◆車站遠嗎？
駅は遠いですか？

◆對不起，可以請教一下嗎？
すみませんが、ちょっと教(おし)えてください。

◆上野車站在哪裡？
上野駅(うえのえき)はどこですか。

◆新宿要怎麼走呢？
新宿(しんじゅく)は、どう行(い)けばいいですか。

◆南邊是哪一邊？
南(みなみ)はどちらですか。

◆不好意思，想請問一下，美術館該往哪個方向呢？
ちょっとお尋(たず)ねしますが、美術館(びじゅつかん)はどっちの方(ほう)ですか。

＊「ちょっとお尋ねしますが」用在有事問別人，開頭的客氣說法。

◆不好意思，請問要到櫻台醫院該怎麼去呢？
すいません。桜台病院(さくらだいびょういん)までどう行(い)ったらいいんですか。

＊「たらいいんですか」表示徵詢對方意見的說法。

◆不好意思，請問八丁目２７號大概在哪一帶呢？
すみません。八丁目(はっちょうめ)27ってどの辺(あた)りになりますか。

◆請沿這條路直走。
この道(みち)をまっすぐ行(い)ってください。

◆請在下一個紅綠燈右轉。
次(つぎ)の信号(しんごう)を右(みぎ)に曲(ま)がってください。

◆上野車站在左邊。
上野駅(うえのえき)は左側(ひだりがわ)にあります。

◆往那邊。我也要往同樣的方向走，我帶您過去吧。
あっちです。私(わたし)もおんなじ方(ほう)へ行(い)くので、ご案内(あんない)しますよ。

＊「おんなじ」是「おなじ」的口語形。加撥音「ん」是加入感情有強調作用。

◆這樣嗎？非常不好意思。	そうですか。どうもすいませんね。
◆不用客氣，只是順道而已。	いいえ、ついでですから。
◆叔叔，請問你，這台卡車要開到哪裡呀？	ねえ、おじさん、このトラックどこまで行(い)くの?
◆我要到鎮上一趟。	ちょっと町(まち)までさ。
◆好，那就快一點上車吧。	よし、早(はや)く乗(の)れよ。

Chapter 12

辦事去！

1 打電話

1 打電話給認識的人

CD2-24

◆喂？　もしもし。

◆您好！是田中老師的家嗎？　もしもし、田中先生のお宅ですか。

◆我是友子。　友子です。

◆敝姓李。　李と申しますが。

◆我叫做山田友子。　山田友子と申します。

◆高橋小姐在嗎？　高橋さん、いらっしゃいますか。

◆麻煩您請櫻子小姐聽電話。　桜子さんをお願いします。

◆我叫做友子，麻煩您請櫻子小姐聽電話。　友子と申しますが、桜子さんをお願いします。

◆可以麻煩您請櫻子小姐聽電話嗎？　桜子さんをお願いしたいのですが。

◆請問櫻子小姐在嗎？　桜子さんはいますか。

◆對不起，這麼晚還打電話叨擾。　夜分にすみません。

◆對不起，在晚餐時間打電話叨擾。　夕食のお時間にすみません。

◆對不起，在您正忙的時候打電話叨擾。
お忙(いそが)しいところすみません。

◆你現在在哪裡？
今(いま)、どこですか。
＊ 講行動電話時使用。

◆你現在方便講電話嗎？
今(いま)、話(はな)して大丈夫(だいじょうぶ)ですか。

◆你現在在做什麼？
今(いま)、何(なに)をしていますか。

2 本人出來接聽電話時

◆喂，是我。
はい、私(わたし)です。

◆是我，有什麼事？
私(わたし)ですが。

◆您好！我姓王。
もしもし、王(オウ)でございます。

◆啊！是高橋小姐嗎？我是小李。
あ、高橋(たかはし)さんですか。李(リー)です。

◆好久不見。
ご無沙汰(ぶさた)しております。

◆現在有插播電話，你先在線上等我一下。
キャッチホンが入(はい)りましたのでちょっとそのまま待(ま)っていてください。

◆我等下再打電話給你。
後(あと)でかけ直(なお)します。

◆你可以等十分鐘後再打給我嗎？
10分(ぷん)したらかけ直(なお)してくれますか。

◆我現在有點忙，等一下再打給你。
ちょっと今(いま)、忙(いそが)しいので少(すこ)ししたらかけ直(なお)します。

◆我現在不方便講電話，等下再打給你。
今話(いまはな)せないので後(あと)でかけ直(なお)します。

3 接聽電話

◆您是哪位？　どちら様でしょうか。

◆請問是哪一位呢？　どちらさまですか。

◆可以請教您的大名嗎？　お名前をお聞かせ願えますか。

◆可以再一次請教您的大名嗎？　もう一度お名前お聞かせ願えますか。

◆好的，請您稍等一下。　わかりました。そのままお待ちください。

◆是的，請稍等一下。　はい、少々お待ちください。

4 本人無法接聽電話的原因

◆他現在外出。　今、外出しています。

◆石田外出了。　石田は、外出しているんですが。

＊「んです」是「のです」的口語形。這裡表示說明情況。

◆他現在不在。　今、いません。

◆他還在工作，還沒回來。　まだ仕事から帰っていません。

◆他還沒從學校回來。　学校から帰っていません。

◆他今天和朋友出去了。　今日は友達と出かけています。

◆他今天去工作了。　今日は仕事に行きました。

◆他今天去參加社團活動，不在家。　今日は部活でいません。

◆他現在正在洗澡。 今、お風呂に入っています。

◆他現在正在沖澡。 今、シャワーを浴びています。

◆我現在正在洗澡，沒辦法接聽電話。 今お風呂に入っているので電話に出られません。

5 詢問對方幾點會回來

CD2-25

◆他人什麼時候回來呢？ 何時ごろお戻りでしょうか。

◆請問他大約幾點會回來呢？ 何時ごろお戻りになりますか。

◆請問您知不知道他大概幾點會回來呢？ 何時ごろ帰られるかご存じですか。

6 回來的時間

◆我想他馬上就會回來。 すぐ戻ると思います。

◆我不知道他會在幾點回來。 何時ごろ帰ってくるかわかりません。

◆我想再過一會兒，他就會回來了。 少ししたら戻ると思います。

◆我想他再過兩、三個鐘頭就會回來了。 2、3時間で戻ると思います。

◆我想他兩小時左右就回來。 あと2時間ぐらいで戻ると思いますが。

◆我想他大概會在三點回來。 3時ごろ帰ってくると思います。

◆我想他會在晚餐時間之前回來。 夕飯までには帰ると思います。

◆我想他會在八點以後才回來。　帰りは8時過ぎになると思います。

◆我想他會很晚回來。　帰りは遅くなると思います。

7 本人無法接聽時的應對

◆我會轉告他您打過電話來找他。　電話があったことを伝えておきます。

◆請問要不要幫您轉達什麼留言呢？　何か伝えましょうか。

◆請問她知道您的電話號碼嗎？　彼女はあなたの電話を知っていますか。

◆讓他回您電話好嗎？　こちらからお電話いたしましょうか。

◆請問您的電話號碼？　お電話番号をお願いします。

8 簡單的留言

◆好的，我會再打電話過來。　わかりました。また電話します。

◆我屆時會再打電話過來。　その頃またお電話します。

◆我明天再打電話過來。　明日またかけます。

◆麻煩他打電話給我。　電話をください。

◆等我到達橫濱以後，再打電話給你。　横浜についたら電話をします。

◆可以麻煩您轉告一聲嗎？　お伝えいただけますか。

◆請他打電話到我家。　家に電話をください。

◆請您轉告他。　お伝(つた)えください。

◆請在今晚九點左右撥電話給我。　今晩(こんばん)9時(じ)ごろ電話(でんわ)をください。

◆麻煩您轉告一聲，請他撥到我的行動電話。　携帯(けいたい)に電話(でんわ)してほしいとお伝(つた)えください。

◆那麼，麻煩幫我留言。　では、伝言(でんごん)をお願(ねが)いします。

◆請轉達我有打電話給他。　電話(でんわ)があったとお伝(つた)えください。

◆只要請您轉告他，我打過電話找他就可以了。　電話(でんわ)があったことだけお伝(つた)えください。

◆請您轉告他，我會比和他約好的時間還要晚到。　待(ま)ち合(あ)わせに遅(おく)れるとお伝(つた)えください。

◆麻煩您轉告他，我因為工作而無法赴約。　仕事(しごと)で行(い)けなくなったとお伝(つた)えください。

◆麻煩您轉告他，我明天會再打電話過來。　明日(あした)電話(でんわ)するとお伝(つた)えください。

◆是田中。他說突然想起要去辦件急事，會晚一點才到。　田中君(たなかくん)、急(きゅう)に用事(ようじ)思(おも)い出(だ)したから、少(すこ)し時間(じかん)に遅(おく)れるって。

◆他曉得我的電話號碼。　彼(かれ)は私(わたし)の電話番号(でんわばんごう)を知(し)っています。

◆為求保險起見，我的電話號碼是03-1234-5678。　念(ねん)のため、私(わたし)の電話番号(でんわばんごう)は03-1234-5678です。

◆非常感謝您。　ありがとうございます。

◆那麼，再見。　では、失礼(しつれい)します。

9 答錄機的留言

CD2-26

◆現在外出。　ただいま留守しております。

◆現在無法接聽電話。　ただいま電話に出ることができません。

◆請在嗶聲之後留下您的大名和留言。　発信音のあとにお名前とメッセージをどうぞ。

◆我是正弘。　正弘です。

◆我等一下再打過來。　後でまたかけます。

◆我打電話來要和你討論工作上的事。　仕事の件で電話しました。

◆我打電話來要跟你講明天的事。　明日のことで電話しました。

◆等你回來以後，請打電話給我。　帰ったら電話をください。

10 手機簡訊

◆你看一下這個手機簡訊。　ちょっとこのメール見てください。

◆啊！這是表情符號啦。　ああ、顔文字ですね。

◆笑的表情表示「早安」喔！　「おはよう」って笑っているんですよ。

◆咦！在笑啊！恩，哪裡呢？　えっ、笑っているんですか。えっと、どこが…。

◆看不出來嗎？　そう見えませんか。

◆這個刮號是臉。　この括弧は顔ですよ。

◆括號中不是有兩個的倒「V」。
括弧の中に逆さまになっている「V」が二つありますね。

◆這表示在笑的眼睛。知道了嗎？
これが笑っている目ですよ。わかりますか。

◆啊！原來如此。那我知道了，下面的圓是嘴巴囉！
あぁ、なるほど。そうですか。じゃあ、下のまるは口かな。

◆答對了。
あたり。

11 其他好用句

◆剛剛有人打電話來喔。
さっき、電話あったよ。

◆誰打來的？
誰から？

◆電話響了啦！誰去接一下吧！
電話だ！誰か出て！

◆老公，山田先生打電話找你喔。
あなた、山田さんから電話ですよ。

◆我現在正忙著，等一下再回電話。
今忙しいのであとで電話します。

◆這通電話講得真久哪，已經講了一個小時。
長い電話だなあ、もう一時間も話してる。

◆假如能接到您的回電，真是不勝感激。
お電話などをいただけるとうれしいです。

◆如果你要打電話過來，麻煩請在晚上來電。
電話をくれるなら夜にお願いします。

◆有沒有人打過電話來找我呢？	私(わたし)に誰(だれ)かから電話(でんわ)がなかった？
◆經理打過電話找你唷，最好立刻回電喔。	部長(ぶちょう)からありましたよ。すぐ電話(でんわ)した方(ほう)がいいですよ。
◆無論我打過多少次，對方的電話依然是通話中。	何回電話(なんかいでんわ)をかけても話中(はなしちゅう)だ。
◆電話話筒傳出的聲音很小，請稍微提高聲量說話。	電話(でんわ)が遠(とお)いのでもう少(すこ)し大(おお)きな声(こえ)で話(はな)してください。
◆什麼嘛！電話說到一半竟然斷線了。	へんだな。途中(とちゅう)で電話(でんわ)が切(き)れちゃった。
◆由於發生了意外事故，電話變得很難打通。	事故(じこ)のため電話(でんわ)がかかりにくくなっています。
◆我想打電話到JAL，你知道電話號碼是幾號嗎？	JALに電話(でんわ)したいんだけど、電話番号(でんわばんごう)分(わ)かる?
◆咦，我不知道耶，要不要打去１０４查號台問問看呢？	さ～あ、知(し)らないなあ、104に電話(でんわ)して聞(き)いてみたら? ＊「たら」是「たらどうですか」是省略後半部的口語表現。表示建議、規勸對方的意思。
◆你有沒有十圓銅板？	10円玉(えんだま)ある?
◆你要不要用電話卡打呢？	テレホンカード使(つか)えば?

2 報紙、郵局與銀行

1 訂報紙

CD2-27

◆要不要訂報呢？
新聞いかがですか?

◆我們家不必了。
うちは結構です。

◆就訂一份報紙嘛。
新聞を取りましょうよ。

◆還可以收到刊登優惠訊息的廣告單，很方便喔。
チラシも見られますし、便利ですよ。

◆有三個月免費試閱期，要不要訂一份看看呢？
3ケ月無料にしますからとってみてください。

◆還會送您啤酒兌換券和洗衣粉喔。
ビール券と洗剤もあげますよ。

◆那就訂三個月吧。
それじゃ3ケ月お願いします。

◆我來收報費。
集金です。

◆一個月三千圓。
一ケ月3000円です。

◆我是日本新聞的人，可以請您訂閱一份嗎？
日本新聞ですが、ご購読いただけませんか?

◆不用了。
結構です。

◆好，那我就訂了。
はい、お願いします。

◆請別拒絕嘛。	そんなことおっしゃらずに。
◆可是我們已經訂閱其他家報紙了呀。	そうはいっても、もう別(べつ)のところでとってるから。 ＊「とこ」是「ところ」的口語形。口語為求方便，常把音吃掉變簡短。
◆我們有各種優惠，您可以考慮看看嗎？	色々(いろいろ)サービスつけますから、考(かんが)えていただけませんか?
◆例如呢？	例(たと)えば?
◆如果訂一年份的報紙，就可以享有九折優惠。	年間購読(ねんかんこうどく)いただけるなら、１０％(パーセント)オフにします。
◆其他還有什麼呢？	ほかには?
◆每個月還會致贈面紙和洗衣粉。	毎月(まいつき)、ティッシュと洗剤(せんざい)もプレゼントします。
◆是嗎？那我就考慮一下吧。	そう？じゃあ考(かんが)えてみようかしら。

2 寄信

◆我要郵票。	切手(きって)をください。
◆麻煩80日圓郵票3張。	80円切手(えんきって)３枚(まい)お願(ねが)いします。
◆沒有130日圓郵票。	130円(えん)の切手(きって)はありません。
◆我要寄航空。	航空便(こうくうびん)でお願(ねが)いします。
◆到台灣航空要多少錢？	台湾(タイワン)まで航空便(こうくうびん)でいくらですか。

◆您要寄限時掛號是吧！　書留速達ですね。

◆我量一下。　ちょっと量ります。

◆請填上郵遞區號。　郵便番号を書いてください。

◆這封信請放進外面的郵筒。　この手紙は外のポストに入れてください。

◆全部480日圓。　全部で480円です。

◆找您150日圓。　150円のおつりです。

3 寄包裹、付水電費

◆這裡請寫上物品的名稱。　ここに品物の名前を書いてください。

◆裡面是什麼？　中身は何ですか。

◆裡面是書。　中身は本です。

◆裡面有沒有信？　手紙は入っていませんか。

◆挺重的嘛！　重いですね。

◆請分成兩個包裹。　二つに分けてください。

◆小包重量最多到10公斤。　小包は10キロまでです。

◆這是收據。　こちらは控えです。

◆這是收據。　こちらは領収書です。

◆我要付電費。　電気料金を支払いたいのですが。

4 郵局其他業務

CD2-28

◆郵局的營業時間是從九點到五點。　郵便局は9時から5時まであいています。

◆郵寄費寫在這裡。　郵便料金はここに書いてあります。

◆全日本到處都有郵局。　郵便局は日本中どこでもあります。

◆郵寄費會隨著重量跟尺寸不同而有差異。　重量やサイズによって郵便料金が異なります。

◆郵局於星期六、日均不營業。　土曜日と日曜日は郵便局は休みです。

◆我在郵局裡有八萬圓的存款。　郵便局に8万円預けています。

◆我想寄到台灣。以航空方式寄送，三天就會到；以水陸方式寄送，則需耗時一個月左右。　台湾まで送るのに飛行機だと3日でつくが、船だと一ヶ月ぐらいかかる。

◆我每個月都寄十萬圓給正在岡山念大學的女兒。　岡山の大学に行っている娘に毎月10万円送っています。

5 信件與明信片（一）

◆可以幫我把這封信拿去郵局投遞嗎？　この手紙を郵便局に出してきてくれない？

◆嗯，沒問題呀。　ええ、いいですよ。

◆我時常寫信告知家母這邊的狀況。

時々母に手紙を書いてこちらの様子を知らせています。

◆都已經寄信給他了，卻不曉得為什麼沒有收到回音。

彼に手紙を送ったのになぜか返事がない。

◆小學時曾教過我的老師寄了信來。

小学校で習った先生から手紙が来た。

◆我想要寄出這封信，請幫我跑一趟郵局，好嗎？

この手紙を送りたいんだけど郵便局まで行ってくれない？

＊「けど」是「けれども」的口語形。口語為求方便，常把音吃掉變簡短。

◆我寄送電子郵件代替實體郵件。

手紙の代わりにメールを送ります。

◆山田先生寄了信來。

山田さんから手紙が来ました。

◆由於寫錯地址，因而導致信件無法送達。

住所が間違っていて手紙が届かなかった。

◆麻煩把這封信投遞到郵筒裡，好嗎？

ポストにこの手紙を出してきてくれない？

◆在收到這封信後，敬請立刻回覆。

この手紙を受け取ったらすぐに返事をください。

◆我想要把這封信寄到台灣，請問郵資是多少錢呢？

この手紙、台湾へ送りたいんですがいくらですか。

◆一百三十日圓。

130円です。

◆絕對不可擅自拆閱他人的信件。

絶対に人の手紙を開けてはいけません。

◆以信件寄送了出席的回覆。	出席を手紙で知らせた。
◆忘了在信封上黏貼郵票就寄出去了。	手紙に切手を貼るのを忘れて出しちゃった。
◆這年頭與其寄信，不如寄電子郵件來得方便。	今は手紙よりメールの方が便利です。
◆最近已經很少提筆寫信了。	最近手紙を書くことが少なくなりました。
◆假如是要親筆致謝，與其寄明信片，不如寄信函來得有禮貌。	お礼を書くならはがきよりも手紙にした方が丁寧です。

6 信件與明信片（二）

CD2-29

◆妹妹寄了明信片給我，上面寫著媽媽一切安好。	母が元気だというはがきが妹から届いた。
◆我每星期會寄一張明信片給家人。	一週間に一度は家族にはがきを出します。
◆我在明信片上寫錯地址，結果被退回來了。	住所を間違って書いたはがきが戻ってきた。
◆麻煩給我十張明信片以及五張八十圓的郵票。	はがき10枚と80円切手を５枚ください。
◆寄送到世界各地的明信片郵資一律是七十圓。	はがきは世界中どこへでも70円で送れる。
◆寄了明信片告知已經安抵東京。	東京に着いたことをはがきで知らせた。
◆把信紙裝入信封裡。	封筒に手紙を入れた。

◆一定要在信封上書寫姓名與地址，並且貼妥郵票。　封筒に住所と名前を書いて切手を貼らなくてはなりません。

◆請秤一下這封信的重量。　封筒の重さを量ってください。

◆我要去把信投入郵筒。　封筒をポストへ入れてきます。

◆信件根據其重量以及寄送的國家，而有不同的郵資。　封筒は重さや国によって料金が変わります。

◆絶不可擅自拆開別人的郵件。　人の封筒を絶対に開けてはいけません。

◆拿剪刀剪開了信封。　はさみで封筒を開けた。

7 銀行開戶

◆我想開戶。　口座を開きたいんですが。

◆請您抽號碼牌。　番号カードを引いてください。

◆請在那裡稍候。　あちらで少しお待ちください。

◆八號的客人，讓您久等了。　8番のかた、お待たせしました。

◆請填寫這張申請表。　この用紙にお書きください。

◆請填寫這張申請表。　こちらの用紙にご記入をお願いします。

◆國外的匯款可以匯進來嗎？　外国からの送金を受け取れますか。

◆您今天有帶印鑑跟護照嗎？　本日は印鑑とパスポートはお持ちでしょうか。

◆您要存多少錢？	ご入金(にゅうきん)はおいくらでしょうか。

8 辦金融卡等

◆您要使用金融卡嗎？	カードはお使(つか)いになりますか。
◆您要辦金融卡嗎？	キャッシュカードはお作(つく)りしますか。
◆金融卡不僅在銀行，也可以在超商提款的。	銀行(ぎんこう)のATMだけではなく、コンビニでもお使(つか)いできますが。
◆金融卡不收取費用。	カードは無料(むりょう)です。
◆請在這裡填上4位數的密碼。	こちらに暗証番号四桁(あんしょうばんごうよんけた)を書(か)いてください。
◆這樣可以嗎？	これでいいですか。
◆請借我印章。	印鑑(いんかん)をお貸(か)しください。
◆金融卡會在一星期左右，郵寄給您。	カードは一週間(いっしゅうかん)ぐらいで、郵送(ゆうそう)します。
◆金融卡會郵寄到您府上。	カードは郵送(ゆうそう)でご自宅(じたく)にお送(おく)りします。
◆對不起，可以教我一下嗎？	すみません。ちょっと教(おし)えてください。

9 匯款等

◆我想把美金換成日幣。	ドルを円(えん)に換(か)えたいんですが。
◆我想換錢。	お金(かね)を換(か)えたいんですが。
◆麻煩您把這些錢換成美金。	この金(かね)をドルに替(か)えてください。

◆我想匯錢。　お金を送りたいんですが。

◆我想匯錢到帳戶裡。　口座に振込みたいんです。

◆要匯多少錢？　いくら送りますか。

◆那麼，請填寫這份匯款單。　では、この依頼書にお書きください。

◆銀行的營業時間是從早上九點到下午三點。　銀行は朝９時から午後３時まで開いています。

◆為了買房子，我向銀行貸款了兩千萬圓。　家を買うために銀行から2000万円借りた。

◆我去銀行領了三萬圓。　銀行で３万円下ろしました。

◆公司發的薪水都存入銀行帳戶裡。　会社からもらった給料は銀行に預けます。

◆就兌換匯率而言，日圓較美元便宜。　ドルに比べて円が安い。

3 外國人登記及健保

1 外國人登記

CD2-30

◆請問，辦理外國人登記手續在哪裡？　あのう、外国人登録はどこですか。

◆我想辦理外國人登記手續。　外国人登録をしたいのですが。

◆麻煩，我要申報遷出的表格。　すみません、転出届けの用紙をください。

◆您哪國人？　どちらのかたですか。

◆需要三張照片。　写真が三枚必要です。

◆手續費要多少？　代金はおいくらですか。

◆請在5號支付。　5番で払ってください。

◆證明書也在5號領取。　証明書も5番で渡します。

◆這是您要的證明書。　じゃ、これ証明書です。

◆那麼，做好後會寄給你。　では、あとで郵送します。

2 辦理健保卡

◆我想加入國民健康保險。　国民保険に入りたいのですが。

◆請在區公所辦理手續。　区役所で手続きをしてください。

◆請在區公所辦理。　区役所で申請してください。

◆請填寫這個表格。　この用紙に記入してください。

◆保險費會因收入多寡而不同。　保険料は収入によって違います。

◆那你生活費怎麼來的？　生活費はどうしていますか。

◆我沒有收入。　収入はありません。

◆我父母寄來的。　親からの仕送りです。

◆保險證也可以代替其他身份證件。	保険証は身分証明書としても使えます。

4 圖書館

1 辦圖書借閱卡

CD2-31

◆叫什麼書呢？	なんという本ですか。
◆叫「向日葵」。	「ひまわり」といいます。
◆有叫「美味日本語」的書嗎？	「おいしい日本語」という本、ありますか。
◆我想要辦圖書借閱卡。	貸し出しカードを作りたいんですが。
◆好的。請給我您的身份證。	はい。身分証明書を見せてください。
◆請這裡填寫您的姓名等。	ここに名前などを書いてください。
◆好的，這是圖書借閱卡。	はい。これが貸し出しカードです。
◆想借閱的圖書請在那個電腦查詢。	借りたい本はそちらのコンピューターで探してください。
◆也可以借CD跟錄影帶。	CDやビデオを借りることもできます。
◆那本書被別人借走了。	その本は、今ほかの人が借りています。

◆還回來了，請通知我。　戻ってきたら、知らせてください。

2　向圖書館借閱的圖書

◆不好意思，我想要借書 。　あの～、本を借りたいんですが…。

◆不好意思，我想要申請圖書館的借書證…。　あの～、図書館のカードを作りたいんですが…。

◆請問您是第一次來這裡嗎？　こちらのご利用は初めてですか。

◆請問可以用外國人登錄證作為身分證明文件嗎？　身分証明書は、外国人登録証でも大丈夫ですか。

◆請問每一次至多可以借閱多少本書呢？　一回に何冊まで借りることができますか。

◆請問大約可以借閱多久呢？　どのくらいの期間借りられますか。

◆請在二月二十號之前歸還。　2月20日までにご返却ください。

◆不好意思，請問是不是在這裡還書呢？　すみません。返却はこちらですか。

◆請問可以預約借書嗎？　本の予約ってできますか。

＊這裡的「って」是「とは」的口語形。表示就提起的話題，為了更清楚而發問。「…是…」。

◆您借閱的圖書請在七號之前歸還。　▲借りた本は七日までに返してください。

A：「この本、いつ返せばいいですか。」

（請問我該什麼時候還這本書呢？）

B：「来週までなら待てます。」

（我最多可以借你到下星期。）

◆請在後天之前還我。　あさってまでに返してください。

◆圖書館早上九點開門，晚上八點關門。　図書館を朝9時にあけて夜8時に閉める。

3 便利的圖書館

◆由於考試已近，每天都窩在圖書館裡用功。　▲試験が近いので毎日図書館で勉強します。

A：「図書館で勉強しない？」

（要不要一起去圖書館裡讀書呀？）

B：「図書館は静かでいいですね。」

（圖書館裡非常安靜，挺適合讀書的唷。）

◆我去圖書館查閱了日本的歷史。　図書館で日本の歴史を調べました。

◆圖書館從早上九點一直開到晚上八點。　図書館は朝9時から夜8時まで開いています。

◆星期一是圖書館的休館日。　月曜日は図書館は休みだ。

◆我們社區的圖書館，每次最多可以借閱五本書。　私の町の図書館では1回に5冊まで貸してくれる。

◆向圖書館借閱的書，非得在兩週內歸還不可。　図書館から借りた本は2週間以内に返さなくてはなりません。

◆這間圖書館有十五萬冊藏書。　この図書館には15万冊の本があります。

◆我家附近沒有圖書館，非常不方便。	家の近くに図書館がないのでとても不便です。

5 澡堂及洗衣店

1 公共澡堂

CD2-32

◆淋浴跟泡澡，你喜歡哪種？	シャワーとおふろとどちらが好きですか。
◆比較喜歡泡澡。	おふろのほうが好きです。
◆家裡沒有浴室。	家に風呂がありません。
◆家裡只有淋浴。	家にシャワーしかありません。
◆每天去公共澡堂。	毎日銭湯へ行きます。
◆你有去過公共澡堂嗎？	銭湯へ行ったことがありますか。
◆不，沒有。	いいえ、ありません。
◆去公共澡堂時，會帶毛巾。	銭湯へ行くとき、タオルを持っていきます。
◆一起去公共澡堂如何？	いっしょに銭湯へ行きませんか。
◆日本人真喜歡泡澡呢。	日本人はお風呂が好きですね。
◆公共澡堂有大浴場。	銭湯には大浴場があります。
◆那裡也有投幣式洗衣店。	あそこにコインランドリーもありますよ。

◆鞋子放進這裡。　靴はここに入れてください。

◆在櫃臺付洗澡費。　番台で入浴料を払います。

◆費用是390日圓。　料金は390円です。

◆脫下的衣服放進寄物櫃。　脱いだ物をロッカーに入れます。

◆真是又明亮又寬敞的公共澡堂。　明るくて広い銭湯ですね。

◆好像洗溫泉。　温泉みたいです。

◆啊！好棒的湯喔！　あ、いいお湯ですね。

◆真舒服！　気持ちいい！

2 洗衣店

◆歡迎光臨。　いらっしゃいませ。

◆我要洗衣。　これお願いします。

◆好的。我收下了。　はい、お預かりします。

◆裙子一條，加上褲子。　スカートが1点に、ズボンですね。

◆褲子的口袋弄髒了。　ズボンのポケットが汚れてるんです。

◆這最好要去污一下。　これは染み抜きしたほうがいいですね。

◆這要加500日圓喔。　プラス500円になりますけど。

◆麻煩你了。　それで、お願いします。

◆那麼，裙子450日圓，褲子500日圓。加上去除污漬共1450元。　では、スカートは450円で、ズボンは500円です。染み抜きもあわせますと1450円になりますね。

6 其他

1 垃圾分類

CD2-33

◆垃圾不要丟在這裡。　ここにごみを捨てないでください。

◆不可以丟垃圾。　ごみを捨ててはいけません。

◆請教我怎麼丟垃圾。　ごみの出し方を教えてください。

◆可燃垃圾在週一、週三、週五丟。　燃えるごみは月、水、金です。

＊「月、水、金」「月曜日、水曜日、金曜日」的簡略說法。

◆垃圾場在停車場前面。　ごみ置き場は駐車場の前です。

◆什麼時候拿出去呢？　何時ごろ出せばいいですか。

◆我想八點左右就可以了。　8時ごろでいいと思います。

◆請盡量在早上拿出去。　なるべく朝出してください。

◆什麼是不可燃垃圾？　燃えないごみって何ですか。

◆瓶或罐、塑膠等是不可燃垃圾。　缶や瓶、ビニールなどが燃えないごみです。

◆其他是可燃垃圾。　あとは燃える方です。

Chapter 13

山珍海味吃透透

1 各式餐廳

1 用餐常用語

CD2-34

- 我們開動吧！　食(た)べましょう!
- 看起來好好吃喔！　おいしそう!
- 我肚子餓扁囉！　おなかがすいた!
- 哇，好豐盛呀！　すごい量(りょう)!
- 我吃不了那得多啦！　こんなにいっぱい食(た)べられない!
- 我的肚子好撐。　おなかがいっぱいです。
- 承蒙您招待了。　ごちそうさまでした。
- 真是太美味了。　おいしかったです。

2 吃速食或上咖啡廳時的一般用語

- 下一位請點餐。　次(つぎ)の方(かた)どうぞ。
- 請您點餐。　ご注文(ちゅうもん)をどうぞ。
- 請給我一個漢堡。　ハンバーガーをください。

◆可樂中杯。	コーラはMです。
◆請給我小杯的可樂。	コーラのSをください。
◆請給我大的。	大(おお)きいのをください。
◆請給我兩個吉事漢堡和兩杯咖啡。	チーズバーガーを二(ふた)つとコーヒーを二(ふた)つください。
◆請給我兩塊炸雞和一份涼拌捲心菜。	チキンを2(ツー)ピースとコールスローを一(ひと)つください。
◆請給我原味貝果和無咖啡因的咖啡。	プレーンベーグルとカフェインレス・コーヒーをください。
◆麻煩給我一杯巧克力奶昔就好。	チョコレートシェイクだけお願(ねが)いします。
◆請問您不需要點其他附餐嗎？	サイドオーダーはよろしいですか。
◆請問您只需要點這些嗎？	以上(いじょう)でよろしいですか。
◆請問您還需要點其他的嗎？	他(ほか)にはよろしいですか。
◆我還要一份雞塊。	チキンナゲットも一(ひと)つください。
◆我要附咖啡。	コーヒーを付(つ)けてください。
◆也給我砂糖跟牛奶。	砂糖(さとう)とミルクもください。

◆有餐巾嗎？　ナプキンはありますか。

◆不用了，這些就夠了。　いいえ、けっこうです。

◆我只要點這些就好。　以上(いじょう)でけっこうです。

◆請問您要內用嗎？　こちらで召(め)し上(あ)がりますか。

◆請問您要外帶嗎？　お持(も)ち帰(かえ)りですか。

◆我要在這裡吃。　ここで食(た)べます。

◆我要外帶。　持(も)ち帰(かえ)ります。

◆外帶。　テイクアウトします。

◆全部多少錢？　全部(ぜんぶ)でいくらですか。

◆總共是三百八十圓。　380円(えん)になります。

◆這些錢找您。　お釣(つ)りをどうぞ。

◆這些是您的餐點。　こちらが注文(ちゅうもん)の品(しな)になります。

◆期待您的再度光臨。　またお待(ま)ちしています。

◆歡迎您再度光臨。　またお越(こ)しくださいませ。

◆也謝謝你。　ありがとう。あなたも。

3 便利商店

◆果汁在哪裡？　ジュースはどこですか。

◆便當要加熱嗎？　お弁当(べんとう)を温(あたた)めますか。

◆幫我加熱。　温(あたた)めてください。

◆需要筷子嗎？　お箸(はし)は要(い)りますか。

◆需要湯匙嗎？　スプーンは要(い)りますか。

◆麻煩您。　お願(ねが)いします。

◆收您一千日圓。　千円(せんえん)お預(あず)かりします。

◆找您兩百日圓。　200円(えん)のおつりです。

4 打聽餐廳

CD2-35

◆車站前開了一家新的餐廳。

▲駅前(えきまえ)に新(あたら)しいレストランができた。

A：「どこかいいレストラン知(し)らない？」

（你知不知道哪裡有不錯的餐廳呢？）

B：「駅前(えきまえ)の安(やす)くておいしいレストランを教(おし)えてあげましょう。」

（我告訴你一家開在車站前、便宜又好吃的餐廳。）

◆這家店的感覺真不錯耶。　この店(みせ)、結構(けっこう)いい感(かん)じですね。

◆這家餐廳在大阪和神戶，共開了七家分店。

このレストランは大阪と神戸に店を七つ持っている。

◆我吃過的義大利餐廳裡面，以這家店的餐點最好吃。

私が知っているイタリアレストランの中でこの店が一番おいしい。

◆這家麵包店的麵包糕點很好吃，因此總是擠滿了上門的顧客。

このパン屋さんはおいしいからいつも込んでいます。

◆這家店的餐點雖然味道不錯，但是服務態度很差。

この店は味はおいしいが、サービスは悪い。

◆昨天上的那家館子，菜餚真是難吃極了哪。

昨日のレストランはまずかったね。

◆那邊那家餐廳既貴又難吃。

あそこのレストランは高くておいしくない。

◆那家餐廳雖然餐點很好吃，不過價格有點貴耶。

あそこのレストランは味がいいけど値段がちょっと高いね。

＊「けど」是「けれども」的口語形。口語為求方便，常把音吃掉變簡短，或改用較好發音的。

◆百貨公司裡有各種風味的餐廳。

▲デパートにはいろいろなレストランがあります。

A：「どこかおいしい料理の店を知りませんか。」

（你知不知道哪裡有餐點美味的餐廳呢？）

B：「あのレストランはいい料理を出しますよ。一度行ってみたらどうですか。」

（那家餐廳的菜色很棒，要不要去試看看呢？）

＊「たらどうですか」（做…怎麼樣）表示說話人希望對方實現某狀況，而直接建議、規勸對方。

5 邀約

◆你知道嗎？在車站附近有家很好吃的拉麵店喔。

ねえ、知ってる？駅の近くにおいしいラーメン屋があるんだって。

＊這裡的「って」是「と」的口語形。表示傳聞，引用傳達別人的話。

◆嗯，雖然我還沒上門光顧過，不過聽說那裡既便宜又美味。

うん、まだ行ったことないけど、安くておいしいんだってね。

◆怎麼樣？今天午餐要不要去那裡吃吃看呢？

どう？今日のお昼にでも行ってみない?

◆或許早點去吃比較好 。

早めに行った方がいいかも…。

◆下星期找一天下班後一起去吃個飯吧！

来週、仕事の後で食事に行きませんか。

◆聽起來不錯耶，要約哪一天呢？

いいですね。いつがいいですか。

◆讓我看看喔，除了星期一跟四以外，我都可以。

そうですね、私は月曜と木曜以外は大丈夫です。

◆那就約星期二吧！

じゃ、火曜にしましょう。

◆要不要先吃個漢堡，以防半路肚子餓呢？

途中でおなかがすかないように、ハンバーガーを食べていきませんか。

◆我在銀座的餐廳訂了五個人的位置。

銀座のレストランに５人の席を予約しました。

◆全家人都很期待每個月一次上餐廳聚餐。　月に一度、家族みんなでレストランで食事をするのが楽しみです。

6 拉麵店

◆附近有拉麵店嗎？　近くにラーメン屋はありますか。

◆讓您久等了！請問要點些什麼？　はい、お待ち！ご注文は?

◆我要味噌拉麵。　おれ、みそラーメン。

◆啊，我也一樣。　あ、おれも。

◆那麼，就是兩碗味噌拉麵囉。　じゃあ、みそラーメンを二つね。

◆那麼…我要鹽味拉麵，粗麵。　じゃあ…おれ、塩ラーメン、太めんで。

◆我要一個中碗的拉麵，麵的口感偏硬一點。　みそのふつうもり、めん、硬めでお願いします。

◆不好意思，這個炸物套餐裡面的菜，是炸什麼呢？　すみません、この揚げ物セットって何の揚げ物ですか?

◆是炸花枝圈和炸雞翅膀，另外還有時蔬。　イカリングと手羽のから揚げ。あとは季節の野菜です。

◆還有，請取消剛剛點的炸雞。　それなら、さっき頼んだ鶏のから揚げキャンセルして。

◆好的。　分かりました。

◆我要換成點鹽烤鯖魚。　代わりに、サバの塩焼きお願いします。

◆讓您久等了，這是山菜蕎麥麵。　お待たせしました。山菜そばです。

◆好好吃喔！這是什麼山菜呢？　おいしい！これ、何ていう山菜ですか。

◆這叫做「蕨」。　ワラビって言うんですよ。

＊這裡的「って」是「という」的口語形，表示人事物的稱謂，或事物的性質。「叫…的…」。

◆你們吃那麼豪華呀！　おいしいものを召し上がってるんじゃないの?

◆既然這麼好吃，價格貴一點也沒關係。　おいしいからね、少し高いのはいいんだ。

＊「んだ」是「のだ」的口語形。表示說明情況；主張意見；前接疑問詞時，表示要對方做說明。

◆不好意思，麻煩結帳。　すみません、お勘定お願いします。

2 到餐廳吃飯

1 預約餐廳

CD2-36

◆我想預約。　予約したいのですが。

◆在今晚7點兩個人。　今晚７時で二人です。

◆我姓李。　李と申します。

◆套餐多少錢？　コースはいくらですか。

◆需要穿正式一點的服裝嗎？　正装は必要ですか。

◆請您穿正式的衣服。　はい、正装でお願いします。

◆請給我靠窗的座位。　窓側の席をお願いします。

◆有非吸煙區嗎？　禁煙席はありますか。

◆請傳真地圖給我。　地図をファックスしてください。

◆也有壽喜燒嗎？　すきやきもありますか。

◆也能喝酒嗎？　お酒も飲めますか。

◆從車站很近嗎？　駅から近いですか。

◆那就麻煩您了。　よろしくお願いします。

◆非常抱歉。　申し訳ありません。

◆那天已經客滿了。　その日、満席なのですが。

◆還要再等一個月哦。　また一ヶ月待たなくちゃね。

2 在餐廳的入口處

◆歡迎光臨。　いらっしゃいませ。

◆早安您好。　おはようございます。

◆午安您好。 こんにちは。

◆各位午安。 みなさん、こんにちは。

◆各位晚安。 みなさん、こんばんは。

◆請問一共有幾位？ 何名(なんめい)さまですか。

◆有四位。 4名(めい)です。

◆一共有三位。 3名(めい)います。

◆我們需要兩個人的座位。 2名(めい)お願(ねが)いします。

◆我姓李，預約7點。 李(リー)です。7時(じ)に予約(よやく)してあります。

◆四人。 4人(にん)です。

◆沒有預約。 予約(よやく)していません。

3 客滿

◆非常抱歉。 申(もう)し訳(わけ)ありません。

◆目前已經客滿了。 ただ今(いま)、満席(まんせき)なのですが。

◆有很多人嗎？ 混(こ)んでいますか。

◆請問您要候位嗎？	お待(ま)ちになりますか。
◆請問需要等幾分鐘左右呢？	何分(なんぷん)ぐらい待(ま)ちますか。
◆要等多久？	どれくらい待(ま)ちますか。
◆請問我們還需要再等幾分鐘才會有位置呢？	何分(なにぷん)待(ま)たなければなりませんか。
◆大約三十分鐘。	30分(ぷん)ぐらいです。
◆我想應該不會讓您們等太久。	あまり長(なが)くないと思(おも)います。
◆我不太確定。	ちょっとわからないです。
◆或許還需要等候相當長的時間。	かなりお待(ま)ちになるかもしれません。
◆那麼，我下次再來。	では、またにします。
◆我們等一下再來。	後(あと)でまた来(き)ます。
◆好的，我們在這裡等。	はい、待(ま)ちます。
◆我們先登記名字候位，等一下再回來。	名前(なまえ)だけ書(か)いて後(あと)で戻(もど)ってきます。
◆好的，那麼請教您的大名。	はい、ではお名前(なまえ)をお願(ねが)いします。
◆我姓山田。	山田(やまだ)です。

4 前往就座

CD2-37

- ◆請問您要坐在吸菸區還是非吸菸區呢？
  喫煙席（きつえんせき）と禁煙席（きんえんせき）とどちらがいいですか。
- ◆請問您想坐在露台還是室內呢？
  テラスと室内（しつない）とどちらがいいですか。
- ◆請問您要坐在吸菸區還是非吸菸區呢？
  お席（せき）は喫煙席（きつえんせき）と禁煙席（きんえんせき）、どちらになさいますか。
- ◆請問您有吸菸嗎？
  おタバコはお吸（す）いになりますか。
- ◆請問窗邊的座位比較好嗎？
  窓際（まどぎわ）がいいですか。
- ◆請您隨意挑選喜歡的座位。
  お好（す）きな席（せき）へどうぞ。
- ◆請帶我們到吸菸區。
  喫煙席（きつえんせき）をお願（ねが）いします。
- ◆請帶我們到非吸菸區。
  禁煙席（きんえんせき）をお願（ねが）いします。
- ◆請帶我們到露台。
  テラス席（せき）をお願（ねが）いします。
- ◆我們要坐在室內。
  室内（しつない）にします。
- ◆我們比較想坐在窗邊。
  窓際（まどぎわ）がいいです。
- ◆有靠窗的位子嗎？
  窓際（まどぎわ）はあいていますか。
- ◆請往這邊走。
  こちらへどうぞ。
- ◆這是您們的座位。
  こちらになります。

- 這是菜單。 こちらがメニューです。
- 為您們服務的服務生很快就會過來，請稍待一下。 担当（たんとう）の者（もの）が参（まい）りますので少々（しょうしょう）お待（ま）ちください。

5 要點哪種餐前酒

- 非常感謝您們的光臨。 ご来店（らいてん）ありがとうございました。
- 我是您的專屬服務生，敝姓鈴木。 私（わたし）はこのテーブルを担当（たんとう）する鈴木（すずき）です。
- 請問您們要喝點什麼呢？ お飲（の）み物（もの）は何（なに）になさいますか。
- 請問您們在用餐前要不要喝點什麼呢？ 食事（しょくじ）の前（まえ）に何（なに）かお飲（の）みになりますか。
- 不，不用。 いいえ、けっこうです。
- 我們要在餐後喝咖啡。 食後（しょくご）にコーヒーをいただきます。
- 請給我薑汁汽水。 ジンジャーエールをください。
- 請給我果汁。 フルーツジュースをください。
- 請給我啤酒。 ビールをください。
- 請問你們有什麼牌子的啤酒呢？ ビールは何（なに）がありますか。
- 請問你們有酒單嗎？ ワインリストはありますか。

- 請讓我們看一下酒單。　ワインリストを見せてください。
- 我們的啤酒有百威、酷爾斯、還有海尼根這幾種。　ビールはバドワイザーとクアーズとハイネテンがあります。
- 這是酒單。　ワインリストはこちらになります。
- 我要海尼根。　ハイネケンにします。
- 我要這種白酒。　この白ワインにします。
- 請再稍待一下。　もう少々お待ちください。
- 今日的推薦主餐是沙朗牛排。　今日のお勧めはサーロインステーキです。
- 這是今日的推薦菜單。　こちらが本日のお薦めのメニューでございます。
- 會立刻過來為您們點餐。　すぐ注文を取りに参ります。
- 等您們決定以後請再叫我一聲。　決まったら呼んでください。

6 點飲料

- 請問您要喝什麼飲料嗎？　飲み物はいかがなさいますか?
- 飲料呢？　お飲み物は？

◆先請問飲料要點什麼呢？　お先にお飲み物をお伺いします。

◆給我烏龍茶。　ウーロン茶をください。

◆飲料就不用了。　飲み物はけっこうです。

◆您要甜點嗎？　デザートはいかがですか？

◆請給我布丁。　プリンをください。

◆飲料跟餐點一起上，還是飯後送？　お飲み物は食事と一緒ですか。食後ですか。

◆請問您的咖啡要等用餐完畢後再上嗎？　コーヒーは食後になさいますか。

◆請飯後再上。　食後にお願いします。

◆麻煩一起送來。　一緒にお願いします。

◆要附牛奶跟砂糖嗎？　ミルクと砂糖はつけますか。

◆麻煩只要砂糖就好。　砂糖だけ、お願いします。

◆要幾個杯子？　グラスはいくつですか。

7 決定點餐了嗎

CD2-38

◆決定要點餐了嗎？　決まりましたか。

◆請問要點些什麼呢？	何になさいますか。
◆請再稍等一下。	もう少し待ってください。

8 詢問菜單

◆請給我菜單。	メニューを見せてください。
◆請問有沒有推薦的菜色？	注文をお願いします。
◆我要點菜。	お勧めは何ですか。
◆推薦菜是什麼？	お勧め料理は何ですか。
◆有沒有份量比較少的餐點？	軽めの食事は何ですか。
◆有沒有套餐呢？	セットメニューはありますか。
◆這是什麼樣的料理呢？	これはどんな料理ですか。
◆是魚還是肉？	魚ですか。肉ですか。
◆請問主廚沙拉裡面加了些什麼呢？	シェフサラダには何が入っていますか。
◆請問份量很多嗎？	量は多いですか。
◆有什麼點心？	デザートは、何がありますか。
◆那麼我要這個。	では、これにします。

◆那麼，我們要點那個。　では、それにします。

9 點餐

◆我要壽司。　寿司(すし)にします。

◆我要比薩。　ピザにします。

◆請給我一份A號餐。　Aランチお願(ねが)いします。

◆麻煩兩個B號餐。　Bコースを二(ふた)つ、お願(ねが)いします。

◆我要海鮮盤。　私(わたし)はシーフードプレートにします。

◆我先要一份雞尾酒和小蝦沙拉。　私(わたし)はまずカクテルと小(こ)えびのサラダ。

◆主餐則是沙朗牛排。　メインはサーロインステーキにします。

◆我要主廚沙拉和義大利蔬菜濃湯。　私(わたし)はシェフサラダとミネストローネスープにします。

◆我也要一份同樣的。　それと同(おな)じものにします。

◆我也和她點的一樣。　彼女(かのじょ)と同(おな)じものにします。

◆我已經記下您點的餐了。　かしこまりました。

10 請問要湯還是沙拉

◆ 請問您要湯還是沙拉呢？
スープになさいますか、サラダになさいますか。

◆ 請問有哪些湯呢？
スープは何になさいますか。

◆ 今日例湯是雞肉奶油濃湯。
本日のスープはチキンクリームスープです。

◆ 請把湯再弄熱一點。
スープをもう少し温かくしてください。

◆ 請問您要加哪種調味醬汁呢？
ドレッシングは何になさいますか。

◆ 調味醬汁有義式醬汁、千島醬汁、還有和風醬汁。
ドレッシングはイタリアン、サウザンアイランド、和風があります。

◆ 請問今日例湯是什麼呢？
今日のスープは何ですか。

◆ 我要湯。
スープにします。

◆ 讓我想一想…我要蔬菜湯。
そうですね…、野菜スープにします。

◆ 我要沙拉。
サラダにします。

◆ 請問有哪些調味醬汁呢？
ドレッシングは何がありますか。

◆ 我要和風醬汁。
和風ドレッシングにします。

11 馬鈴薯的烹調法

CD2-39

◆請問您的馬鈴薯要用什麼樣的烹調方式呢？
ポテトはどのようにいたしますか。

◆我們有烤馬鈴薯、馬鈴薯泥、炸薯條這幾種。
ベイクドポテト、マッシュポテト、フレンチフライがございますが。

◆我要炸薯條。
フレンチフライにします。

◆請附上蕃茄醬和黃芥末。
ケチャップとマスタードを付(つ)けてください。

◆我不要蕃茄醬和黃芥末。
ケチャップとマスタードはけっこうです。

◆我要烤馬鈴薯。
ベイクドポテトにします。

◆讓我想一想…我要馬鈴薯泥。
そうですね…、マッシュポテトにします。

12 牛排的熟度以及甜點

◆請問您的牛排要幾分熟呢？
ステーキの焼(や)き加減(かげん)はどのようにいたしますか。

◆請給我全熟（well done）的。
ウェルダンにしてください。

◆麻煩煎成五分熟（medium）。
ミディアムでお願(ねが)いします。

◆麻煩煎成三分熟（medium rare）。
ミディアム・レアでお願(ねが)いします。

◆麻煩煎成兩分熟（rare）。	レアでお願(ねが)いします。
◆請問您要來個甜點嗎？	デザートはいかがですか。
◆請問需要甜點嗎？	デザートはどうなさいますか。
◆我的甜點要布丁。	デザートはプリンにします。
◆請給我巧克力冰淇淋。	チョコレートアイスクリームをください。
◆我等一下再點甜點。	デザートはあとで注文(ちゅうもん)します。
◆我不要甜點。	デザートはけっこうです。

13 蛋類料理

◆請問您餐點裡的蛋希望用什麼方式烹調呢？	たまごはどのようにいたしますか。
◆請幫我煎成荷包蛋。	目玉焼(めだまや)きにします。
◆荷包蛋請不要煎到全熟。	目玉焼(めだまや)きはやわらかめにしてください。
◆我要炒蛋。	スクランブルエッグにします。
◆我要水煮蛋。	ゆで卵(たまご)にします。
◆請給我半熟蛋。	半熟卵(はんじゅくたまご)をください。

14 點三明治等

◆請給我三明治。	クラブハウスサンドをください。
◆請給我吉事漢堡。	チーズバーガーをください。
◆請給我鮪魚三明治。	ツナサンドにします。
◆請給我沙拉蛋三明治。	たまごサンドにします。
◆麻煩給我乳酪三明治。	チーズサンドをお願(ねが)いします。
◆麻煩給我火腿三明治。	ハムサンドをお願(ねが)いします。
◆請問您要哪一種麵包呢？	パンは何(なに)にしますか。
◆我要裸麥麵包。	ライむぎパンにします。
◆我要全麥麵包。	全麦(ぜんむぎ)パンにします。
◆麻煩給我普通的白麵包。	普通(ふつう)の白(しろ)パンでお願(ねが)いします。
◆我要黑麥／黑糖麵包。	黒(くろ)パンにします。
◆請給我吐司麵包。	パンはトーストしてください。
◆請問以上的餐點就夠了嗎？	以上(いじょう)でよろしいですか。
◆是的，我只要這些就好。	はい、以上(いじょう)です。

15 關於餐廳的其他用語

CD2-40

◆還要不要為您再提供什麼餐點呢？	他に何かお持ちいたしましょうか。
◆不用，暫時不需要別的。	いえ、特に今はないです。
◆麻煩幫我再加杯咖啡。	コーヒーのお代わりをお願いします。
◆麻煩再多給我一碗飯。	ご飯のお代わりをお願いします。
◆請問可以多要一點奶油嗎？	バターをもっといただけますか。
◆請問可以給我一杯水嗎？	お水をいただけますか。
◆請給我餐巾。	ナプキンをください。
◆好的，立刻為您送過來。	わかりました。すぐお持ちいたします。
◆洗手間請往那邊直走到底就可以找到。	お手洗いはそちらをまっすぐ進んだ突き当たりにございます。
◆點餐還沒來。	注文はまだ来てません。
◆我們沒有點這道菜。	これは注文していません。
◆請再讓我看一次菜單。	メニューをもう一度見せてください。
◆我們想要把這道菜打包帶回去。	これを持ち帰りたいのですが。

16 結帳前

◆這回輪到我付錢囉。　今回(こんかい)は払(はら)わせてね。

◆不用啦、不用啦！　いいよ、いいよ。

◆那怎麼好意思呢。不然，多少讓我出一點吧！　それじゃ悪(わる)いわよ。じゃ、少(すこ)しは出(だ)させて。

＊這裡的「させて」（請讓我…）也就是「させてください」的口語形。表示請求對方允許做某事的意思。

◆不用了啦，不必在意嘛。　いいから、気(き)にしないで。

＊這裡的「ないで」是「ないでください」的口語表現。表示對方不要做什麼事。

17 結帳

◆請問我們該到哪裡結帳呢？　支払(しはら)いはどこでするのですか。

◆麻煩結帳。　お勘定(かんじょう)をお願(ねが)いします。

◆麻煩幫我們結帳。　お会計(かいけい)をお願(ねが)いします。

◆請一起結帳。　一緒(いっしょ)でお願(ねが)いします。

◆我們各付各的。　別々(べつべつ)でお願(ねが)いします。

◆請問可以刷卡嗎？　カードでもいいですか。

◆這張信用卡能用嗎？　このカードは使(つか)えますか。

◆我要刷卡。　カードでお願(ねが)いします。

◆給您一萬日圓。	一万円(いちまんえん)でお願(ねが)いします。
◆先收您一萬圓。	一万円(いちまんえん)お預(あず)かりします。
◆找您九百圓，麻煩您清點確認一下。	900円(えん)のお返(かえ)しでございます。お確(たし)かめください。
◆感謝您的光臨，歡迎再度光臨。	ありがとうございました。またお越(こ)しくださいませ。
◆謝謝您的招待。	ご馳走様(ちそうさま)でした。
◆我們還會再來的。	また来(き)ます。

18 詢問用餐感想

◆請問您喜歡這些餐點嗎？	食事(しょくじ)はいかがですか。
◆請問您覺得這些餐點好吃嗎？	おいしく召(め)し上(あ)がっていますか。
◆真是好吃。	おいしかったです。
◆你們的菜非常好吃。	とてもおいしかったです。
◆這頓飯美味極了。	すばらしい食事(しょくじ)でした。
◆竟然在餐廳花掉了高達八千圓，真是心疼極了。	レストランで8000円(えん)も取(と)られたのが痛(いた)かった。

3 各種食物的味道

1 很好吃

CD2-41

- 味道如何？　味(あじ)はどう？
- 很好吃。　おいしいです。
- 非常好吃。　とてもおいしいです。
- 非常美味。　すばらしいです。
- 滋味很棒。　けっこうなお味(あじ)です。
- 熬出鮮美的滋味。　いい味(あじ)出(で)てる。
- 魚很好吃。　お魚(さかな)の味(あじ)がいいです。
- 很高級的料理。　上品(じょうひん)な料理(りょうり)です。
- 肉非常嫩。　お肉(にく)がやわらかいです。
- 肉很多汁。　お肉(にく)がジューシーです。
- 魚很新鮮。　お魚(さかな)が新鮮(しんせん)です。

2 味道清爽、甘甜等

◆很清爽。	さっぱりしています。
◆不會油膩。	しつこくありません。
◆非常味濃肥美。	こってりしています。
◆很辣。	辛(から)いです。
◆有辛辣刺激感。	ぴりっとしています。
◆非常圓潤順口。	まろやかです。
◆有甘甜味。	甘(あま)みがあります。
◆在嘴裡融化開來。	口(くち)の中(なか)でとろけます。
◆味道有豐富的層次。	味(あじ)わい深(ぶか)いです。
◆香氣十足。	香(かお)りがいいです。
◆食材很新鮮。	材料(ざいりょう)が新鮮(しんせん)です。
◆時令的食材非常美味。	旬(しゅん)の食(た)べ物(もの)はおいしいです。
◆充分發揮食材原本的風味。	素材(そざい)の風味(ふうみ)を生(い)かしています。
◆不會過濃、也不會太淡，味道剛剛好。	濃(こ)くも、薄(うす)くもなくてちょうどいい。

3 含有營養

◆富含營養。	栄養(えいよう)があります。
◆很健康。	ヘルシーです。
◆有助於消化。	消化(しょうか)にいいです。
◆對腸胃沒有負擔。	胃(い)にやさしいです。
◆低熱量。	ローカロリーです。

4 不好吃

◆不太好吃。	あまりおいしくありません。
◆好難吃。	まずいです。
◆鹽放得不夠，不好吃。	塩(しお)が足(た)りなくてまずい。
◆很鹹。	しょっぱいです。
◆鹹死了。	しょっぱすぎます。
◆很油膩。	脂(あぶら)っこいです。
◆太過濃重稠膩了。	こってりしすぎてます。
◆很苦。	苦(にが)いです。

◆太過辛辣刺激了。	刺激(しげき)がつよいです。
◆沒有味道。	味(あじ)がありません。
◆沒什麼味道。	あまり味(あじ)がしない。
◆這種蔬菜嚐起來沒味道耶。	この野菜(やさい)、味(あじ)がないなあ。
◆肉太硬了。	肉(にく)がかたいです。
◆味道很差。	ひどい味(あじ)です。
◆你不覺得這道湯嚐起來有股怪味嗎？	このスープ、変(へん)な味(あじ)がしない？
◆不具風味。	風味(ふうみ)がありません。
◆食材不新鮮。	材料(ざいりょう)が新鮮(しんせん)ではありません。
◆食材燉煮太久了。	材料(ざいりょう)を煮込(にこ)みすぎています。
◆不容易消化。	消化(しょうか)に悪(わる)いです。
◆對腸胃的負擔很重。	胃(い)にもたれます。
◆熱量很高。	カロリーが高(たか)いです。
◆麵煮得太爛了。	麺(めん)がやわらかすぎます。
◆麵完全沒有煮熟。	麺(めん)がかたすぎます。

◆冷掉了的比薩好難吃。	冷たくなったピザはまずい。
◆要是放到明天的話，恐怕會走味囉。	明日までとっておくと味が変わってしまう。
◆感冒時吃飯宛如嚼蠟。	風邪を引いていてご飯がまずい。
◆由於感冒了，完全吃不出食物的味道。	風邪を引いているので食べ物の味がぜんぜん分からない。

4 用餐習慣等

1 用餐習慣

CD2-42

◆這個住家有客廳、臥房、以及餐廳。	この家は居間と寝室と食堂がある。
◆全家人一起去大衆食堂吃晚餐。	夕飯は家族みんなで食堂で食べます。
◆日本的住家空間都很狹小，餐廳與廚房多半擠在同一處。	日本の家は狭くて食堂と台所が一緒のことが多い。
◆我通常吃麵包和沙拉作為早餐。	朝はたいていパンとサラダを食べます。
◆壽司是用手直接拿取送進嘴裡的。	寿司は手で食べます。
◆有不少人拿筷子的姿勢不正確。	箸の持ち方の下手な人が少なくない。
◆右手持筷、左手端碗地進食。	箸は右手に、茶碗は左手に持って食べます。

◆右手拿著筷子，左手拿著飯碗用餐。

右手に箸を持ち、左の手に茶碗を持って食べます。

◆吃飯的時候，要以左手端碗，右手持筷。

ご飯を食べるときは茶碗を左手に、箸を右手に持ちます。

◆吃西餐會使用湯匙、刀子還有叉子。

洋食はスプーンやフォーク、ナイフを使う。

◆在麵包上塗抹一層厚厚的奶油後，再送入嘴裡。

パンにバターを厚く塗って食べます。

◆小寶寶已經會用湯匙自己吃東西了。

赤ちゃんがスプーンを使って食べられるようになった。

◆在餐桌上擺放著各種不同尺寸的湯匙。

▲ テーブルの上にいろいろな大きさのスプーンが並べてあります。

A：「ナイフが何本ありますか。」

（您有幾把刀子呢？）

B：「３本あります。」

（我有三把。）

◆用餐的時候，日本人與中國人會使用筷子，美國人和歐洲人則使用刀叉。

食事のとき日本人や中国人は箸を使うが、アメリカ人やヨーロッパ人はナイフやフォークを使います。

2 在家吃飯、飯後甜點

◆我們去吃飯吧。

お昼ですよ。

◆已經中午囉。	ご飯を食べましょう。
◆飯已經準備好囉。	食事の用意ができましたよ。
◆請大家都到用餐處集合吧！	皆さん、食堂に集まってください。
◆你已經餓了吧？來，快點吃吧！	お腹がすいただろう。さあ食べな。
◆什麼嘛，昨天的咖哩還有剩啊！	えーっ、夕べのカレーまだあんの?
◆熱騰騰的飯好好吃喔。	温かいご飯がおいしい。
◆不管再吃多少東西，肚子還是立刻就餓了。	いくら食べてもすぐおなかがすく。
◆我特意留下來準備大快朵頤的蛋糕，被妹妹吃掉了。	取っておいたケーキを妹に食べられてしまった。
◆湯匙就放在那裡，請自行拿取，盛裝沙拉享用。	▲ そこにスプーンがありますから、ご自分でサラダを取ってください。 A：「なんで食べないの。」 （為什麼不吃呢？） B：「さっき食べたばかりなんだ。」 （我剛剛才吃過東西。）
◆如果不想吃的話，剩下來不吃也沒關係。	食べたくないなら残してもいいですよ。
◆我吃飽了。哎，真是太好吃了。	ご馳走様。ああ、おいしかった。

◆好想吃冰淇淋。

▲アイスクリームが食(た)べたい。

A：「ケーキ食(た)べない？」

（要不要吃蛋糕？）

B：「ええ、おいしそうですね。いただきます。」

（嗯，看起來好好吃喔。我不客氣了。）

◆最厚的那塊蛋糕給了弟弟。

いちばん厚(あつ)いケーキを弟(おとうと)にあげた。

◆在吃完巧克力或蛋糕這類甜食以後，一定要把牙齒刷乾淨喔。

チョコレートやケーキなど甘(あま)いものを食(た)べた後(あと)は歯(は)をよく磨(みが)きましょう。

3 外送到家

CD2-43

◆午餐請餐廳外送蕎麥麵。

お昼(ひる)は蕎麦(そば)の出前(でまえ)を頼(たの)みます。

◆今天晚上叫外送比薩來吃吧？

今夜(こんや)はピザのデリバリーにしようか？

◆由於是父親的生日，訂了外送壽司。

父(ちち)の誕生日(たんじょうび)なので、お寿司(すし)をとりました。

◆請告訴我們配送地點的地址。

お届(とど)け先(さき)のご住所(じゅうしょ)をお願(ねが)いします。

◆麻煩送到東京都東京區1-1-1。

東京都(とうきょうと)東京区(とうきょうく)1-1-1までお願(ねが)いします。

◆我們接到訂單以後，在三十分鐘以內就會送到。

注文(ちゅうもん)いただいてから、30分以内(ぷんいない)にお届(とど)けします。

◆請以現金支付餐費給外送員。　代金はスタッフに現金でお支払いください。

◆不好意思，請問貴店有做宅配服務嗎？　すみません、宅配サービスはありますか？

◆開始承接送便當到府的業務了。　お弁当の宅配サービスを始めました。

◆請把吃完的碗放在玄關門前，我們等一下會來回收。　お碗は後で回収に来ますので、玄関に置いておいてください。

4 酒類

◆您喝得真多呀，不要緊嗎？　▲よく飲むな。大丈夫？

A：「お飲み物は何にいたしましょうか。」

（請問您想喝點什麼飲料呢？）

B：「そうですね。お酒をください。」

（讓我想一想…，請給我酒。）

◆您要不要喝啤酒呢？　▲ビールなどいかがですか。

A：「ワインなんかどう？」

（要不要喝紅酒呢？）

B：「いいねえ。」

（好呀。）

◆一喝了酒，就會馬上有睏意。　酒を飲むとすぐ眠たくなる。

◆只要一喝酒，臉就會發紅。　お酒を飲むと顔が赤くなります。

◆如果要喝酒的話，酒後絕對不能開車。
酒を飲んだら、絶対に車を運転してはいけない。

◆家父幾乎每天都會喝酒。
父はほとんど毎日酒を飲みます。

◆我和丈夫常為了喝酒的事情而吵架。
酒が原因でよく夫とけんかをしました。

◆如果只是小酌倒還好，倘若飲酒過量則有礙健康。
少しの酒ならいいが、飲みすぎると体によくない。

◆請問那種酒的味道如何呢？
そのお酒はどんな味がしますか。

◆這種酒呀，對你來說恐怕稍烈了點吧。
そうですねえ。あなたにはちょっと強すぎるかもしれませんねえ。

◆溫溫的啤酒一點也不好喝。
冷えてないビールを飲んでもおいしくない。

◆忙完一整天的工作後喝點啤酒，那滋味真是棒極了！
一日の仕事が終わってから飲むビールはうまい。

◆在完成艱難的工作後喝的酒，感覺特別好喝。
難しい仕事を終えた後に飲む酒はうまい。

◆有人打開箱子，把紅酒喝掉了。
誰かが箱をあけてワインを飲んでしまった。

◆請問酒的原料是什麼呢？
お酒は何で作られていますか。

◆威士忌和啤酒是以小麥釀造而成的，至於日本酒的原料則是稻米。

ウィスキーやビールは麦から作られた酒ですが、日本酒は米から作られます。

5 飲料

CD2-44

◆我好渴，有什麼什麼可以喝的？

▲のどが渇いた。何か飲み物ない？

A：「何か飲むものない？」

（有沒有什麼喝的東西？）

B：「ジュースならあるわよ。」

（我這裡有果汁喔。）

◆你開冰箱看看，裡面不是有果汁嗎？

冷蔵庫をあけてごらん。ジュースがあるでしょう？

＊「てごらん」（試著〔做〕…）也就是「てみる」這個句型。表示嘗試著做前項，是一種試探性的行為或動作。

◆您真忙呀，連喝口茶的時間都沒有嗎？

忙しそうだね。お茶を飲む時間もないの？

◆剛才那杯熱咖啡真是太好喝了。

熱いコーヒーがおいしかった。

◆冷掉的熱咖啡太難喝了，根本無法入喉。

ぬるいコーヒーはまずくて飲めない。

◆以湯匙舀起砂糖摻入咖啡裡面。

▲コーヒーにスプーンで砂糖を入れました。

A：「飲み物は何になさいますか。」

（請問您要喝什麼飲料呢？）

B：「オレンジジュースをお願いします。」

（麻煩給我柳橙汁。）

◆我想喝咖啡之類的熱飲。

▲ コーヒーなどの温(あたた)かい飲(の)み物(もの)がほしいです。

A：「冷(つめ)たい飲(の)み物(もの)でもいかがですか。」
（您要不要喝點冷飲？）

B：「そうですね。コーラをください。」
（這樣喔，那請給我可樂。）

5 有關料理

1 料理

CD2-45

◆我幫忙媽媽做菜。

母(はは)の料理(りょうり)を手伝(てつだ)いました。

◆我媽媽煮的菜，每一道都好好吃。

母(はは)の料理(りょうり)はみんなおいしいです。

◆星期天由我先生做菜。

日曜日(にちようび)は夫(おっと)が料理(りょうり)を作(つく)ります。

◆林先生的太太的廚藝真高明。

林(リン)さんの奥(おく)さんは料理(りょうり)が上手(じょうず)です。

◆我正在學習泰式料理。

タイ料理(りょうり)を習(なら)っています。

◆祖母教了我美味佳餚的烹飪方法。

おいしい料理(りょうり)の作(つく)り方(かた)をおばあさんが教(おし)えてくれました。

◆我正在煮晚餐要吃的肉。

夕食(ゆうしょく)に肉(にく)を料理(りょうり)しています。

◆我把已經變涼了的菜餚加熱後吃了。

冷(ひ)えた料理(りょうり)を温(あたた)めて食(た)べました。

- ◆請您料理我今天早上釣到的這條魚。　今朝釣ったこの魚を料理してください。
- ◆只要肚子餓了，吃什麼都覺得好吃。　おなかがすいていればなんでもおいしい。
- ◆壽喜燒以及天婦羅是日式料理。　すき焼きやてんぷらは日本の料理です。
- ◆冬天想吃熱騰騰的料理。　冬は温かい料理を食べたい。
- ◆我喜歡吃的料理是壽司。　好きな料理はすしです。

2　喜歡的料理

- ◆請問您的拿手菜是什麼呢？　得意料理は何ですか。
- ◆因為在日本沒有辦法買到那些食材，所以沒有辦法烹調我們國家的菜餚。　日本では材料が手に入らないから、国の料理が作れないんです。
- ◆我很喜歡吃日本料理。　日本料理は好きです。
- ◆請問您最喜歡日本的哪一種食物呢？　日本の食べ物の中で何が一番好きですか。
- ◆我最喜歡茶泡飯。　一番好きなのはお茶漬けです。
- ◆我最喜歡的食物是大阪燒。　私の一番好きな食べ物はお好み焼きなんです。
- ◆我喜歡吃烏龍麵和天婦羅。　うどんとてんぷらが好きです。
- ◆壽喜燒是什麼樣的食物呢？　すき焼きってどんな食べ物ですか。

◆這道料理真是太好吃了呀。
この料理(りょうり)、すごくおいしいですね。

◆請問您敢吃辣嗎？
辛(から)いものは大丈夫(だいじょうぶ)ですか。

◆請問您有沒有不敢吃的食物呢？
苦手(にがて)な食(た)べ物(もの)ってありますか。

◆唯獨納豆難以下嚥。
納豆(なっとう)だけは苦手(にがて)です。

3 味道與佐料

CD2-46

◆太辣了，整張嘴簡直快要噴火。
▲とても辛(から)くて口(くち)の中(なか)が燃(も)えるようです。
A：「辛(から)い物(もの)が好(す)きですか。」
（請問您喜歡吃辣的食物嗎？）
B：「ええ、大好(だいす)きです。」
（是啊，我最愛吃辣的。）

◆我想吃辣的東西。
▲辛(から)いものが食(た)べたい。
A：「辛(から)いものは食(た)べられません。」
（我不敢吃辣的。）
B：「そんなに辛(から)くないですよ。食(た)べられますよ。」
（這個沒有那麼辣呀，你應該敢吃喔。）

◆我媽媽煮的咖哩不太辣。
母(はは)が作(つく)ったカレーライスはあまり辛(から)くない。

◆比起清淡無味，不如有點辣度，較能促進食慾。
何(なに)も味(あじ)がないより、ちょっと辛(から)いほうがたくさん食(た)べられる。

◆因為味道太淡了，所以加了鹽調味。
味が薄かったので塩を足しました。

◆假如加一點醬油的話，味道就會變得很棒。
しょうゆを少し足すといい味になります。

◆吃東西時沾太多醬油，對身體健康不太好。
しょうゆをかけすぎると体によくないです。

◆味道似乎有點淡耶，請再加點醬油。
ちょっと味が薄いですね。もう少ししょうゆを足してください。

◆醬油在日本料理中是不可或缺的。
日本料理にはしょうゆがいる。

◆我在蔬菜上淋了醬油後夾入嘴裡。
野菜にしょうゆをかけて食べた。

◆只要有味噌和醬油，即使在國外也能活得下去。
味噌としょうゆさえあれば、外国でも生活できます。

◆雖然美國人或是歐洲人在烹飪時，也會使用醬油；不過當他們在烹調肉類時，還是比較喜歡用調味醬汁吧。
アメリカやヨーロッパでも料理にしょうゆを使いますが、肉にはソースのほうがいいでしょう。

4 水果、蔬菜

◆我在庭院裡種菜。
庭で野菜を作っています。

◆我的爸爸在陽台裡種水果。
父はベランダで果物を作っています。

◆盒子裡裝了七顆蘋果。

箱にリンゴが七つ入っていました。

◆蔬菜富含各式各樣的維他命。

野菜にはいろいろなビタミンがたくさんあります。

◆水果中富含維他命C。

果物にはビタミンCがたくさんあります。

◆先把蔬菜切好，以便一回到家後就能立即烹飪。

家に帰ったらすぐ料理ができるように野菜を切っておいた。

＊「たら」（一…馬上）。表示實現了前項以後，希望實現後項。後面大都接說話人的意志等詞。

◆我比較喜歡吃肉，不喜歡吃菜。

野菜より肉のほうが好きです。

＊「より～ほうが」（比起…，更）。表示對兩件事物進行比較後，選擇後者。

◆不要只吃青菜，也要吃肉和魚。

野菜だけじゃなく、肉や魚も食べなさい。

◆別光顧著吃肉，也得吃蔬菜才行。

肉ばかり食べないで野菜も食べなくてはダメです。

◆我早餐都吃麵包、咖啡、以及水果。

朝はパンとコーヒーと果物です。

◆鮮紅的番茄看起來好好吃喔。

赤いトマトがおいしそうです。

◆秋天可以採收許多美味的水果。

秋はおいしい果物がたくさん取れます。

◆比起很甜的水果，我更喜歡吃像葡萄柚那樣帶點酸味的水果。

甘い果物より、グレープフルーツのような少しすっぱい果物のほうが好きです。

◆聽說他正在住院哪，我們帶些水果去探病吧。

彼が入院しているそうだよ。果物でも持ってお見舞いに行こう。

＊「でも」表示舉個例子來提示，暗示還有其他可以選擇。「…之類」。

◆日本從中國及韓國進口蔬菜。

日本は中国や韓国から野菜を輸入しています。

◆像柳丁或香蕉等等的水果，是從國外進口的。

オレンジやバナナなどは外国から輸入した果物です。

Chapter 14

快樂血拼

1 百貨公司

1 在百貨公司裡詢問賣場的位置

CD2-47

◆這附近開了新的百貨公司，買東西變得很方便。

近くに新しいデパートができて便利になりました。

◆我們去百貨公司買東西吧。

デパートで買い物をしよう。

◆我的姊姊去百貨公司買東西了。

▲姉はデパートへ買い物に行きました。

A：「今日はデパートがずいぶん込んでいますね。」

（今天百貨公司裡的人潮還挺多的哪。）

B：「ええ、もうすぐクリスマスとお正月ですからね。」

（是呀，因為再過不久，耶誕節還有元旦就快到了。）

◆請問女裝區在哪裡呢？

婦人服売り場はどこですか。

◆請問男裝區在哪裡呢？

紳士服売り場はどこですか。

◆請問哪裡有賣休閒服飾呢？

カジュアルウェアはどこにありますか。

◆請問兒童服飾區在哪裡呢？

子供服売り場はどこですか。

◆請問飾品區在哪裡呢？

アクセサリー売り場はどこですか。

◆請問包類配件區在哪裡呢？

かばん売り場はどこですか。

◆請問鞋區在哪裡呢？	靴売り場はどこですか。
◆請問哪裡有賣皮夾呢？	財布はどこにありますか。
◆請問化妝品區在哪裡呢？	化粧品売り場はどこですか。
◆請問哪裡有賣家庭用品呢？	家庭用品はどこにありますか。
◆請問哪裡有賣廚房用品呢？	台所用品はどこにありますか。
◆請問Ralph Lauren的專櫃設在哪裡呢？	ラルフローレンはどこにありますか。
◆請問這裡有賣賀卡嗎？	グリーティングカードはどこにありますか。
◆請問文具用品區在哪裡呢？	文房具売り場はどこですか。

2 說明賣場的位置

◆請問廁所在哪裡呢？	お手洗いはどこですか。
◆請問公用電話在哪裡呢？	公衆電話はどこですか。
◆您所詢問的賣場在那邊。	それはあちらにございます。
◆請您沿著這條通道往前直走。	この通路をまっすぐ行ってください。
◆請您往那邊走過去。	あちらに向かって進んでください。

◆那個賣場位於二樓。	それは2階(かい)にあります。
◆請您搭乘電梯。	エレベーターに乗(の)ってください。
◆請您搭乘電梯到地下樓層。	エレベーターで地下(ちか)まで降(お)りてください。
◆請您搭乘手扶梯。	エスカレーターに乗(の)ってください。
◆請您搭乘手扶梯到四樓。	エスカレーターで4階(かい)まで行(い)ってください。
◆請您走樓梯。	階段(かいだん)を使(つか)ってください。
◆請您由樓梯爬到上面樓層。	階段(かいだん)を上(あ)がってください。
◆請您由樓梯走到下面樓層。	階段(かいだん)を降(お)りてください。
◆請您沿著廚房用品區往前直走。	台所用品(だいどころようひん)売(う)り場(ば)をまっすぐ行(い)ってください。
◆那裡位在女裝區的後方。	婦人服(ふじんふく)売(う)り場(ば)の奥(おく)にあります。

3 和店員之間的簡單對話

CD2-48

◆請讓我看一看這個。	これを見(み)せてください。
◆我只是看一看而已。	見(み)ているだけです。
◆我只是看看逛逛而已。	見(み)て回(まわ)っているだけです。

◆不好意思，可以請問一下嗎？	すみません。ちょっといいですか。 ＊出聲請店員過來服務。
◆這是您想看的商品，請慢慢看。	はい、どうぞ。
◆是的，請問有什麼地方需要為您服務的嗎？	はい、何(なん)でしょうか。
◆那個讓我看一下。	それを見(み)せてください。
◆可以讓我看一下這個嗎？	これを見(み)せてもらえますか。
◆請讓我看這個商品。	これを見(み)せてください。
◆請問可以讓我看看這一件商品嗎？	こちらのものを見(み)せていただけますか。
◆請讓我看這一對耳環。	こちらのピアスを見(み)せてください。
◆請讓我看一下那邊的那個皮包。	あそこにあるバックを見(み)せてください。

4 我要這個

◆右邊的那一個。	右側(みぎがわ)のものです。
◆左邊的那一個。	左側(ひだりがわ)のものです。
◆從右邊數來第二個。	右(みぎ)から２番目(ばんめ)のものです。
◆正中間的那一個。	真(ま)ん中(なか)のものです。

◆我要買這個。	これを買(か)います。
◆請給我這一個。	これをください。
◆請給我那一件。	あれをください。
◆請給我紅色的。	赤(あか)いほうをください。
◆請給我兩份那個。	それを２つください。
◆那個也讓我看看。	そちらも見(み)せてください。

5 詢問價格

◆請問這個多少錢呢？	これはおいくらですか。
◆請問這個皮包是多少錢呢？	このバックはおいくらですか。
◆請問這是折扣後的價格嗎？	これはセールですか。
◆這個價格很便宜合理哪。	手(て)ごろな価格(かかく)ですね。
◆真是買到賺到呀。	お買(か)い得(どく)ですね。
◆對我來說有點貴。	私(わたし)にはちょっと高(たか)いです。
◆超過我的預算了。	予算(よさん)オーバーです。

6 購買服飾

◆我正在找T恤。	Tシャツを探（さが）しています。
◆我正在找自己要穿的襯衫。	自分用（じぶんよう）にシャツを探（さが）しています。
◆我正在找長袖的針織衫。	長（なが）そでのカットソーを探（さが）しています。
◆我正在找毛衣。	セーターを探（さが）しています。
◆我正在找牛仔褲。	ジーンズを探（さが）しています。
◆我正在找内褲／短褲。	パンツを探（さが）しています。
◆我正在找裙子。	スカートを探（さが）しています。
◆我想要買連身洋裝。	ワンピースが欲（ほ）しいです。
◆請問有V領的毛衣嗎？	Vネックのセーターはありますか。
◆請問有圓領的毛衣嗎？	丸首（まるくび）のセーターはありますか。
◆哪一款最受歡迎？	一番人気（いちばんにんき）なのはどれですか。

7 購買鞋子／包包／飾品等

CD2-49

◆我正在找高跟包鞋。	パンプスを探（さが）しています。
◆我正在找米色的涼鞋。	ベージュのサンダルを探（さが）しています。

◆我想要買運動鞋。　スニーカーが買(か)いたいです。

◆我想要買步行鞋。　ウォーキングシューズが買(か)いたいです。

◆我正在找低跟的鞋。　ヒールの低(ひく)い靴(くつ)を探(さが)しています。

◆我正在找靴子。　ブーツを探(さが)しています。

◆我正在找小型包包。　小(ちい)さいバックを探(さが)しています。

◆我正在找包包。　かばんを探(さが)しています。

◆我正在找背包。　リュックを探(さが)しています。

◆我正在找要送給媽媽的首飾。　母(はは)にアクセサリーを探(さが)しています。

◆我正在找要送給朋友的小伴手禮。　友達(ともだち)にちょっとしたお土産(みやげ)を探(さが)しています。

◆是我自己要用的。　自分用(じぶんよう)です。

◆是要送給媽媽的禮物。　母(はは)への贈(おく)り物(もの)です。

◆是要送給男朋友／女朋友的禮物。　恋人(こいびと)への贈(おく)り物(もの)です。

◆請問這個還有白色的嗎？　こちらの白(しろ)はありますか。

- 請問這個有羊毛的嗎？　こちらのウールはありますか。
- 請問這個有 S 號的嗎？　こちらのSはありますか。
- 太大了。　大(おお)きすぎる。
- 太貴了。　高(たか)すぎる。

8 店員的詢問

- 這個如何？　こちらはいかがですか。
- 請問您喜歡這件商品嗎？　こちらはどうでしょうか。
- 這條褲子如何？　このズボンはどうですか。
- 請問尺碼是幾號呢？　サイズはおいくつですか。
- 請問您是否正在找同樣的顏色呢？　同(おな)じ色(いろ)をお探(さが)しですか。
- 請問您是自己要用的嗎？　ご自分用(じぶんよう)ですか。
- 請問是要送人的禮物嗎？　贈(おく)り物(もの)ですか。
- 請問他／她的尺碼是幾號呢？　彼(かれ)／彼女(かのじょ)のサイズはおいくつですか。

9 尺碼

◆我穿Ｓ號。　私はサイズＳです。

◆他穿Ｍ號。　彼はサイズＭです。

◆她穿ＳＳ號。　彼女はサイズSSです。

◆我想我應該可以穿Ｍ號。　たぶん私はＭで大丈夫です。

◆Ｌ號恐怕太大了。　Ｌだと大きすぎます。

◆這個的話太小了。　これだと小さすぎます。

◆有點小呢。　ちょっと小さいですね。

◆我試試看Ｍ號。　Ｍを試してみます。

◆請問有這個的大尺碼的嗎？　こちらの大きいサイズはありますか。

◆請問有這個的小尺碼的嗎？　こちらの小さいサイズはありますか。

◆我要小的。　小さいのがいいです。

◆有點緊。　ちょっときついです。

10 顏色與款式等

CD2-50

◆我想要黑色的。　色は黒がいいです。

◆我要紅的。	赤(あか)いのがほしいです。
◆我想要更明亮的顏色。	もっと明(あか)るい色(いろ)がいいです。
◆我想要稍微暗一點的顏色。	もう少(すこ)し暗(くら)い色(いろ)が欲(ほ)しいです。
◆顏色不錯嘛！	いい色(いろ)ですね。
◆這個有點太華麗了。	これはちょっと派手(はで)すぎます。
◆這個太樸素了。	これは地味(じみ)すぎます。
◆太花俏了。	ちょっと派手(はで)ですね。
◆我喜歡這個顏色。	色(いろ)は気(き)に入(い)りました。
◆我不喜歡這個顏色。	色(いろ)が気(き)に入(い)りません。
◆我喜歡這個款式。	デザインは気(き)に入(い)りました。
◆我不喜歡這個款式。	デザインが気(き)に入(い)りません。
◆其他還有哪幾種顏色呢？	他(ほか)に何色(なにいろ)がありますか。
◆請問這個還有別種顏色嗎？	これに別(べつ)の色(いろ)はありますか。
◆有沒有白色的？	白(しろ)いのはありませんか。

◆請問這種形狀的有褐色的嗎？
この形(かたち)で茶色(ちゃいろ)はありますか。

◆請問這個款式有黑色的嗎？
このデザインで黒(くろ)はありますか。

◆請問還有其他的款式嗎？
他(ほか)のデザインはありますか。

◆有沒有再柔軟一些的？
もう少(すこ)し柔(やわ)らかいのはないですか。

◆想要棉製品的。
綿(めん)のがほしいです。

◆這是麻嗎？
これは麻(あさ)ですか。

◆可以用洗衣機洗嗎？
洗濯機(せんたくき)で洗(あら)えますか。

◆需要乾洗嗎？
洗濯(せんたく)はドライですか。

◆蠻耐穿的樣子嘛！
丈夫(じょうぶ)そうですね。

11 店員的說明

◆尺碼一共有五種：ＳＳ、Ｓ、Ｍ、Ｌ、ＸＬ。
サイズは5種類(しゅるい)、SS、S、M、L、XLです。

◆這個只有單一尺碼而已。
そちらはフリーサイズのみです。

◆沒有大尺碼的。
大(おお)きいサイズはありません。

◆沒有小尺碼的。
小(ちい)さいサイズはありません。

◆不好意思，沒有您的尺碼。	すみません。お客さまのサイズはありません。
◆顏色有黑色、褐色、深藍色三種。	色は黒、茶、紺の3色です。
◆只有這幾種顏色而已。	色はこれだけです。
◆只有黑色和白色而已。	色は黒と白だけしかありません。
◆這是現在流行的款式。	これが今はやりです。
◆我現在就去拿過來。	ただいまお持ちします。
◆不好意思，只有現場陳列的這些而已。	すみません。出ているだけです。
◆非常抱歉，已經全部販售一空了。	申し訳ありませんが売り切れです。
◆非常抱歉，已經沒有庫存了。	申し訳ありませんが在庫がありません。

12 試穿

◆可以試穿嗎？	試着してもいいですか。
◆請問可以試穿嗎？	試着できますか。
◆我想要試穿這件。	これを試着したいのですが。
◆我要試穿這件。	これを試してみます。

◆ 我想要試穿這件和這件。　これとこれを試着(しちゃく)したいのです。

◆ 當然沒有問題呀。　もちろんいいですよ。

◆ 請往這邊走。　こちらへどうぞ。

◆ 試衣室在這裡。　あちらになります。

13 試穿之後

CD2-51

◆ 請問還可以嗎？　いかがですか。

◆ 請問尺寸合適嗎？　サイズはいかがですか。

◆ 請稍微等一下。　もう少(すこ)し待(ま)ってください。

◆ 尺寸不合。　サイズが合(あ)いません。

◆ 太大了。　大(おお)きすぎます。

◆ 太小了。　小(ちい)さすぎます。

◆ 太緊了。　きつすぎます。

◆ 有點長。　ちょっと長(なが)いです。

◆ 太長了。　長(なが)すぎます。

◆ 太短了。　短(みじか)すぎます。

◆長度可以改短一點嗎？
丈(たけ)をつめられますか。

◆請幫我改一下袖子的長度。
袖(そで)の長(なが)さを直(なお)してほしいです。

◆有大號的嗎？
大(おお)きいサイズはありますか。

◆可以再試穿另一件嗎？
もう一着(いっちゃく)のほうを試(ため)していいですか。

◆我稍微考慮一下。
少(すこ)し考(かんが)えます。

◆不好意思，非常感謝您。
すみません。ありがとうございました。

◆剛剛好。
ちょうどいいです。

◆尺寸也合身。
サイズも合(あ)います。

◆蠻好走路的。
歩(ある)きやすいですね。

◆鞋帶也可以調整。
ひもを調整(ちょうせい)できます。

◆我很喜歡。
気(き)に入(い)りました。

14 決定購買

◆顏色不錯呢。
色(いろ)がいいですね。

◆啊呀！這個不錯嘛！
ああ、これはいいですね。

◆挑這個應該不錯吧。	これなんか良いんじゃないか。
◆還是，你仍決定要挑這個呢嗎？	じゃあ、やっぱり、これ?
◆我喜歡。	気に入りました。
◆非常喜歡。	とても気に入りました。
◆我決定了。	決めました。
◆請給我這一個。	これをください。
◆我要這個。	これにします。
◆我決定買這一個。	これに決めました。
◆我要買這個。	これを頂きます。
◆我只要買這個。	これだけ頂きます。
◆請問收銀台在哪裡呢？	レジはどこですか。
◆可以先幫我保留起來嗎？	お取り置きしていただけますか。 ＊「ていただけますか」（請幫我…）是「てもらう」的自謙形式。是一種非常謙恭的請求。
◆可以幫我包裝成禮物嗎？	プレゼント用に包んでいただけますか。

◆可以幫我分別包裝嗎？　別々に包んでいただけますか。

◆可以再多要一個袋子嗎？　別の袋をいただけますか。

15 在收銀台

CD2-52

◆要如何付款？　お支払いはどうなさいますか。

◆請問您要付現還是刷卡呢？　お支払いは現金ですか。カードですか。

◆我要付現。　現金でお願いします。

◆我要刷卡。　カードでお願いします。

◆能用這張信用卡嗎？　このカードは使えますか。

◆請問可以用旅行支票付款嗎？　トラベラーズチェックは使えますか。

◆可以的，我們有收。　はい、使えます。

◆不行，我們不收。　いいえ、使えません。

◆既然這樣，我就付現。　でしたら現金で払います。

◆要分幾次付款？　お支払い回数は？

◆請問您要分幾期付款呢？　何回払いですか。

◆一次。　一回（いっかい）です。

◆我要一次付清。　一括払（いっかつばら）いでお願（ねが）いします。

◆請幫我分六期。　六回払（ろっかいばら）いにします。

◆請簽在這裡。　ここにサインをお願（ねが）いします。

◆筆在哪裡？　ペンはどこですか。

◆在這裡簽名嗎？　サインは、ここですか。

◆這樣可以嗎？　これでいいですか。

◆非常感謝您。　ありがとうございました。

◆歡迎再度光臨。　またお越（こ）しください。

◆歡迎您再度光臨。　またのご来店（らいてん）お待（ま）ちしております。

◆祝您有美好的一天。　よい一日（いちにち）を。

16 要求換貨

◆我想要退貨。　これを返品（へんぴん）したいのですが。

◆請問可以退款嗎？　払（はら）い戻（もど）しはできますか。

◆請問可以更換成別的商品嗎？	これを別(べつ)のものと取(と)り替(か)えたいのですが。
◆這是我昨天買的。	これは昨日(きのう)買(か)いました。
◆這是收據。	これがレシートです。
◆我把收據弄丟了。	レシートはなくしてしまいました。
◆因為尺碼不合。	サイズが合(あ)わなかったので。
◆因為不合他／她的尺碼。	彼(かれ)／彼女(かのじょ)のサイズに合(あ)わなくて。

17 店員的應對

◆請問您有收據嗎？	レシートはありますか。
◆非常抱歉，如果沒有收據的話，請恕無法退款。	申(もう)し訳(わけ)ありませんがレシートがないと払(はら)い戻(もど)しできません。
◆這是折扣商品，所以無法退款。	そちらはセール商品(しょうひん)なので払(はら)い戻(もど)しできません。
◆可以請教您要退貨的原因嗎？	返品(へんぴん)の理由(りゆう)をお聞(き)かせ願(ねが)えますか。
◆要不要幫您更換為別的商品呢？	別(べつ)のものとお取(と)り替(か)えいたしましょうか。
◆請您在店裡慢慢逛。	どうぞ、店内(てんない)をご覧(らん)ください。

◆可以退貨。 返品（へんぴん）できます。

◆請您帶著收據到收銀台處。 レシートを持（も）ってレジに行（い）ってください。

◆為您退還貨款。 代金（だいきん）を払（はら）い戻（もど）します。

2 商店街、超商等

1 幫媽媽到商店街買東西

CD2-53

◆家母交代我去買東西。 母（はは）から買（か）い物（もの）を頼（たの）まれた。

◆小宏，幫我去蔬果店買高麗菜。 ひろしちゃん、八百屋（やおや）でキャベツを買（か）ってきて。

＊「てきて」是「てくる」（…來）跟「てください」（請…）組合而成的「てきてください」。「てくる」表示事物在空間、時間上由遠到近地移動。

◆也麻煩你順道先去肉鋪買雞肉喔。 その前（まえ）に肉屋（にくや）でとり肉（にく）もお願（ねが）いね。

◆我可以在去的路上，先到蛋糕店買冰淇淋嗎？ 行（い）く途中（とちゅう）、ケーキ屋（や）でアイスクリーム買（か）っていい？

＊「アイスクリーム」後省略了「を」。在口語中，常有省略助詞「を」的情況。

◆我和姊姊去買東西了。

▲姉(あね)と買(か)い物(もの)に行(い)きました。

A：「帰(かえ)りに八百屋(やおや)でキャベツとにんじんを買(か)ってきて。」

（你回家時幫忙順便到蔬果店買高麗菜和紅蘿蔔。）

B：「うん、分(わ)かった。」

（嗯，知道了。）

◆我們下班後一起去買東西吧。

会社(かいしゃ)の帰(かえ)りに買(か)い物(もの)に行(い)こう。

◆我會先繞去買東西再回去，所以會晚點到家。

買(か)い物(もの)して帰(かえ)るから少(すこ)し遅(おそ)くなります。

◆買太多東西，結果把錢都花光了。

買(か)い物(もの)をしすぎてお金(かね)がなくなってしまいました。

◆買東西真愉快。

買(か)い物(もの)は楽(たの)しい。

2 商店街（一）

◆車站前有條長長的熱鬧街道。

駅前(えきまえ)ににぎやかな通(とお)りが続(つづ)く。

◆販賣當地名產的店家，櫛比鱗次地開在車站前。

駅(えき)の前(まえ)にお土産(みやげ)を売(う)る店(みせ)が並(なら)んでいた。

◆看你是要買魚或是肉或是青菜，快點挑一種！

魚(さかな)か肉(にく)か野菜(やさい)か、どれかに決(き)めて！

◆蔬果店就在魚鋪的隔壁。

八百屋(やおや)は魚屋(さかなや)の隣(となり)にある。

◆那家蔬果店賣的東西，價格貴又不新鮮。

あそこの八百屋（やおや）は高（たか）いし品物（しなもの）も古（ふる）い。

＊「し」表示陳述幾種相同性質的事物。「既…又…」。

◆蔬果店的老闆算我便宜。

八百屋（やおや）のおじさんが安（やす）くしてくれた。

＊「てくれた」（〔為我〕做…）。表示他人為我，或為我方的人做前項的事。

◆白蘿蔔90元。

大根（だいこん）は90円（えん）だった。

◆黃昏時分的蔬果店，被買菜的顧客擠得水洩不通。

夕方（ゆうがた）の八百屋（やおや）は買（か）い物（もの）をする人（ひと）でいっぱいだった。

◆打個電話去肉鋪，請老闆送些雞肉來吧。

肉屋（にくや）さんへ電話（でんわ）して鶏肉（とりにく）を頼（たの）みましょう。

◆如果買到的是新鮮的魚，魚的眼珠應該是藍色的才對。

買（か）った魚（さかな）がもし新（あたら）しければ、目（め）が青（あお）いはずだ。

◆到了傍晚時分，蔬果店和魚鋪就會有很多顧客上門。

八百屋（やおや）や魚屋（さかなや）は夕方（ゆうがた）になるとにぎやかだ。

◆那邊那家花店賣的花，總是很鮮嫩嬌豔，讓人賞心悅目。

あそこの花屋（はなや）さんの花（はな）はいつも新（あたら）しくてとてもいいわ。

3 商店街（二）

CD2-54

◆歡迎光臨。

いらっしゃいませ。

◆這好吃嗎？

これは、おいしいですか。

◆可以試吃嗎？

試食（ししょく）してもいいですか。

◆兩個豆沙糯米飯糰多少錢？

おはぎ二（ふた）ついくらですか。

◆這個請給我一盒。　これをワンパックください。

◆算我便宜一點嘛。　まけてくださいよ。

◆再買一個。　もう一つ買います。

◆全部多少錢？　全部でいくらですか。

◆有沒有更便宜的？　もっと安いのはありますか。

◆這位客人，我會算您便宜一點，您就跟我買吧。　お客さん、安くしておきますから、買ってくださいよ。

◆不管你算得多便宜，我絕不會買不要的東西的。　いくら安くたっていらないものいらないよ。

＊「たって」就是「ても」的口語形，表示假定的條件。「即使…也…」。

4 便利商店、超市

◆要不要幫您把東西裝袋呢？　袋にお入れしますか。

◆啊，不用了。　あ、いいです。

◆您需要附湯匙嗎？　▲スプーンはお付けいたしますか?

A：「お箸はおつけいたしますか?」

（您需要附筷子嗎？）

B：「はい、1膳お願いします。」

（麻煩給我一雙。）

◆ 您這個要加熱嗎？　こちら温めますか?

＊「こちら」後省略了「は」。提示文中主題的助詞「は」在口語中，常有被省略的傾向。

◆ 不用。　いいえ。

◆ 不用加熱。　温めなくていいです。

◆ 麻煩加熱。　お願いします。

◆ 好的，您請等一下。　わかりました。少々お待ちくださいませ。

◆ 那麼，要不要幫您製作一張集點卡呢？　では、ポイントカードをおつくりしましょうか。

◆ 本店對自備購物袋的客人，每次結帳時會致贈一點。　ご自分で袋を持ってきていただいたお客様に毎回１点をさしあげます。

◆ 集滿十點後，可兌換一張百圓抵用券。　10点溜まりましたら、お買い物にお使いいただける100円券を差し上げます。

◆ 醬油擺在一號售物架上販售。　しょうゆは一番の売り場で売っています。

3 文具店及名產店

1 文具店

CD2-55

◆ 不好意思，請問你們有沒有賣鉛筆？　あの、えんぴつはどこですか?

◆鉛筆嗎…？放在那邊入口處的第二個架子上。

えんぴつ…？あちらの入(い)り口(ぐち)から二番目(にばんめ)の棚(たな)になりますね。

◆在這裡。

こちらです。

◆喔，筆記本放在鉛筆的下面。

ああ、ノートは鉛筆(えんぴつ)の下(した)です。

◆非常感謝您的惠顧。

ありがとうございます。

◆一共一百八十九圓。

189円(えん)になります。

＊「～になります」（是）相當於「～であります」。這裡的「なり」漢字是「也」。

◆請問您想找什麼商品呢？

何(なに)かお探(さが)しですか?

◆我想要買信紙。

便箋(びんせん)を買(か)いたいんですけど。

＊「けど」是「けれども」的口語形。

◆如果要信紙的話，這裡有很多不同種類的喔。

便箋(びんせん)ならこちらに色々(いろいろ)ありますよ。

◆有沒有那種沒有花紋的素面信紙呢？

模様(もよう)のないシンプルなのありますか?

◆有的，就放在最後面。

ええ。一番奥(いちばんおく)の方(ほう)にありますよ。

◆說得也是。不好意思，麻煩給我這個。

そうだね。すいません、これください。

＊「すいません」是「すみません」的口語形。口語為求方便，常把音吃掉變簡短，或改用較好發音的方法。

◆那麼，我要這個。

じゃ、これにします。

◆要買這個呢？還是要買那個呢？

こっちにする？あっちにする?

＊「こっち」是「こちら」的口語形。「にする」（決定…）表示決定、選定某事物。

◆全都不買。

どっちも買(か)わない。

2 買名產

◆有沒有適合送人的名產？

お土産(みやげ)にいいのはありますか。

◆哪一個比較受歡迎？

どれが人気(にんき)がありますか。

◆你認為哪個好呢？

どれがいいと思(おも)いますか。

◆我想買1萬日圓以內的東西。

1万円以内(まんえんいない)の物(もの)がいいです。

◆這點心看起來很好吃。

このお菓子(かし)はおいしそうです。

＊「そう」（好像…）。表示判斷。這一判斷是說話人根據親身的見聞而下的一種判斷。

◆請給我這豆沙包。

この饅頭(まんじゅう)をください。

◆給我一個。

一(ひと)つください。

◆請給我8個同樣的東西。

同(おな)じものを八(やっ)つください。

◆太貴了。

高(たか)すぎます。

◆貴了一些。

ちょっと高(たか)いですね。

◆請算便宜一點。　安(やす)くしてください。

◆可以打一些折扣嗎？　少(すこ)しまけてもらえませんか。

◆預算不足。　予算(よさん)が足(た)りません。

◆2000日圓的話就買。　2000円(えん)なら買(か)います。

◆那就不要了。　それでは、いりません。

◆我會再來。　また来(き)ます。

◆請分開包裝。　別々(べつべつ)に包(つつ)んでください。

◆請包漂亮一點。　きれいに包(つつ)んでください。

3 店家情報

◆服務貼心的店家會招來很多顧客上門。　サービスのいい店(みせ)は客(きゃく)がたくさん入(はい)る。

◆店裡的錢被小偷偷走了。　泥棒(どろぼう)に店(みせ)の金(かね)を盗(ぬす)まれた。

◆店鋪於早上九點開門，晚上八點打烊。　店(みせ)を朝(あさ)9時(じ)に開(あ)けて夜(よる)8時(じ)に閉(し)めます。

◆本店比其他店家便宜5％。　うちの店(みせ)はほかの店(みせ)より5％(パーセント)安(やす)い。

CH 14 快樂血拼

◆三田小姐在秋葉原開設一家很大的商店。	三田(みた)さんは秋葉原(あきはばら)に大(おお)きな店(みせ)を出(だ)しています。
◆那家店因為販賣許多優良的商品，所以客人絡繹不絕。	あの店(みせ)はいい品物(しなもの)をたくさん置(お)いているから客(きゃく)が多(おお)い。
◆那個村落裡只開了一家販賣食物的店鋪。	その村(むら)には食(た)べ物(もの)を売(う)る店(みせ)が 1 軒(けん)あるだけだった。
◆新的超市將於明天開幕。	新(あたら)しいスーパーが明日(あした)オープンします。
◆百貨公司於十點開門營業。	デパートは10時(じ)にあきます。
◆在大型車站前的路段，多半都有百貨公司進駐營業。	大(おお)きな駅(えき)の前(まえ)にはたいていデパートがある。
◆東京的街頭直到深夜依然人聲鼎沸。	東京(とうきょう)は夜遅(よるおそ)くまでにぎやかだ。

4 購物高手

1 價格

CD2-56

◆這個菸灰缸每個五百圓。	この灰皿(はいざら)は一個(いっこ)5000円(えん)です。
◆如果把米的價格從六百圓漲價到七百圓，就買不出去了。	米(こめ)の値段(ねだん)を1キロ600円(えん)から700円(えん)に上(あ)げたら売(う)れなくなった。

◆ 請問一千圓可以買幾個這種三明治呢？

1000円(えん)でこのサンドイッチがいくつ買(か)えますか。

◆ 可以買五個唷。

五(いつ)つ買(か)えますよ。

◆ 這很便宜呀！

安(やす)いもんね。

◆ 我想應該沒那麼貴吧。

そんなに高(たか)くないって思(おも)うけど。

◆ 這家店的服飾很貴。

▲ この店(みせ)の服(ふく)は高(たか)い。

A：「この牛肉(ぎゅうにく)は１キロいくらですか。」

（請問這種牛肉每公斤多少錢？）

B：「1200円(えん)です。」

（一千兩百圓。）

◆ 買房子是一筆鉅額支出。

▲ 家(いえ)を買(か)うのは大(おお)きな買(か)い物(もの)だ。

A：「このお酒(さけ)、１万円(まんえん)もしました。」

（這種酒，每瓶要一萬圓。）

B：「そうですか。それは高(たか)かったですね。」

（這樣喔，那還真是貴耶。）

◆ 即使是貴一點也沒關係，我想要住豪華的飯店。

高(たか)くてもいいからきれいなホテルに泊(と)まりたい。

◆ 我想要買條領帶送給男朋友，可是太貴了買不起。

彼(かれ)にネクタイを買(か)ってあげたいけれども高(たか)くて無理(むり)です。

◆我想要好幾樣東西，可是沒錢買。

ほしいものはいくつもあるが金がない。

2 精打細算

◆購物時真會精打細算呀。

買い物上手だね。

◆我的媽媽很會買到價廉物美的東西。

母は買い物が上手です。

◆好貴喔，實在買不下手。

▲高いですね。とても買えません。

A：「こちらのオーバーは10万円です。」

（這邊的大衣是十萬圓。）

B：「高いですねえ。もっと安いのはありませんか。」

（好貴喔！有沒有便宜一點的？）

◆無論如何都不行嗎？哎，實在太可惜了哪。

どうしてもだめ？あら残念でなんないわ。

◆如果那家店太貴的話，那就到別家去買。

▲もしその店が高ければ、ほかの店で買います。

A：「そのテレビはいくらですか。」

（請問那台電視要多少錢呢？）

B：「そんなに高くないですよ。1万5千円です。」

（不會很貴喔，只要一萬五千圓。）

◆日本的飲食費用和房屋的價格太高了，居住生活所費不貲。

日本では食べ物や家の値段が高くて、生活が大変です。

Chapter

15

流行

1 時下流行

1 流行

CD2-57

◆請問最近年輕人流行做些什麼呢？

最近、若い人の間で流行っているものってなんですか。

＊「最近」後省略了「は」。提示文中主題的助詞「は」在口語中，常有被省略的傾向。

◆最近時興把浴衣當作流行來穿。

最近、ファッションとして浴衣を着るのが流行っている。

◆最近農業在年輕人間人氣很高。

最近、若者たちの間で農業の人気が高まっている。

＊「人気が高まっている」中的「高まる」意思是形成為強而大的事物。整句話是「人氣很高」的意思。

◆最近女高中生常剪的髮型是？

最近、女子高生がよくしている髪型は？

◆請問大學生通常會做哪些兼差工作呢？

大学生は普通どんなアルバイトをするんですか。

◆請告訴我最近的流行語。

最近の流行語を教えてください。

◆現在最有趣的連續劇是哪一齣呢？

今、一番面白いドラマって何ですか。

＊這裡的「って」是「とは」的口語形。表示就提起的話題，為了更清楚而發問或加上解釋。「…是…」。

◆現在最暢銷的CD是哪一片呢？

今、一番売れてるCDって何ですか。

＊「てる」是「ている」的口語形。表示動作、作用進行中。

◆現在最有人氣的麵包店位在哪裡？

今、一番人気のパン屋って、どこですか。

◆現在最帥氣的男星是誰？	今、一番かっこいいと思う俳優は?
◆現在最有趣的藝人是誰？	今、一番おもしろい芸人って誰なんですか?
◆現在最受歡迎的歌手是誰呢？	今、一番人気がある歌手って誰ですか。
◆現在當紅的歌手是誰？	今、一番旬な歌手は誰ですか?

2 外型

◆好可愛。	かわいいです。
◆好漂亮。	お洒落です。
◆非常漂亮。	凄くきれいです。
◆穿起來很好走。	履きやすいです。
◆穿著走起來挺輕鬆的。	結構歩きやすい。
◆穿著顯得很帥氣。	かっこよく着られます。
◆有點遜。	ちょっと格好悪かった。
◆極具今年流行的風格。	すごく今年風です。
◆樣式好可愛。	形がかわいかった。
◆帶有質樸的風貌。	地味な風情があって。

◆有點酷的感覺。
ちょっとクールな感じ。

◆這是限量的托特包。
限定のトートーバックです。

◆很容易跟各類服飾搭配。
いろんな服に合わせやすいです。

◆設計的款式蠻有小女孩的味道，很可愛。
デザインが女の子っぽくて可愛いです。

◆一點也不搶眼，非常可愛。
目立たないし、カワイイです。
＊「し」（既…又…）表示陳述幾種相同性質的事物。

◆不受流行影響的基本鞋款。
流行に左右されずに履ける。
＊「ず」（不…地）表示以否定的狀態，或方式來做後項的動作。多用在書面上。口語多用「…ないで」。

◆穿上身時的剪裁線條非常優美。
着たときのラインが綺麗です。

◆這個品牌最吸引人的地方就是有賣ＳＳ的超小尺碼。
SSサイズが買えるのが魅力です。

◆設計也很簡單大方。
デザインもシンプルです。

◆修飾腿部線條的效果超群絶倫。
美脚効果バツグンです。

◆也非常實搭。
実用性も抜群です。

◆我認為這是一雙適合女性穿著的運動鞋。
女性向きなスニーカーだと思う。

3 打扮

◆媽媽不太在意穿著。
母はあまり服装に気を遣いません。

◆我不適合穿亮色系的衣服。
私は明るい色の服が似合いません。

◆她總是穿著像男孩般的帥氣衣服。
彼女はいつもボーイッシュな服装をしています。

◆他對服裝的品味真不錯哪。
彼は服のセンスがいいね。

◆不要強做年輕打扮，以適合年齡的裝扮比較好喔。
若づくりしないで、年相応の格好をした方がいいですよ。

◆他自己的衣服非常土氣。
彼の私服はとてもダサい。

◆這種圖案的衣服看起來很像歐巴桑。
こういう模様の服はおばさんっぽく見えます。

◆她總是穿得漂漂亮亮的。
彼女はいつもおしゃれです。

◆我喜歡穿休閒樣式的服裝。
私はカジュアルな洋服が好きです。

◆穿西裝看起來就很帥氣。
スーツを着ると格好よく見えます。

2 流行服飾

1 衣服

CD2-58

◆你不適合穿紅色的衣服。
赤い服はあなたに似合わない。

◆這件衣服的尺寸對我來說太大了。
この服は私には大きすぎます。

◆你的衣服真多哪。
たくさん服を持っていますね。

◆雨水把衣服打濕了。　雨で服が濡れました。

◆穿著新衣服，感覺很開心。　新しい服を着たので気持ちがいいです。

◆妻子幫我把衣服掛到了衣架上。　妻がハンガーに服をかけてくれました。

◆從公司下班後一回到家，就脫衣服洗澡。　会社から帰ると服を脱いで風呂に入ります。

◆我幫了孩子換穿衣服。　子供が服を着替えるのを手伝ってやりました。

＊「～てやりました」（給…〔做…〕）。表示以施恩的心情，為晚輩做有益的事。

◆在我上大學念書時，爸爸買了新衣服給我。　大学へ入ったときに父が新しい服を買ってくれた。

◆家姊幫我挑了套裝。　▲姉に洋服を選んでもらった。

A：「パーティーにどの洋服を着ていこうか？」

（該穿什麼套裝去參加派對才好呢？）

B：「この明るいのはどう。」

（挑選這件亮色系的衣服如何？）

◆這件套裝才剛剛量身訂製完成，可是穿起來卻不合身。　作ったばかりの洋服なのに体に合わない。

◆把套裝脫掉，換上了睡衣。　洋服を脱いでパジャマに着替えた。

◆雖然外出時會穿套裝，但在家裡都穿和服。　外へ出るときは洋服を着ますが、家の中では着物です。

◆已經穿不下這件衣服了。　服が小さくなってしまいました。

◆小孩一下子就長大了，很快就穿不進以前的衣服。

子供(こども)は大(おお)きくなるのが早(はや)くて洋服(ようふく)がすぐ小(ちい)さくなってしまいます。

2 服飾—材質

◆材質很棒。

質(しつ)がいいです。

◆我喜歡它的涼爽材質。

涼(すず)しさが好(す)きです。

◆亮晶晶的。

キラキラしてます。

◆適合秋冬的圖案。

秋冬(あきふゆ)に合(あ)った柄(がら)です。

◆我喜歡玻璃的質感。

ガラスの質感(しつかん)が好(す)きです。

◆材質摸起來很舒服，非常好。

素材(ざい)が気持(きも)ちよくて、いいです。

◆即使流汗也無所謂。

汗(あせ)をかいても大丈夫(だいじょうぶ)です。

◆因為輕飄飄、軟綿綿的，感覺好舒服。

ふわふわだから気持(きも)ちいいです。

◆明明就是泳裝，布料卻非常透明。

水着(みずぎ)なんだけど、めちゃめちゃ透(す)ける。

＊「けど」是「けれども」的口語形。口語為求方便，常把音變簡短。

◆蓬蓬的束髮圈最棒了。

モコモコなヘアゴムは最高(さいこう)だ。

3 人氣服飾

◆太適合我了！

私(わたし)にはピッタリです！

◆非常滿意。	満足しました。
◆我非常喜愛。	すごく気に入ってます。
◆我很喜歡它的整體設計。	全体のスタイルが気に入ってます。
◆我很喜歡它那帶有春天氣息的顏色。	色が春らしくて気に入った。
◆應該可以一直穿到初夏。	初夏まで着られそうです。
◆即使單穿也很亮麗。	一枚でもお洒落に着られる。
◆上學時也帶著去。	通学にも使ってます。
◆我很喜歡它的搶眼。	注目度サイコーです。
◆看來往後應該可以用很久。	これから長く使えそう。
◆我很喜歡它的用途廣泛。	使い回しがきくので気に入ってます。
◆是目前廣受雜誌報導的熱門商品。	今雑誌で人気を集めています。
◆好想要一件可愛的線衫洋裝喔。	ニットのかわいいワンピースが欲しいなあ。
◆有很多名牌商品也在網購或郵購通路上販售。	ブランド品は通販でもたくさん販売されています。

4 服飾—價錢

CD2-59

◆太貴了。	高すぎます。
◆太貴了，買不下手。	高すぎて手がでません。

◆價格高不可攀哪～。	手が届きませ～ん。
◆價格要加倍。	お値段が倍です。
◆我想應該一輩子也買不到。	一生手に入らないと思う。
◆這麼便宜，真令人開心。	安くて嬉しいです。
◆價格也超級便宜。	値段も激安です。
◆價格並不貴。	お手軽価格です。
◆價格居然只有3,900日圓，實在太便宜了。	なんと3,900円とお手頃なんです。
◆能夠只用一萬日圓就買得到，實在太高興了。	1万円で買えるのが嬉しいです。

5 襯衫

◆我正在找黃色的襯衫。	黄色いシャツを探しています。
◆在超市買了兩件襯衫。	スーパーでシャツを２枚買った。
◆新的襯衫穿起來很舒服。	新しいシャツは気持ちがいいです。
◆我正在找有口袋的襯衫。	ポケットのあるシャツを探しています。
◆這件襯衫有兩個口袋。	このシャツにはポケットが二つついている。
◆熨燙襯衫。	シャツにアイロンをかけます。

◆每天都會換穿乾淨的襯衫。
毎日シャツを取り替えます。

◆那件襯衫已經髒了耶。脫下來，我幫你洗吧。
そのシャツ、汚れたねえ。洗うから脱いで。

◆你的襯衫下擺沒有塞進褲頭裡喔。
ズボンからシャツが出ていますよ。

◆襯衫的釦子掉了。
ワイシャツのボタンが取れた。

◆時常將襯衫送洗。
時々ワイシャツを洗濯屋に出します。

◆請問這件襯衫該配什麼樣的領帶呢？
このシャツにはどんなネクタイが合いますか。

◆藍色和粉紅色的襯衫銷路很好。
青やピンクのワイシャツが売れています。

◆回到家後就脫掉襯衫，換上Ｔ恤。
家に帰るとワイシャツをぬいでＴシャツに着替えます。

◆假如會熱的話就脫掉毛衣，換上薄襯衫比較好吧？
暑ければセーターを脱いで、薄いシャツに着替えたらどうですか。

◆去公司時通常會穿白襯衫、打領帶。
会社へ行くときは白いワイシャツを着てネクタイをします。

6 大衣、外套、毛衣、西裝外套

◆春天來囉！再也不用穿外套了。
春だ。もう上着は要らない。

◆天氣很冷，穿上外套再出門吧。
寒いから上着を着ていきなさい。

◆時序進入十一月，路上穿外套的人變多了。
11月になって上着を着る人が増えました。

◆外套太重了，穿得我肩膀酸痛。	上着が重くて肩が疲れる。
◆這件外套看起來好暖和喔。	暖かそうなコートですね。
◆是啊，穿起來很暖和唷。	ええ、とても暖かいですよ。
◆那件大衣對你來說，恐怕稍嫌大了點吧。	▲そのコート、君にはちょっと大きすぎるんじゃない？ A：「どちらのコートにしますか？」 （請問您要買哪一件外套呢？） B：「あちらをください。」 （請給我那邊那件。）
◆這件毛衣是人家在仙台買來送我的。	このセーターは仙台で買ってきたものです。
◆把毛衣浸在溫水裡用手搓洗。	セーターはお湯につけて手で洗います。
◆由於天氣變冷，所以穿上了毛衣。	寒くなったのでセーターを着ました。
◆由於氣溫很冷，所以在襯衫上面又套了件毛衣。	寒かったのでシャツの上にセーターを着た。
◆恐怕快下雨了，還是把風衣帶著比較保險喔。	雨が降りそうだから、コートを持っていった方がいいですよ。
◆在東京，到了四月就不用再穿大衣了；可是在北海道，甚至到五月都還需要穿大衣。	東京では4月になればコートは要らないが、北海道では5月までコートはほしい。
◆穿上西裝去公司上班。	背広を着て会社へ行きます。

◆身材變胖後，西裝穿不下了。

太(ふと)って背広(せびろ)が小(ちい)さくなった。

◆即使是在炎熱的夏天，要和客戶見面時，還是要穿西裝。

夏(なつ)は暑(あつ)くてもお客(きゃく)さんと会(あ)うときは背広(せびろ)を着(き)ます。

◆父親買了西裝送我，以祝賀我獲得公司錄取。

会社(かいしゃ)に入(はい)ったお祝(いわ)いに、父(ちち)が背広(せびろ)を買(か)ってくれました。

◆在西裝外套的口袋裡裝了錢包、鋼筆、還有行事曆手冊等等各式各樣的東西。

背広(せびろ)のポケットには財布(さいふ)や万年筆(まんねんひつ)や手帳(てちょう)など、いろいろなものが入(はい)っています。

7 褲子、裙子

CD2-60

◆穿了新的長褲。

新(あたら)しいズボンを穿(は)いた。

◆今天好熱，穿半筒褲吧。

今日(きょう)は暑(あつ)いから半(はん)ズボンを穿(は)こう。

◆去年買的裙子已經塞不進去了。

去年(きょねん)買(か)ったスカートが穿(は)けなくなった。

◆如果不瘦下來點，就塞不進這條裙子裡囉。

もう少(すこ)しやせないと、このスカート、穿(は)けないわよ。

◆如果妳能穿上這件裙子，就送給妳吧。

このスカート、穿(は)ければあなたにあげるわよ。

◆年輕女孩常會穿短裙。

若(わか)い女性(じょせい)は短(みじか)いスカートを穿(は)くことが多(おお)い。

◆在冬天穿裙子會冷吧。

冬(ふゆ)はスカートでは寒(さむ)いでしょう。

◆白色的女用襯衫搭配粉紅色的裙子，穿起來真漂亮哪。

白(しろ)いブラウスにピンクのスカートがきれいだ。

◆店家展示著一件可愛的裙子吸引了我的目光，令我不禁在店門口停下了腳步。
かわいいスカートが飾(かざ)ってあったので店(みせ)の前(まえ)で足(あし)を止(と)めた。

◆我的女兒很討厭穿裙子，總是穿褲子出門。
うちの娘(むすめ)はスカートが嫌(きら)いでいつもパンツを穿(は)いて出(で)かけます。

◆小腹凸出，褲頭變緊了。
おなかが出(で)てズボンがきつくなった。

◆脫下裙子，穿上了褲子。
スカートを脱(ぬ)いでズボンを穿(は)きました。

◆脫去西裝上衣和長褲，換上睡衣。
上着(うわぎ)とズボンを脱(ぬ)いでパジャマに着替(きが)えます。

◆妻子為我熨燙長褲。
妻(つま)がズボンにアイロンをかけてくれます。

◆從外面回到家的時候，都會拿毛刷刷去西裝長褲和外套上的灰塵。
外(そと)から帰(かえ)ったときは上着(うわぎ)とズボンにブラシをかけます。

◆現在要幫您照 X 光了，除了內褲以外，請脫掉身上的其他衣物，然後站到台子上。
レントゲンをとりますから、パンツの他(ほか)は何(なに)も着(つ)けないで台(だい)にあがってください。

8 修改衣服

◆褲腳的縫線綻開了。
ズボンの裾(すそ)が解(ほど)けちゃった。

＊「ちゃう」是「てしまう」的口語省略形。表示完了、完畢；某動作所造成無可挽回的結果。

◆這個地方，可以幫我縫補一下嗎？
ここ、縫(ぬ)っておいてくれない？

◆以熨斗把圖騰燙印在口袋上。
ポケットにアイロンでワッペンを貼(は)りました。

◆我的鈕扣掉了，請幫我縫補上去。
ボタンをなくしたので、付け直してください。

◆你會自己縫鈕扣嗎？
自分でボタンを付けられますか？

◆長度變短了，請放長一點。
丈が短くなったので、伸ばして下さい。

◆我不太擅長縫紉。
裁縫はあまり得意じゃありません。

◆麻煩把褲腳改短一點。
ズボンの裾上げをお願いします。

◆請問要改短幾公分呢？
何センチぐらい裾上げしますか？

◆如果是用縫紉機車縫的話，就連改短牛仔褲的褲腳，也一下子就能完成了。
ジーンズの裾上げもミシンを使えばすぐできます。

3 時尚配件

1 鞋子、襪子

CD2-61

◆鞋子太新了，穿起來會打腳。
靴が新しくて足に合わない。

◆這雙襪子太小了，沒辦法穿。
この靴下は小さくて穿けない。

◆這雙襪子太小了，腳穿不進去。
この靴下は小さくて足が入らない。

◆穿雙合腳的鞋吧。
足にあった靴を履きましょう。

◆那個小孩把鞋子的左右腳穿反了。
あの子は靴を反対に履いている。

◆下雨天會穿長靴。	雨の日は長靴を履きます。
◆我怕您的腳會弄髒，請穿拖鞋。	足が汚れますからスリッパを履いてください。
◆穿鞋子的時候沒有穿襪子，結果腳被磨得痛死了。	靴をはくときに靴下を履かなかったから、足が痛くなった。
◆我聞到了臭襪子的味道。	靴下の変なにおいがした。
◆快把襪子脫下來吧，我要洗衣服了。	靴下を脱いで、洗濯するから。
◆襪子沒有彈性而變鬆垮了。	靴下がのびてしまいました。
◆寒冷的時候就會想穿厚厚的襪子。	寒いときは厚い靴下がほしい。
◆因為年紀很小，所以還不太會自己穿襪子。	まだ小さいから靴下が上手に履けない。
◆把散在玄關處的拖鞋排整齊了。	玄関のスリッパを片付けた。
◆如果不穿拖鞋的話，腳底會覺得冷。	スリッパを履かないと足が冷たい。
◆在進入舖設榻榻米的房間前，必須先脫掉拖鞋。	畳の部屋に入るときはスリッパを脱ぎます。
◆您請穿上拖鞋，不然會弄髒您的腳。	足が汚れますから、どうぞスリッパを履いてください。
◆請讓我看一下那邊那雙涼鞋。	あちらのサンダルを見せてください。

2 領帶、手帕

◆每天都會換不同的領帶。

▲ 毎日ネクタイを取り替えます。

A：「どのネクタイがいいですか。」

（你喜歡哪一條領帶呢？）

B：「あれが気に入りました。」

（我很喜歡那一條。）

◆深色的西裝外套適合搭配較為亮色系的領帶。

暗い色の上着には少し明るいネクタイが合います。

◆我穿白襯衫、打領帶，去公司上班。

白いワイシャツにネクタイをして会社へ出かけます。

◆讓我想想，今天要打哪條領帶呢？

今日はどのネクタイにしようか。

◆天氣很熱，請儘管解開領帶，不用客氣。

▲ 暑いですから、どうぞネクタイを取ってください。

A：「このネクタイ、僕にどうかな？」

（我適合打這條領帶嗎？）

B：「とてもいいですよ。」

（非常適合你呀！）

◆最近寬版的領帶非常暢銷。

▲ 最近は太いネクタイがよく売れている。

A：「ネルソンさん、ネクタイが曲がっていますよ。」

（納爾遜先生，您的領帶歪了唷。）

B：「あっ、どうも。」

（啊！謝謝你的提醒。）

◆洗了弄髒的手帕。

▲ 汚(よご)れたハンカチを洗(あら)った。

A：「ハンカチを忘(わす)れてない？」

（沒忘了帶手帕吧？）

B：「うん、２枚(まい)持(も)ったよ。」

（嗯，我帶了兩條嘍。）

◆用手帕擦了汗。

▲ ハンカチで汗(あせ)を拭(ふ)いた。

A：「これ、あなたのハンカチじゃない？」

（咦？這不是你的手帕嗎？）

B：「あっ、そうです。ありがとうございました。」

（啊！是我的。非常謝謝你。）

◆把口袋裡的東西掏出來讓人看了。

ポケットの中(なか)のものを出(だ)して見(み)せた。

3 帽子、眼鏡、鈕釦

CD2-62

◆小寶寶的帽子好像快掉下去囉。

▲ 赤(あか)ちゃんの帽子(ぼうし)が脱(ぬ)げそうですよ。

A：「この帽子(ぼうし)、私(わたし)に似合(にあ)いますか。」

（我適合戴這頂帽子嗎？）

B：「ええ、とってもいいですよ。」

（嗯，戴起來很好看喔。）

◆太陽很大，請戴上帽子後再出門。

日(ひ)が強(つよ)いから帽子(ぼうし)をかぶって行(い)きなさい。

◆這裡的眼鏡全都不是我的度數。

ここのメガネはどれも私(わたし)の目(め)に合(あ)わない。

◆由於眼睛的度數已經變了，所以配了一副新眼鏡。

メガネが合(あ)わなくなったので、新(あたら)しいのを作(つく)った。

◆我在眼鏡行的櫥窗裡看到一副很棒的太陽眼鏡，忍不住在店門口駐足端詳。

いいサングラスがあったので眼鏡屋(めがねや)の前(まえ)で足(あし)を止(と)めた。

◆把大衣的釦子釦起來。

オーバーのボタンをとめなさい。

◆你可以幫我縫上鈕釦嗎？

ボタンをつけてくれませんか。

◆西裝的鈕釦掉了。

背広(せびろ)のボタンが落(お)ちていました。

4 流行配件

◆你有打耳洞嗎？

ピアスホールを開(あ)けていますか？

◆近來戴耳環的男人變多了。

ピアスをつけた男(おとこ)の人(ひと)が多(おお)くなりました。

◆這不是針式耳環而是夾式耳環。

これはピアスじゃなくてイヤリングです。

◆這條項鍊的樣式會不會太豪華了呢？

このネックレス、派手(はで)すぎるかな？

◆她喜歡戴手鐲。

彼女(かのじょ)はブレスレットをつけるのが好(す)きです。

◆這個鍊墜好可愛喔。

そのペンダント可愛(かわい)いね。

◆到了夏天，就想要戴腳戒。

夏(なつ)になると、トウリングをつけたくなります。

◆我在收集胸花。

私(わたし)は花(はな)のコサージュをコレクションしています。

◆這只手錶是什麼牌子的呢？

その腕時計(うでどけい)はどこのブランドですか?

◆頭上戴著髮箍的是我的女兒。

カチューシャをつけているのが私(わたし)の娘(むすめ)です。

◆他送我訂婚戒指。	彼に婚約指輪をもらいました。
◆我買不起鑽石或紅寶石之類的昂貴物品。	ダイヤモンドやルビーなど高いものは買えません。

5 時尚流行

◆這種款式的外套已經不流行了。	このタイプのジャケットはもう流行らない。
◆他總是穿著過時的衣服。	彼はいつも時代遅れな服を着ています。
◆她對流行很敏銳。	彼女は流行に敏感です。
◆我不買流行款式的衣服。	私は流行りの服は買いません。
◆請問今年冬天流行什麼顏色呢？	今年の冬は何色が流行りますか？
◆那本雜誌介紹了早春的時尚流行。	あの雑誌は春を先取りしたファッションを紹介しています。
◆您是不是有參考時尚雜誌裡的資訊呢？	ファッション雑誌を参考にしてるの？ ＊句尾的「の」表示疑問時語調要上揚，大多為女性、小孩或年長者對小孩講話時使用。表示「嗎」。
◆我喜歡永不退流行款式的服裝。	流行に左右されない洋服が好きです。
◆去年流行過的款式，今年再也不能穿了耶。	去年流行った服は、今年はもう着られないね。
◆我現在要去買春天穿的開襟羊毛衫。	今から春物のカーディガンを買いに行きます。

6 出衆的品味

◆其品味似乎不錯。	センスよさそう。
◆真合襯呀。	似合(にあ)うね。
◆真有品味呀。	センスいいね。
◆品味真是出衆呀。	いいセンスしてるね。
◆他擁有不同凡響的品味喔。	素晴(すば)らしいセンスの持(も)ち主(ぬし)だね。
◆戴著格外高貴的手錶哪。	いい時計(とけい)しているね。
◆穿著極為高尚的服裝呀。	いい服(ふく)を着(き)ているね。
◆品味出衆喔。	洗練(せんれん)されているね。
◆舉手投足與服裝品味分外出衆喔。	身(み)のこなしやファッションが洗練(せんれん)されているね。
◆嗜好十分高雅哪。	趣味(しゅみ)がいいね。
◆天生素質良好啊。	筋(すじ)がいいね。
◆有朝一日必會名聞天下。	必(かなら)ず名人(めいじん)になる。
◆挺有型有款的喔。	小粋(こいき)だね。

4 美容院及其他

1 我要的感覺

CD2-63

◆請幫我把頭髮弄成像這張照片的髮型一樣。	この写真(しゃしん)みたいにしてください。
◆您很喜歡這位男演員嗎？	この俳優(はいゆう)がお好(す)きなんですか。
◆因為我很喜歡照片上的這位男演員。	写真(しゃしん)の俳優(はいゆう)が好(す)きだからです。
◆因為我想要換個造型。	印象(いんしょう)を変(か)えたいからです。
◆因為今年正在流行。	今年(ことし)はやっているからです。
◆也不是特別喜歡他，只是覺得想換個造型罷了。	そうじゃないんですけど、イメージを変(か)えようと思(おも)って。
◆原來如此。夏天快到了，今年很多人喜歡梳剪這種髮型呢。	そうですか、もうすぐ夏(なつ)ですし、このスタイル、今年人気(ことしにんき)があるんですよ。
◆我要燙髮要等多久呢？	どのくらい待(ま)ちますか。
◆請在這裡等。	こちらでお待(ま)ちください。
◆讓您久等了。下一位請。	お待(ま)たせしました。次(つぎ)の方(かた)どうぞ。

◆請您把東西放這裡吧！	お荷物(にもつ)をお預(あず)かりしましょうか。
◆這邊請。	こちらへどうぞ。
◆您今天要怎麼整理？	今日(きょう)はどうなさいますか。
◆要剪像什麼樣子的？	カットはどんな感(かん)じにしますか。

2 我要的髮型

◆麻煩幫我燙髮。	パーマをお願(ねが)いします。
◆費用裡有包括洗髮嗎？	シャンプーは料金(りょうきん)に入(はい)っていますか。
◆洗髮費用另算。	シャンプーは別料金(べつりょうきん)です。
◆洗髮就不用了。	シャンプーは結構(けっこう)です。
◆我要剪像這張照片。	この写真(しゃしん)のようにしてください。
◆只要燙前面。	前(まえ)だけパーマしてください。
◆請剪短一點。	少(すこ)し短(みじか)くしてください。
◆請不要剪得太短。	あまり短(みじか)くしないでください。
◆後面要剪嗎？	後(うし)ろは切(き)りますか。
◆瀏海不會太長了嗎？	前髪(まえがみ)は少(すこ)し長(なが)すぎませんか。
◆剪短一點比較好喔！	少(すこ)し短(みじか)くしたほうがいいですよ。
◆要在哪裡分邊？	分(わ)け目(め)はどこですか。
◆您覺得如何？	いかがですか。
◆很好，謝了。	はい、結構(けっこう)です。どうも。

Chapter 16

健康無價

1 健康狀況

1 詢問健康狀況，並給予意見

CD2-64

◆您現在感覺哪裡不舒服呢？　気分（きぶん）はどうですか。

＊「どうですか」（如何？）。用在問候對方的身體狀況或是生活狀況的時候。

◆您今天感覺舒服嗎？　今日（きょう）の気分（きぶん）はどうですか。

◆您的身體狀況好不好呢？　体調（たいちょう）はどうですか。

◆沒問題。　大丈夫（だいじょうぶ）。

◆您還好嗎？　大丈夫（だいじょうぶ）ですか。

◆您看起來很有精神呀。　元気（げんき）そうですね。

◆您的氣色很好呀。　顔色（かおいろ）がいいですね。

◆您看起來似乎有點疲倦哦。　ちょっと疲（つか）れているみたいですね。

◆哎，這麼忙碌，會不會生病呢？真讓人擔心哪。　ああ忙（いそが）しいと病気（びょうき）にならないか、心配（しんぱい）ね。

◆您看起來已經累壞了。　とても疲（つか）れているみたい。

◆您的氣色不好哦。　顔色（かおいろ）が悪（わる）いですよ。

◆您今天的氣色看起來不大好耶。　今日（きょう）は顔色（かおいろ）が悪（わる）いですね。

◆您的臉色泛青，是不是哪裡不舒服呢？　顔が青いけど、どこか具合が悪いんじゃないですか。

◆您的身體狀況似乎不好哦。　具合が悪そうですね。

◆您變胖了耶。　太りましたね。

◆您變瘦了唷。　やせましたね。

2 非常健康

◆我的健康狀況很好。　調子がいいです。

◆我最近的身體狀況不錯。　最近、調子がいいです。

◆我的身體狀況很好。　体調がいいです。

◆我很健康。　健康です。

◆我的身體狀況非常好。　コンディションがいいです。

◆我的體能狀況絕佳。　調子が最高です。

◆我的體力也非常充沛。　体力も充分あります。

◆我的精神飽滿。　元気いっぱいです。

◆我今天的體能處於巔峰狀態。　今日は絶好調です。

◆我的健康方面沒有問題。　健康面は問題ありません。

◆我身體感到很輕盈。　体が軽いです。

◆我的食欲很好。　食欲があります。

◆我在晚上睡得很熟。　夜はぐっすり眠れます。

◆我睡醒後感到神清氣爽。　目覚めはいいです。

◆島崎先生雖然上了年紀，但是身體還很硬朗。　▲島崎さんは年を取っているが丈夫です。

「おじいちゃん、元気？」

（老爺爺，近來好嗎？）

B：「ああ、おかげで元気だよ。」

（嗯，託你的福，精神可好得很哪。）

3 注意健康－生活、飲食控制（一）

◆我的身體狀況變好了。　体調がよくなりました。

◆我的身體狀況比以前還要好。　以前より調子がいいです。

◆自從我注意飲食後，身體狀況就很好。　食事に気を遣うようになってから調子がいいです。

＊「ようになる」（〔變得〕…了）前面接表示能力、狀態、行為的變化。

◆我們多吃一點綠色的蔬菜吧。　緑の野菜をたくさん食べましょう。

◆自從我盡量攝取蔬菜以後，身體狀況就很好。　野菜を多く食べるようにしてから調子がいいです。

◆自從我少吃油膩的食物後，體重就減輕了。

脂(あぶら)っこいものを控(ひか)えるようにしてから体(からだ)が軽(かる)くなりました。

◆自從我控制酒量後，健康狀況就很好。

お酒(さけ)を控(ひか)えてから調子(ちょうし)がいいです。

◆當我吃東西只吃八分飽時，就覺得身體比較沒有負擔。

腹八分目(はらはちぶんめ)にすると体(からだ)が軽(かる)く感(かん)じます。

◆自從我戒菸以後，身體就不再覺得那麼疲勞了。

タバコをやめてから疲(つか)れにくくなりました。

◆自從我維持規律的作息生活後，身體狀況就很好。

規則正(きそくただ)しい生活(せいかつ)をするようにしてから調子(ちょうし)がいいです。

◆最重要的就是健康的身體。

元気(げんき)な体(からだ)が一番(いちばん)だ。

◆只要身體能夠健康，其他什麼都可以不要。

体(からだ)が丈夫(じょうぶ)ならほかのものはいらない。

4 注意健康－生活、飲食控制（二）

CD2-65

◆我很注意要過作息規律的生活。

規則正(きそくただ)しい生活(せいかつ)をするように気(き)をつけています。

◆我在飲食方面很留意必須攝取均衡的營養。

栄養(えいよう)のバランスが取(と)れた食生活(しょくせいかつ)をするように心(こころ)がけています。

◆我留意著每天都要吃很多蔬菜。

毎日(まいにち)野菜(やさい)をたくさん取(と)るように心(こころ)がけています。

◆我盡量減少外食。

外食(がいしょく)は控(ひか)えるようにしています。

◆我盡量避免吃油膩的食物。
脂っこいものはなるべく避けるようにしています。

◆我盡量避免吃垃圾食物。
ジャンクフードは避けるようにしています。

◆我小心不要暴飲暴食。
食べ過ぎないようにしています。

◆我很注意不要飲酒過量。
お酒を飲み過ぎないように注意しています。

◆我要求自己每天都要讀書。
毎日、本を読むように心がけています。

◆我刻意每天都要保留一段時間給自己。
自分の時間を持つように心がけています。

◆我讓自己做喜歡做的事。
自分の好きなことをやるようにしています。

◆我不讓自己的工作份量超過負荷範圍。
働き過ぎないようにしています。

◆我留意著依照自己的步調做工作。
マイペースで仕事をするよう心がけています。

◆我小心地盡量不讓自己累積壓力。
ストレスをできるだけためないようにしています。

5 注意健康－多加運動

◆我留意要定期做簡單的運動。
定期的に簡単な運動をするように心がけています。

◆我每天都會走路一個小時左右。
毎日一時間くらい歩くようにしています。

◆在早晨散步很舒服。
朝の散歩は気持ちがいい。

◆如果不散步的話，身體就會變得僵硬，感覺很不舒服。
散歩しないと体が硬くなって気持ちが悪い。

◆每天會在家附近散步三十分鐘。
毎朝 30 分、家の周りを散歩します。

＊「毎朝」後省略了「は」。提示文中主題的助詞「は」在口語中，常有被省略的傾向。

◆我讓小狗走到公園散散步。
公園まで犬を散歩させます。

◆我帶了孩子去散步。
子供を散歩に連れて行きました。

◆我一面散步，一面思考當天的工作行程。
散歩しながらその日の予定を考えます。

◆不要搭電梯，我們走樓梯吧。
エレベーターなどには乗らないで階段を歩きます。

＊「ないで～」（不要…）。是「ないでください」的口語形。表示請求別人不要做某事的意思。

◆自從我開始運動後，體力就變好了。
運動するようにしてから体力がつきました。

◆自從我開始運動後，健康狀況就很不錯。
運動するようになってから調子がいいです。

◆雖然昨天整整游了三個小時，但是並不覺得疲憊。
昨日は 3 時間も泳いだけど、あまり疲れなかった。

6 不規則的生活

◆雖說有益健康，但老是吃同樣的食物，還是會生病的。
いくら体によくても同じ物ばかり食べていたら病気になってしまう。

＊「ばかり」後省略了「を」。在口語中，常有省略助詞「を」的情況。

◆我以前過的是從早到晚酒不離手的生活。
昼も夜も酒を飲む生活だった。

◆每晚喝酒，把身體搞壞了。

毎晩お酒を飲んで、体を壊した。

◆不管再怎麼喜歡喝酒，天天都喝的話，會對身體健康有害。

いくら酒が好きでも毎日飲んだら体に悪い。

◆每天會吸二十支菸。

1日に20本タバコを吸います。

◆不要一天抽三十支菸啦，這樣對身體不好耶。

▲一日30本もタバコを吸うな。体に悪いよ。

A：「タバコをたくさん吸うと体に悪いですよ。」

（抽太多菸的話，有礙身體健康喔。）

B：「ええ、分かっているんですが、なかなか止められません。」

（是啊，我自己也知道，可就是一直戒不掉。）

◆看你是要戒菸，還是要戒酒，最好挑一樣戒掉比較好吧。

タバコかお酒かどちらかをやめたほうがいいですよ。

7 身體狀況不佳

CD2-66

◆我的身體狀況不佳。

体調が悪いです。

◆我最近身體狀況不好。

最近、調子が悪いです。

◆因為生病而躺了一個禮拜。

病気で1週間寝ていました。

◆我原本以為已經痊癒，所以沒再繼續吃藥，沒想到病情卻惡化了。

治ったと思って薬を飲まなかったらまだ病気が悪くなった。

◆家兄罹患重病。

兄は重い病気にかかっています。

＊「病気」後可省略「に」。

◆姑姑已經住院三個月了，病情似乎不輕。	おばさんは３ヶ月(かげつ)も入院(にゅういん)している。かなり悪(わる)いらしい。
◆我覺得很累。	疲(つか)れています。
◆我最近老是覺得很疲倦。	ここのところ疲(つか)れ気味(ぎみ)です。 ＊「ここのところ」(最近)。
◆比我往常的狀況壞多了。	本調子(ほんちょうし)ではありません。
◆我覺得精疲力竭。	体(からだ)はぼろぼろです。
◆我覺得使不出力。	力(ちから)が出(で)ません。
◆我的健康狀況不佳。	具合(ぐあい)が悪(わる)いです。
◆我覺得倦怠無力。	だるいです。
◆我今天提不起精神。	今日(きょう)はあまり元気(げんき)が出(で)ません。
◆我幾乎沒什麼食欲。	食欲(しょくよく)がまったくありません。
◆我覺得身體很沉重怠鈍。	体(からだ)が重(おも)いです。
◆我正在宿醉中。	二日酔(ふつかよ)いです。
◆我睡眠不足。	寝不足(ねぶそく)です。
◆我最近睡眠狀況不佳。	最近(さいきん)よく眠(ねむ)れません。
◆我最近有點睡眠不足。	最近(さいきん)、ちょっと寝不足(ねぶそく)なんです。

8 在健康方面的建議

◆讓我們一起注意別吃太多囉。　食べ過ぎに注意しましょう。

◆把菸戒掉比較好喔。　タバコはやめたほうがいいですよ。

◆多吃點蔬菜比較好喔。　野菜をもっと食べたほうがいいですよ。

◆要做運動比較好喔。　運動をしたほうがいいですよ。

◆盡量不要吃零食比較好喔。　間食は避けたほうがいいですよ。

◆要過作息規律的生活比較好喔。　規則正しい生活をしたほうがいいですよ。

◆我建議你去看醫生。　医者に行くことを勧めます。

2 說自己的健康情況

1 我很健康

CD2-67

◆我的身體很強壯。　私は体が丈夫です。

◆我的體力很充沛。　体力があります。

◆我幾乎都不會感冒。　風邪はめったにひきません。

◆我唯一的長處就是身體健康。　健康だけが取り柄です。

◆我很容易入睡，而且也睡得很沉。　寝つきもいいし、眠りも深いです。

◆無論有多麼吵雜，都能夠入睡。　いくらうるさくても眠れる。

◆我的酒量奇佳。　お酒には強いです。

◆我的心臟很健康。　心臓は丈夫です。

◆我的胃腸很健康。　胃腸は丈夫です。

◆我的視力很好。　視力はいいです。

◆我幾乎沒有蛀牙。　虫歯はほとんどありません。

◆雪白的牙齒真漂亮。　▲白い歯がきれいです。

A：「歯は丈夫ですか。」

（您的牙還好嗎？）

B：「ええ、悪い歯は一本もありません。」

（很好喔，連一顆蛀牙也沒有。）

◆我從沒患過重病。　これまで大きな病気をしたことがありません。

◆我從沒住過院。　これまで入院したことがありません。

◆我不曾接受過手術。　これまで手術をしたことがありません。

2　我身體狀況不太好

◆我的健康狀況不太好。　私は丈夫ではありません。

◆他的身體過去非常健壯，後來卻變得很衰弱。　昔は丈夫だったが、すっかり弱くなった。

◆我沒什麼體力。	体力があまりありません。
◆隨著年齡的增長，身體逐漸變得衰弱，這也是無可奈何的事。	▲年をとって体が弱っていくのは仕方がない。 A：「怪我の程度はどうでしたか。」 （你的傷勢還好吧？） B：「ええ、それほどではありませんでした。1週間ぐらいで治るそうです。」 （嗯，沒那麼嚴重。聽說只要一星期左右就能痊癒。）
◆我很容易疲倦。	疲れやすいです。
◆我很容易感冒。	風邪をひきやすいです。
◆每逢季節交替時，我就很容易生病。	季節の変わり目に体調を崩しやすいです。
◆我有花粉症。	花粉症です。
◆我對室內粉塵會過敏。	ハウスダストにアレルギーが出ます。
◆我很容易手腳冰冷。	冷え性です。
◆我患有低血壓。	低血圧です。
◆我罹患高血壓。	高血圧です。
◆我罹患貧血症。	貧血症です。
◆我罹患糖尿病。	糖尿病です。
◆我的心臟很不好。	心臓が弱いです。
◆我的腸胃很差。	胃腸が弱いです。

◆我的呼吸系統抵抗力很差。　呼吸器が弱いです。

◆我有氣喘。　ぜんそく持ちです。

◆我的膽固醇過高。　コレステロール値が高いです。

◆我有失眠症。　不眠症です。

◆這是遺傳疾病。　これは遺伝的なものです。

3 身體上的毛病

◆我的肩膀非常僵硬。　肩こりがひどいです。

◆我的脖子和肩膀總是很僵硬。　首と肩がいつもこっています。

◆我的腰痛很嚴重。　腰痛がひどいです。

◆到了晚上，我的腿部就會變得腫脹不堪。　一日が終わる頃には足がむくみます。

◆臉部浮腫。　顔がむくみます。

◆視力很差。　目が悪いです。

◆我深受乾眼症所苦。　ドライアイで困ります。

◆我覺得身體有點倦怠。　体が少しだるいです。

◆我總是覺得很倦怠。　疲れがとれません。

◆我一覺得疲倦，立刻會顯現在臉上。　疲れがすぐに顔に出ます。

◆我的體力恢復得很慢，真是糟糕。
回復が遅くて困ります。

◆我會暈車。
車に酔います。

◆由於搭乘巴士的時間很久，身體變得很不舒服。
長い時間バスに乗っていたので気持ちが悪くなった。

◆我的皮膚在冬天會變得很乾。
冬は肌が乾燥します。

◆夏天吹冷氣時，我就會變得手腳冰冷。
夏場は冷房で体が冷えます。

◆我的新陳代謝很慢。
新陳代謝が活発ではありません。

◆我身體無法有效地調控體溫。
体温調節ができません。

3 到醫院找醫生

1 關於醫院與醫生

CD2-68

◆這個鎮上將會蓋一家新醫院。
この町に新しい病院が建ちます。

◆村子裡開了一家新醫院。
町に新しい病院ができた。

◆由於我體弱多病，所以想要住在醫院附近。
体が弱いので病院の近くに住みたいです。

◆家姊是護士，她在醫院工作。
姉は看護師です。病院で働いています。

◆有當醫師的朋友，就會感覺很安心。
医者の友達がいると安心です。

◆我想要當醫師，以便造福病患。

医者になって病気の人を助けたい。

◆假如我是醫生，說不定就能治好爸爸的病了。

▲私が医者だったら父の病気を治せたかもしれない。

A：「おじ様の病気はいかがですか。」

（請問伯父的病況如何？）

B:「ええ、もうすっかりよくなりました。」

（嗯，已經好很多了。）

◆醫院直到九點才會開門。

9時にならないと病院はあかない。

◆醫院還是跟往常一樣，有非常多病患候診。

病院はいつものように込んでいる。

◆每星期都非得上醫院不可。

毎週病院に行かなくてはなりません。

◆我每星期都會去醫師那裏，請他診療鼻子的病況。

毎週医者へ行って鼻の具合を見てもらっています。

◆他已經因病亡故了。

病気で死んだ。

◆最近有很多人在醫院過世了。

最近は病院で亡くなる人が多い。

◆在交通事故中受傷的男子被送到了醫院。

交通事故で怪我をした男の人が病院に運ばれた。

◆我討厭去給醫生看病。

医者にかかるのは嫌だ。

◆我爸爸討厭上醫院，實在傷腦筋。

父は病院が嫌いで困ります。

2 找醫院就診

◆身體不舒服。　気分が悪いです。

◆想去看醫生。　医者に行きたいです。

◆醫院在哪裡？　病院はどこですか。

◆診療時間是幾點到幾點？　診察時間は何時から何時までですか。

◆請叫醫生來。　医者を呼んでください。

◆請叫救護車。　救急車を呼んでください。

◆朋友倒下去了。　友だちが倒れました。

◆有點發燒。　熱があります。

◆醫生在哪裡？　お医者さんはどこですか。

◆我把保險證和掛號證帶去了。　保険証と診察券を持っていきます。

◆請在這裡寫下姓名。　ここに名前を書いてください。

◆被叫到名字的時候要應答。　名前を呼ばれたら返事をしなさい。

3 看醫生－病情問答

◆怎麼了？　どうしましたか。

◆請問您哪裡不舒服呢？　いかがなさいましたか。

◆請張開嘴巴。	口をあけてください。
◆喉嚨腫起來囉。	のど腫れてるねえ。
◆身體感覺如何？	気分はどうですか。
◆頭痛。	頭が痛いです。
◆感冒了。	風邪を引きました。
◆有拉肚子。	下痢をしています。
◆您有食慾嗎？	食欲はありますか。
◆沒有食慾。	食欲はありません。
◆全身無力。	だるいです。
◆我偶爾會發生輕微的暈眩。	時々、軽いめまいがします。
◆請張開嘴巴。	口を開けてください。
◆請讓我看看眼睛。	目を見せてください。
◆請把衣服脫掉。	服を脱いでください。
◆請躺下來。	横になってください。
◆請深呼吸。	深呼吸してください。
◆這裡會痛嗎？	この辺は痛いですか。

◆說不定是花粉熱。　花粉症かもしれません。

◆是食物中毒。　食あたりですね。

◆開藥方給你。　薬を出します。

◆塗上藥膏。　薬を塗ります。

◆等藥品調劑完成後，會請您過來領，請稍稍等待一下。　お薬のご用意ができたらお呼びしますので、少々お待ちください。

◆接下來還得帶著處方箋去藥局領藥才行。　あとは処方箋を持って薬局まで行かなくてはいけない。

4 各種病狀

1 感冒的症狀

CD2-69

◆我感冒了。　風邪をひきました。

◆我罹患了流行性感冒。　インフルエンザにかかりました。

◆我好像發燒了。　熱っぽいです。

◆我發燒了。　熱があります。

◆我的體溫高達38度。　38度ぐらいの熱があります。

◆我有點發燒。　微熱があります。

◆雖然頭痛但沒有發燒。	▲頭(あたま)が痛(いた)いが熱(ねつ)はない。 A：「どうしたの。顔色(かおいろ)が悪(わる)いよ。」 （怎麼啦？臉色不大好耶？） B：「うん、今朝(けさ)から頭(あたま)が痛(いた)いんだ。」 （嗯，今天從早上就開始頭痛。）
◆我感覺到劇烈的頭痛。	頭(あたま)がとても痛(いた)いです。
◆我的頭一陣又一陣地脹痛。	頭(あたま)がずきずきします。
◆我沒有發燒。	熱(ねつ)はありません。
◆我有咳嗽症狀。	咳(せき)が出(で)ます。
◆我的喉嚨有痰。	痰(たん)が出(で)ます。
◆我的喉嚨很痛。	喉(のど)が痛(いた)いです。
◆我有流鼻水的症狀。	鼻水(はなみず)が出(で)ます。
◆我有鼻塞症狀。	鼻(はな)がつまっています。
◆我不停地打噴嚏。	くしゃみが止(と)まりません。
◆我的關節很痛。	関節(かんせつ)が痛(いた)みます。
◆我有畏寒的症狀。	悪寒(おかん)がします。
◆我想要嘔吐。	吐(は)き気(け)がします。
◆我感覺很不舒服。	気持(きも)ちが悪(わる)いです。

◆我感到暈眩。　めまいがします。

2 頭痛發燒

◆好像有些發燒。　▲熱(ねつ)があるんじゃない？

A：「顔(かお)が赤(あか)いけど、熱(ねつ)があるんですか。」

（你的臉紅咚咚的，是不是發燒了呢？）

B：「いや、何(なん)でもない。」

（咦，我沒事啊。）

◆嗯，好像從早上開始就發燒了。　うん。今朝(けさ)から熱(ねつ)っぽいんだよ。

＊「んだ」是「のだ」的口語形。表示說明情況。

◆因為感冒而全身發燙。　かぜで体(からだ)が熱(あつ)かった。

◆我好像有點發燒，但是身體會發冷。　少(すこ)し熱(ねつ)があるみたいで、寒気(さむけ)がします。

＊「みたい」（好像）。「がする」（覺得…）表示通過感官感受到的感覺。

◆頭好痛。我看還是吃藥後早點睡吧。　頭(あたま)が痛(いた)い。薬(くすり)を飲(の)んで早(はや)く寝(ね)よう。

◆吃下藥之後，疼痛就漸漸消失了。　薬(くすり)を飲(の)んだら痛(いた)みがだんだん消(き)えてきました。

◆假如頭痛的話就休息吧。　頭(あたま)が痛(いた)かったら休(やす)みな。

◆怎麼覺得你今天兩眼無神呢？　今日(きょう)はなんだかボーっとしてるね。

◆哎呀，你的臉好紅喔。　あら、顔(かお)が赤(あか)いわよ。

◆如果發燒的話，要去看醫生比較好喔。　熱(ねつ)があるなら医者(いしゃ)に見(み)てもらった方(ほう)がいいですよ。

◆明天應該就會退燒囉。

明日になれば熱は下がりますよ。

3 感冒的一天

CD2-70

◆我怎麼覺得有點冷呀，窗戶是不是開著的呢？

なんか寒いね、窓開いてるんじゃないの？

＊「なんか」表示不明確的感覺。「總覺得…」。表示不明確但相似的事物。「…等等」。

◆（咳嗽聲）。

ゴホゴホ。

◆咦…我是不是感冒了呢？

あれ…、風邪引いたのかな。

◆好像感冒了。

風邪を引いたようです。

＊「ようです」（好像…）。表示推測。這一推測是主觀的、根據不足的。

◆頭好痛　，來量一量體溫吧。

頭痛い…。熱測ってみよう。

◆哇，竟然有三十七度二耶。

わっ、37 度 2 分もあるぞ。

◆哇！隔天早晨起床後，竟然發燒超過三十八度。

わっ、次の朝起きたら 38 度も超えてる。

◆還有點發燒。

熱もちょっとあります。

◆怎麼覺得好像頭暈目眩的。

なんか目が回ってきたぞ。

◆這下子不去醫院看病不行了。

これはもう病院に行かなきゃ。

◆或許這次病情會拖比較久喔。

これはまだ長引くかもしれない。

◆唉，連出門買東西的力氣都沒有。

もう、買い物に行く元気もない。

◆好像沒什麼食欲。	食欲(しょくよく)ないよう。
◆來熬點稀飯吧。	おかゆでも作(つく)りましょう。
◆吃完飯後，連收拾碗盤的力氣都沒有。	食事(しょくじ)のあと、片付(かたづ)ける気力(きりょく)もない。
◆睡覺了吧。	もう寝(ね)よう。
◆今天晚上早點睡吧。	今夜(こんや)は早(はや)く寝(ね)よう。
◆把身子弄暖一點，睡覺吧。	温(あたた)かくして寝(ね)よう。
◆吃了藥，睡個覺吧。	薬(くすり)を飲(の)んで、もう寝(ね)よう。
◆希望明天起床後，會變得有精神一點。	明日(あした)には元気(げんき)になってますように。
◆半夜一直夢到一幕幕奇怪的夢境。	夜(よる)はぐるぐると変(へん)な夢(ゆめ)を見(み)る。
◆朋友寫了電子郵件給我，問候我:「身體狀況如何？要不要我去你家探病呢？」	友達(ともだち)から「具合(ぐあい)どう？家(いえ)まで行(い)ってあげようか。」というメールが来(き)た。
◆我回覆他:「不要緊的，我已經吃了藥在休息」。	私(わたし)の返信(へんしん)は「大丈夫(だいじょうぶ)だよ、薬(くすり)飲(の)んで安静(あんせい)にしているよ」っと。
◆太棒了！已經退燒了。	やったー、平熱(へいねつ)だ。
◆總算痊癒了。	なんとか全快(ぜんかい)した。
◆天空是湛藍的耶。	空(そら)が青(あお)いなぁ。
◆真是個清爽的早晨啊！	さわやかな朝(あさ)だ。

◆哇，竟然瘦了一點五公斤耶。

おおっ、1.5 キロもやせてるぞ。

4 胃腸、內臟的疾病

◆你的臉色慘白，怎麼了嗎？是不是肚子痛呢？

青白い顔をして、どうしたの？おなかが痛いの？

＊ 句尾的「の」表示疑問時語調要上揚，大多為女性、小孩或年長者對小孩講話時使用。表示「嗎」。

◆吃那麼多冰淇淋的話，會吃壞肚子的唷。

そんなにたくさんアイスクリームを食べるとお腹を壊すよ。

◆是啊，今天從早上開始，胃就在痛了 。

▲ ええ、今朝からちょっと胃が痛くて…。

A：「昨日なぜ休みましたか。」

（你昨天為什麼請假呢？）

B：「おなかが痛かったんです。」

（因為肚子很痛。）

◆我覺得胃部悶脹。

胃がむかむかします。

◆我的肚子很痛。

▲ お腹が痛いです。

A：「お腹の具合はどうですか。」

（肚子的狀況怎麼樣呢？）

B：「夕べから痛いんです。」

（從昨晚開始就一直痛。）

◆肚子在痛。

おなかが痛いんです。

◆我不停地腹瀉。

下痢が止まりません。

◆我有點便秘。

便秘気味です。

◆我的肚子不停傳出腹鳴。　おなかがごろごろしています。

◆我的胃像針刺般劇痛。　胃が刺し込むように痛いです。

◆我吃什麼就會吐什麼。　胃が何も受けつけません。

◆我吃下去的東西全都吐出來了。　食べたものを戻してしまいました。

◆我整晚狂吐不停。　一晩中、吐いてしまいました。

◆您的肚子在痛嗎？去醫院一趟比較好喔。　お腹が痛いんですか。病院へ行った方がいいですよ。

◆假如肚子真的那麼痛的話，快去給醫生看一看。　おなかがそんなに痛ければ医者に見てもらいなさい。

5 受傷、骨折等

CD2-71

◆我受傷了。　けがをしてしまいました。

◆我被菜刀切到手指了。　包丁で指を切ってしまいました。

◆我的血流個不停。　出血が止まりません。

◆我燙傷了。　やけどをしました。

◆我的腳斷了。　足を折りました。

◆頭撞到了桌腳。　テーブルのかどで頭を打った。

◆我摔倒了，擦傷了膝蓋。　転んでひざをすりむいてしまいました。

◆我的傷口結痂了。　かさぶたになりました。

◆我的腳趾尖裂開了。　つま先(さき)にひびが入(はい)りました。

◆我的手指吃蘿蔔乾了。　つき指(ゆび)になりました。

◆我的腳踝扭傷了。　足首(あしくび)をねんざしました。

◆我的腳扭傷了。　足(あし)をくじきました。

◆我的腳踝腫起來了。　足首(あしくび)がはれています。

◆這點小傷根本算不了什麼。　▲このぐらいの怪我(けが)はなんでもありません。

A：「歩(ある)けますか。」

（你還能走嗎？）

B：「ええ、ゆっくりとなら歩(ある)けます。」

（可以，只要走慢一點就好。）

◆他在我受傷的部位敷上了藥。　怪我(けが)をしたところに薬(くすり)を塗(ぬ)ってもらった。

◆傷勢漸漸痊癒了。　怪我(けが)がだんだん治(なお)ってきた。

6 牙齒的疾病

◆我有蛀牙。　虫歯(むしば)があります。

◆我的蛀牙好痛。　虫歯(むしば)が痛(いた)いです。

◆我的牙齒從昨天開始就一直痛。　昨日(きのう)から歯(は)が痛(いた)い。

◆從昨晚起，牙就很痛。　夕(ゆう)べから歯(は)が痛(いた)い。

◆我的智齒好痛。　親知(おやし)らずが痛(いた)みます。

◆我的智齒被拔掉了。　親知(おやし)らずを抜(ぬ)きました。

◆奶奶嘴裡的牙齒已經全部掉光了。　おばあさんは歯(は)が全部(ぜんぶ)抜(ぬ)けてしまいました。

◆在我齲齒蛀洞裡的填補牙材脫落了。　虫歯(むしば)の詰(つ)め物(もの)がとれてしまいました。

◆我的牙齦流血了。　歯(は)ぐきから血(ち)が出(で)ます。

◆我已經請醫師把我的牙疾治好了。　歯(は)を治(なお)してもらいました。

◆當牙齒作痛的時候，請服用這種藥。　歯(は)が痛(いた)いときはこの薬(くすり)を飲(の)みなさい。

◆甜食對牙齒不好。　甘(あま)いものは歯(は)に悪(わる)い。

◆我的牙齒不好，沒有辦法吃硬的東西。　歯(は)が悪(わる)くて硬(かた)いものが食(た)べられない。

◆如果吃太多甜點的話會蛀牙喔。　お菓子(かし)をたくさん食(た)べると虫歯(むしば)になるよ。

◆如果不喝牛奶的話，牙齒就不會健康喔。　牛乳(ぎゅうにゅう)を飲(の)まないと歯(は)が強(つよ)くなりませんよ。

◆飯後一定要記得刷牙喔。　ご飯(はん)を食(た)べたあとで必(かなら)ず歯(は)を磨(みが)きましょう。

◆我後天非得去牙醫師那裏一趟不可。　あさって、歯医者(はいしゃ)に行(い)かなくてはならない。

◆小寶寶長出了兩顆小小的雪白牙齒。　赤(あか)ちゃんに小(ちい)さな白(しろ)い歯(は)が２本(ほん)生(は)えてきました。

7 眼睛、耳朵的疾病

◆我長了針眼。　ものもらいができました。

◆我的視力變差了。　視力が落ちました。

◆我的視力模糊。　目がかすみます。

◆我有遠視。　私は遠視です。

◆我有近視。　私は近視です。

◆我有點散光。　私は乱視気味です。

◆眼疾惡化的速度非常快。　目の病気はかなり進んでいた。

◆好睏，眼睛都睜不開了。　眠くて目があかない。

◆一直盯著小字看，眼睛已經酸了。　小さな字を見ていて目が疲れました。

◆盯著電腦螢幕看了太久，眼睛好痛。　コンピューターの画面を見すぎて目が痛い。

◆我有耳鳴。　耳鳴りがします。

◆因為爺爺的耳朵重聽，假如不朝他提高嗓門說話，他就聽不見。　おじいさんは耳が悪いから大きな声で話さないと分かりません。

8 疲勞

CD2-72

◆不管是週六或是週日都不能休息，真是累死人了。　土曜日も日曜日も休みが取れなくて疲れたな。

◆站了一整天，累壞了。
一日中立ちっぱなしで疲れた。

◆每天照顧小孩，累壞了。
子供の世話に疲れた。

◆今天工作也是那麼忙，累死人了。
今日も仕事に追われ、本当に疲れた。

◆小孩子已經累了，於是哭了起來。
子供が疲れて泣いている。

◆一次搬那麼多東西會很累喔。
そんなにたくさん持つと疲れるよ。

◆上了年紀後，就變得很容易疲倦。
年を取って疲れやすくなった。

◆我用力地握住原子筆寫字，結果手變得很酸。
ボールペンを強く持って書いていたら手が疲れた。

◆和她在一起生活，已經讓我累了。
彼女との生活に疲れた。

◆用跑的話會很累，我們慢慢走過去吧。
走ると疲れるからゆっくり歩きましょう。

◆當工作得很疲倦時，洗個澡後盡早睡覺，是最能消除疲勞的方式。
仕事で疲れたときは、お風呂に入って早く寝るのが一番いい。

9 痠痛

◆由於我的腳不方便行走，麻煩幫我請醫師過來。
足が悪いので医者を呼んでください。

◆你待在這裡等我喔，不可以移動喔！
ここで待っているのよ。動いちゃダメだよ。

◆累死了。腳變得又腫又麻的。
疲れた。足が棒になったようだ。

◆在山裡走了一整天，兩腿變得腫脹酸麻了。
一日中、山を歩いて足が棒になった。

◆一直站著害我腳都酸了
ずっと立っていて足が疲れた。

◆腳痛得已經無法動彈。
足が痛くてもう動けない。

◆請問您哪裡會痛呢？
▲どこが痛いんですか。

A：「どこか悪いところはありますか。」

（您有沒有哪裡不舒服呢？）

B：「ええ、足が悪くなって階段を上るのが大変です。」

（有啊，腳不太能走，幾乎沒辦法爬樓梯。）

◆在走了很久以後，躺下來把腳抬高，這樣可以消除疲勞喔。
長く歩いた後は横になって足を上げると疲れが取れますよ。

◆請人家踩踏自己的腳底，感覺很舒服。
足の裏を踏んでもらうと気持ちがいい。

10 形容身體的疼痛

◆我的身體好癢。
かゆいです。

◆我好痛。
痛いです。

◆我有點痛。
少し痛いです。

◆我覺得像被針刺般疼痛。
刺し込むように痛みます。

◆我感覺到一陣又一陣刺痛。	ずきずき痛みます。
◆我覺得隱隱作痛。	鈍い痛みがあります。
◆我一直感覺到疼痛。	断続的に痛みます。
◆我感到像被用力拉扯般疼痛。	ひっぱられるような感じがします。
◆我覺得有壓迫感。	圧迫感があります。
◆每次呼吸時就覺得很痛苦。	息をすると苦しいです。

11 關懷用語

CD2-73

◆請多保重。	お大事に。
◆請您務必多予保重。	どうぞお大事に。
◆請您要保重身體。	体を大事になさってください。
◆請把心情放輕鬆一點。	気楽に。
◆真希望您能早日康復呀。	早くよくなるといいですね。
◆真希望您能早日康復哪。	早く病気が治るといいですね。
◆您先生的病情很輕，請您儘管放寬心。	ご主人の病気は軽いですから、心配しなくても大丈夫ですよ。
◆請您好好休養。	ゆっくり休んでください。

◆如果感冒的話，要休息比較好喔。 風邪なら休んだほうがいいですよ。

◆一天到晚都待在家裡的話，對身體不大好喔。 家の中にばかりいたら体に悪い。

◆請不要過於勉強自己。 無理しないで。

◆請不必擔心工作。 仕事のことは心配しないで。

◆如果老是埋首工作的話，可是會生病的唷。 仕事ばかりしていると病気になりますよ。

12 看醫生—開藥方

◆我開三天份的藥。 薬を三日分出します。

◆會過敏嗎？ アレルギーはありますか。

◆一天請服三次藥。 薬は一日三回飲んでください。

◆請在飯後服用。 食後に飲んでください。

◆請在飯後服藥。 お薬は食後に飲んでください。

◆發燒時吃這包藥。 熱が出たら飲んでください。

◆早中晚都要吃藥。 朝、昼、晩に飲んでください。

◆這一種藥請在早晚服用，一天兩次；這一種藥則是早、中、晚服用，一天三次。 こちらのお薬は朝と夜の一日２回、こちらは朝、昼、晩の一日３回です。

◆請在睡前吃藥。	寝(ね)る前(まえ)に飲(の)んでください。
◆吃下這種藥後會想睡覺，所以服藥後請不要開車。	こちらのお薬(くすり)は飲(の)むと眠(ねむ)くなりますので、飲(の)んだら車(くるま)の運転(うんてん)はなさらないでください。
◆此外，另一種藥則於飯後服用。	そして、もうひとつのほうは食後(しょくご)に飲(の)んでください。
◆這是漱口用藥。	これはうがい薬(ぐすり)です。
◆是抗生素。	抗生物質(こうせいぶっしつ)です。
◆請不要咬，直接吞下去喔。	噛(か)まずにね。
◆請將這個軟膏塗抹在傷口上。	この軟膏(なんこう)を傷(きず)に塗(ぬ)ってください。
◆這個藥請於洗澡後塗抹。	こちらの薬(くすり)はお風呂(ふろ)の後(あと)で塗(ぬ)ってください。
◆請開診斷書給我。	診断書(しんだんしょ)をお願(ねが)いします。

13 醫生的叮嚀

◆先服用感冒藥，繼續觀察病情的變化吧。	風邪薬(かぜぐすり)で様子見(ようすみ)ましょう。
◆請將藥品妥善保存在小孩子拿不到的地方。	薬(くすり)は子供(こども)の手(て)の届(とど)かないところにおいてください。
◆請將藥物放在幼兒拿不到的地方。	薬(くすり)は小(ちい)さい子(こ)の手(て)が届(とど)かないところに置(お)きます。
◆最好是戴上口罩。	マスクをつけた方(ほう)がいいです。

◆請不要泡澡。　お風呂(ふろ)に入(はい)らないでくださいね。

◆請注意保暖，充分休息。　▲ 体(からだ)を暖(あたた)かくしてよく休(やす)んでください。

A：「注射(ちゅうしゃ)痛(いた)くなかった？」

（你去打了針，會不會痛呢？）

B：「うん、ちっとも痛(いた)くなかった。」

（不會，一點也不覺得痛。）

◆生病的時候，好好地睡上一覺，是最有效的治病良方。　病気(びょうき)のときはゆっくり寝(ね)るのが一番(いちばん)の薬(くすり)だ。

◆要是吃錯藥物的話，會對身體有害。　薬(くすり)を間違(まちが)って飲(の)んだら体(からだ)に悪(わる)い。

◆如果只是喝少量的酒，可以當作是良藥。　お酒(さけ)は少(すこ)しだけなら薬(くすり)になる。

14 藥房

◆不好意思，請問哪種藥可以止住鼻水呢？　すみません。鼻水(はなみず)によく効(き)く薬(くすり)って、どれですか。

＊ 這裡的「って」是「とは」的口語形。表示就提起的話題，為了更清楚而發問或加上解釋。「…是…」。

◆請問哪種藥比較有效呢？　どういう薬(くすり)がいいですか。

◆請問有沒有會讓頭髮變黑的藥呢？　髪(かみ)の毛(け)を黒(くろ)くする薬(くすり)はありませんか。

◆這種藥對消除腹部疼痛很有效喔。　お腹(なか)が痛(いた)いときはこの薬(くすり)がいいですよ。

◆由於喉嚨很痛，所以吃了感冒藥。　のどが痛(いた)かったので風邪(かぜ)の薬(くすり)を飲(の)みました。

- 這種藥怎麼那麼苦啊！ ずいぶん苦い薬だなあ！
- 只要吃了這種藥，就會減輕疼痛喔。 この薬を飲めば痛みが軽くなっていきますよ。
- 吃下這種藥以後，疼痛就減輕了。 この薬を飲んだら痛みが軽くなってきた。
- 能夠治療癌症的新藥已經研發成功了。 がんを治す新しい薬ができた。
- 假如能夠研發出只要服用就能變瘦的藥，想必會引發搶購熱銷吧。 飲むだけでやせる薬ができたら、たくさん売れるでしょう。

15 探病－家人

CD2-74

- 聽說你發生車禍了！？ 事故ったって…！？
  ＊ 這裡的「って」是「と」的口語形。表示傳聞，引用傳達別人的話。
- 身體還好嗎？理香。 大丈夫？理香ちゃん。
- 醫生怎麼說呢？ 医者はなんって？
- 醫生說不必擔心。 心配いらないって。
- 沒關係的，醫生說骨頭沒有異狀。 うん、骨に異常ないって。
- 太好了。 よかったぁ。
- 這是探病禮物。 これ、お見舞い。
- 好美麗的花喔，不好意思，讓你破費了。 きれいな花ね。すみません。

◆慢慢靜養。多加保重啊！	ゆっくり休んでね。お大事に。

16 朋友及同事的探病－事前確認

◆我朋友住院了，我想去探病。	お友達が入院したので、お見舞いに行こうと思っています。
◆我朋友住院了，我去探了病。	お友達が入院してしまったのでお見舞いをしました。
◆我去探病了。	お見舞いに行ってきました。
◆每家醫院探病的時間都不一樣。	病院によってお見舞い時間が違います。
◆探病時間是有規定的。	お見舞いにいける時間が決まっています。
◆最好在探病前先確認好。	お見舞いに行く前に確かめたほうがいいですよ。
◆最好先打電話確認。	病院に電話して確認したほうがいいです。

17 朋友及同事的探病－送禮

◆你覺得帶什麼去比較好？	何か持っていこうと思いますか。
◆帶什麼東西去探病好呢？	お見舞いにはどんなものをもって行けばいいですか。
◆探病送什麼好呢？	お見舞いにどんなものを贈ればいいのですか。

◆如果帶食物，有些病是不能吃的。
食べ物なら、病気によっては食べられないものがあります。

◆送花如何？
花はどうですか。

◆花束很好啊。
花束はいいですよ。

◆喜歡書的人，也可以送週刊或小說啊。
本の好きな人には、週刊誌とか小説でもいいじゃない。

◆喜歡打電玩的人送遊戲軟體。
ゲーム好きの人にゲームソフトを贈ります。

◆花盆就不好了。
鉢植えはもっていけませんよ。

◆因為有根，含「臥病在床」的意思，所以有忌諱。
根がついているから「寝付く」といって嫌われます。

◆這是探病禮，請收下。
これ、お見舞いです。どうぞ。

◆這是大家送的。
みんなからのお見舞いです。

◆公司同事送的也一起帶來了。
会社のみんなからお見舞いも預かってきました。

◆這是大家一起寫的慰問卡。
これはみんなからお見舞いの寄書きカードです。

◆這是公司的慰問金。
これ会社からのお見舞金です。

◆好漂亮的花 謝謝喔！
きれいな花ですね。どうもすみません。

◆大家都很擔心呢。
みんな心配しているんですよ。

◆真不好意思，請務必代我跟大家致謝。	すみませんね。どうぞ皆(みな)さんにくれぐれもよろしく。
◆收到很多溫馨的慰問簡訊。	温(あたた)かいお見舞(みま)いメールがたくさんもらいました。

18 朋友及同事的探病－出院

◆您身體狀況還好嗎？	お体(からだ)の調子(ちょうし)はいかがですか。
◆好多了，請不要擔心。	だいぶ良(よ)くなりましたので、ご心配(しんぱい)なく。
◆我想下星期就可以出院了。	来週(らいしゅう)にはもう退院(たいいん)できると思(おも)いますので。
◆真是太好了。	それはよかったですね。
◆託福了。	おかげさまです。
◆出院以後，在家大約休息一個星期再去上班。	退院後(たいいんご)、一週間(いっしゅうかん)ほど家(いえ)で休(やす)んでから会社(かいしゃ)に出(で)ます。
◆請好好休息。	どうぞごゆっくりお休(やす)みになってください。
◆那我今天就到此告辭了。	今日(きょう)はこれで失礼(しつれい)します。
◆請多保重。	どうぞお大事(だいじ)に。
◆醫院裡不可以使用手機。	病院(びょういん)では携帯電話(けいたいでんわ)が使(つか)えません。
◆請確實關機再進入醫院。	ちゃんと電源(でんげん)を切(き)って病院(びょういん)に入(はい)ってください。

19 康復

◆我已經好多了。	だいぶよくなりした。
◆我正在康復中。	回復(かいふく)しています。
◆託了您的福，我已經痊癒了。	おかげさまで治(なお)りました。
◆醫生，託您的福，我已經好多了。	先生(せんせい)、おかげさまですっかりよくなりました。
◆我已經沒事了。	もう大丈夫(だいじょうぶ)です。
◆我已經完全康復了。	すっかりよくなりました。
◆由於感冒而休養了三天之後，身體狀況稍稍好轉了一點。	風邪(かぜ)で3日間(みっかかん)休(やす)んだのでいくらか元気(げんき)になりました。
◆真不好意思，讓您擔心了。	心配(しんぱい)をかけてしまってすみません。
◆再不久就能出院囉。	退院(たいいん)できるまでそんなに長(なが)くないですよ。

Chapter

17

年月日及節日

1 年月日

1 詢問年月日

CD2-75

- 今年是西元幾年？　今年(ことし)は西暦(せいれき)何年(なんねん)ですか。
- 今年是平成幾年？　今年(ことし)は平成(へいせい)何年(なんねん)ですか。
- 今年是十二生肖中是什麼年？　今年(ことし)は何年(なにどし)ですか。
- 請問今天是幾號呢？　今日(きょう)は何日(なんにち)ですか。
- 請問明天是幾號呢？　明日(あした)は何日(なんにち)ですか。
- 請問昨天是幾號呢？　昨日(きのう)は何日(なんにち)でしたか。
- 請問下星期五是幾號呢？　来週(らいしゅう)の金曜日(きんようび)は何日(なんにち)ですか。
- 請問上星期四是幾號呢？　先週(せんしゅう)の木曜日(もくようび)は何日(なんにち)でしたか。

2 敘述年月日

- 今年是西元2010年。　今年(ことし)は西暦(せいれき)で2010年(ねん)です。
- 今年是平成20年。　今年(ことし)は平成(へいせい)20年(ねん)です。
- 今年是虎年。　今年(ことし)は寅年(とらどし)です。

◆今天是5月30號。	今日(きょう)は5月(がつ)30日(にち)です。
◆明天是31號。	今日(きょう)は31日(にち)です。
◆昨天是15號。	昨日(きのう)は15日(にち)でした。
◆是25號。	25日(にち)です。
◆那是二號。	2日(ふつか)でした。

3 詢問星期幾

◆請問今天是星期幾呢？	今日(きょう)は何曜日(なんようび)ですか。
◆請問明天是星期幾呢？	明日(あした)は何曜日(なんようび)ですか。
◆請問昨天是星期幾呢？	昨日(きのう)は何曜日(なんようび)でしたか。
◆請問今天是幾號呢？	今日(きょう)は何日(なんにち)ですか。
◆請問18號是星期幾呢？	18日(にち)は何曜日(なんようび)ですか。
◆請問五號是星期幾呢？	5日(いつか)は何曜日(なんようび)ですか。

4 敘述星期幾

◆今天是星期二。	今日(きょう)は火曜日(かようび)です。
◆明天是星期一。	明日(あした)は月曜日(げつようび)です。

◆昨天是星期日。　昨日（きのう）は日曜日（にちようび）でした。

◆今天是6月30號星期一。　今日（きょう）は6月（がつ）30日、月曜日（げつようび）です。

◆是星期六。　土曜日（どようび）です。

◆那是星期三。　水曜日（すいようび）でした。

◆今年的聖誕節會是星期四。　今年（ことし）のクリスマスは木曜日（もくようび）にあたります。

◆下個元旦會是星期二。　今度（こんど）のお正月（しょうがつ）は火曜日（かようび）にあたります。

5 詢問活動的日期與星期

◆請問什麼時候考試呢？　試験（しけん）はいつですか。

◆請問什麼時候考入學考呢？　入試（にゅうし）はいつですか。

◆請問什麼時候上課呢？　レッスンはいつですか。

◆請問什麼時候面試呢？　面接（めんせつ）はいつですか。

◆請問什麼時候商討呢？　打（う）ち合（あ）わせはいつですか。

◆請問什麼時候開下次會議呢？　次（つぎ）の会議（かいぎ）はいつですか。

◆請問什麼時候交貨呢？　納品（のうひん）はいつですか。

◆請問什麼時候送貨呢？　発送はいつですか。

◆請問是預約什麼時候去看牙醫呢？　歯医者の予約はいつですか。

◆請問是預約什麼時候去髮廊呢？　美容院の予約はいつですか。

6 回答

◆是4月25日。　4月25日です。

◆是15號。　15日です。

◆是20號的下午。　20日の午後です。

◆是10號的上午。　10日の午前中です。

◆是下個月的20號。　来月の20日です。

◆是星期三。　水曜日です。

◆是下個星期五。　今度の金曜日です。

◆是下星期二。　来週の火曜日です。

◆是每週六。　毎週土曜日です。

◆是星期一的早上。　月曜の朝です。

◆是星期二的下午。　火曜の午後です。

◆是星期三的晚上。　水曜の夜です。

2 時間

1 詢問與回答時刻

CD2-76

◆請問現在是幾點呢？　今、何時ですか。

◆是8點15分。　8時15分です。

◆請問您知道現在是幾點嗎？　今何時だかわかりますか。

◆可不可以告訴我時間呢？　時間を教えてくださいませんか。

◆可不可以請您告訴我現在是幾點呢？　今、何時だか教えてくださいませんか。

◆可以麻煩您告訴我時間嗎？　時間を教えていただけませんか。

2 回答時刻

◆是下午12點。是正中午。　午後12時です。正午です。

◆是上午10點。　午前10時です。

◆是上午9點。　午前９時です。

◆是下午9點。　午後９時です。

◆正好是10點。　10時ちょうどです。

◆是10點整。　10時ぴったりです。

◆差不多是10點。　だいたい10時です。

◆剛過三點。　３時ちょっと過ぎです。

◆是三點10分。　３時10分です。

◆剛過三點10分。　３時10分過ぎです。

◆是三點15分。　３時15分です。

◆剛過三點15分。　３時15分過ぎです。

◆是三點30分。　３時30分です。

◆是12點半。　12時半です。

◆是三點45分。　３時45分です。

◆差15分就四點。　４時15分前です。

◆再五分就四點。　４時５分前です。

◆快要四點。　４時ちょっと前です。

◆再幾分鐘就四點。　4時数分前(じすうふんまえ)です。

◆快要五點。　もうすぐ5時(じ)です。

◆已經是五點。　もう5時(じ)です。

3 詢問活動的時刻

◆請問您是預約幾點呢？　予約(よやく)は何時(なんじ)ですか。

◆是七點半。　7時半(じはん)です。

◆請問工作時間是從幾點到幾點呢？　仕事(しごと)は何時(なんじ)から何時(なんじ)ですか。

◆是從九點到六點。　9時(じ)から6時(じ)までです。

◆請問那個是從幾點開始呢？　それは何時(なんじ)からですか。

◆是從10點開始。　10時(じ)に始(はじ)まります。

◆請問那個到幾點結束呢？　それは何時(なんじ)までですか。

◆在三點半結束。　3時半(じはん)に終(お)わります。

◆請問考試是在什麼時間呢？　試験(しけん)はいつですか。

◆請問工作時間是從幾點到幾點為止呢？　仕事(しごと)は何時(なんじ)から何時(なんじ)までですか。

◆請問工作是從幾點開始呢？　仕事は何時からですか。

◆請問工作是在幾點結束呢？　仕事は何時に終わりますか。

◆請問午休時間是從幾點到幾點為止呢？　昼休みは何時から何時までですか。

◆請問下次會議是從幾點開始呢？　次の会議は何時からですか。

◆請問最後一次上課會在幾點結束呢？　最後の授業は何時に終わりますか。

◆請問考試是幾點呢？　試験は何時ですか。

◆請問和牙醫師預約的時間是幾點呢？　歯医者の予約は何時ですか。

◆請問面試的預約時間是幾點呢？　面接の予約は何時ですか。

◆請問和髮廊預約的時間是幾點呢？　美容院の予約は何時ですか。

◆請問午餐的預約時間是幾點呢？　ランチの予約は何時ですか。

◆請問晚餐的預約時間是幾點呢？　ディナーの予約は何時ですか。

4 回答活動的時刻

◆是10點。　10時です。

◆是從九點半到五點為止。　9時半から5時までです。

◆工作是從九點到五點為止。　仕事は9時から5時までです。

◆是從九點半開始。　9時半からです。

◆是在六點結束。　6時に終わります。

◆是在七點左右結束。　7時ごろ終わります。

◆從12點開始到一點為止。　12時から1時までです。

◆請問工作幾個小時呢？　仕事は何時間ですか。

◆八個小時。　8時間です。

◆每天工作八個小時。　1日8時間働きます。

5 詢問持續的時間與期間

CD2-77

◆請問工作需要做幾個小時呢？　何時間勤務ですか。

◆請問大約午休多久呢？　昼休みはどれぐらいですか。

◆請問大約會開幾次會議呢？　会議はどれくらいですか。

◆請問課程需要上幾個小時呢？　授業は何時間ですか。

◆請問訓練課程大約需要上幾個小時呢？　レッスンはどれくらいですか。

◆請問測驗大約需要花幾個小時呢？	テストはどれくらいですか。
◆請問暑假大約會休多久呢？	夏休(なつやす)みはどれくらいありますか。
◆請問歲末的假期大概有幾天呢？	年末(ねんまつ)の休(やす)みは何日(なんにち)ぐらいありますか。
◆請問大概會去旅行幾天呢？	旅行(りょこう)はどれくらいですか。

6 回答持續的時間與期間

◆需要工作八個小時。	8時間労働(じかんろうどう)です。
◆一個小時。	1時間(じかん)です。
◆從一點半開始，總共兩個小時。	1時半(じはん)から2時間(じかん)です。
◆大概兩個小時。	2時間(じかん)ぐらい。
◆大約需要六天。	6日間(むいかかん)ぐらい。
◆大約需要五天。	5日間(いつかかん)です。
◆差不多一個星期。	1週間(しゅうかん)ぐらい。
◆到三點為止。	3時(じ)までです。

7 詢問所需時間

◆請問從家裡到學校需要幾個小時呢？ — 家(いえ)から学校(がっこう)まで何時間(なんじかん)ですか。

◆請問從家裡到公司需要幾個小時呢？ — 家(いえ)から会社(かいしゃ)まで何時間(なんじかん)ですか。

◆請問通學時間大約多久呢？ — 通学時間(つうがくじかん)はどれくらいですか。

◆請問通勤時間大約多久呢？ — 通勤時間(つうきんじかん)はどれくらいですか。

◆請問從家裡到最近的車站大約多久呢？ — 家(いえ)から最寄(もよ)り駅(えき)までどれくらいですか。

＊「最寄り」（最近的）。

◆請問走到最近的車站大約多久呢？ — 駅(えき)まで歩(ある)いてどれくらいですか。

◆請問到附近的便利商店大概多久呢？ — 近(ちか)くのコンビニまでどれくらいですか。

◆請問到附近的超級市場大概多久呢？ — 近(ちか)くのスーパーまでどれくらいですか。

◆請問從車站到公司大約多久呢？ — 駅(えき)から会社(かいしゃ)までどれくらいですか。

◆請問從鎌倉搭電車到東京大概多久呢？ — 鎌倉(かまくら)から東京(とうきょう)まで電車(でんしゃ)でどれくらいですか。

◆請問從東京開車到箱根大概多久呢？ — 東京(とうきょう)から箱根(はこね)まで車(くるま)でどれくらいですか。

◆請問到橫濱大概多久呢？ — 横浜(よこはま)までどれくらいですか。

8 回答所需時間

◆需要走15分鐘。	歩(ある)いて15分(ふん)かかります。
◆大概要花一個半小時。	1時間半(じかんはん)くらいかかります。
◆騎自行車去大約要花20分鐘。	自転車(じてんしゃ)で20分(ぷん)くらいかかります。
◆騎摩托車去大約要花30分鐘。	バイクで30分(ぷん)くらいかかります。
◆搭巴士去大概要花45分鐘。	バスで45分(ふん)くらいかかります。
◆搭電車去要花2個小時。	電車(でんしゃ)で2時間(じかん)かかります。
◆搭地下鐵去要花分鐘。	地下鉄(ちかてつ)で数分(すうふん)かかります。
◆開車去大概要花幾個小時。	車(くるま)で4時間(じかん)ぐらいかかります。
◆一個半小時可到達。	1時間半(じかんはん)で着(つ)きます。
◆如果一路暢通無阻的話，只要幾個小時就會到了。	道(みち)がすいていれば3時間(じかん)でいけます。
◆如果交通堵塞的話，就要花5個小時以上。	渋滞(じゅうたい)すると5時間以上(じかんいじょう)かかります。
◆搭飛機去大概要花個小時。	飛行機(ひこうき)で12時間(じかん)くらいかかります。

3 年月日實際運用

1 星期

CD2-78

◆我星期天會上教會。

日曜日は教会に行きます。

◆今天是星期二，所以明天是星期三。

今日は火曜日だからあしたは水曜日です。

2 年月日

◆我平成17年進入這家公司。

平成17年にこの会社に入りました。

◆2010年希望是一個好年。

2010年は良き年でありますように。

◆一年去日本兩次。

年に二回日本に行きます。

◆在東京，四月初櫻花就會開。

▲東京では４月の初めに桜が咲きます。

Ａ：「いつ日本へ来ましたか。」

（您是什麼時候來到日本的呢？）

Ｂ：「去年の１月です。」

（去年的一月。）

◆無論前天或是昨天，都沒有發生什麼特別需要報告的事。

▲おとといも昨日も、特に変わったことはありませんでした。

Ａ：「おとといの晩、何を食べたか覚えていますか。」

（您還記得自己前天晚上吃了些什麼嗎？）

B：「いや、忘(わす)れてしまいました。」

（不記得，已經忘記了。）

◆即使在元月份，沖繩的天氣依然很暖和。

沖縄(おきなわ)は１月(がつ)でも暖(あたた)かい。

◆我昨日整整一天都在畫圖。

昨日(きのう)は一日(いちにち)ずっと絵(え)をかいていました。

◆日本的學校是在四月開學，三月學期結束。

日本(にほん)の学校(がっこう)は４月(がつ)に始(はじ)まって３月(がつ)に終(お)わります。

◆到了五月，北海道也將進入春天。

５月(がつ)になれば北海道(ほっかいどう)も春(はる)です。

◆現在已經是六月了，再不久就是梅雨季節。

６月(がつ)になりました。もうすぐ梅雨(つゆ)です。

◆暑假是從七月二十一號放到八月三十一號。

夏休(なつやす)みは７月(がつ)21日(にち)から８月(がつ)31日(にち)までです。

◆九月、十月、十一月是日本的秋季。

９月(がつ)、10月(がつ)、11月(がつ)が日本(にほん)の秋(あき)です。

◆一年過得好快呀，從明天起就進入十二月了。

一年(いちねん)は早(はや)いですねえ。明日(あした)から12月(がつ)です。

◆昨天是七月三十一號，所以今天就是八月一號。

昨日(きのう)は７月(がつ)３１日(にち)でしたから、今日(きょう)は８月(はちがつ)１日(ついたち)です。

◆暑假在昨天結束了。

▲昨日(きのう)まで夏休(なつやす)みでした。

A：「昨日(きのう)の新聞(しんぶん)読(よ)んだ？」

（你看過昨天的報紙了沒？）

B：「ええ、読みましたよ。」

（嗯，已經看過囉。）

◆昨天那個電視節目真的好好看喔。

昨日のテレビは面白かったね。

◆從今天起就邁入新的月份了，咱們加油吧！

さあ、今日から新しい月です。

◆今天是星期五，所以後天是星期日。

今日は金曜日だからあさっては日曜日だ。

◆今天是星期六，所以前天是星期四。

今日が土曜日だから、おとといは木曜だ。

◆今天是星期一，所以明天就是星期二。

今日は月曜日だから、明日は火曜日だ。

◆我每週二要去上日語課。

毎週、火曜日は日本語のクラスがあります。

◆我和別人約好了下週二下午三點要見面。

来週の火曜日、午後３時に会う約束です。

◆這個月的六號、十三號、二十號、還有二十七號是星期二。

▲今月は６日、13日、20日、27日が火曜日です。

A：「来週、お会いしたいのですが。」

（我希望下週可以和您見個面。）

B：「そうですね。火曜日はどうですか。」

（這樣嗎，那麼您星期二方便嗎？）

◆既然昨天是週四，那麼今天就是週五囉。

昨日は木曜日だったから今日は金曜日だ。

3 時間

◆我會搭乘今天晚上十點的飛機前往美國。

▲今日、午後10時の飛行機でアメリカへ行きます。

A：「今何時ですか。」

（現在是幾點呢？）

B：「4時45分です。」

（四點四十五分。）

◆已經沒時間了。

▲時間がありません。

A：「何分待ちましたか。」

（請問您等了幾分鐘呢？）

B：「15分くらいです。」

（大約十五分鐘。）

◆由於今天抽不出時間，明天我再前去拜會。

今日は時間がありませんので、明日うかがいます。

＊「ので」（因為…）。表示原因、理由。前句是原因，後句是因此而發生的事。

◆時鐘的短針代表「時」，長針代表「分」。

時計の短い針は「時」を表し、長い針は「分」を表します。

◆銀行的營業時間是從早上九點到下午三點。

銀行は午前9時から午後3時までです。

◆我們明天下午六點半，在常去的那家咖啡廳碰面吧。

▲明日の午後6時半に、いつもの喫茶店で会いましょう。

A：「9時から会議だよ。」

（九點要開會唷。）

B：「午前9時？」

（早上九點？）

A：「いや、午後9時だよ。」

（不是，是晚上九點喔。）

◆晚上十一點會播報最後一節新聞。　午後11時に最後のテレビニュースがあります。

4 風俗習慣

1 日本文化跟慶典

CD2-79

◆對日本的文化有興趣。　日本の文化に興味があります。

＊「興味」（興趣）。表示感到有意思而被吸引的意思。

◆我對日本的傳統文化很有興趣。　日本の伝統文化に興味があるんです。

＊「んだ」是「のだ」的口語形。表示說明情況。

◆請問寺廟和神社有什麼不同呢？　お寺と神社はどう違うんですか。

◆我喜歡日本的慶典。　日本のお祭りが好きです。

◆哪個祭典有趣？　どの祭りが面白いですか。

◆在東京有神田祭。　東京で神田祭りがあります。

◆是什麼樣的慶典？　どんな祭りですか。

◆什麼時候舉行？　いつありますか。

◆怎麼去？　どうやって行きますか。

◆有什麼節目？　何が見られますか。

◆任何人都能參加嗎？　誰でも参加できますか。

◆漂亮嗎？　きれいですか。

◆想去看看。　見に行きたいです。

◆我想去。　行ってみたいです。

◆一起去吧！　一緒に行きましょう。

◆明年一起去吧！　来年は行きましょうね。

2 日本人文風情

◆市容很乾淨。　町がきれいですね。

◆空氣很好。　空気がいいですね。

◆庭院的花很可愛。　庭の花がかわいいですね。

◆人很親切。　人が親切ですね。

◆年輕人很時髦。
若者がおしゃれですね。

◆街道好乾淨喔！
道が清潔ですね。

◆老年人好親切喔！
老人が優しいですね。

◆大家都好認真喔！
みんな真面目ですね。

◆女性身材都好棒喔！
女性はスタイルがいいですね。

◆穿著真有品味！
ファッションがすてきですね。

◆男人看起來蠻溫柔喔！
男性が優しそうですね。

◆小孩們很有精神喔！
こどもたちは元気ですね。

◆街道好熱鬧喔！
街が賑やかですね。

3 生活習慣

◆請問日本的結婚儀式會進行哪些程序呢？
日本の結婚式って、どんなことをするんですか。

＊這裡的「って」是「とは」的口語形。表示就提起的話題，為了更清楚而發問或加上解釋。「…是…」。

◆請問日本人為什麼喜歡排隊呢？
なんで日本人は並ぶのが好きなんですか。

◆我覺得日本卡通的故事情節很有趣。
日本のアニメはストーリーがおもしろいと思います。

- 日本人似乎總是很忙碌的樣子耶。　日本人はいつも忙しそうにしてますね。
- 日本那擠滿人潮的電車真是不得了。　日本の満員電車はすごいです。
- 擠滿了人的電車我實在無法適應。　満員電車はどうしても慣れることができません。

＊「どうしても～ない」（無論如何…也）。表示雖然努力也是沒有辦法辦到。

5 一年重要的節日與聚會

1 新年

CD2-80

- 元旦開春，恭賀新喜。　新年明けましておめでとうございます。
- 去年承蒙您多方照顧。　昨年はいろいろお世話になりました。
- 今年還請不吝繼續指教。　今年もよろしくお願いします
- 為了準備過元月新年，十二月份時忙得團團轉。　12月は正月の準備で忙しい。
- 請問您元月新年會不會回家探親呢？　お正月に帰省しますか？
- 從二十八號左右就開始湧現返鄉人潮。　28日ごろから帰省ラッシュが始まります。
- 每年除夕夜，全家人都會一起去寺院撞鐘祈福。　毎年家族そろって除夜のかねを撞きに行きます。

◆您已經吃過跨年蕎麥麵了嗎？　年越(としこ)しそばを召(め)し上(あ)がりましたか？

◆這是家母親手烹飪的年節料理。　これは母(はは)が作(つく)ったおせち料理(りょうり)です。

◆我打算在元旦那天去伊勢神宮開春祈福。　元日(がんじつ)は伊勢神宮(いせじんぐう)へ初詣(はつもうで)に行(い)くつもりです。

◆爺爺給了我壓歲錢。　おじいちゃんにお年玉(としだま)もらったよ。

◆火爐燒得熱熱的，感覺好暖和。　ストーブが暖(あたた)かくて気持(きも)ちいい。

2 生日

◆您的生日是什麼時候？　お誕生日(たんじょうび)はいつですか。

◆我的生日是1月20號。　私(わたし)の誕生日(たんじょうび)は1月20日(いちがつはつか)です。

◆我生日是下個月。　誕生日(たんじょうび)は来月(らいげつ)です。

◆你的生日呢？　あなたのお誕生日(たんじょうび)は？

◆7月7日。　7月7日(がつなのか)です。

◆我12月出生。　12月(がつ)生(う)まれです。

◆屬什麼的？　なに年(どし)ですか。

◆我屬鼠。　ねずみ年(どし)です。

◆幾年生的？　何年生(なんねんう)まれですか。

3 紀念日

◆明天是我結婚十周年的紀念日。

明日で結婚10周年を迎えます。

◆今年要舉行銀婚慶祝。

今年、銀婚式をします。

◆我打算穿和服去參加二十歲的成年典禮。

成人式には着物を着ていくつもりです。

◆今天是奶奶的忌日。

▲今日はおばあちゃんの命日です。

A：「日本の建国記念日は何月何日ですか？」

（請問日本的建國紀念日是幾月幾日呢？）

B：「2月11日です。」

（是二月十一日。）

◆在日本的兒童節那天會懸掛鯉魚旗。

こどもの日には鯉のぼりをあげます。

◆您打算和誰一起共度情人節呢？

バレンタインデーは誰と一緒に過ごすつもりですか？

◆您會在節分日（譯注：立春的前一天，每年二月三日前後）依習俗灑豆子嗎？

節分の日に豆まきをしましたか？

◆我在敬老節（譯注：九月的第三個星期一）那天，必定會請祖父母吃飯。

敬老の日には必ず祖父母を招いて食事をします。

◆八月十五日是日本終戰紀念日。

8月15日は終戦記念日です。

◆七月七日將舉行七夕祭典。	七月七日は七夕祭りです。

4 聚會

CD2-81

◆下週會舉行公司的忘年會。	来週、会社の忘年会があります。
◆春酒派對就在大學附近的居酒屋舉行。	新年会は大学の近くの居酒屋でします。
◆我會去參加迎新聯誼。	新入生の歓迎コンパに参加します。
◆大家一起乾杯吧。	みんなで乾杯しましょう。
◆大家共同分攤聚餐的費用。	飲み会はみんなで割り勘にします。
◆你會去參加特技表演大賽嗎？	かくし芸大会に出ますか？
◆別要人一口氣乾杯了啦。	一気飲みはやめようよ。
◆儘管點想吃的下酒菜吧。	好きなおつまみを頼んでいいですよ。
◆你也會去續攤嗎？	二次会にも行く？
◆會舉行研討班畢業生的歡送會。	ゼミの卒業生の送別会をします。

5 聖誕節

◆十二月二十五日是耶穌基督的誕辰。	12月25日はキリストの誕生日です。

◆過了耶誕節後，緊接著就是新年了。

クリスマスが過ぎると、すぐ新しい年だ。

＊「と」（一…就…）。陳述人和事物的一般條件關係。

◆已經佈置好聖誕樹。

クリスマスツリーを飾りました。

◆耶誕夜會和男友一起共度。

クリスマスイブは彼と一緒に過ごします。

◆你已經買好聖誕禮物了嗎？

クリスマスプレゼントをもう買いましたか？

◆你向聖誕老公公許下什麼願望呢？

サンタさんに何をお願いしたの？

＊句尾的「の」（嗎）表示疑問時語調要上揚。

◆我拜託聖誕老公公送我一隻小熊布偶。

サンタさんに熊のぬいぐるみをお願いしました。

◆我已經寄出聖誕卡囉。

クリスマスカードを送ったよ。

◆我和家人一同享用了耶誕大餐。

クリスマスディナーは家族でいただきました。

◆我收到手環的耶誕禮物。

クリスマスプレゼントにブレスレットをもらった。

◆隨著耶誕節的腳步接近，街上的照明佈置十分燦爛奪目。

クリスマスが近づくと、街のイルミネーションがとてもきれいです。

◆我要和朋友一起去參加耶誕派對。

友達とクリスマスパーティーに行きます。

◆這夜的街道是一年中最美的了。

街が一年で一番美しくなる夜です。

6 歲末

◆又快到歲暮了。 もうすぐ年末だ。

◆歲暮將近。 年の瀬が迫ってきました。

◆致贈歲末禮品給曾照顧過我的人們。 お世話になっている方々にお歳暮を贈りました。

◆商店街上擠滿了出來採購新年用品的人們，顯得熱鬧非凡。 商店街はお正月用品の買い出しでにぎわっている。

◆已經掛好了祈福繩結。 もうしめ縄を飾りました。

◆百貨公司的入口處擺設著門松作為裝飾。 デパートの入り口に門松が飾ってあります。

◆我家每年都會搗麻糬。 我が家は毎年餅つきをします。

◆商店街已經開始進入歲末大拍賣囉。 商店街で歳末セールが始まったよ。

◆盛大地舉辦尾牙。 忘年会が盛大に行われました。

◆每年都很期待觀賞紅白歌唱大賽。 毎年、紅白歌合戦を見るのが楽しみです。

◆除夕夜是和家人共度的。 大みそかは家族で過ごします。

◆願您有個好年。 良いお年をお迎えください。

◆光陰似箭。 光陰矢のごとし。

6 四季例行活動

1 春天例年行事

CD2-82

- 請問會以什麼方式慶祝女兒節（譯注：三月三日）呢？
  雛まつりはどんなふうにお祝いするんですか？
- 恭喜畢業！
  ご卒業おめでとうございます。
- 恭喜入學！
  ご入学おめでとうございます。
- 請問小學的開學典禮是什麼時候呢？
  小学校の入学式はいつですか。
- 我們去上野公園賞花，好嗎？
  上野公園へお花見に行こうよ。
- 天氣變得很有春天的氣息囉。
  ずいぶん春らしくなりましたね。
- 現在正值賞花的季節。
  今、お花見シーズン真っただ中です。
- 今年大約有兩百名新進職員。
  今年の新入社員は200名ぐらいです。
- 在這個季節裡，最傷腦筋的事就是花粉熱發作。
  この季節は花粉症がつらいです。
- 明天公司會公布人事異動。
  明日、人事異動が発表されます。
- 春天賞花，夏天看煙火，秋天賞月，冬天玩雪。
  春は花見、夏は花火、秋は月見、冬は雪見ですね。

2 夏天例年行事

- 所有的海水浴場一起開始營業了。
  海水浴場(かいすいよくじょう)が一斉(いっせい)に海開(うみびら)きしました。

- 皮膚曬得非常黑。
  すごく日焼(ひや)けしちゃった。
  ＊「ちゃう」是「てしまう」的口語省略形。表示完了、完畢；某動作所造成無可挽回的結果。

- 提到夏天，就會聯想到烤肉吧。
  夏(なつ)といえば、バーベキューでしょう。

- 媽媽，我想要吃刨冰。
  お母(かあ)さん、かき氷(ごおり)が食(た)べたい。

- 我們下星期一起去看煙火大會嘛。
  来週(らいしゅう)、花火大会(はなびたいかい)に行(い)こうよ。

- 昨天晚上悶熱異常，令人輾轉難眠哪。
  昨夜(ゆうべ)は熱帯夜(ねったいや)で、寝苦(ねぐる)しかったね。

- 今天的氣溫讓人猛冒汗。
  今日(きょう)は汗(あせ)だくです。

- 請問盂蘭盆節的連假共有幾天呢？
  お盆休(ぼんやす)みは何日間(なんにちかん)ありますか？

- 冷氣開太強，身體感覺好冷。
  クーラーが強(つよ)すぎて、体(からだ)が冷(ひ)えてしまった。

- 日本沒有實施夏令時間。
  日本(にほん)はサマータイムを実施(じっし)していません。

3 秋天例年行事

- 從明天起開始第二學期。
  明日(あした)から二学期(にがっき)が始(はじ)まります。

◆我們正在討論在學校舉辦學藝成果發表會時要提供什麼表演。
文化祭の出し物について話し合っています。

◆只要秋雨鋒面逼近，下雨的日子就會多了起來。
秋雨前線が発生すると、雨の日が多くなります。

◆最近太陽下山得好早喔。
最近、ずいぶん日が短くなってきましたね。

◆近來胃口大開，秋天果然是食慾旺盛的季節哪。
食欲が止まりません。正に食欲の秋です。

◆你知不知道哪裡是賞楓的絕佳景點呢？
どこか良い紅葉のスポットを知りませんか。

◆即使是在東京都內的公園也能夠賞楓喔。
都内の公園でも紅葉狩りができますよ。

◆下星期左右要不要一起去採葡萄呢？
来週あたりぶどう狩りに行かない？

◆樹葉漸漸染上了紅色。
木々が段々色づいてきました。

◆今天的氣溫相當冷哪。
今日はずいぶん肌寒いね。

4 冬天例年行事

◆今年真是暖冬呀。
今年は暖冬ですね。

◆大阪也會下雪嗎？
大阪でも雪が降りますか？

◆我想嘗試一次滑雪。
一度スキーをやってみたいです。

◆ 今天早上的氣溫真是凍死人囉。

今朝(けさ)は冷(ひ)え込(こ)みがきつかったね。

◆ 由於我的手腳很容易冰冷，所以討厭冬天。

冷(ひ)え症(しょう)なので、冬(ふゆ)は嫌(きら)いです。

◆ 奶奶非常怕冷。

おばあちゃんはとっても寒(さむ)がりです。

◆ 終於降下今年的第一場雪了。

ついに初雪(はつゆき)が降(ふ)りました。

◆ 差不多該把被爐拿出來了吧？

そろそろ炬燵(こたつ)を出(だ)そうか？

◆ 進入二月以後，流行性感冒開始肆虐了。

２月(がつ)に入(はい)ってインフルエンザが流行(はや)り始(はじ)めた。

◆ 如果穿太多層衣服會導致肩膀僵硬酸痛。

あまり着込(きこ)むと肩(かた)が凝(こ)ってしまいます。

Chapter 18

學校生活

1 學校

1 教育現況

CD2-83

◆在日本，兒童於六歲時進入小學就讀。	日本では６歳で小学校に入る。
◆小學會將所有的科目，安排在同一間教室裡上課。	小学校では全部の授業を同じ教室でします。
◆中學及高中則會隨著不同課程，安排不同教室上課。	中 学校や高校では授業がかわれば教室もかわります。
◆為了孩子的未來著想，我想幫他挑一所好學校。	子供のためにいい学校を選びたい。 ＊「ために」（為了…）。表示為了某一目的，而有後面積極努力的動作、行為。
◆這所中學有三百名學生。	この中学校は生徒が300人います。
◆我們學校有三十五位老師和五百名學生。	私たちの学校には先生が35人と生徒が500人います。
◆每一位老師負責教三十五名學生。	一人の先生が35人の生徒に教えています。
◆如果要學法律的話，這所大學的師資陣容最強。	法律の勉強なら、この大学が一番だ。 ＊「なら」（要是…的話）。表示前項的假定，作為後項的條件。
◆這個鎮裡有五所學校。	この町には学校が五つある。

2 我就讀的學校

◆我是大學生。	私は大学生です。
◆我主修日語。	私は日本語を専攻しています。
◆他是經濟系的學生。	彼は経済学部の学生です。
◆請問你就讀哪一所高中呢？	どこの高校に通っていますか？
◆我就讀私立高中。	私立高校へ通っています。
◆請問高中生也要穿制服上學嗎？	高校も制服がありますか？
◆我就讀的中學，校規很嚴格。	私の中学校は校則が厳しかった。
◆今年升上了六年級。	今年６年生になりました。
◆距離學校非常遙遠。	学校まで遠かった。
◆我騎自行車上學。	自転車で登校しています。
◆我搭電車上學。	電車で学校に通っています。
◆請問大約要多久才會到達學校呢？	学校までどのぐらいかかりますか。
◆走路過去大概三十分鐘。	歩いて30分ぐらいです。

3 介紹校園

◆這裡是武道場。	ここは武道場(ぶどうじょう)です。
◆這邊是劍道社，下面是柔道社。	こっちが剣道部(けんどうぶ)で、下(した)が柔道部(じゅうどうぶ)です。
◆這裡是音樂教室，上音樂課的地方。	ここが音楽室(おんがくしつ)。音楽(おんがく)の授業(じゅぎょう)をするところ。
◆這裡是圖書室。	ここが図書室(としょしつ)。
◆請問圖書館開放到幾點呢？	図書館(としょかん)は何時(なんじ)まで開(あ)いていますか？
◆桌球部在哪裡練習呢？	卓球部(たっきゅうぶ)はどこで練習(れんしゅう)してるの？
◆他們在體育館的二樓，從五點開始練習喔。	体育館(たいいくかん)の2階(かい)で、5時(じ)からしてるよ。
◆如果你想要加入社團，只要告訴伊藤老師就行。	入部(にゅうぶ)したいなら、伊藤先生(いとうせんせい)に話(はな)してみるといいよ。 ＊「といい」（還是…好）。是一種勸告的說法。表示規勸別人，做某一動作。
◆這邊的拳擊部如何？	こっちのボクシング部(ぶ)はどう？
◆還沒有設立。	まだないんだよ。
◆沒有拳擊部啊？	ボクシング部(ぶ)ないんすか？
◆有網球部啊。	テニス部(ぶ)があるけど。

◆那來籃球部吧！人數不太夠。
だったらバスケ部来いよ。人数足んなくて。
＊ 口語中常把「ら行：ら、り、る、れ、ろ」變成「ん」。對日本人而言，「ん」要比「ら行」的發音容易喔。

◆還有，那裡是教師室。
それで、あそこが職員室。

◆有事情要進去那裡之前，必須先說聲「報告」，才能夠進去喔。
用がある時は、「失礼します」って言ってから入ってね。

◆沒有特別的事，不可以擅自來教師室。
用事がないのに職員室に来てはいけません。

◆在校門口旁有家麵包店。
学校を出たところにパン屋さんがあります。

4 教室

CD2-84

◆我總是第一個進教室的人。
いつも教室に一番に着いた。

◆我的教室在二樓。
私の教室は２階にあります。

◆自然教室在隔壁。
科学は隣の教室です。

◆這間教室可以容納三十人。
この教室には30人は入れます。

◆學生們依照指示，在教室集合完畢了。
生徒たちを教室に集めた。

◆學生們依照指示，在講堂集合完畢了。
生徒たちを講堂に集めた。

◆校方要學生打掃了教室。

生徒(せいと)に教室(きょうしつ)の掃除(そうじ)をさせた。

◆老師要學生們整理了教室。

生徒(せいと)たちに教室(きょうしつ)を片付(かたづ)けさせました。

◆我們在教室裡排好了桌椅。

教室(きょうしつ)に机(つくえ)といすを並(なら)べました。

◆教室裡空無人影。

教室(きょうしつ)の中(なか)には誰(だれ)もいなかった。

◆不可以在教室裡抽菸。

教室(きょうしつ)でタバコを吸(す)ってはいけません。

◆我把帽子忘在教室裡了。

教室(きょうしつ)に帽子(ぼうし)を忘(わす)れた。

5 學校的食堂

◆請給我炒麵麵包。

焼(や)きそばパン、ください。

◆不好意思喔，炒麵麵包已經賣完了耶。

ごめんね、焼(や)きそばパン、終(お)わっちゃったなあ。

＊「ちゃう」是「てしまう」的口語省略形。表示完了、完畢；某動作所造成無可挽回的結果。

◆糟了！我太晚來了！

しまった！おそかったか！

◆都怪你拖拖拉拉的呀。

お前(まえ)がもたもたしてたから。

◆請給我一個烤魚便當。

焼(や)き魚(ざかな)弁当(べんとう)、一(ひと)つください。

◆抱歉，已經銷售一空了。

残念(ざんねん)、もう売(う)り切(き)れちゃった。

◆現在還有炸物便當。　から揚(あ)げ弁当(べんとう)ならまだあるけど。

◆那麼，就給我一個吧。　じゃあ、それにするか。

◆你肚子餓不餓？　おなか、すかない？

◆的確是有點餓了呢。　そうですね。

◆喂！我們去吃點什麼吧。　ねえ！何(なに)か、食(た)べていこうよ。

◆好。　はい。

◆歡迎光臨，午安。　いらっしゃいませ、こんにちは。

◆如果您已經決定好了的話，請點餐。　お決(き)まりでしたら、どうぞ。

◆給我一個巧克力，和一杯冰紅茶。　チョコレートを一(ひと)つと、アイスティーをください。

◆這位客人呢？　お客様(きゃくさま)は？

◆我看看…我要…，一個這種甜甜圈。　えーと…私(わたし)は…。このドーナツを一(ひと)つ。

◆還有，也請給我一份這個。　それから、これも一(ひと)つください。

◆請問您要喝什麼飲料呢？　お飲(の)み物(もの)はいかがなさいますか。

◆那麼，請給我咖啡。　じゃあ、コーヒーをください。

◆好的。　かしこまりました。

◆我看到了你在食堂吃飯喔。　食堂でご飯を食べているとこを見たよ。

＊「とこ」是「ところ」的口語形。口語為求方便，常把音吃掉變簡短，或改用較好發音的方法。

6 學生與班級

◆一個班級大約有三十名學生。　一つのクラスに生徒が30人ぐらいいる。

◆我們班有十個男生、十五個女生。　▲私たちのクラスには男の人が10人、女の人が15人います。

A:「君のクラスには生徒が何人いますか。」

（你們班有多少同學呢？）

B:「全部で32人です。」

（一共有三十二個。）

◆一年級有兩班，二年級有三班。　1年生が2クラス、2年生が3クラスあります。

◆全部都是女生的班級很無聊。　女の子だけのクラスは面白くないです。

◆我念中學時，曾和黑田同學同班。　中学校で黒田さんと同じクラスでした。

7 向轉學生自我介紹

CD2-85

◆一年三班。你的班級就是這裡。　3年1組。ここが、君のクラスです。

◆好了！全班安靜。　ほら！静かに。

◆來，自我介紹一下。

じゃ、自己紹介(じこしょうかい)して。

◆我是從台灣來的王洋。

台湾(タイワン)から来(き)た王洋(オウヨウ)です。

◆您的名字真特別呀，只要看過一次，就再也不會忘記呢。

珍(めずら)しい名前(なまえ)ですねえ。一度(いちど)覚(おぼ)えたら忘(わす)れませんね。

◆從今天起，我就在這所學校就讀。請多指教。

今日(きょう)からこの学校(がっこう)で勉強(べんきょう)することになった。よろしく。

◆你的座位在山田君隔壁。

君(きみ)の席(せき)は山田君(やまだくん)の隣(となり)だ。

◆我叫山田。

山田(やまだ)です。

◆請多指教。

よろしく。

◆山田同學，往後就請你教教他喔。

山田君(やまだくん)、いろいろ、教(おし)えてやってくれ。

◆敬請各位多多指教。

みんな、よろしく頼(たの)むな。

◆大家要和新同學和睦相處喔。

みんな仲良(なかよ)くしてあげてね。

＊「てあげる」（〔為他人〕做…）。表示自己或站在自己一方的人，為他人做前項有益的行為。

◆那個轉學生是不是很像木村拓哉？

あの転校生(てんこうせい)キムタクに似(に)てない？

◆啊！哪有？

え～、どこが？

◆嘿，山田！聽說山田你們班上來了個留學生嗎？	よっ、山田（やまだ）！君（きみ）のクラスに転校生（てんこうせい）、来（き）たんだって？ ＊ 這裡的「って」是「と」的口語形。表示傳聞，引用傳達別人的話。
◆嗯，你瞧，就是在那邊的那個。	うん。ほら、あそこにいるよ。
◆是喔，挺帥的嘛。	へえ、格好（かっこう）いいじゃん。 ＊「じゃん」是「じゃないか」「ではないか」的口語形。表示徵求對方的意見。
◆要不要幫你介紹一下呢？	紹介（しょうかい）してあげよっか？ ＊「てあげよっか」（要不要幫你做…呢）是「てあげようか」的口語形。
◆我來介紹一下。	紹介（しょうかい）するね。
◆這是隔壁班的鈴木小梅同學，她和我都參加合唱團。	隣（となり）のクラスの鈴木小梅（すずきこうめ）さん。私（わたし）と同（おな）じ合唱部（がっしょうぶ）なの。
◆啊，我是王洋。	あ、王洋（オウヨウ）です。
◆我和小梅是青梅竹馬。	小梅（こうめ）とは幼（おさな）なじみなんだ。 ＊ 「んだ」是「のだ」的口語形。表示說明情況。
◆她從以前就一直是個好強、傲慢，麻煩的女人哩。	昔（むかし）から気（き）イ強（つよ）いし、生意気（なまいき）だし、やっかいな奴（やつ）なんだよな。 ＊ 「し」表示陳述幾種相同性質的事物。「既…又…」。
◆喂，那有人對初次見面的人用這種介紹方式呀？	おい、初（はじ）めて会（あ）った人（ひと）にそういう紹介（しょうかい）の仕方（しかた）はないだろ。
◆完…完了，洋同學，你來一下。	ま…まずいよ。洋君（ヨウくん）、ちょっとこい。

◆洋同學，要是惹這個傢伙生氣的話，可就要吃不了兜著走了，妳最好當心一點喔。

洋君、こいつ、怒らせると怖いから気をつけてね。

◆洋同學，我們一起吃午餐吧。

洋君、お昼一緒に食べようよ。

◆嗯。

うん。

◆如果有什麼不清楚的地方，請儘管問我喔。

困ったことがあったら、何でも聞いてね。

◆謝啦。

ありがと。

＊「ありがと」是「ありがとう」口語形。字越少就是口語的特色，省略字的字尾也很常見喔。

8 運動會

◆運動會將在秋天舉辦。

運動会は秋にあります。

◆請問你會參加什麼項目呢？

何の種目に出場しますか？

◆媽媽為我做了便當。

お母さんがお弁当を作ってくれた。

◆今天家人會來幫我加油。

今日は家族が応援に来てくれます。

◆以錄影機拍下兒子努力不懈的鏡頭。

息子が頑張っている様子をビデオに撮ります。

◆現在即將進場的是一年級的同學。

ただいまより一年生が入場行進します。

◆參賽選手請到進場門集合。
出場する選手は、入場門に集合してください。

◆緊接著要舉行的是接力賽。
間もなくリレーが始まります。

◆中山同學是班上跑得最快的人。
中山さんはクラスの中で一番速い。

◆是誰拿到了第一名呢？
誰が1等だったの？

◆由Ａ隊獲勝。
A組が優勝した。

9 校慶

CD2-86

◆已經開始為學校園遊會預做準備了。
学園祭の準備が始まりました。

◆和朋友一起擺攤賣刨冰。
友達とかき氷の露店を出します。

◆必須要練習表演節目才行。
出し物の練習をしないといけません。

＊「といけない」（因為怕…不好）。表示不希望發生的事。語含擔心的口氣。

◆大家都忙著競相佈置各自的攤位。
みんなお店の飾りつけに忙しい。

◆校外人士也會來參加學校園遊會。
学園祭には学外の人も来ます。

◆會不會有哪位藝人來學校園遊會表演呢？
学園祭に誰か芸能人が来ますか？

◆請問是誰被選為慶應大學校花呢？
ミス慶応に選ばれたのは誰ですか？

◆山田同學好像要去參加卡拉ＯＫ大賽喔。
山田君はカラオケ大会に出るらしいよ。

◆這場音樂會的壓軸由誰擔綱表演呢？　コンサートの取(と)りは誰(だれ)ですか？

◆等結束以後，大家一起去慶功宴吧！　終(お)わったら、みんなで打(う)ち上(あ)げしよう！

10 遠足與露營

◆要去哪裡遠足呢？　遠足(えんそく)の行(ゆ)き先(さき)はどこですか？

◆要去大阪城遠足。　大阪城(おおさかじょう)へ遠足(えんそく)に行(い)きます。

◆要搭電車去遠足。　電車(でんしゃ)に乗(の)って遠足(えんそく)に行(い)きます。

◆去山上露營。　山(やま)へキャンプに行(い)きます。

◆會帶便當去遠足。　遠足(えんそく)にはお弁当(べんとう)を持(も)っていきます。

◆帶去遠足的零食規定不能超過三百五十日圓。　遠足(えんそく)のお菓子(かし)は350円(えん)までと決(き)まっている。

◆老師在遠足前一定會先去探勘。　先生(せんせい)は必(かなら)ず遠足(えんそく)の下見(したみ)に行(い)きます。

◆一定要把隨身物品放進背包裡。　荷物(にもつ)はリュックサックに入(い)れなければいけません。

◆便當跟水壺帶了嗎？　お弁当(べんとう)と水筒(すいとう)持(も)った？

＊「水筒」後省略了「を」。在口語中，常有省略助詞「を」的情況。

◆所有的露營用品都已準備齊全。　キャンプ用品(ようひん)は全部(ぜんぶ)そろっています。

◆請問有您有露營車嗎？　キャンピングカーがありますか？

◆在海濱附近有處很美的營地喔。
海岸の近くにきれいなキャンプ場がありますよ。

◆我們在海邊烤肉嘛。
ビーチサイドでバーベキューしようよ。

◆這個營地禁止生營火。
このキャンプ場ではキャンプファイヤーが禁止されています。

◆搭帳篷很困難。
テントを張るのは難しい。

◆今天要睡在睡袋裡。
今日は寝袋で寝ます。

◆這一帶很暗，可以盡情觀測星象。
辺りが暗いので、天体観測が楽しめます。

◆遠足好玩嗎？
遠足楽しかった？

◆遠足因天雨而延期。
雨で遠足が延期になりました。

11 校外教學旅行

CD2-87

◆二年級時參加過校外教學旅行了。
2年生の時に修学旅行に行きました。

◆校外教學旅行一共五天四夜。
修学旅行は4泊5日です。

◆校外教學旅行要去北海道。
北海道へ修学旅行に行きます。

◆旅遊計畫是怎麼安排的呢？
どんな日程ですか？

◆請問有幾位帶隊老師呢？
引率の先生は何人いますか？

◆你跟誰在同一組呢？
誰と同じグループ？

◆請問參加校外教學旅行時，最多可以帶多少零用錢呢？

修学旅行のお小遣いはいくらまでですか？

◆正在存參加校外教學旅行的旅費。

修学旅行の費用を積み立てています。

◆我買了給家人的當地特產。

家族へのお土産を買いました。

◆最近也有越來越多的校外教學旅行地點選在國外。

最近は海外への修学旅行も増えています。

12 畢業典禮

◆恭喜畢業！

ご卒業おめでとうございます。

◆明天終於要舉行畢業典禮。

いよいよ明日が卒業式です。

◆已經做過畢業典禮的預演了。

卒業式の予行練習がありました。

◆即將進場的是畢業生。

ただいまより卒業生が入場します。

◆三年前入學的學生，即將於今天畢業。

３年前に入学した生徒たちが今日卒業します。

◆家長也會出席畢業典禮。

卒業式には父兄も参加します。

◆我穿著和式女用褲裙（譯注：日本女性常於成年典禮或畢業典禮穿著的服裝，具有明治、大正時期的風情）參加大學畢業典禮。

大学の卒業式には女袴を着て出席しました。

◆在大學畢業典禮演講致詞。　大学の卒業式でスピーチをしました。

◆將會個別頒發畢業證書給每個畢業生。　卒業証書は一人ずつ手渡しされます。

◆學弟妹送了我花束。　後輩から花束をもらいました。

◆在畢業典禮中唱「你是這個時代的主人翁」。　卒業式で「君が代」を歌った。

＊「君が代」是日本的國歌。

◆我去參加了妹妹的幼稚園畢業典禮。　妹の卒園式に行きました。

◆你在畢業典禮上哭了嗎？　卒業式で泣いた？

◆我在畢業典禮哭了。　卒業式で泣いてしまいましたよ。

◆畢業典禮中以笑容跟朋友手牽著手退場。　卒業式では笑顔で友達と手を繋いで退場しました。

◆畢業典禮真棒。　いい卒業式でした。

◆跟最喜歡的前輩要了第二顆扣子。　大好きな先輩から第二ボタンをもらいました。

◆也沒領到畢業證書。　卒業証書ももらえなかった。

2 上課、學習

1 課堂上的規矩

CD2-88

◆在教室裡不准吵鬧。　教室で騒がない。

◆不可以把腳放到桌子上。
机の上に足を上げてはいけません。

◆在上課中不得站起來。
授業中は席を立たない。

◆不准跑，慢慢走過去！
走るな、ゆっくり行け。

◆我們安靜地在教室等候老師進來吧。
先生が来るまで教室で静かに待ちましょう。

◆假如被老師點到名字時，要大聲地回答「有！」喔。
先生に呼ばれたら、元気よく「はい！」と答えよう。

2 上課

◆來吧，我們開始今天的課程吧。
さあ、今日の勉強を始めましょう。

◆來吧，我們開始練習發音吧。
さあ、発音の練習を始めましょう。

◆要開始上課了，請翻開課本。
授業を始めますから教科書を開いてください。

◆請打開第二十頁吧。
20ページをあけましょう。

◆請翻開課本第三十頁。
教科書の３０ページを開いてください。

◆試著想想看第一題吧。
一番の問題を考えて見ましょう。

◆知道這題答案的人請舉手。
この問題に答えられる人は手をあげてください。

◆回答我的問題！
私の質問に答えなさい。

◆這個問題對我來說太難了。	私にはこの問題は難しすぎる。
◆我現在要開始唸太郎同學的作文了，各位同學，請仔細聽。	太郎君の作文を読みますから、みなさん、聞いてください。
◆看不見黑板上的字。	黒板の字が見えません。
◆學生們正在抄寫老師寫在黑板上的字。	生徒たちが先生の書いた字を写しています。
◆那位老師的上課內容索然無味。	あの先生の授業は面白くない。
◆那位老師上課時不用教科書。	あの先生は教科書を使わないで授業をする。
◆我得到老師的稱讚，實在是高興極了。	先生にほめられてうれしかった。

3 課堂上發問

◆有沒有什麼問題要問的呢？	何か質問がありますか。
◆有沒有人想發問的呢？	質問のある人はいませんか。
◆如果有不懂的地方，請立刻發問。	分からないことはすぐ質問しなさい。
◆如果有問題的話，不用客氣，請儘管發問。	質問があったら遠慮しないで聞いてください。
◆老師，我可以問問題嗎？	先生、質問してもいいですか。
◆好的，什麼問題？	ええ、なんですか。

◆請先舉手再發問。	手を上げて質問してください。
◆老師，請問這個題目的答案是什麼？	先生、この問題の答えは何ですか。
◆老師，這句話是什麼意思呢？	先生、このことばはどういう意味ですか。
◆我無法回答那個問題。	その質問には答えられません。
◆無論聽幾次解說還是無法理解。	何度説明を聞いても理解できない。
◆老師在上完課後，接受了學生們的提問。	授業のあとで生徒たちから質問を受けた。
◆這個看起來像什麼呢？	これは何に見えますか。
◆這個形狀像什麼呢？	この形はなんと似ていますか。
◆會回答這個問題的人請舉手。	この問題に答えられる人は手を挙げなさい。
◆講完下一道問題以後就休息吧。	次の問題を終わらせたら休もう。

4 科目

CD2-89

◆今天要上英文和歷史課。	今日の授業は英語と歴史だ。
◆上午的課程上了國語、數學、自然、還有社會。	朝の授業は国語、算数、理科、社会でした。
◆我討厭作文課。	作文の授業は嫌いです。
◆上英文課時總是游刃有餘。	英語の授業はいつも余裕です。

◆山田同學擅長數學。	山田さんは数学が得意だ。
◆自然課在自然教室上課。	理科の授業は理科室で受けます。
◆我最怕國語課。	国語が苦手です。
◆請問日語課是從幾點開始上呢？	日本語の授業は何時からですか。
◆從九點開始。	9時からです。
◆現在得趕快換穿體育服才行。	今から、体育着に着がえなければいけません。

5 學外語

◆我上中學以後才開始學英文。	中学校で始めて英語を習います。
◆我已經學了三年英語會話。	英会話を習い始めて3年が経ちました。
◆雖然我能夠說一點英文，卻不太會書寫。	英語を少し話せますが、書くのは難しいです。
◆家父在高中教英文。	父は高校で英語を教えています。
◆遠藤小姐的英文很流利。	遠藤さんは英語が上手です。
◆我正在看英文報紙。	英語の新聞を読んでいます。
◆請問「鉛筆」的英文叫作什麼呢？	「鉛筆」は英語でなんと言いますか。
◆「ラジオ（收音機）」是從英文音譯的外來語。	「ラジオ」は英語から来た言葉だ。

◆請將這封信翻譯成英文。

この手紙を英語に翻訳してください。

◆只要會說英語，無論到世界各地，都可通行無阻。

英語は話せれば世界中どこへ行っても困りません。

◆假如我的英文程度再好一點，應該就能享受住在國外的生活吧。

もう少し英語がよければ外国の生活も楽しいだろう。

◆他明明自己也不懂英文，卻還大言不慚地嘲笑我：你不會說英語嗎？

彼は英語が分からないのにそのことを棚に上げて、英語が話せないのか、と私を馬鹿にする。

◆我完全不會說西班牙文。

スペイン語などぜんぜん話せません。

◆我還能夠用日語和人打招呼，但是法語則不太行。

日本語でなら挨拶できますが、フランス語では難しいです。

◆去英國旅遊之前，先學會幾句英語的日常問候吧。

イギリスへ旅行する前に英語の挨拶を覚えよう。

6 跟同學借東西

◆借我筆記本一下。

ノートを貸してください。

◆你有沒有鉛筆或是原子筆還是鋼筆呢？

▲鉛筆かボールペンか万年筆か、どれかありませんか。

A:「書くものはありませんか。」

（你身上有沒有筆？）

B:「ボールペンなら持ってます。」

（我只有原子筆。）

◆要是忘記就糟糕了，你把這個電話號碼抄下來吧。

▲忘(わす)れるといけないからこの電話番号(でんわばんごう)を写(うつ)しておきなさい。

A:「この万年筆(まんねんひつ)、ちょっと貸(か)してくれない。」

（這支鋼筆，可以借我一下嗎？）

B:「いいですけど、インクが出(で)ませんよ。」

（可以是可以，但是寫不出字喔。）

7 聰明的頭腦

◆真有理性哪。
理知的(りちてき)だね。

◆設想得真周到呀。
よく考(かんが)えているね。

◆依循其思慮而採取行動。
頭(あたま)を使(つか)って動(うご)いているね。

◆直覺真強呀。
勘(かん)がいいね。

◆真是洞察機先呀。
洞察力(どうさつりょく)があるな。

◆真是賢明呀。
賢明(けんめい)だね。

◆腦筋動得很快喔。
頭(あたま)の回転(かいてん)が速(はや)いね。

◆真聰敏呀。
賢(かしこ)いね。

◆好聰明喔。
聡明(そうめい)だね。

◆實在是天才呀。
天才(てんさい)だね。

◆根本是天才嘛。
天才(てんさい)だよ。

◆你的○○真是天賦異秉呀。　君の○○は天才的だ。

◆設想得真周到呀。　よく考えてますね。

8 學習遇上瓶頸

CD2-90

◆不管再怎麼教他，他都轉眼就忘記。　彼にいくら教えてもすぐ忘れる。

◆別人曾數落過我的話，我連半句都不記得。　言われたことを何一つ覚えていない。

◆我曾學過的東西，一眨眼工夫就會把它給忘了。　習ったことをすぐ忘れてしまう。

◆在考試前記得的內容，等到考試結束後就忘得一乾二淨了。　試験の前に覚えたことは試験が終わったらすっかり忘れてしまった。

◆在讀書方面，我跟你比，實在望塵莫及。　勉強では君の足元にも及ばない。

◆不管教了幾次，他都聽不懂。他的腦筋是不是不太好呀？　彼は何回教えても分からない。ちょっと頭が悪いんじゃないか。

◆我連平假名都不會讀了，漢字更是一竅不通哩。　ひらがなだって読めないんだから漢字なんかぜんぜんダメだよ。

＊「だって」就是「でも」的口語形。舉出極端或舉例說明的事物。表示「就連　」。

◆背誦演講稿不是件簡單的事。　スピーチを覚えるのはたいへんだ。

◆不管我練習多少次都沒辦法進步。　いくら練習しても上手にならない。

9 課後生活

◆喂，要不要繞去哪裡晃一晃呀？	ねえ、どっかよってく？ ＊「てく」是「ていく」的口語形。表示某狀態越來越遠地移動或變化，或從現在到未來持續下去。
◆對不起，今天補習班六點開始上課。	ごめん。きょう、6時(じ)から塾(じゅく)。
◆從六點上到八點。	6時(じ)から8時(じ)までです。
◆好辛苦喔。	大変(たいへん)ですね。
◆我們等下去公園玩嘛。	後(あと)で公園(こうえん)へ遊(あそ)びに行(い)こうよ。
◆對不起，我不能去。	ごめん、僕(ぼく)行(い)けない。
◆為什麼？	なんで？
◆我今天要去社團練足球。	今日(きょう)は、サッカークラブあるから。
◆這樣哦。那我們明天再去吧。	そっか。じゃあ、明日(あした)行(い)こうな。
◆你怎麼了呀？一副無精打采的樣子。	どうしたの？元気(げんき)がないわね。
◆好無聊喔。我的朋友都不見了，好像全去補習了。	つまんないや。友達(ともたち)がいなくなっちゃった。塾(じゅく)に行(い)ったみたい。
◆那麼，你不如在自己的房間裡寫功課吧。	じゃ、自分(じぶん)の部屋(へや)で宿題(しゅくだい)でもすれば？ ＊「じゃ」是「では」的口語形，多用在跟比較親密的人，輕鬆交談時。

◆在上完課後玩棒球。
授業(じゅぎょう)のあとは野球(やきゅう)をして遊(あそ)んだ。

◆學生們走出來了。是不是已經放學了？
生徒(せいと)たちが出(で)てきた。学校(がっこう)が終(お)わったんじゃない。

◆盡情地玩耍，盡情地用功吧。
たくさん遊(あそ)んで、たくさん勉強(べんきょう)しよう。

◆我以前放學回家後，就會幫忙做家事。
学校(がっこう)から帰(かえ)って家(いえ)の仕事(しごと)を手伝(てつだ)いました。

10 請假、翹課、放假

◆吃完午飯後的第一堂課很想睡。
昼(ひる)ごはんを食(た)べたあとの授業(じゅぎょう)は眠(ねむ)い。

◆上課中忍不住打起了瞌睡。
授業中(じゅぎょうちゅう)につい居眠(いねむ)りしてしまった。

◆唉，今天好想蹺課喔。
あ～、今日(きょう)は何(なん)かずる休(やす)みしたいなあ。

◆他翹了第六堂課。
彼(かれ)は６限目(げんめ)の授業(じゅぎょう)をさぼった。

◆老師對不起，我肚子痛，可以去保健室嗎？
すみません、おなかが痛(いた)いので保健室(ほけんしつ)に行(い)ってもいいですか？

◆我昨天請了假，沒有上課。
▲昨日(きのう)の授業(じゅぎょう)を休(やす)んでしまいました。

A:「なぜ昨日(きのう)の練習(れんしゅう)を休(やす)んだの。」
（你昨天為什麼沒來練習？）

B:「疲(つか)れていたんです。」
（因為我覺得很疲倦。）

◆跟不上課程的進度。
授業(じゅぎょう)のペースについていけません。

◆得補回請假時的上課進度才行。
休(やす)んでいた分(ぶん)を取(と)り返(かえ)さないといけない。

◆我昨天請了假沒上課，所以向朋友借了筆記來抄寫。
昨日(きのう)の授業(じゅぎょう)を休(やす)んだので友達(ともだち)のノートを写(うつ)させてもらった。

◆如果不去上課的話，就不能畢業。
授業(じゅぎょう)に出(で)なければ卒業(そつぎょう)できない。

◆今天沒有課要上。
今日(きょう)は授業(じゅぎょう)がないです。

◆我聽說明天的課取消，是真的嗎？
あしたの講義(こうぎ)は休(やす)みってきいたけど、本当(ほんとう)？

◆嗄！我沒聽說，不過如果是真的，那就太棒了。
えっ！知(し)らないけどそうならいいね。

◆由於颱風即將登陸，因此校方讓學生先回家了。
台風(たいふう)が近(ちか)いので生徒(せいと)を家(いえ)に帰(かえ)しました。

3 考試

1 準備考試

CD2-91

◆請問從什麼時候開始考期中考呢？
中間(ちゅうかん)テストはいつからですか？

◆從下星期起開始舉行考試。
来週(らいしゅう)から試験(しけん)がはじまる。

◆因考試將近而忙著用功。
もうすぐ試験(しけん)で忙(いそが)しい。

◆距離考試只剩下三天了。
試験まであと3日しかない。

◆我影印了從圖書館裡借來的書。
図書館から借りてきた本を写した。

◆我今天一整天都待在圖書館裡。
今日一日を図書館で過ごしました。

◆如果老是埋頭苦讀，會把身體弄壞的。
勉強ばかりしていると体を壊します。

◆考試內容已經讀得滾瓜爛熟了。
テストの準備はばっちりです。

◆這次考試我一點信心也沒有。
今回は全然自信がありません。

◆請問考試範圍是從第幾頁到第幾頁呢？
テスト範囲は何ページから何ページまでですか？

◆下星期的考試範圍是從第十五頁到第三百零五頁。
来週は15ページから305ページまでをテストします。

◆既然只是模擬考，不用緊張也沒關係啦。
模擬試験なんだから、緊張しなくていいよ。

◆我這回臨時抱佛腳地熬了一夜。
今回は一夜漬けです。

◆昨天熬夜讀書到天亮。
昨日は徹夜で勉強しました。

◆如果考試能夠快點結束，不知該有多好呀。
早く試験が終わればいいなあ。

◆想進入這所學校就讀，必須先接受日語及英語的測驗才行。
この学校に入るためには日本語と英語のテストを受けなければならない。

◆今天的英文考試對我來說很容易，不過明天要考自然科，好討厭喔。

今日の英語のテストは易しかったが、あしたは理科だから嫌だな。

2 考試

◆這次考試採用了電腦閱卷方式。

今日の試験はマークシート形式だった。

◆鈴響前不准看考卷。

チャイムが鳴るまでテスト用紙を見てはいけません。

◆從頭開始演算。

頭から計算する。

◆請將試卷翻到背面交卷。

解答用紙は裏向けて提出しなさい。

◆今天的每一道試題都非常難。

▲今日の試験はどれも難しかった。

A:「試験はうまくいった？」

（考得好嗎？）

B:「だめだったよ。」

（一塌糊塗啦。）

◆從我沒有讀到的部分出了試題。

勉強してなかったところが問題に出た。

◆那道題目讓我想了三十分鐘，卻仍然無法解答。

その問題を30分考えたが答えを出せなかった。

◆你去參加的日文考試，題目不難嗎？

日本語の試験は難しくなかった？

◆題目很簡單呀。

▲やさしかったよ。

A:「試験はどうでしたか。」

（考試難不難呀？）

B:「あまり難しくなかったです。」

（內容還算簡單。）

◆在三十分鐘以内寫完了作文。	30分で作文を書き上げた。
◆他因為答錯了而緊張得滿臉通紅。	答えを間違えて顔が赤くなった。
◆孩子通過了國中入學考試。	子供が中学校のテストに受かった。
◆今年又再度沒考上大學了。	今年も大学のテストに落ちてしまいました。

3 考試卷上的題目

CD2-92

◆請問這個漢字怎麼讀呢？	この漢字はどう読みますか。
◆將下面日文翻譯成中文。	次の中国語を日本語に訳しなさい。
◆請選出一個正確答案。	正しいものを一つ選びなさい。
◆請挑出最適切的語詞填入括弧裡。	カッコに入る言葉として最も適当なものを選びなさい。
◆請問下列何者不是作者的解釋。	作者の説明として間違っているのは次のうちどれですか。
◆請選出一個與這段文字内容相符者。	この文章の内容に合致するものを一つ選べ。

◆請將下列詞語依照正確順序排列。	次の語句を正しい順番に並べなさい。
◆請解下述方程式。	次の方程式を解きなさい。
◆請問生理食鹽水的濃度是幾%呢？	食塩水の濃度は何 % ですか？
◆若時速為五十公里，請問需花幾個小時才會到達京都呢？	時速50キロで走った場合、京都まで何時間かかりますか？

4 成績

◆從今年開始，成績進步了。	今年に入って成績が上がってきた。
◆最近成績不好。	最近、成績が悪い。
◆期末考的成績如何？	期末テストの成績どうだった？
◆成績不如預期，根本沒有進步。	思うような成績をあげられなかった。
◆這種成績大概沒辦法考上想讀的學校吧。	この成績では志望校に合格できないでしょう。
◆這次的最高分是九十八分。	今回の最高点は98点でした。
◆考到八十分以上就可以得到A。	80点以上取るとAをもらえます。
◆沒考到六十分以上就會不及格。	60点以上取らないと落第してしまう。
◆我的排名從後面倒數比較快。	私の成績は後ろから数えた方が早い。
◆他的成績總是第一名。	彼はいつもトップの成績です。

◆他雖然很聰明，卻不太用功。　　彼は頭はいいが、あまり勉強しない。

4 老師

1 老師與師長

CD2-93

◆請問班導師是誰呢？　　担任の先生は誰ですか？

◆我的指導教授是山本老師。　　私の指導 教 授は山本先生です。

◆伊藤老師的解說顯淺易懂。　　伊藤先生の説明は分かりやすい。

◆鈴木老師要求嚴格。　　鈴木先生は厳しいです。

◆體育老師廣受學生歡迎。　　体育の先生は生徒に人気があります。

◆音樂老師是新老師。　　音楽の先生は新任です。

◆校長今年退休。　　校 長先生は今年退職されます。

◆我在高中時，曾經上過下川老師的課。　　▲ 高校で下川先生の授業を受けました。

A:「小学校のときは誰に習いましたか。」

（你的小學老師是誰呢？）

B:「中野先生です。」

（是中野老師。）

◆只要找關谷老師商量，他會陪你一起想出解決的辦法。	関谷先生(せきたにせんせい)に相談(そうだん)すれば、どうしたらいいか一緒(いっしょ)に考(かんが)えてくれる。
◆我在學校和老師見了面。	学校(がっこう)で先生(せんせい)に会(あ)いました。
◆校長搭著計程車從那邊過來了。	あちらから校長先生(こうちょうせんせい)がタクシーに乗(の)っていらっしゃいました。
◆校長告訴了我們一段意味深遠的話。	校長先生(こうちょうせんせい)が味(あじ)のある話(はなし)をしてくださった。
◆西川教授去年從國立大學退休。	西川教授(にしかわきょうじゅ)は去年退官(きょねんたいかん)されました。
◆老師，請問您還要幾天左右才能出院呢？	先生(せんせい)、あと何日(なんにち)ぐらいで退院(たいいん)できますか。
◆老師寄了信給我。	先生(せんせい)から手紙(てがみ)が来(き)た。

5 日語

1 學日語

CD2-94

◆我學過三年日文。	3年間(ねんかん)日本語(にほんご)を勉強(べんきょう)しました。
◆您是從什麼時候開始學日語的呢？	▲ いつから日本語(にほんご)を習(なら)っていますか？

A:「日本語(にほんご)を何年(なんねん)ぐらい習(なら)いましたか。」

（請問您大約學了幾年日語呢？）

B:「2年習(ねんなら)いました。」

（我學了兩年。）

◆您的日語說得真好呀。 日本語(にほんご)お上手(じょうず)ですね。

◆還在繼續努力學習中。 まだまだ勉強中(べんきょうちゅう)です。

◆真希望能夠說得更加流暢。 もっとうまく話(はな)せるようになりたいです。

◆我很不會辨識片假名。 カタカナが苦手(にがて)です。

◆促音真不容易發音。 促音(そくおん)の発音(はつおん)が難(むずか)しいです。

◆儘管我很清楚日文文法，卻沒有辦法說得很流利。 日本語(にほんご)の文法(ぶんぽう)に詳(くわ)しいが、じょうずに話(はな)せない。

◆我想學會日本歌。 日本語(にほんご)の歌(うた)を覚(おぼ)えたいです。

◆我過去總是聽著日語的錄音帶學習。 日本語(にほんご)のテープを聞(き)きながら勉強(べんきょう)しました。

◆我以日文寫了一篇關於我國食物的作文。 私(わたし)の国(くに)の食(た)べ物(もの)について日本語(にほんご)で作文(さくぶん)を書(か)きました。

◆請問這種表達方式是正確的嗎？ この言(い)い方(かた)は正(ただ)しいですか？

◆請問還有沒有其他的表達方式呢？ 他(ほか)の言(い)い回(まわ)しがありますか？

◆日文裡也有和這句同樣的四字成語。 この四字熟語(よじじゅくご)は日本(にほん)にもあります。

◆「～」這個符號在日文中，稱為什麼呢？ 「～」は日本語(にほんご)で何(なん)といいますか？

◆只要每天研讀日語，一年以後就會有很好的程度。 日本語(にほんご)の勉強(べんきょう)を毎日続(まいにちつづ)けていけば、1年(ねん)で上手(じょうず)になります。

◆如果要去日本留學的話，非得學會日文才行。
日本へ留学するなら日本語を覚えなくてはなりません。

◆我已經有很長一段時間都沒有使用日語，所以幾乎已經忘光了。
長い間、日本語を使わなかったのでほとんど忘れてしまいました。

◆由於我們一家人在國外生活了很長的時間，所以孩子們全都不記得日文了。
外国生活が長かったので、子供たちは日本語を忘れてしまった。

2 學日本漢字

◆早上五點到六點是我的讀書時間。
朝5時から6時までが私の勉強の時間です。

◆我想要學習漢字。
漢字を習いたいです。

◆每天背五個漢字生字。
毎日新しい漢字を五つ覚える。

◆我每天可以背十個漢字。
▲漢字を一日に10個ずつ覚える。

A:「漢字をいくつぐらい知っていますか。」

（請問您大約認識幾個漢字呢？）

B:「300ぐらいです。」

（三百個字左右。）

◆岡本小姐擅於教漢字。
岡本さんは漢字を教えるのがうまい。

◆才只有七歲而已，應該還不會讀漢字吧。
七つならまだ漢字は読めないでしょう。

◆我不斷反覆練習了書寫漢字。

何度も漢字を書いて練習した。

◆只要口說手寫，再難的漢字也背得起來。

手で書いて、口で言ってみると難しい漢字も覚えられます。

◆我們一起不停地寫漢字、讀漢字，努力背起來吧。

漢字は何回も書いたり読んだりして覚えましょう。

＊「たり」表示列舉同類的動作或作用。「有時…，有時…」。

◆漢字看起來雖然複雜，但是每一個字都有其不同的意義，所以學起來很有趣。

漢字は難しく見えるが、一つ一つ意味があるから面白い。

◆日本的漢字較中國使用的簡體字來得複雜，但比台灣使用的繁體字來得簡單。

日本の漢字は中国で使われている漢字より複雑ですが、台湾で使われている漢字よりは簡単です。

◆他寫的字雖然不算漂亮，卻很有味道。

彼の字はきれいではないが味がある。

6 習題

1 習題

CD2-95

◆最晚明天之前把報告交上來。

明日までにレポートを提出しなさい。

◆回家以後，一定要確實複習今天上過的部分。

家に帰ったら今日習ったところをしっかり復習しなさい。

◆在吃晚餐前把回家功課做完吧。
晚ご飯の前に宿題を仕上げておこう。

◆花了長達三個小時寫作業。
宿題に３時間もかかった。

◆已經寫出這個問題的答案了嗎？
この問題解けた？

◆他總是忘了寫習題哪。
彼はいつも宿題を忘れるね。

◆其中也有人會忘記做回家功課的。
中には宿題を忘れる人もいます。

◆老師懲處忘了做功課的學生罰站。
宿題を忘れた生徒を立たせた。

◆以紅筆訂正了錯字。
間違った字を赤いインクで直した。

◆我已經先預習過今天要上的課程了。
今日はちゃんと予習してきました。

2 查辭典

◆我有幾個字不會念。
▲ 読めない字がいくつがある。

A:「この字、どう読むの。教えてくれない。」

（這個字該怎麼讀呢？可以教我嗎？）

B:「私も分からないんです。」

（我也不知道。）

◆找找看這本書裡有沒有答案。
この本で調べてごらん。

◆如果有不懂的字，就去查字典！
▲ 分からない字があったら辞書で調べな。

A:「この字はなんと読みますか。」

（請問這個詞怎麼唸呢？）

B:「ひこうき、と読(よ)みます。」

（讀成「ㄈㄟ ㄐㄧ」。）

◆只要閱讀這本辭典，也可以順便學習漢字。

この辞典(じてん)を読(よ)めば漢字(かんじ)の勉強(べんきょう)もできます。

◆我拿出辭典，查到了「楽しい（愉快、有趣）」的詞彙。

辞書(じしょ)を引(ひ)いて「楽(たの)しい」という言葉(ことば)をさがした。

◆我在辭典裡查閱了不懂的知識。

知(し)らないことの意味(いみ)を辞書(じしょ)で調(しら)べました。

◆把辭典放在桌面上，以便隨時查閱。

机(つくえ)の上(うえ)に辞書(じしょ)をおいて、いつでも調(しら)べられるようにしています。

◆重新編纂了辭典。

辞典(じてん)を新(あたら)しく作(つく)り直(なお)した。

◆到底該編製什麼樣的辭典，才能讓學日文的人可以愉快地學習呢？

どんな辞書(じしょ)を作(つく)ったら日本語(にほんご)を習(なら)っている人(ひと)が楽(たの)しく勉強(べんきょう)できるだろうか。

◆雖然這部辭典沒有收錄艱澀的語彙，不過對一般詞語作了詳盡的解說。

この辞書(じしょ)には難(むずか)しい言葉(ことば)は載(の)っていませんが、やさしい言葉(ことば)をていねいに説明(せつめい)してあります。

◆只要我有辭典，就會閱讀西班牙文的書。

辞書(じしょ)があればスペイン語(ご)の本(ほん)を読(よ)めます。

◆我送弟弟一本英文辭典，以祝賀他考上高中。

弟(おとうと)の高校入学(こうこうにゅうがく)のお祝(いわ)いは英語(えいご)の辞書(じしょ)にしました。

7 補習班、家教

1 補習班

CD2-96

◆每週一、三、五要去上補習班。
月水金は塾があります。

◆請問你是上哪種學科的補習班呢？
何の塾に行っているんですか？

◆我已經報名參加暑期講座了。
夏期講習を申し込みました。

◆為了考大學而決定去上補習班。
大学受験のために塾へ行くことにした。

◆那家補習班是小班制。
あの塾は少人数制です。

◆由於這是一家升學補習班，會依照學習能力加以分班。
進学塾なので、学力別にクラスが分かれています。

◆我正在找會做個別指導的補習班。
個別指導してくれる塾を探しています。

◆我打算再去上一年重考補習班努力衝刺。
もう1年予備校に行って頑張ります。

◆這個部分我已經在補習班學過嘍。
これはもう塾で習ったよ。

2 家教老師

◆只有不擅長的科目，才請家教老師來上課。
苦手な科目だけ、家庭教師をお願いしています。

◆家教老師是大學生。
家庭教師の先生は大学生です。

◆家教老師是女生。
家庭教師の先生は女性です。

◆家教老師七點會來。
7時から家庭教師の先生が来ます。

◆請他教我在學校上課時聽不懂的部分。
授業で分からなかったところを、教えてもらいます。

◆家教老師可以配合自己的程度與進度授課，所以比較好。
自分のペースで教えてもらえるので、家庭教師の方がいいです。

◆請問家教老師的授課費用大約是多少錢呢？
家庭教師の授業料はどのぐらいかかりますか？

◆家教老師的授課費用很高。
家庭教師は授業料が高い。

◆如果是家教老師，就可以約彼此方便的時段上課。
家庭教師なら、時間の融通がききます。

◆我沒有辦法每天教你；若是偶爾的話，那麼我可以幫忙。
毎日は無理ですが、ときどきなら教えてあげられます。

◆我只說一次，你要仔細聽。
一度しか言わないから私の話をよく聞きなさい。

8 寒暑假等

1 開學與結業典禮

CD2-97

◆開學典禮之前會先舉辦新生訓練。	入学式(にゅうがくしき)の前(まえ)にオリエンテーションがあります。
◆越接近新學期的到來，心情就越雀躍不已。	新学期(しんがっき)が近(ちか)づくと、わくわくします。
◆今年要重新編班，心情很緊張。	今年(ことし)はクラス替(が)えがあるので、緊張(きんちょう)します。
◆請問開學典禮是幾月幾日呢？	始業式(しぎょうしき)は何月何日(なんがつなんにち)ですか？
◆明天就要開學。	明日(あした)から学校(がっこう)が始(はじ)まります。
◆也同時舉行老師們的歡送與歡迎典禮。	先生方(せんせいがた)の離任式(りにんしき)と赴任式(ふにんしき)も行(おこな)われた。
◆校長滔滔不絕地講個不停。	校長先生(こうちょうせんせい)の話(はなし)がなかなか終(お)わらない。
◆這學期有各式各樣的活動。	今学期(こんがっき)はいろいろなイベントがあります。
◆我和小桃被分到不同班了。	桃(もも)ちゃんと別(べつ)のクラスになってしまった。
◆已經交到新朋友了嗎？	新(あたら)しい友達(ともだち)できた？
◆後天舉行結業典禮。	明後日(あさって)は終業式(しゅうぎょうしき)です。

2 放長假

◆暑假為什麼不快點來呢？	早(はや)く夏休(なつやす)みにならないかなあ。

◆請問暑假是從什麼時候開始的呢？	いつから夏休みが始まりますか？
◆學校的暑假是從七月二十一號放到八月三十一號。	学校は7月21日から8月31日まで夏休みです。
◆休假那麼久，不要緊嗎？	そんなに長く休んでいいんですか。 ＊「んです」是「のです」的口語形。疑問句時，表示要對方做說明。
◆請問您是不是計畫要去哪裡呢？	どこか行くつもりですか？
◆一家人打算去國外旅遊。	家族で海外旅行に行く予定です。
◆我希望在暑假期間，能夠學會游五十公尺。	夏休みの間に50メートル泳げるようになりたい。
◆孩子們央求我，想在暑假去拿坡里。	夏休みにナポリへ行こうと子供たちに言われている。
◆我那所小學在暑假期間必須返校兩次。	私の小学校では夏休みに登校日が２回ありました。
◆再一星期暑假就結束了嗎？	あと１週間で夏休みが終わります？
◆暑假結束後，學校開始變得忙碌。	夏休みが終わると学校が忙しくなる。
◆我把暑假的回憶寫成了一篇作文。	夏休みの思い出を作文に書いた。
◆到了暑假，孩子們一整天都待在家裡，當媽媽的非常辛苦。	夏休みになると１日中子供たちが家にいて大変。
◆寒假會回去老家。	冬休みは実家に帰ります。

◆打算去北海道一星期左右。	1週間(しゅうかん)ぐらい北海道(ほっかいどう)へ行(い)くつもりです。
◆明天要去輕井澤的別墅。	明日(あした)から軽井沢(かるいざわ)の別荘(べっそう)に行(い)きます。
◆寒假要到超市去打工。	冬休(ふゆやす)みはスーパーでアルバイトをします。
◆寒假作業還剩下很多沒做完。	冬休(ふゆやす)みの宿題(しゅくだい)がたくさん残(のこ)っている。
◆習題已經全部做完了。	宿題(しゅくだい)はもう全部(ぜんぶ)終(お)わった。
◆我預計在春假去九州旅行。	春休(はるやす)みに九州(きゅうしゅう)へ旅行(りょこう)する予定(よてい)です。
◆為什麼學校還不快點開學呢？	早(はや)く学校(がっこう)が始(はじ)まらないかしら。
◆假期過得還愉快嗎？	休暇(きゅうか)はどうでしたか？

9 大學考試

1 大學入學考

CD2-98

◆大學的入學考試，難度很高。	大学(だいがく)の入学試験(にゅうがくしけん)はとても難(むずか)しいです。
◆請問你已經決定要考哪一所學校了嗎？	もう志望校(しぼうこう)は決(き)まりましたか？
◆再次進行學生、老師與家長之間的三方懇談。	三者面談(さんしゃめんだん)でもう一度(いちど)話(はな)し合(あ)います。

◆照這個學力偏差值（譯注：用以估計進入理想學校的機率），可能很難考上。

この偏差値では合格は難しい。

◆根據模擬考試的結果更改目標理想學校。

模擬試験の結果によって、志望校を変えます。

◆大學聯招考試要考兩天。

センター試験は二日間あります。

◆第一階段的個別學力測驗要去考東京大學。

前期日程では東京大学を受験します。

◆個別學力測驗只要考三科就好。

二次試験は３科目しか受けなくていいです。

◆國文的平均分數是幾分呢？

国語の平均点は何点だったの？

◆她好像已經通過推薦甄試入學了。

彼女は推薦入試で合格したらしい。

＊「らしい〜」（好像…）。接在句尾，表示說話人不是單純的想像，而是根據客觀事物或理由來推測判斷。

◆私立大學的報考費用通常是三萬日圓左右。

私立大学の受験料はだいたい３万円ぐらいです。

◆高橋同學考上了京都的大學。

高橋さんが京都の大学に受かりました。

◆我考上了志願學校。

入りたかった学校に受かった。

◆我們班有十個人上了大學。

私たちのクラスから10人が大学に行きました。

◆重考兩次以後，終於考上了醫學院。

二浪してやっと医学部に合格しました。

2 大學生活

◆來自日本全國各地的莘莘學子，全都聚集來到東京。	東京には日本中から学生が集まってくる。
◆在高中畢業後，進入專科學校就讀的學生越來越多了。	高校を出て専門学校に行く学生が多くなった。
◆今年入學的學生非常用功。	今年新しく入ってきた学生はよく勉強する。
◆我就讀的大學有三千名學生。	私の大学には学生が3000人います。
◆我的大學裡有來自各國的留學生就讀。	私の大学ではいろいろな国の留学生が勉強しています。
◆我在大學入學時，大概花了三十萬圓左右。	大学へ入るときは30万円ぐらいお金がかかった。
◆我根本不想來這所學校念書呀。	こんな学校来たくなかったのに。
◆既然她是讀過法律的人，想必頭腦非常聰明吧。	法律を勉強した人ならきっと頭がいいんでしょう。
◆伊藤同學是念文科還是理科呢？	伊藤さんは文系ですか、理系ですか？
◆請問是念什麼學院呢？	何学部ですか？
◆就讀工學院的女學生也增加了。	工学部にも女子学生が増えた。
◆我有在領政府補助的獎學金。	政府の奨学金をもらっています。

3 社團活動

CD2-99

◆我想要參加網球社。	テニスサークルに入りたい。
◆我念的大學有很多社團活動。	私の大学はサークル活動が盛んです。
◆文科的相關社團不多。	文科系のサークルは少ないです。
◆請問你參加什麼社團呢？	何のサークルに入っていますか？
◆我加入籃球社。	バスケットボールサークルに入っています。
◆足球社嚴格要求社員的長幼禮儀。	サッカーサークルは上下関係が厳しいです。
◆請問參加社團需要繳交會費嗎？	サークルは会費が要りますか？
◆今天的社團活動時間可以自由參加。	今日のサークルは自由参加です。
◆星期三有社團的聚餐。	水曜日にサークルの飲み会があります。
◆放學後要去參加社團的集會。	放課後、サークルの集まりがあります。
◆即使只有每天練習一點點，但是持之以恆是重要關鍵。	少しずつでも毎日練習することが大事です。
◆即使是原本不會游泳的人，只要經過練習，一定可以學會的。	泳げない人でも練習すれば必ず泳げるようになります。 ＊「ようになる～」（〔變得〕…了）。表示能力、狀態、行為的變化。

◆今天練習到三點就結束吧。　今日の練習は３時で終わろう。

◆今天的練習到此為止。　今日の練習はこれで終わりです。

◆做過多次練習的人，會在比賽中贏得勝利。　たくさん練習した人が試合に勝てる。

◆落敗的原因在於練習不足。　負けたのは練習がたりなかったからだ。

◆上田同學是幽靈社員喔。　上田君は幽霊部員ですよ。

4 大學畢業前夕

◆小女是大學三年級。　娘は大学３年生です。

◆距離畢業已經沒剩下多少時間了。　卒業まで日がいくらもない。

◆請問必須修畢幾學分才能畢業呢？　卒業するには何単位必要ですか？

◆畢業論文的題目是「日本流行語之相關研究」。　▲卒業論文のテーマは「日本の流行語について」です。

A:「この研究を今年中に終われますか。」

（請問這項研究能夠在今年以內完成嗎？）

B:「ええ、大丈夫だと思います。」

（是的，我想應該沒有問題。）

◆在這個時刻，正在對總計八百個漢字展開相關說明。　この時点では全部800の漢字について説明しています。

◆我今年三月從大學畢業了。　今年の３月大学を出ました。

◆她雖是在十九歲時進入大學，不過畢業時已經是二十五歲了。

19歳のときに大学に入りましたが、出たのは25歳でした。

◆我打算報考研究所。

大学院を受験するつもりです。

5 畢業後的志向與出路

◆我即將前往法國學畫。

絵の勉強にフランスへ行きます。

◆我希望能學習醫學，為病人竭盡所能。

医学を勉強して病気の人のために働きたい。

◆我將來想當學校老師。

▲ 将来、学校の先生になりたい。

A:「小学生を教えたことがありますか。」

（請問您有沒有教過小學生呢？）

B:「いいえ、まだなんです。一度教えてみたいと思います。」

（沒有，我還沒教過，不過很想嘗試看看。）

◆我還可以教中學生，但是高中生就超出我的能力範圍了。

中学生には教えられるが、高校生には無理です。

◆我從教育大學畢業後，就當上了高中老師。

教育大学を出て高校の先生になりました。

◆三年級的班導師把學生繼續帶上四年級。

4年生は3年生の担任の先生が持ち上がります。

◆我在當家教打工。

家庭教師のアルバイトをしています。

6 大學生打工

CD2-100

◆我正在找打工的工作。
アルバイト捜してるんだけど。

＊「だって」（…都）。前面接疑問詞，表示全面的肯定，「無論多麼…全部都…」的意思。

◆不管是什麼樣的工作都可以。
仕事は何だっていいの。

◆什麼時候要我去報到上工都可以。
時間はいつだっていいんだ。

◆希望在離家不遠的地方比較好。
家からあんまり遠くないほうがいい。

◆你已經找到暑期打工了嗎？
夏のアルバイトは見つかった？

◆找到了。託您的福，我已經找到了在便利商店打工的工作。
はい、おかげさまで、コンビニのアルバイトをすることにしたんです。

◆只要兼差的薪資夠高，就算路途遠一點也無所謂。
アルバイト代が高ければ遠くてもいいです。

◆她呀，正在打算差不多該辭掉兼差工作了。
彼女ね、アルバイトそろそろやめようと思って。

7 求職活動

◆你已經找到工作了嗎？
就職決まりましたか。

◆還沒。現在正在猶豫中。
まだ。今迷っているところなんです。

◆請多多指導我該怎麼做才好。
いろいろ教えてください。

◆我希望能早點從大學畢業，投入職場工作。
早く大学を出て仕事をしたい。

◆找工作非常不容易。
仕事を探すのがたいへんでした。

◆我從大學畢業後，玩了一整年。
大学を出てから1年遊んだ。

◆這家公司的薪水似乎挺不錯的耶。
この会社は給料がよさそうですね。

◆不過人際關係好像有點麻煩。
でも人間関係が面倒臭いらしいです。

◆雖然工作吃重，不過很有趣唷。
仕事がたいへんですけど面白いですね。

◆這家公司的規模並不大。
こっちの会社は小さいですけど。

◆這種規模大小，不是挺適中的嗎？
大きさは良いじゃありませんか。

◆不會有任何一份工作，能夠符合你的所有要求。
全ての条件が整っているところなんてありませんよ。

◆如果覺得工作內容索然無味的話，我勸你還是不要去比較好喔。
仕事が面白くなければ、やめた方がいいですよ。

＊「ほうがいい」（最好…）。用在向對方提出建議，或忠告的時候。

◆無論是什麼樣的工作我都願意做，請讓我在這裡工作吧。
どんな仕事でもやりますから働かせてください。

◆我雖然曾在那家公司待過兩年，卻幾乎沒有學到什麼東西。
この会社で2年働いたがあまり勉強にならなかった。

8 回想求學歷程

◆我不記得幼稚園時期的事了。

幼稚園の頃のことは覚えていません。

◆他從讀小學的時候開始，就很會寫作文了。

小学校のときから作文がうまかった。

◆早知道在學生時代就該好好學英文。

学生のときに英語をもっと勉強しておけばよかった。

◆早知如此，我會在學生時代好好用功讀書，就不會淪落到這個地步了。

学生のときにもっと勉強しておけばよかった。

◆年輕時遭受到的挫折，是最佳的學習經驗。

若いときの失敗はいい勉強だ。

◆到公司上班後，就不能像學生時代那樣有很長的假期。

会社に勤めると学生のように長い休みは取れない。

◆等我向公司辭職後，想要再次去上大學。

会社を辞めたらまた大学へ行きたい。

◆在義大利待過六個月的生活，成為我最佳的學習經驗。

６ケ月イタリアへ行ったことはいい勉強になりました。

Chapter 19

武士日語

武士日語

1 公主的感情

CD2-101

◆妾身乃是諏訪賴重之女，小名○姬。

諏訪頼重(すわよりしげ)の娘(むすめ)、○姫(ひめ)にござりまする。

＝諏訪頼重(すわよりしげ)の娘(むすめ)、○姫(ひめ)でございます。

◆我明天必須從這裡出發才行。

わたしは明日(あす)、ここを発(た)たねばならぬ。

＝わたしは明日(あす)、ここを出発(しゅっぱつ)しなければならない。

◆真希望能再次重逢哪。

また会(あ)いたいものじゃのう～。

＝また会(あ)いたいものだなあ。

◆不曉得君上下回要到什麼時候才會再度來到我的房裡呢？

次(つぎ)のお渡(わた)りはいつのことやら？

＝次(つぎ)お渡(わた)しになるのはいつになるのだろう？

◆社長說他不喜歡一橋那個人。

上様(うえさま)は一橋(ひとつばし)は好(す)かぬと申(もう)しておった。

＝社長(しゃちょう)は一橋(ひとつばし)は好(す)きじゃないとおっしゃっていた。

◆如果我不是這樣的性格，就不可能見得到您了。

わたくしがわたくしでなければ貴方様(あなたさま)にお会(あ)いできません。

＝わたしがわたしでなければ、あなたにお会(あ)いできない。

◆對我而言，您／他是全日本最了不起的男子呀。

わたくしにとって日本一(にっぽんいち)の男(おとこ)にございます。

＝わたくしにとって日本一(にっぽんいち)の男(おとこ)だ。

◆倘若容我說出真心本意，委實感到無限遺憾。

真(まこと)の気持(きも)ちを申(もう)せば、わたくしは無念(むねん)でならぬ。

＝本当(ほんとう)の気持(きも)ちを言(い)えば、わたしは残念(ざんねん)でならない。

2 公主的褒貶與祝賀

◆正如你所說的沒錯。

仰(おお)せの通(とお)りで。

＝言(い)う通(とお)りだ。

◆這個主意很有趣，你竟然能想得到呀。

それは面白(おもしろ)い、良(よ)く考(かんが)えついたのう。

＝それは面白(おもしろ)い、良(よ)く思(おも)いついたな。

◆看來，你滿清楚事情的經緯嘛。

よくご存(ぞん)じではござりませぬか。

＝よく知(し)っているではないか。

◆無論是下棋跟劍術都好差喔。

囲碁(いご)も剣(つるぎ)も弱(よわ)いのう。

＝囲碁(いご)も剣(つるぎ)も弱(よわ)いなあ。

◆瀧山，珍重再見。

滝山(たきやま)、息災(そくさい)でな。

＝滝山(たきやま)、元気(げんき)でね。

◆萬分喜悅您能平安歸來。

お元気(げんき)で戻(もど)られ、祝着(しゅうちゃく)にござります。

＝お元気(げんき)で戻(もど)られて、嬉(うれ)しく存(ぞん)じます。

◆恭賀您凱旋榮歸！

勝利(しょうり)のご凱旋(がいせん)、おめでとうございます。

＝戦(たたか)いに勝(か)て、おめでとうございます。

3 公主的疑心

CD2-102

◆你說的是真的嗎？

それはまことか。

＝それは本当(ほんとう)か？

◆現在人在哪裡？

いずこにいるのじゃ？

＝どこにいるのだ？

◆你之前到底上哪兒去啦？

そなた一体(いったい)どこにいたのじゃ？

＝おまえ一体(いったい)どこにいたのだ？

◆為什麼？給我講清楚！

何故(なぜ)じゃ？教(おし)えよ！

＝なぜだ？教(おし)えろ！

◆你不覺得如此嗎？

そう思(おも)わぬか？

＝そう思(おも)わないか？

◆你問這個做什麼？

それを聞(き)いてどうする？

＝それを聞(き)いてどうするのだ？

◆不曉得他是否在哪裡有了情婦，連家都不回了。

いずこかに側室(そくしつ)でもござるのか、宿(やど)に寄(よ)りつかぬ。

＝どこかに愛人(あいじん)でもいるのか、家(いえ)に寄(よ)って来(こ)ない。

4 公主的憤怒與拒絕

◆瞧你說的是什麼話！

何(なに)を仰(おっしゃ)います！

＝何(なに)を言(い)っているのだ！

◆您怎麼會突然這麼說呢。	急に何を仰せられます。 ＝急に何をおっしゃいます。
◆真是太卑鄙了！	何て卑怯な！ ＝何て卑怯な人なんでしょう。
◆你說你不知道嗎？實在不像你的個性。	わからぬと？そなたらしゅうもない。 ＝分からないだと。おまえらしくない。
◆騙人！你只是被迫同流合污罷了。	嘘じゃ、流れに任せておるだけじゃ。 ＝嘘だ、流れに身を任せているだけだ。
◆如果你有話想講，盡管說出來聽聽！	言い分があるなら申してみよ！ ＝言いたいことがあるなら、言ってみろ！
◆為什麼你之前沒告訴我呢？	何故話して下さらなかったのですか？ ＝どうして話してくれなかったのか？
◆是你毒死他的嗎？！	そなたが毒殺したのか！ ＝おまえが毒殺したのか！
◆我不接受你的指示。	そなたの指図は受けぬ。 ＝おまえの指示は受けない。
◆沒有任何人在。	誰もおりませぬ。 ＝誰もいない。
◆不好／不要。	よくありませぬ。 ＝よくない。

◆我不知道。

知(し)りませぬ。

＝知(し)らない。

◆我不曉得。

わかりませぬ。

＝分(わ)かりません。

◆那樣不行。

それはいけませぬ。

＝それはいけない。

◆現在還不是能夠說出詳情的時機。

今(いま)は詳(くわ)しいことは言(い)えぬのじゃ。

＝今(いま)は詳(くわ)しいことは言(い)えないのだ。

◆這樣就行了啦。

よいのじゃ、これで。

＝いいのだ、これで。

◆我的心只由自己主宰，絕不受任何人、任何事物的束縛！

わたしの心(こころ)はわたしのもの、他(ほか)の誰(だれ)にも何(なに)ものにも縛(しば)られはせぬ！

＝わたしの心(こころ)はわたしのもの、他(ほか)の誰(だれ)にも、何(なん)にも縛(しば)られはしない！

5 武士的日常招呼

CD2-103

◆幸會，方才承蒙介紹。

お初(はつ)にお目(め)にかかる、紹介(しょうかい)ありし者(もの)でござる。

＝はじめまして、紹介(しょうかい)された者(もの)です。

◆這回將在宅配公司打工。

こたび、飛脚問屋(ひきゃくどんや)の所(ところ)で奉公(ほうこう)いたすことに成(な)り申(もう)した。

＝このたび、宅配業者(たくはいぎょうしゃ)のところでバイトすることになった。

◆那麼，往後也請多多指教。
されば、以降(いこう)お見知(みし)り置(お)きくだされ。
＝それでは、これからもよろしくお願(ねが)いいたします。

◆許久未向您請安問候。
ご無沙汰(ぶさた)をいたしておりました。
＝ご無沙汰(ぶさた)でした。

◆那麼，我先回去了，告辭。
では拙者(せっしゃ)はまかり帰(かえ)る、これにてご免(めん)。
＝じゃ、おれは帰(かえ)るから、これで。

◆時間已經不早，差不多該回去了。
刻限(こくげん)も遅(おそ)くなったゆえ、そろそろおいとまいたす。
＝遅(おそ)くなったので、もうそろそろ帰(かえ)る。

◆那麼，我們該走了吧。
されば、もう参(まい)ろう。
＝それじゃ、もう行(い)こう。

◆我們走吧，人家已經來接了。
迎(むか)えが参(まい)ったゆえ、いざ参(まい)らん。
＝迎(むか)えが来(き)たので、さあ行(い)こう。

◆我很累了，要搭計程車回去。
所労(しょろう)あるによって駕籠(かご)でまかり帰(かえ)る。
＝疲(つか)れたから、タクシーで帰(かえ)る。

6 武士的禮儀、社交

◆容我拜見一下。
拝見仕(はいけんつかまつ)りまする。
＝拝見(はいけん)させていただきます。

◆向您報告一聲，我剛剛回來了。
只今戻(ただいまもど)りましてござります。
＝ただ今戻(いまもど)って参(まい)りました。

◆因為有事欲向社長呈報，特地趕回了此處。

殿にお知らせしたく、戻りましてござります。

＝社長にお知らせしたかったので、戻って参りました。

◆別說那麼多，過來這邊就是。

苦しゅうない、近う寄れ。

＝いいから、こっちに来い。

◆那麼，容我現在稟報。

それでは申しあげまするる。

＝それでは、申し上げます。

◆有緊急事項必須報告，煩請夫人迴避一下。

緊急のことにござりますれば、お方様にはご遠慮願わしゅう。

＝緊急のことにございますので、奥様にはご遠慮願います。

◆發生了料想不到的事件。

思いがけないことが出来いたしましてござります。

＝思いがけないことがございました。

◆是的，武田軍大獲全勝。

はっ、武田軍の大勝利にござります。

＝はい、武田軍の大勝利でございます。

◆遵、遵命，真是愧不敢當。

は、はあ、まことにかたじけのうござりまする。

＝は、はあ、本当に恐れ多いことでございます。

7 武士的祝賀與高興

CD2-104

◆欣逢令公子成人加冠與宣布繼承家業典禮，滿懷喜悅致賀。

元服と、お世嗣の披露、まことに祝着にござります。

＝成人式と、お世嗣の披露、本当に嬉しく存じます。

◆江戸時代（的精神）將會永傳千秋萬載。

徳川様(とくがわさま)の御代(みよ)は永(なが)く続(つづ)き候(そうろう)。

＝江戸時代(えどじだい)はいつまでも続(つづ)くように。

◆恭喜您順利就職。

仕官(しかん)、祝着(しゅうちゃく)至極(しごく)にござ候(そうろう)。

＝就職(しゅうしょく)、おめでとうございます。

◆那真是可喜可賀。

其(そ)れは恐悦(きょうえつ)至極(しごく)に存(ぞん)じ奉(たてまつ)り候(そうろう)。

＝それは大変(たいへん)おめでとうございます。

◆祝您幸運。

御武運(ごぶうん)を祈(いの)り候(そうろう)。

＝幸運(こううん)を祈(いの)っている。

◆萬分賀喜戰爭勝利。

戦勝(せんしょう)おめでとうござります。

＝勝利(しょうり)おめでとうございます。

◆一同祈求我們的孩子能平安誕生吧。

和子(わこ)さまのご誕生(たんじょう)をお祈(いの)りいたしましょう。

＝我(わ)が子(こ)の誕生(たんじょう)をお祈(いの)りいたしましょう。

◆去區公所辦理結婚登記。

代官所(だいかんしょ)に縁組願(えんぐみねが)いを出(だ)しに参(まい)る。

＝役所(やくしょ)に婚姻届(こんいんとどけ)を出(だ)しに行(い)く。

◆這是哪一家的新娘大花轎呢？

いずこの嫁入(よめい)り輿(こし)じゃ？

＝どこの嫁入(よめい)り車(くるま)なのだ？

◆這可是件大好的喜事呀！

いいことではありませぬか。

＝いいことではございませんか。

◆終於決定了上班的公司。

ようやく仕官先(しかんさき)が決(き)まったでござる。

＝やっと勤(つと)める会社(かいしゃ)が決(き)まった。

◆我是傑尼斯經紀公司旗下藝人的歌迷喔。	わらわは若衆歌舞伎役者集団(わかしゅかぶきやくしゃしゅうだん)がひいきなるぞ。 ＝わたしはジャニーズのファンなのよ。
◆對於獨自在外地工作的上班族來說，便利商店提供他們諸多方便。	万屋(よろずや)は勤番侍(きんばんざむらい)には便利(べんり)じゃ。 ＝コンビニは単身赴任者(たんしんふにんしゃ)にとっては便利(べんり)だ。

8 武士的鼓舞與讚美

◆一路辛苦了。	道中(どうちゅう)、ご苦労(くろう)でござった。 ＝旅路(たびじ)、ご苦労(くろう)だった。
◆噢，這番話說得真好。	おう、よう言(い)うてくれた。 ＝おう、よく言(い)ってくれた。
◆你果然是個策略高手呀。	やっぱりそちは策士(さくし)じゃのう。 ＝やっぱりおまえは策士(さくし)だな。
◆你是我唯一可信賴的人！	そちしか頼(たよ)りになるものはおらん！ ＝おまえしか頼(たよ)りになる者(もの)はいない！
◆後續的事全交給你了，好好處理。	あとは任(まか)せた、良(よ)きに計(はか)らえ。 ＝あとは任(まか)せた。良(よ)いようにして。

9 武士的感情－風流篇

CD2-105

◆那個女人還真可憐哪。	あの女人(にょにん)も不憫(ふびん)じゃ。 ＝あの女(おんな)も、かわいそうだ。

◆那個傢伙是個接吻高手。

あの輩、口吸いが巧みでござる。

＝あいつは、キスが上手い。

◆真是個可愛得讓人忍不住想咬他一口的小傢伙呀。

食ろうてしまいたいほどに、うい奴じゃ。

＝食べてしまいたいぐらいに、可愛い奴だ。

◆其實，我的女朋友是位藝伎。

拙者の思い人は、実は芸者にて候。

＝おれの彼女は、実は芸者さんだ。

◆你愛著那位女子吧？

その方、あの女性に懸想しておるな。

＝お前、あの女性に恋しているな。

◆我想，我已經對您產生了情愫。

わたくしは貴方をお慕いしておりました。

＝わたくしはあなたを恋しく思っておりました。

◆你應該沒有做出會惹那位夫人傷心的事吧。

あのお方様を泣かすようなことはいたしますまい。

＝あの奥様を泣かすようなことはなさらないでしょう。

◆我不曉得他們兩人的交情那麼深。

あのお二方が懇ろでござったなぞ存じなんだ。

＝あの二人が深い仲だったなんて知らなかった。

◆阿通真是的，又在亂搞婚外情了。

お通殿儀、また不義密通に走っておる。

＝お通ったら、また不倫に走っている。

◆那個女人現在都已經嫁為人妻了。

かのおなごはもはやご新造(しんぞう)じゃ。

＝あの女(おんな)はもはや人妻(ひとづま)だ。

◆怎麼可能，那是您誤會了。

滅相(めっそう)もない、其(そ)れは誤解(ごかい)でござる。

＝とんでもない、それは誤解(ごかい)です。

◆真希望能交到經理的千金做女朋友呀。

番頭(ばんとう)の御息女(ごそくじょ)と懇(ねんご)ろになりたいでござるなぁ。

＝部長(ぶちょう)の娘(むすめ)と仲良(なかよ)くなりたいなぁ。

10 武士的感情－專情篇

◆阿篤絕對不會做出不明智的舉動！

お篤(あつ)は決(けっ)して悪(わる)いようにはせん！

＝お篤(あつ)は絶対(ぜったい)に不利益(ふりえき)になるようにはしない！

◆我的心只屬於妳一個人的。

わしの心(こころ)はそなたのみぞ。

＝おれの心(こころ)はお前(まえ)だけだ。

◆妳一定要永遠陪伴在我的身旁！

そなたはずっと側(そば)にいてくれるな！

＝おまえはずっと側(そば)にいてくれ！

◆能夠擁有像你這樣的人陪伴著我，真是三生有幸呀。

そちのようなものがいて、わしゃ～幸(しあわ)せだ。

＝おまえのような者(もの)がいて、おれは幸(しあわ)せだ。

◆妳沒有辦法接納我的愛嗎？

わしの愛(あい)にこたえぬか？

＝おれの愛(あい)にこたえないのか？

◆妳不可以變得不愛我唷！

わしを嫌(きら)うな。

＝おれのことを嫌(きら)いになるな。

◆我比任何人都還要為妳著想。

わしはそなたを誰よりも想うているのじゃ。

＝おれは誰よりもおまえのことを想っている。

◆為我生孩子吧。

子を生め、わしの子をな。

＝子供を産め、おれの子をな。

◆妳為我生出了個好孩子哪。

よい子を産んでくれた。

＝良い子を産んでくれた。

11 武士的消遣

CD2-106

◆老實說，我在桌子的抽屜裡藏了很多本色情書刊。

実は机の中に春本が余多たまりおり候。

＝実は机の中にエロ本がいっぱい溜まってるんだ。

◆我們約在那家咖啡廳碰面吧。

かの水茶屋で待ち合わせいたそう。

＝あの喫茶店で待ち合わせしよう。

◆那條路上常會有色情小酒館的員工強行拉客。

あの通りは茶屋の引きが仰山ござる。

＝あの通りはキャバレーのキャッチが多い。

◆今天放學以後，我們一起去社團吧。

本日、寺小屋が終わりなば倶楽部へ参ろう。

＝今日、学校が終わったら、クラブへ行こう。

◆門票就訂在三百塊以下吧。

木戸銭は参文以下にいたそう。

＝入場料は三百文以下にしよう。

◆那場派對十分熱鬧。

にぎやかな宴(えん)でござった。

＝にぎやかなパーティーだった。

◆如果我有一百萬圓的話，就能奢侈揮霍一番了呀。

百万両(ひゃくまんりょう)あれば、大尽遊(だいじんあそ)びができるのに。

＝100万円(まんえん)あれば、贅沢(ぜいたく)できるのに。

◆沿途照著旅遊指南只管拚命購物。

独(ひと)り案内(あんない)を手(て)に買(か)い物三昧(ものざんまい)。

＝ガイドブックを手(て)にショッピングばかり。

◆《她的一生》是法國著名作家的作品唷。

「女人(にょにん)の一生(いっしょう)」は仏国有名作家(ふつこくゆうめいさっか)の作(さく)でござる。

＝「女人(にょにん)の一生(いっしょう)」はフランスの有名作家(ゆうめいさっか)の作品(さくひん)だよ。

12 武士的命令

◆社長駕到。

上様(うえさま)、おなり。

＝社長(しゃちょう)さま、おいでになった。

◆平身。

面(おもて)をあげよ。

＝顔(かお)をあげろ。

◆平身。

頭(あたま)をあげよ。

＝頭(あたま)をあげろ。

◆給我安靜一點！

静(しず)まれ！

＝静(しず)かにしろ！

◆上前過來，在那裡講話聽不見。

近(ちこ)う。そこでは聞(き)こえぬ。

＝近(ちか)づきなさい。そこでは聞(き)こえない。

◆給我待命！ 控えよ！
=待機しろ！

◆稍待一下。 一寸待たれよ。
=少し待て。

◆前進！進攻！ 進め！行けえ！
=進め！行け！

◆衝啊！ かかれーっ！
=かかれっ！

◆無禮的傢伙！給我站住！ 無礼者！止まれっ！
=この野郎！待てっ！

◆退下！退下！ 退けえ、退けえ。
=帰れ！帰れ！

◆請退下。 お引き下され。
=退いて下さいませ。

◆快點滾蛋！ とっとと消えろっ！
=とっとと消えろ！

13 武士的請求

CD2-107

◆以上所求，請多諒察。 お願い申し上げます。
=お願い申し上げます。

◆請多關照。	宜しくお頼み申す。 ＝よろしく。
◆社長～！我罪該萬死！主公啊～！	殿～！申し訳ありません！殿～！ ＝社長～！申し訳ございません！社長～！
◆買給鑲鑽的髮飾送給我嘛。	ギヤマンの髪飾りを買ふてくだされ。 ＝ダイヤモンドの髪飾りを買ってよ。
◆這孩子未來望您多加關照。	彼の行く末を、しかと見届けくだされ。 ＝彼の将来を、しっかりと見届けて下さい。
◆請竭盡全力，努力堅持到最後一刻。	最後の最後まで努めて御尽力して賜れ。 ＝最後の最後まで努力して、力を尽くして下さい。
◆我會幫你守住秘密的，告訴我吧。	内密にするゆえ、それがしに打ち明けて。 ＝秘密は守るから、私に打ち明けて。
◆那件事已經交給你處理了呀。	あとはまかせた、良きに計らえ。 ＝それは君に任せたよ。
◆請在紅綠燈那裡等我一下。	交通指示器の所にては、しばし待たれよ。 ＝信号のところで、ちょっと待って下さい。
◆公主，恭請您下轎。	姫さま、お降り下されませ。 ＝姫さま、お降りくださいませ。

◆首先，請先更衣。 まずお召(め)し物(もの)をお着替(きが)えあそばして。

=まずはお着物(きもの)をお着替(きが)えなさって。

◆跟我來。 それがしと共(とも)に参(まい)られよ。

=おれと一緒(いっしょ)に来(こ)い。

14 武士的發問

◆是誰？ 何者(なにもの)じゃっ！

=誰(だれ)だ！

◆你現在幾歲了？ そなた今(いま)、幾(いく)つじゃ？

=おまえ、今(いま)いくつだ？

◆什麼事啦？ 何事(なにごと)じゃ？

=何事(なにごと)だ？

◆為什麼呢？ なぜじゃ。

=なぜだ？

◆為何呢？ どうしてじゃ？

=どうしてだ？

◆為什麼沒有出來迎接呢？ どうして出迎(でむか)えぬ？

=どうして出迎(でむか)えないのか？

◆為啥頂著一張臭臉啊？ その不機嫌(ふきげん)な面(つら)は何(なに)じゃ？

=その不機嫌(ふきげん)な顔(かお)は何(なん)だ？

◆發生什麼事了嗎？

何(なに)があったのじゃ？

＝何(なに)があったのだ？

◆是真的嗎？

まことか、それは。

＝本当(ほんとう)か、それは。

◆你剛剛所說的，是真的嗎？

先(さき)ほどそちが申(もう)したこと、まことか？

＝さっきおまえが言(い)ったことは、本当(ほんとう)か？

◆那麼，該怎麼辦才好呢？

ではどうしたらよいのじゃ？

＝では、どうしたらいいのだ？

◆這樣不是挺好的嗎？

よいではないか。

＝いいではないか。

15 武士的質疑

CD2-108

◆這可不是一場戰爭嗎。

戦(いくさ)でござりますまいか。

＝戦(いくさ)ではないでしょうか。

◆原來是戰爭哪 就算發動了戰爭，也不算什麼新鮮事呀。

戦(いくさ)じゃと…戦(いくさ)など珍(めずら)しいことではあるまい。

＝戦(いくさ)か…戦(いくさ)なんか珍(めずら)しいことじゃないだろう。

◆真是那樣的嗎？

そうでござりましょうか。

＝そうでございましょうか。

◆即便如此，也無法高枕安寢呀。

だからといって安心(あんしん)はなりますまい。

＝だからといって、ご安心(あんしん)なさることはできないでしょう。

◆沒有辦法推敲出社長的真正想法。

殿様のご真意が計りかねます。
＝社長のご真意が見当つきません。

◆請問您是否將有遠行呢？

いずこへ行かれまするか？
＝どちらへ行かれるのですか？

◆相公，您方才是打哪兒回來的呢？

おぬし、今いずこから出てきた。
＝あなた様、今どこから出ていらっしゃったのですか？

◆為什麼事情會落得這般地步呢。

何ゆえ、かのようなことに成り申したのであろう。
＝なぜ、こんなことになったのだろう。

◆有個行跡可疑的傢伙在那一帶逗留。

曲者はあの辺りにござる。
＝怪しい奴はあの辺にいる。

◆昨天，有個行跡詭異的傢伙在這附近兜晃著。

昨日、曲者がこの辺をうろうろしてござった。
＝昨日、怪しい奴がここら辺をうろうろしていた。

16 武士的詢問

◆你最後決定在哪一家公司上班呢？

いずこに仕官したでござるか？
＝どこに就職したの？

◆那份兼差工作的薪水大概是多少錢呢？

その年季奉公、扶持はいかほど？
＝そのアルバイト、給料はどれぐらい？

◆這本書大約多少錢？

この書物はいかほどなりや？

＝この本、いくらぐらい？

◆上回那件事，後來怎麼樣了呢？

先刻の件、いかが成り申した？

＝このあいだの件、どうなった？

◆不好意思，請問您是鈴木先生嗎？

卒爾ながら、鈴木殿でござるか？

＝すみませんが、鈴木さんですか。

◆請問女生廁所在哪裡呢？

女人用の厠はいずこでござるか？

＝女性用のトイレはどこですか？

◆請問發生什麼事了嗎？

何がござりましたか？

＝何かございましたか？

◆請問怎麼了嗎？

いかがなされました？

＝いかがなさいましたか？

◆社長，是否要打一場一絕勝負之戰呢？

殿、一戦なされまするか。

＝社長、一戦なさるのですか。

◆不可以說謊，從實回答！

二心とはけしからぬ、正直にお答えいたせ。

＝嘘はいけません、正直に答えろ。

17 武士的驚訝

CD2-109

◆聽說警察終於要追捕他了。

どうやらお奉公も、ついに彼をお縄にするようじゃ。

＝どうやら警察も、ついに彼を捉えるらしい。

◆喔，真的嗎？

え、まっことでござるか？

＝え、本当(ほんとう)？

◆竟然會發生那種事，實在太神奇了呀。

左様(さよう)なことが起(お)こるとは、はてさて面妖(めんよう)な。

＝そんなことが起(お)きるなんて、なんとも不思議(ふしぎ)だな。

◆聽他的用字遣詞，實在無法想像竟是外國人。

彼(かれ)の物言(ものい)いを聞(き)いておると、とうてい唐人(とうじん)のものとは思(おも)えぬ。

＝彼(かれ)の言葉遣(ことばづか)いを聞(き)いていると、とても外国人(がいこくじん)とは思(おも)えない。

◆他說要結婚，是真的嗎？

祝言(しゅうげん)とはまことでござるか？

＝結婚(けっこん)するって本当(ほんとう)ですか？

◆你這番話未免太不合情理哪。

これは異(い)なことを申(もう)される。

＝これは妙(みょう)なことを言(い)うね。

◆你差點嚇死我了，討厭！

さてさて驚(おどろ)き入(い)り奉(たてまつ)り候(そうろう)。

＝びっくりしたなぁ、もう！

◆或許是景氣繁榮的緣故，最近建築業紛紛大興土木。

景気(けいき)が良(よ)いのか近頃(ちかごろ)、作事(さくじ)ばやりじゃ。

＝景気(けいき)が良(よ)いのか、最近(さいきん)は建築業(けんちくぎょう)がブームだ。

18 武士的疑慮

◆我不相信任何人。

わしは誰(だれ)も信(しん)じておらぬ。

＝わたしは誰(だれ)も信(しん)じていない。

◆事到如今，沒有人是值得信賴的。

今となっては信じるに足る人間はおらん。

＝今になっては、信じることができる人間はいない。

◆不可輕忽那個人心裡的盤算。

あの方が何を考えているや油断なりませぬ。

＝あの人が何を考えているのか油断できません。

◆那可不是威脅嗎？正是武田一貫的作風。

それが脅しであろう。いかにも武田のやりそうなことじゃ。

＝それが脅しだろう。まさに武田のやりそうなことだ。

◆不能把那個人趕回京都去嗎？

あの者を京に追い返すことはできぬか？

＝あの人を京に追い返すことはできないのか？

◆經理，您必須重改企劃案。

御大将、陣を立て直さねばなりませぬ。

＝社長、企画を立て直さなければなりません。

19 武士的回答

◆我知道了。

承知仕る。

＝承知いたしました。

◆我明白了。

承知仕りましてござります。

＝承知いたしました。

◆是的，沒有錯。

はっ。間違いござりませぬ。

＝はい、間違いございません。

◆好的，我瞭解了。

御意、承知つかまつり候。

＝はい、かしこまりました。

◆社長所言極是。

上様の仰る通りにござりまする。

＝社長のおっしゃる通りでございます。

◆既然如此，在哪裡都無所謂。

では、いずこでもよろしゅうございます。

＝それなら、どこでも結構でございます。

◆星期二是理髮店的公休日。

火曜日は髪結床の定休日じゃ。

＝火曜日は床屋の定休日だ。

◆那種事我老早就知道了啦。

左様なこと、とっくに存じておる。

＝そんなこと、とっくに知っている。

◆凡事都需要用到錢。

何事にも金子は必要じゃ。

＝何事にもお金は要る。

20 武士的叛變與禁止

CD2-110

◆國會議員總是由家族的下一代接棒。

大名は世襲ばかりじゃ。

＝国会議員は世襲ばっかりだ。

◆怎樣？你有什麼意見嗎？

何事でござるか？何か文句がござるのか？

＝何だ？何か文句があるのか？

◆你膽敢反對我嗎，真是狂妄！

それがしに異見するでござるか、ちょこざいな！

＝わたしに反対するのか、生意気な！

◆我昨天下定決心要辭去工作了。

先日、脱藩の決意をしたでござる。

＝昨日、会社を辞める決意をしました。

◆我們集體去向社長提出抗議吧。

殿様に皆の衆で一揆に及ぼうぞ。

＝社長に対してみんなで集団抗議に行こう。

◆雖感惶恐，但仍然深感遺憾！

恐れながらお怨み申し上げます！

＝恐れ入りますが、憎々しく存じます！

◆這個仇我非報不可。

必ず仇討ちを果たすぞ。

＝必ずリベンジするよ。

◆從小就加入了不良少年幫派。

幼少の頃より無頼の仲間におった。

＝カギの頃から不良少年の仲間に入っていた。

◆這下子非逃不可了。

これはもはや出奔するしかござらぬ。

＝これはもう逃げるしかない。

21 武士的贊成、自信與決心

◆我也這樣認為。

それがしも、左様に存じまする。

＝おれもそう思う。

◆那的確是個不錯的意見呀。

いかにも其れは良き存じ寄りじゃ。

＝確かにそれはいい意見だな。

◆那點小事用不著確認。

其れは念には及ばぬ。

＝それは、確認するまでもない。

◆確實曾經發生過那種情況哪。

左様な儀もあり申した。

＝そんなこともあったね。

◆資深職員應當對公司內部的程序十分熟悉才對。

牢名主は、城の手続きに精通いたし居る筈に候。

＝ベテラン社員は、社内の手続きに詳しいはすだ。

◆假如未能得到資深女職員的大力協助，就不可能諸事順遂成功。

お局さまを味方にせねば、成功いたさぬ。

＝ベテランOLを味方にしないと、成功できない。

◆派遣職員的工作態度要比正職職員來得認真多了。

渡り中間のほうがよほどよく働く。

＝派遣社員の方が、よっぽどよく働く。

◆女子理當於夫家盡瘁埋骨。

おなごは生まれた家で死ねないものでございます。

＝女性は生まれた家で死なないものでございます。

◆非得要完成桃太郎大人的密令才行！

桃太郎様の密命を果たさなければ！

＝桃太郎様の密命を果たさなければいけません！

◆我也應當保有自己的自尊心。

それがしにも、武士の一分というものがござる。

＝オレにだってプライドというものがある。

◆這是一場男人對男人見真章的對決，我們公平競爭吧。

男と男の喧嘩じゃ、いざ尋常に勝負せよ。

＝男と男の真剣勝負だ、フェアプレイでやろう。

22 武士的憤怒

CD2-111

◆竟敢對我口出放肆狂言！

誰に向かって物を申しておる！

＝誰に向かって口をきいとる！

◆你的每一句話都太直言無禮呀。

そなたはいちいち言葉が真っ直ぐじゃ。

＝おまえはいちいち言い方が直接的だ。

◆你在做什麼？這太沒禮貌了。

何の真似じゃ、無礼であろう。

＝何をしているのだ、失礼だろ。

◆怎麼會有這種事呢！

何たること！

＝何ということだ！

◆是哪個傢伙躲在那裡呀！

そこに隠れておるのは何奴じゃ！

＝そこに隠れているのは、どいつだ！

◆你這個色胚，想幹什麼呀！

何を思いより候、この好色者！

＝何考えてんのよ、エッチ！

◆你這個混球！

痴れ者奴が！

＝バカ者が！

◆混蛋，你夠了沒！

うつけ者、いい加減にいたせ！

＝バカ野郎、いい加減にしろ！

◆別再講了，給我滾！	もうよい、下(さ)がれ！ ＝もういい、帰(かえ)れ！
◆沒有那個必要。	それは無用(むよう)じゃ。 ＝その必要(ひつよう)はありません。
◆（尖叫）你要幹什麼！	あれーっ、御無体(ごむたい)な！ ＝きゃあー、何(なに)すんのよ！
◆請你自重，我是有丈夫的人。	おたわむれをわらわには夫(おっと)がおります。 ＝ふざけないでください、私(わたし)には主人(しゅじん)がいるんです。
◆那位經理總是擺出一副架子，有什麼了不起的嘛！	あの番頭(ばんとう)は、何時(なんどき)も頭(あたま)が高(だか)く、何様(なにさま)にて候(そうろう)や。 ＝あの部長(ぶちょう)は、いつも態度(たいど)がでかくて、なによ！
◆別說那種蠢話了。	笑止千万(しょうしせんばん)なことを申(もう)すでない。 ＝ばかばかしいことを言(い)うんじゃない。
◆我要揍你哦！	ちょうちゃくいたすぞ！ ＝殴(なぐ)るぞ！
◆要狠狠地訓斥一頓喔。	急度(きっと)お叱(しか)り申(もう)し付(つ)け置(お)く。 ＝きつく叱(しか)っておくぞ。

23 武士的不滿

◆今天從一大早就連續開了一長串的無聊會議，真是受不了耶。	けふは朝から益体もない寄合で、参ったでござるよ。 ＝今日は朝からつまらない会議で、参ったよ。
◆這份工作真是苦差事呀。	このお役は難儀でござる。 ＝この仕事はきついだ。
◆真是太過分了！	あまりに御無体ななされよう！ ＝あまりにひどい！
◆我不行了。真是傷腦筋、傷腦筋呀。	もうだめでござる。恐れ入り奉り候。 ＝もうだめだ。まいった、まいった。
◆真是的，一點都不小心。	まったく、不届き千万。 ＝まったく、注意が全然足りない。
◆我沒有辦法接受事情演變成這步田地。	かのようなことになるとは、合点参らず。 ＝こんなことになるなんて、納得がいかない。
◆與其同情我，不如給我錢吧。	武士の情けよりも、金子がほしいでござる。 ＝同情するなら金をくれ。
◆不能什麼事都依著小孩的意思放縱他吧。	わらしとて甘えてはならぬであろう。 ＝子供だからって、甘えてはいけないだろう。
◆我兒子是尼特族，真是傷透腦筋了。	せがれが素浪人で困ったものじゃ。 ＝息子がニートで困ったもんだ。

24 武士的關心

◆怎麼了，身體不舒服嗎？	どうした、体でも悪いのか？ ＝どうした、体でも悪いのか？
◆那樣可糟糕呢。	それはいかぬな。 ＝それはだめだな。
◆我不知道你發生了什麼問題，但憑我們交情，你儘管跟我商量。	何か知らぬが、二人の仲ではござらぬか。 ＝何か知らないが、二人の仲ではないか。
◆那麼，小田井原那裡怎麼樣了呢？	して、どうじゃ、小田井原は？ ＝それで、どうだ、小田井原は？
◆你一直很鍾情於一吧？	おぬし、於一にほれておったろ？ ＝おまえ、於一が好きだったんだろう？
◆有沒有人會愛上那傢伙的呢？	あいつに惚れるやつなどおらぬか。 ＝あいつを好きになるやつなんかいないか。
◆與其聽我說，不如直接和他本人見面詢問來得適當吧。	わしの口から聞くより、本人に会って直接知るが良かろう。 ＝わたしの口から聞くより、本人に会って直接知った方がいいだろう。
◆這麼一來，這個村落的居民也得以舒泰寬心了。	これでこの村も一安心でございまするなあ。 ＝これでこの村も一安心でございますね。

◆不必趕忙，沒關係的。

急がずともよい。

＝急がなくてもいい。

25 武士的感謝跟致歉

CD2-112

◆謝謝，大恩大德沒齒難忘。

ありがたき幸せ、ご恩は忘れ申さぬ。

＝ありがとう。恩は忘れない。

◆敬請您代為轉告，我滿懷感激地接受了。

ありがたくお受けいたしますとお伝えくだされ。

＝ありがたくお受けいたしますとお伝え下さい。

◆我非常明白了，往後會多加留意。

重々承知つかまつった。以後気をつけるでござる。

＝よくわかりました。以後気をつけます。

◆日前的事抱歉了。

先だってはすまなかった。

＝先日は悪かった。

◆這下可糟了，是我的疏失！

これはしたり、それがしの失態じゃ。

＝これはしまった。僕のミスだ。

◆我之前誤會你了，原諒我！

わしはお主のことを誤解していた。許せ！

＝おれはおまえのことを誤解していた。許してくれ！

◆對不起，原諒我。

面目次第もござらん、許されよ。

＝ごめん、許してくれ。

◆原諒我吧。

ご容赦(ようしゃ)めされい。

＝許(ゆる)してくれ。

26 武士的叮嚀與安慰

◆不可以去。

行(い)ってはなりませぬ。

＝行(い)ってはいけない。

◆社長，請千萬不可大意。

殿(との)、ご油断(ゆだん)はなりませぬ。

＝社長(しゃちょう)、ご油断(ゆだん)なさってはいけません。

◆請您務必多加小心。

呉々(くれぐれ)もお気(き)をつけ下(くだ)されませ。

＝くれぐれもお気(き)を付(つ)け下(くだ)さいませ。

◆即便如此，仍不可輕信武田那個人。

それでも武田(たけだ)は信用(しんよう)なりませぬ。

＝それでも武田(たけだ)は信用(しんよう)できません。

◆發生了一樁嚴重的事。

一大事(いちだいじ)にござりまする。

＝一大事(いちだいじ)でございます。

◆明天一大早還有事待辦，請千萬別喝太多酒了。

明朝(みょうちょう)は早(はや)いゆえ、ゆめゆめ深酒(ふかざけ)いたすな。

＝明朝(みょうちょう)は早(はや)いから、くれぐれもお酒(さけ)を飲(の)み過(す)ぎないように。

◆你不需要做到那種地步啦。

おぬしはそこまでの儀(ぎ)は無用(むよう)でござる。

＝おまえはそこまでしなくていいよ。

◆偶爾也該好好休息嘛。

たまには緩(ゆる)りと休(やす)もうぞ。

＝たまにはゆっくりと休(やす)もうよ。

日語自學　01

365天用的
日語會話10000句辭典
中日朗讀版

2017年6月　初版一刷

發行人 ● 林德勝

著者 ● 吉松由美・田中陽子・西村惠子

出版發行 ● 山田社文化事業有限公司
地址　臺北市大安區安和路一段112巷17號7樓
電話　02-2755-7622
傳真　02-2700-1887

郵政劃撥 ● 19867160號　大原文化事業有限公司
網路購書 ● 日語英語學習網　http://www.daybooks.com.tw

總經銷 ● 聯合發行股份有限公司
地址　新北市新店區寶橋路235巷6弄6號2樓
電話　02-2917-8022
傳真　02-2915-6275

印刷 ● 上鎰數位科技印刷有限公司
法律顧問 ● 林長振法律事務所　林長振律師

書+DVD 定價 ● 新台幣459元

ISBN　978-986-246-030-6